Alfonso e Nicola Vaccari

LA ROSA DELL' EST

ISBN 978-1-911424-13-0
SKU/ID 9781911424130

Cover design by Wolf
Book design by Wolf
Editor: Wolf
Illustrations by Alfonso and Nicola Vaccari

Publishing Company:
Black Wolf Edition & Publishing Ltd.
2 Glebe Place Burntisland KY3 0ES, Scotland
www.blackwolfedition.com

NOTA DELL'EDITORE

La maggior parte degli Editori pubblicano libri solamente se si ha la certezza che il libro avrà successo, se dietro all'autore ci sono abbastanza persone influenti e un buon pubblico da permetterne un buon lancio e una buona rendita di vendite.

Come Editore non valuto mai i manoscritti sulla base delle conoscenze e sulla base delle possibili vendite o delle influenze di mercato.

Per me un manoscritto è parte dell'essere dello scrittore, la sua anima. È una parte della sua vita, che con i suoi scritti, dona alle persone che leggono, frammenti di sé e della propria esistenza/essenza.

È un nuovo progetto dove dare tutto me stesso nella realizzazione, e poter così conoscere ancor di più nel profondo l'animo, il carattere e la personalità dell'autore e collaborare per ore, giorni e mesi, affinché la sua opera veda la luce e non rimanga chiusa in un cassetto (odio i progetti relegati nei cassetti). Quando edito un nuovo libro, lo faccio perché credo in quell'opera, nell'autore e nella gioia che mi dona nel realizzarlo, e non penso mai a quanto potrà fruttare, a quanti lettori conquisterà, a quante vendite farò di quel titolo.

Sì!, mi gratifica l'anima vedere un altro progetto prendere forma e vita, un altro sogno realizzarsi, un altro manoscritto compiersi nella magica carta stampata del libro; mi immagino già il profumo delle pagine e l'emozione che lascia la loro lettura, è proprio questo aspetto che mi porta a valutare sempre la reale validità del lavoro.

Quando mi fu chiesto di valutare il romanzo "La Rosa dell'Est" da parte dei gemelli Alfonso e Nicola Vaccari, malgrado grandi amici, e nonostante avessi già pubblicato un altro loro romanzo, di genere erotico: "Il sentiero delle lucciole", dissi loro chiaramente che non ero un editore disposto a pubblicare di tutto, che avrei trovato il tempo di leggere il manoscritto per valutarlo e avrei detto loro NO se il manoscritto non fosse stato secondo le mie aspettative. Qualche giorno dopo mentre ero alla scrivania presi il manoscritto e iniziai a leggerne sporadici paragrafi, inizialmente dentro di me rimanevo comunque deciso a fare un'attenta selezione dei titoli che avrei editato. Ma man mano che continuavo la lettura, quella mattina venni assorbito totalmente dallo scorrere degli avvenimenti sapientemente esposti. La lettura era scorrevole e il contenuto si faceva sempre più intrigante e mi teneva con il fiato sospeso, al punto che pagina dopo pagina, capitolo dopo capitolo, in una sola giornata mi ritrovai ad aver letto tutto il manoscritto.

Il giallo noir de La Rosa dell'Est, mi aveva veramente colpito e mi era talmente piaciuta la sua lettura, che il giorno dopo me lo rilessi avidamente per la seconda volta.

Vedevo sempre più chiaramente le scene, sentivo i profumi e i rumori descritti, era come se fossi entrato a vivere il romanzo in prima persona.

Finita la seconda lettura del libro chiamai i gemelli Vaccari e dissi loro che ero soddisfatto del manoscritto e che avrei avuto il piacere di editare il romanzo, perché era un valido testo ma principalmente credevo anche in loro, se pur scrittori emergenti.

Con immenso piacere quest'oggi 15 maggio 2016, vorrei a Voi lettori dare un consiglio... che è quello di leggere non solo questo romanzo che rientra nei gialli Noir, ma anche di dare una scorsa agli altri titoli scritti da Alfonso e Nicola Vaccari, che a mio avviso trovo di grande scorrevolezza e di piacevole esposizione descrittiva e narrativa.

Due grandi artisti (pittori) e scrittori sicuramente promettenti, nei quali ripongo piena fiducia anche per progetti futuri.

Wolf
(L'Editore)

Al conte Nani con affetto e sincera stima.

"Le cose di cui si è assolutamente certi
non sono mai vere."

(Oscar Wilde)

"E poi?
E poi tutto è niente.
Meno di tutto è niente.
Dubbio sistematico?
Bisognerebbe verificare
un'ipotesi positiva.
Per svelare il mistero
bisogna entrare nel mistero."

(Conte Nani)

Alfonso e Nicola Vaccari

≈ X ≈

Tutti i fatti narrati nel romanzo sono frutto di pura fantasia e non sono mai accaduti, così pure le vicende che coinvolgono i personaggi e tutti i luoghi citati. Ogni riferimento a nomi, cognomi, cose, a persone viventi o scomparse, è puramente casuale e non voluto.

PREFAZIONE

Sullo schema intricato del giallo abbiamo voluto intessere una semiotica dell'arte, nei processi della molteplicità delle immagini, siano essi segni visivi che segni puramente concettuali, appartenenti alla logica emblematica della performance; dunque "qualcosa che rinvia a qualcos'altro", in una corrispondenza di un fenomeno di significazione. Nelle ardite creazioni del *Conte Nani* la realtà è sempre lo specchio di un "non vissuto, di un non visto, e persino di un non esistente", il visibilmente presente che include tuttavia il visibilmente assente, controvertendo ogni principio nel suo esatto opposto. Se ne generano segni che rimandano ad altri segni, conosciuti o ipotizzabili che siano, ma pur sempre in un costante processo di re-identificazione degli opposti. Ciò che in arte sancisce l'esemplarità di una visione atta a stravedere e superare la realtà stessa, si manifesta nel romanzo come perdita della centralità del vissuto, in cui i personaggi, sin dall'inizio, non sanno più distinguere i significati contestuali degli eventi, smarrendo la capacità di riconoscere la realtà dalla finzione, precipitando pian piano nell'assurdità di un ribaltamento percettivo, ove la stessa realtà si manifesta come finzione, e la finzione diviene realtà.

La Rosa dell'Est si rende portatrice di un significato emblematico che rende le cose come sospese nell'equivoco. Vale a dire che ogni avvenimento facente parte della realtà, nello stesso tempo si contraddice ed ogni cosa che al lettore appare certa, si rivela poi inaspettatamente non vera. I personaggi del romanzo sono vittima di questo incantesimo del dubbio, del sospetto, dell'inaspettato e ciò che sta succedendo potrebbe quindi rivelarsi per assurdo il contrario di ciò che accade, trasformando una realtà certa in un inganno spiazzante quanto minaccioso.

Tutta la storia che si narra nel romanzo è di pura

fantasia, gli eventi descritti non sono mai avvenuti; tuttavia rispecchia perfettamente quel clima intellettuale di passionalità artistiche e di evocazioni, che realmente abbiamo vissuto assieme al Conte Nani. Il romanzo si svolge infatti a Pesaro, nel suo magnifico Alexander Museum Palace Hotel, e lo stesso conte Nani è il personaggio centrale di tutto il giallo. Frequentando più volte lui e tutta la "corte" dell'Alexander, sin dai primi tempi, abbiamo pensato di scrivere un romanzo inspirandoci alle tante vicissitudini vissute con lui: gli incontri, gli artisti conosciuti, i giorni di lavoro frenetico per la realizzazione della nostra stanza, la 208; e ancora: le amicizie che abbiamo stretto, gli splendidi ambienti, le persone importanti che frequentavano e che frequentano ancora l'Hotel Alexander, le rocambolesche trovate geniali dello stesso Nani, il suo brio, la sua autoironia, il suo modo di affascinarci e di sorprenderci, le assurde circostanze che andavano a crearsi, quel mondo di libertà creativa e di elegante trasgressione, di attesa, di mistero, di cene e pranzi illuminati da atmosfere quasi irreali quanto raffinate, tutto questo e ben altro ci hanno suggerito di farne cornice per un romanzo. Una storia alquanto intricata, intessuta di contraddizioni surreali, una narrazione dalle tinte del giallo noir che conduce il lettore a profonde riflessioni ideologiche e contestuali, persino concettuali o patafisiche, del complesso e spesso contraddittorio mondo dell'arte contemporanea.

Alfonso e Nicola Vaccari

≈ XV ≈

PROLOGO

Alfonso e Nicola Vaccari

≈ XVI ≈

PROLOGO

Vilena era appena uscita in strada, chiudendosi alle spalle il portone pesante, laccato di nero. In quella palazzina vecchia e umida, divideva l'appartamento con un'amica dal carattere opposto, piuttosto taciturna e per di più ficcanaso. Era più bella di lei, più alta, più sexy, con due occhi azzurro verde stupendi e un caschetto di capelli castano scuro. Non la sopportava più. Anche lei era una bella ragazza, viso carino e rotondo, occhi castani e lunghi capelli tinti di rosso rame, corpo tornito e flessibile, ma a confronto dell'amica, si sentiva uno scalino più in basso. Anche quella sera avevano litigato. Dopo una serata a tirar coca, senza uomini che potessero scarozzarle da qualche parte a spender soldi, Vilena aveva deciso di andarsene al pub per conto suo. Al diavolo quella stronza! Ottobre freddo e ventoso, in quella città di provincia della Romagna. Forlì cosa offriva, se non una piazza Saffi vuota, desolata, piena di extracomunitari di colore e coppiette felici e perbene a passeggio, a quell'ora notturna? Di venerdì! Si diresse con passo nervoso verso piazza, percorrendo corso Garibaldi seria, con la fronte corrugata e tirando dal filtro di una sigaretta che era ormai da gettare. "Altromodo" birreria, quella dove c'erano i tipi che fan casino allegramente ma non sono ubriachi e non rompono le palle. Insomma, un pub allegro e tranquillo. Scese le scale per andare di sotto, nel grottino, a cercare un tavolo libero. C'era..., sotto un arco accanto al banco. Già quasi pieno il locale di comitive esuberanti e chiassose e femmine dal trucco pesante, troppo giovani alcune, altre trasognate e di buona famiglia. Dai suoi ventotto anni Vilena le guardava senza commozione... anzi con rabbia; le ignorava per non cedere alla tentazione di schiaffeggiarne qualcuna. La ragazza delle ordinazioni le si avvicinò, una bella mora di vent'anni, capelli lunghi neri ed occhialini dalla montatura in celluloide nera. La guardò dolcemente e le sorrise: «Cosa prendi tesoro?»

«Ciao Bea! Portami una chiara alla spina, media.»

«Patatine o popcorn?...»

«Patatine...e anche i triangolini di mais!»

«Certamente!» rispose Bea scrivendo gli appunti velocemente e girando poi i tacchi. La musica del D.J. Silver martellava con ritmo esagerato. Il suo stato d'animo era in dissolvimento, un disastro! «Fanculo tutti...» biascicò tra sé. Era fatta di coca, fatta nel profondo dell'animo, fatta di desolazione, di scoramento e astio! Mentre attendeva la birra vide una rivista abbandonata sul muretto accanto alla consolle del D.J. Si alzò ancheggiando, mostrando senza ombra di dubbio due belle natiche fasciate dai jeans stretti e sdruciti. L'afferrò. Tornò al suo tavolino, con qualche lubrica pupilla di ragazzo appiccicata al suo sedere. La barista arrivò col vassoio e servì l'ordinazione. «Grazie!» Non la vide neppure, sfogliava la rivista avidamente, per disperdere l'oscurità che aveva dentro su quelle pagine patinate. "Arte", si chiamava la rivista. Poi, mentre sorseggiava la spumosa e amarognola birra fredda, lesse di un conte che a Pesaro cercava delle ragazze russe per mettere su un gruppo di attrici, di un teatro sperimentale: "LE ROSE DELL'EST". Chi era interessato poteva presentarsi per le selezioni. L'Alexander Museum Palace Hotel di Pesaro, che doveva essere costruito, che sarebbe diventato una cosa grandiosa.
«Mai più la puttana, mai più *lap-dance*, non più dentro quel merdaio!... Io sarò una Rosa!»

Due anni dopo

Stanza di ricevimento per gli ospiti, adiacente alla hall, dell'Hotel Savoy a quattro stelle di Pesaro.
Il conte Alessandro-Ferruccio Marcucci Pinoli di Valfesina detto Nani, e i due gemelli Nicola e Alfonso, erano seduti ad un tavolo dal ripiano coperto in velluto verde. Era una mattina luminosa, ancora soleggiata di settembre. Il conte aveva convocato i due pittori per illustrare loro il suo grande e ambizioso progetto. Molti altri pittori e scultori erano stati chiamati e la maggior parte di loro aveva già terminato il lavoro. Il conte Nani era euforico e soddisfatto; ora

toccava ai due gemelli di Forlì: Alfonso e Nicola Vaccari, età quarantacinque anni; pittori di professione, laureati alle Belle Arti di Bologna.

Al conte, i due pittori gemelli – famosi in quanto capaci di dipingere a quattro mani – erano stati segnalati dal noto critico d'arte di Ferrara Vittorio Sgarbi, in occasione di una esposizione alla Fiera d'Arte Contemporanea di Forlì; il critico conosceva bene il conte Nani e sapeva che stava cercando validi artisti per il suo progetto.

«Allora siamo d'accordo: preparatemi un progetto dettagliato e poi ci risentiremo quando lo avrò approvato; me lo spedirete per e-mail.» disse il conte sorridendo. Il sole che filtrava dalle ampie finestre di quella sala elegantissima d'albergo gli illuminava il volto e lucidava i capelli lisci castano scuro.

Li aspettava una impresa non facile: dipingere una delle stanze del vecchio albergo costruito negli anni sessanta, che sarebbe diventato a tutti gli effetti un grande albergo museo, rinnovato completamente, che avrebbe avuto la straordinaria caratteristica, oltre ad essere un albergo a cinque stelle, di ospitare mostre d'arte contemporanea all'interno di una grande sala-galleria per esposizioni; inoltre ci sarebbero stati spazi per dibattiti e sale per conferenze e per proiezione di audiovisivi. Ma quello che avrebbe fatto di quell'albergo una vera rarità e attrazione, rendendolo il più originale, era che tutte le sessantatré stanze sarebbero state dipinte da artisti: ogni stanza doveva essere un'opera d'arte da occupare, da vivere, da ammirare. Si sarebbe chiamato: l'Alexander Museum Palace Hotel!

Tutto doveva essere dipinto, ideato, realizzato dall'artista: pareti e soffitto della camera da letto, comodini, armadio, letto, sedie, porte, bagno, e gli oggetti di arredo da adattare allo stile. Il conte Nani era stato chiaro su un punto che era per i due gemelli quello più difficile da accettare: niente ricompensa, ma la garanzia che chi avrebbe lavorato a quel progetto ne avrebbe tratto sicuramente fama e riconoscimenti, soprattutto per la colossale pubblicità che sarebbe seguita. "La solita promessa, il solito specchietto per le allodole, fanculo...! Il solito sfruttamento degli artisti, in cambio di promesse di gloria!" Pensarono i due gemelli sull'orlo di sbottare; non sbottarono ma restarono ad ascoltare l'istrionico conte.

Ogni sala, ogni stanza, ogni dettaglio avrebbe portato la firma di un autore diverso; ciascuna un'opera a sé, diversa dalle altre. Nove piani di arte contemporanea! Spazi per incontri, confronti, mostre e corsi che avrebbero fatto dell'Alexander anche un laboratorio di sperimentazione di nuove forme espressive della pittura, della scultura, della videoarte e di quant'altra creatività l'ingegno umano potesse concepire.

Ma per gli artisti nessuna retribuzione. "L'ennesima storia! Furbo lui, il conte Nani! La sa raccontare...!" Pensarono, sempre sull'orlo di sbottare, ma non sbottarono!

Quindi chi accettava doveva solo lavorare per la gloria, ovviamente! Il conte andava ascoltato sino in fondo, perciò stettero muti prestando attenzione a tutto, come si conveniva. Nessuna replica, d'altronde cos'altro scegliere? O la gloria o la via del ritorno!

«Passeranno alcuni mesi durante i quali voi avrete tutto il tempo di pensare bene al vostro progetto e nel frattempo aspettiamo che le ultime cinque stanze, occupate da altri artisti, vengano terminate. Poi sarà il vostro turno e anche di Francesco Borel, un pittore calabrese che vive vicino a Torino. Per non creare troppo caos, è meglio che vi faccia lavorare a turni; ci siete rimasti voi e le vostre stanze vi sono già state assegnate.»

«Conte, possiamo vederle?»

«Ah certamente, venite con me. Andiamo subito all'Alexander!»

Per un pelo Nicola non sbottò, "finalmente!" Ma non lo fece; Alfonso glielo lesse in viso e lo trattenne con un'occhiata.

Francesco Borel, di origine calabrese, come loro, da parte di padre. Inoltre anche lui chiamato, per ultimo, a dipingere una delle due stanze rimaste dell'albergo Alexander! Alfonso e Nicola capirono che era giusto parlare con Francesco, se non altro per avere un collega coinvolto nella stessa impresa come amico. Si fecero lasciare da Nani il suo numero di telefono e la sua e- mail.

...Lo contattarono la settimana seguente.

≈ 1 ≈

 PARTE PRIMA 

Alfonso e Nicola Vaccari

Alfonso e Nicola Vaccari

CAPITOLO I

≈ 4 ≈

CAPITOLO 1

Circa un anno dopo.

≈

Alfonso era seduto all'ampia scrivania dell'ufficio dell'Atelier. Un signor Atelier di 130,30 metri quadri composto da due ampie stanze, un lungo corridoio, un laboratorio e l'ufficio, più un bagno confortevole e due ripostigli. Era arredato con ottimo gusto e dotato di ogni comodità per dipingere: illuminazione a neon di una lumino-tecnica avanzata, due cavalletti nella stanza adiacente l'ufficio e, nella stanza più ampia che seguiva, un immenso tavolo da disegno. Ovunque vi erano appese o appoggiate alle pareti tele dipinte di ogni dimensione. Librerie, molte librerie stracolme di tanti cataloghi e libri d'arte. L'appartamento era situato in un palazzo antico di corso A. Diaz, l'Istituto Prati. Vi lavoravano ormai da due anni. Un vero lusso per due artisti – si può dire – ancora giovani. Un regno! Seduto alla scrivania, Alfonso digitava sulla tastiera del suo PC dallo schermo piatto, un PHILIPS: chattava con Francesco Borel su Windows Live Messenger, la loro chat preferita. Nicola in piedi alle sue spalle osservava attento e rilassato, seguendo il dialogo del fratello con il caro amico di Borgone.

«Accendi Skype, e muoviti creteinooo!!!» Seguì un'emoticon che rideva a crepapelle sino a lacrimare e AH AH AH AH!!!

Cesco: «Aspé»

Alfonso: «Ho novità, appiccia la telefonata dai!»

Cesco: «Chiamo io?»

Alfonso: «O.K.»

L'O.K. brillava intermittente in un'emoticon rossa dove la "O" era un teschio buffo.

Dopo qualche istante si trovavano su Skype: il trillo troppo forte della chiamata di Cesco, tanto che Alfonso abbassò il volume delle casse. Il collegamento fu immediato, appena il gemello accettò la richiesta con un clic del mouse.

«Mi senti Cescooo!»

«Sì ti sento!»

«Azz, ho il ritorno, *creteino!*»

(Il termine "cretino" loro lo trasformavano volutamente in *creteino,* per ludico scherno secondo un'inflessione calabrese.)

«Aspé... creteino sarai tu! Ah ecco, va bene così? Mi senti?»

«A meraviglia Cesco!»

«O.K.! Ciao Alfonso... Nicola è lì?»

«Sììì, son qua, ciao Cesco!» disse l'altro gemello prontamente.

Poi si sentì la voce più lontana di Ciuzza che salutava con slancio gli amici. Ciuzza (Cinzia Cavallini), la dolce metà di Francesco. Anche con lei c'era grande amicizia. Così la chiamavano Nicola e Alfonso, affettuosamente, e a lei non dispiaceva affatto. Mentre il fidanzato dipingeva, lei scriveva bellissime poesie e qualche volta anche lei dipingeva, ma d'istinto, senza alcuna scuola, e impastava segni informali sulla tela, col pennello e con le mani.

«Ciaoo Ciuzzaaa!!!»

«Ciaooo» e una risata echeggiò dal fondo della stanza. Ciuzza aveva la risata facile. Ciuzza rideva alla vita, perché la vita non la prendesse in contropiede, abbracciava la vita e la combatteva con l'ironia, vi danzava dentro in un arcobaleno di emozioni, rendendo poetico persino l'assurdo!

«Senti un po' Cesco...» annunciò Alfonso «Ho ricevuto la circolare di Nani! Ci convoca! Tu l'hai ricevuta?»

«Sì! L'ho ricevuta anch'io. Mi sa che partiamo!»

«Si parteee, evvaiii!!!» Alfonso ebbe uno slancio di euforia.

«Partiamo sì! Vuole dunque che il primo di luglio lo raggiungiamo all'Hotel Savoy verso mezzogiorno. Per me sarà un bel viaggio!»

«Lo credo bene Cesco! Per noi invece da Forlì sarà una cosa breve. Mancano solo dieci giorni, mi sa!»

«Eh già!!! Mo' ci divertiamo; sarà una esperienza unica. Adesso che ha approvato i nostri progetti, andiamo sul sicuro. Oh, non è stata mica cosa facile però, eh?! Mi ha fatto dannare quello là! E cambia qua, e cambia là... all'anima che scazza palle! Vabhò, però è forte Nani, ci mette un entusiasmo che contagia, che dici..., no? Alfò!»

«È così, sì, è un tornado quell'uomo. Strano soggetto, ma infonde davvero entusiasmo! Nani è un fuoriclasse, l'abbiamo visto insieme quando mesi fa ci richiamò a Pesaro per conoscerci e farci rivisitare quel cantiere che è ancora l'Hotel Alexander! È da lì che noi quattro siamo diventati così amici, come fratelli! Vero Cesco? Nani ha contribuito ad un legame di amicizia indissolubile! Che pranzo che ci offrì! Un vero signore, un vero galantuomo! Ma se pagasse, lo sarebbe di più!»

«Cescooo. Ti è piaciuto il nostro progetto? Che ne dici? Te lo abbiamo mandato per e-mail ieri, in allegato. Il tuo è bellissimo!!!» Nicola si era avvicinato al microfono.

«Sì, è molto bello! Quei notturni... che scenari!!! Il bozzetto di quel paese visto dall'alto di notte, poi... per la spalliera del letto...»

«Quello di Bertinoro?» chiese Nicola.

«Eh, proprio quello... beellooo!»

«Grazie Cesco!» lo dissero insieme i due gemelli.

«Alfonsooo...»

«Dimmi Ciuzza...»

«Ma lo fate in acrilico o ad olio?»

«No in acrilico! C'è da intossicarsi ad olio!»

«Io vado ad olio mi sa.» rispose prontamente Cesco.

«Ma sei matto?»

«Oh, io vado come me pare... sa'?»

Risata di Ciuzza.

«E che ti ridi?!» si rivolse Francesco alla ragazza, che prese a ridere ancora più forte. Altra emoticon che fa la lingua.

«Nulla nulla, ma forse c'hanno ragione. L'olio può intossicare con tutta quella metratura di roba da dipingere.» Ciuzza tentò di smorzare la risata.

«Cesco, lasciami dire, va ad acrilico... e dammi retta creteinooo!!!» scherzò Nicola.

«Oooh mo' basta però, che me incazzo. E se me incazzo...»

«SO' CAZZIII!» esplosero tutti e tre, i gemelli e Ciuzza in coro, facendo il verso a Verdone. E Cesco ci assomigliava proprio a Verdone, nei modi e un po' nell'aspetto.

«Voi allora dipingerete la notte! Come la intitolate la stanza?» chiese Francesco subito dopo.

Rispose Nicola:

«Dunque: NOTTETEMPO sicuramente, come hai visto nel progetto, nei nostri quadri metteremo in risalto il "notturno urbano", quindi la notte nella città, o meglio: la città di notte, con bagliori, le auto, la strada, l'effetto del movimento, luci di lampioni e segnali stradali. Come una stanza dedicata al viaggio... hai presente *On the road* di Kerouac?»

«Mmhh»

«Bello il titolo, mi piace!» esclamò Cinzia.

«Sì, sì, è la notte, col suo mistero e il suo fascino. E in una parete, la più estesa, eseguiremo un grande notturno urbano!» si precipitò a dire Alfonso.

«Cazzo, non sarà semplice... impone un lavoro pittorico non indifferente... proprio come nei vostri quadri...»

«Sì Cesco, lo stesso mondo notturno che raccontano le nostre opere!» concluse Nicola passando il microfono al fratello e sedendogli accanto.

«Il progetto a Nani gli sarà piaciuto molto immagino...» fece Ciuzza.

«Un sacco! Per telefono mi ha persino detto che lo affascina molto e lo trova attualissimo; ma tuttavia si è raccomandato di non esagerare con le auto... che cazzata, e sapete perché?»

«Perché?» domandò Cesco sorridendo.

«Perché dice che la gente che viene da fuori, dopo un viaggio, non deve trovarsi in una stanza assillato da delle auto dipinte, in quanto ne ha già viste troppe viaggiando in autostrada!»

Seguì una risata generale.

«Ti rendi conto Cesco? Cazzo... cazzo che stramberia! Nani ha davvero idee assurde.»

«Comunque anche il tuo progetto è bello creteiiino... hi hi hi !» incalzò Nicola divertito.

«Cazzo ridiii!»

«Dai Cesco, scherzavo...»

«Mah, sicuramente è...» fece una pausa che sembrò di riflessione «... sicuramente è qualcosa che ha a che fare con l'evoluzione dell'uomo attraverso la storia... hai presente l'evoluzione dal primitivo all'uomo moderno?»

«Sì certo, l'ho notato nel tuo progetto.» disse Nicola.

«Eh, proprio questo, ma poi te lo spiegherò meglio nei dettagli. Sicuramente fra giorni troverete il progetto sul mio profilo di MySpace; eh già, glielo voglio proprio infilare! Comunque al conte è piaciuto.»

«Bello! Interessante.» Alfonso si sporse verso il microfono «davvero! Allora sarà una stanza darwiniana!... hi hi hi»

«Beh... che ne so... darwiniana?... boh... ora vedremo come esce...» Cesco pareva un po' confuso.

«È il meccanismo dell'evoluzione dell'uomo nel tempo e nello spazio... nell'universo, nel creato...!» intervenne Cinzia con voce squillante.

«E va beeeh... che è una puntata di Piero Angela adesso?» sbottò Francesco rivolgendosi alla fidanzata. Risate che esplosero come un concerto di ilarità via rete.

«Aspé... che mi vado a fare una paglia...» disse poi improvvisamente e la sua voce rimbombò nel fondo della stanza.

«Fai fai...»
Dopo poco l'amico tornò al microfono e in quel momento arrivò una emoticon animata che fece sobbalzare Nicola e Alfonso: una faccina che con la lingua fuori simulava il gesto di una pernacchia.
«Guarda che ti mandiamo una sassata di virus... gattaccio!» altre risa.
«Oh, Nicolaaa... mi senti?»
«Sì Cesco, e tu? Mi senti bene?»
«Eehh, ci sono un po' di disturbi cazzo. Allontana quel dannato microfono dalle casseee... inneeescaaa.»
«O.K. adesso va meglio?»
«Sì. Volevo dirvi... aspé... lo sapete che Nani mi ha imposto di dipingere una rosa?»
«Una rosa?»
«Sì sì... una rosa!!!» esclamò Cinzia dal fondo.
E Francesco un po' inalberato: «Zittaaa Cì... *famme dire a me!* Una rosa, da dipingerla bella in grande nella parete Est. E in sostanza non ho capito perché, ma credo che poi me lo dirà. Ha detto solo che dovrà emblemizzare parte di un suo progetto! Mi spiegherà al momento...»
Prese a parlare Alfonso: «Credo che come immagine potrebbe starci bene. La rosa è sempre una icona nobile no? Basta farla bene, devi dipingerla con un po' di accuratezza. La puoi anche fare stilizzata.»
«Ma infatti è strano: una rosa! Nella parete Est... boooh!»
«Maaa... la rosa fiore o la rosa dei venti?» chiese Nicola.
«Mmmh... il fiore, nooo?!» rispose subito Francesco.
Cambiarono argomento, pur rimanendo sul tema del lavoro da eseguire.
«Ascolta Cesco, anche a te ha detto che, quando saremo a Pesaro, il pomeriggio ci accompagnerà a prendere i colori in mesticheria? Ah ma noi mi sa, che svuoteremo il negozio... wow, che bello arraffare tutto il materiale possibile... colori, pennelli ... tanto paga lui!»
«Eheee calma Alfò, sei tu Alfonso che hai parlato vero?... ah O.K. Dicevo, calaaa... che mi sa che Nani vorrà limitarsi nelle spese. Quello mi sa che centellinerà ogni cosa.»
«Spero di no. Mi auguro che ci faccia prendere tutto il materiale che occorre. Cazzo io voglio dipingere bene con comodità.»
«Va beh, vedrai che poi ci fa prendere quel che serve. In fondo se vuole che gli dipingiamo una stanza intera ci deve dare tutto.»
«Quando siamo stati la seconda volta da lui» disse Nicola «ricordo

che c'era anche quell'altro pittore di Napoli: Antonio Pinto, che al pranzo non finiva mai di parlare, ti ricordi Cesco?»
«Sì, lui doveva solo fare qualche rifinitura ad una parete se non sbaglio, era lì anche per questo.»
«Già. Beh mi disse che con lui, quando fu il momento di comprare colori e tutto, Nani lo ha fatto dannare perché gli stava dietro come se avesse una lupara e lo controllava e alla fine ha dovuto prendere solo lo stretto necessario. Cavoli, questa è tirchieria da ricchi bella e buona!»
Francesco Borel stette un attimo in silenzio e poi riprese: «Eh no eh... se fa così con me io me incazzo!»
«Dai, speriamo proprio di no ragazzi!» fece Alfonso alzandosi e andando a prendere una birra fresca dal frigo della stanza laboratorio dello studio, che poi aveva tutto l'aspetto di una cucina senza fornelli, naturalmente. I due pittori erano senz'altro entusiasti della possibilità che gli si stava offrendo, anche se senza retribuzione, ma nello stesso tempo, come sempre accade alla vigilia di un lavoro artistico importante, sentivano una sorta di agitazione che cresceva man mano che arrivava il momento di partire per Pesaro. Avevano comunque le idee molto chiare ed erano sicuri della loro capacità tecnica, anche se questa volta non si trattava di dipingere il solito quadro su tela ma di ingegnarsi a dipingere scenari notturni in pareti grandi, su muro, e inoltre di decorare porte e mobili cercando di riuscire a dare a tutto l'insieme una armonia stilistica coerente. Erano abituati a dipingere su superfici estese: in passato avevano avuto varie occasioni di sperimentare insieme l'esecuzione di un dipinto di grandi dimensioni, sia ad olio che ad acrilico, grazie a performance suggestive, unendo persino, in vari spettacoli, la pittura con la musica. Addirittura, cinque anni prima, avevano realizzato una performance sinestetica in teatro con musicisti di alto livello, riscuotendo un vero successo. Avevano raggiunto una professionalità che non dava adito a temere nulla; eppure si sentivano leggermente ansiosi. Era importante non deludere il conte Alessandro-Ferruccio Marcucci Pinoli di Valfesina, anche perché quel famoso critico d'arte di Ferrara, Vittorio Sgarbi, glieli aveva segnalati come bravissimi pittori. Francesco Borel invece era un autodidatta. Non aveva mai studiato in licei artistici o accademie, se non qualche anno all'istituto d'arte di Torino ma senza poi concludere il quinquennio. A Borgone di Susa, il piccolo paese a ridosso delle montagne dove ora viveva, non c'erano scuole d'arte o corsi specializzati di educazione

artistica, tanto più che Francesco non aveva avuto più voglia di fare nessun'altra scuola. Mosso da un certo candore e da una strana risolutezza a far da sé, aveva preferito imparare da solo e coltivare in proprio la sua passione per la pittura. Conosceva e ammetteva i suoi limiti, poiché sapeva che il suo lavoro artistico era ancora acerbo mancandogli le basi del disegno, sì che la sua pittura aveva ancora un sentore dichiaratamente naif; nonostante ciò, i suoi paesaggi e i suoi ritratti in stile prettamente surreale, avevano una forza espressiva e una invenzione non indifferenti, vale a dire che riuscivano a catturare lo sguardo per quelle forme forti, primitive e morbide e per quei colori intensi e armoniosi.

Qualche giorno dopo Cesco mise fra le immagini del profilo di *MySpace* l'intero suo progetto, includendo anche il bozzetto della rosa che avrebbe dipinto sulla parete Est della sua camera.

Alfonso e Nicola se ne compiacquero, ma non lo imitarono. Nel blog si astennero dal collocare il loro progetto. Preferirono non esporlo su internet, anche perché Nani forse poteva non gradire.

A mezzogiorno del primo di luglio Alfonso e Nicola Vaccari parcheggiarono la Peugeot 206 azzurro metallizzata di Alfonso di fianco all'Hotel Savoy. Erano di nuovo a Pesaro! La luce di Pesaro è una luce di cristallo, si sarebbe detto che profumasse. Che sole! Difatti nell'aria profumo di mare e di vacanza. Ma si andava a lavorare. Una vacanza di lavoro? Una vacanza artistica, per i due gemelli forlivesi!

Erano su una strada alberata: viale Cesare Battisti; alti platani gettavano macchie di sole e chiazze d'ombra azzurrine sulle auto parcheggiate e sulla loro. La Peugeot poteva stare tranquilla per il momento, nessun divieto o passo carraio. Avrebbero comunque chiesto in albergo, eventualmente. Sulla loro destra l'Hotel Savoy, o meglio il fianco, con tante grandi vetrate nere. Era ovvio che dalla strada le vetrate non consentivano di guardare dentro. Lo stesso pensiero della prima volta, di un anno prima. Struttura moderna, possente, una sciccheria. Lo rividero meglio girando l'angolo della strada, passando per l'entrata principale sul lato di viale della Repubblica. Oltrepassarono la pensilina sopra la quale spiccava la scritta Hotel Savoy, a grandi lettere. Wam!, e due porte ampie in vetro si aprirono; la moquette a losanghe azzurre, sulla quale si spensero i rumori dei passi dei due artisti e l'aria si fece ovattata, quasi compressa. Odore di salotto, di quiete, di lusso, di eleganza, di tessuti e legni pregiati, odore a quattro stelle! Alla loro destra il banco in noce chiaro della reception, con due grandi iniziali: un'H e una S d'ottone a rilievo; sulla loro sinistra grandi tende giallo oro dalle quali filtrava il calore di una luce estiva, che si espandeva morbidamente in tutta l'ampiezza dell'ambiente. In fondo una stanza ufficio lasciava intravvedere un elegante salottino con poltrone e divano Frau di pelle marrone e, prima di questo, dinanzi a loro, una grande scultura moderna: un cerchio di metallo dorato, perforato al centro da una sagoma nera e ondulata. Oltrepassarono il corridoio d'entrata e si portarono di fronte al banco della reception, appesantiti dai bagagli e dai pensieri.

«Salve, buongiorno. Siamo i gemelli Vaccari. Ci attende il conte Nani.» disse Alfonso all'uomo dietro al banco, che non aveva mai visto prima. No, neanche il fratello se lo ricordava. Probabilmente uno nuovo, pensarono. Un signore robustello dai capelli brizzolati e alquanto stempiato, ma molto a modo, compito ed elegante con la sua giacca blu scuro.

«Buongiorno. Certo signori, avviso subito il signor conte.»

Alzò una cornetta e schiacciò un pulsante; con voce bassissima disse: «Signor conte, ci sono qui i signori Vaccari... sì, molto bene signor conte, certamente signor conte.»

Poi rivolgendosi ai due gemelli: «Il signor conte arriva subito. Mi ha detto intanto di farvi portare i vostri bagagli di sopra. Ehm... i bagagli dei signori.» Si rivolse così ad una ragazzo in livrea bordeaux, un tipo alto e magro. Era spuntato di lato, da dietro, vattelappesca!, trascinando un carrello d'ottone, di quelli con le aste ricurve per gli attaccapanni e un ripiano per le valige. Anche quel tipo non l'avevano visto prima, non c'era l'altra volta. Tutto rinnovato, il personale! Ma che importava a loro di questo? Naturalmente nulla. Il ragazzo caricò i bagagli lì sopra e si diresse all'ascensore alla loro sinistra. Lo chiamò e, quando si aprì senza far rumore, vi infilò con destrezza tutto dentro sparendo egli stesso dietro le porte meccaniche.

L'uomo alla reception disse: «Se intanto i signori vogliono accomodarsi nel salotto qui di fronte...»

Alle loro spalle difatti stava un altro salotto Frau dello stesso colore e tipo, composto da cinque grandi poltrone separate da tavolini in cristallo con eleganti *abat-jour* in stile impero, a ridosso di una parete rivestita in legno pregiato a grandi specchi, dai quali pendevano lampade a sfera in vetro opalino. I due arrivati si guardarono attorno e riconobbero l'essenza di quell'ambiente elegante

ed esclusivo di un anno prima. La stessa sensazione di austerità e accoglienza familiare. Essere di nuovo al Savoy era davvero eccitante! Mentre stavano ragionando tra loro e un po' per conto proprio, videro apparire dal fianco del banco il conte Nani. Li accolse con la solita allegria ed entusiasmo. Arrivò leggiadro nei suoi sessant'anni, ma pareva un quarantenne, alto, in camicia di lino bianca, di quelle col colletto sottile e rotondo, pantaloni bianchi e cintura in cuoio nera. Si sarebbe detto che levitasse come Cristo sulle acque. Capelli castano scuro con la riga da una parte – a differenza dei gemelli che li avevano già brizzolati – ben pettinati e lisci; un paio di occhiali con le lenti senza montatura, un bel volto nobile, dalle palpebre oblique e un accenno di borse sotto occhi di un grigio indefinito, intelligentissimi, dall'espressione acuta, vigile, di chi mette a fuoco le cose e penetra dentro gli animi della gente. La bocca dalle labbra carnose era un poco viziosa, con un sorriso tra il dolce e l'altero, ma che rassicurava e ispirava forza e risolutezza. Un uomo di fascino, non c'era dubbio, magnetico e terribilmente accentratore, ma anche uno scaltro affarista, un calcolatore, pronto a tutto per fare soldi e successo, glielo si leggeva in viso! Un fuoriclasse, tuttavia, di cui i due pittori avevano avuto già modo di saggiare l'ingegno sottile.
«Ah!!! Mie cari, eccovi qui… ben tornati!!!» Aveva le braccia aperte. Si abbracciarono dandosi pacche sulle spalle.
«Sei in forma Nani.» disse Nicola annuendo. (Il conte Nani pretendeva dagli artisti il "tu").
«Nani è sempre in gran forma!» incalzò il fratello.
«Ma anche voi, eh? Come è andato il viaggetto?»
«Oh bene, niente traffico…» quasi lo dissero assieme.
«Cosa vi offro? Un thè, eh? Un caffè?… cosa…»
«Un caffettino, dai, volentieri!» annuì Alfonso.
Nani chiamò una cameriera. Venne una ragazza stupenda, in divisa da cameriera, di quelle col grembiulino bianco di pizzo e la crestina in testa sempre in pizzo. Gonnellino corto, bionda, gambe da mozzafiato e un viso incantevole. I due rimasero lì per lì inebetiti. Poi Nicola disse: «Che splendore!!!» Lo disse piano ma Nani udì e aggiunse, sorridente: «Abbiamo rinnovato tutto il personale, e come vedete, anche le ragazze. Che bella figliola, eh? È russa.»
La ragazza fece un inchino e disse con accento straniero: «Molto piacere, Marlena. Comandi signor conte.»
«Senti carina, porta due caffè per loro e un thè per me. Vai…»
La fanciulla, che poteva avere al massimo ventidue anni, sorrise in

maniera dolcissima e corse via.

Presero il caffè e subito dopo Nani li accompagnò nella grande sala pranzo: lussuosa, ben illuminata, piena di tavoli disposti con ordine, apparecchiati accuratamente, dalle sedie con schienale arrotondato, in legno scuro. Pavimentazione rigorosamente a moquette. Quasi al centro del salone c'era una grande tavola rotonda, chiaramente anch'essa ben apparecchiata ed era lì che il conte mangiava quando si riuniva con tutti gli amici e i suoi ospiti, artisti compresi. Poco distante, attorno ad una colonna portante rettangolare facevano bella mostra una serie di tavoli ricoperti da tovaglie ricadenti di raso color blu cobalto e giallo crema, sopra ai quali erano disposti vari piatti ricolmi di vivande di ogni genere per il *self-service*.

Attorno le vetrate con tendaggi chiari e illuminazioni a neon che correvano lungo tutto il perimetro, ma anche lampade applique di forma sferica. Disposte in fila ordinata, vicino ai vetri coi tendaggi c'erano piante in vaso dalle foglie lucenti. In fondo al salone una porta a soffietto dava accesso alle cucine ed era preceduta da un bancone apparecchiato con frutta fresca, dessert e altri dolci e torte da lasciarci gli occhi. Le pareti erano in legno scuro, lisce, lucenti; l'intero ambiente spazioso e silenzioso, dava un senso di accoglienza e di calore, di pulito, di ordine, di lusso non ostentato. Si sapeva, il conte Nani era un uomo di gusti raffinati, dal temperamento brillante, scherzoso, ma anche un personaggio con un carattere poco domabile. Era un artista anche lui a suo modo: amava molto la scultura contemporanea; si dilettava a realizzare fantastiche sculture geometriche, stilizzate, costruttiviste e aveva un senso spiccato dell'ironia e dell'autoironia. In passato sembrava avesse aderito all'arte concettuale e dadaista in quanto alcuni suoi lavori ne avevano tutto l'aspetto e il contenuto. Ma prima di ogni altra cosa si definiva un poeta: era un poeta e uno scrittore di talento e, come diverse sue creazioni artistiche, anche tutti i suoi libri pubblicati negli anni, erano esposti nelle piccole e grandi teche che stavano proprio nel salone pasti, teche e vetrinette da lui stesso costruite e organizzate. Era sicuramente un talentuoso, un po' bizzarro, forse anche istrionico; un creativo ingegnoso, dall'animo fanciullesco, dedito più a coltivare il gusto dell'ironia e del gioco piuttosto che una seriosa intellettualità. Lui stesso si definiva un uomo dall'istinto e dalle intuizioni stravaganti, eclettiche e tutto questo lo divertiva e gli dava un carattere ludico, spensierato, vivace, quasi infantile. Ciò traspariva ovviamente anche dalle sue creazioni.

Come poteva un uomo così non affascinare? Lui era il conte Alessandro-Ferruccio Marcucci Pinoli di Valfesina (per gli amici Nani): Console, Ambasciatore, Gran Croce, Commendatore, Cavaliere di numerosi ordini, presidente della più grande catena alberghiera d'Italia! Li fece accomodare ad uno dei tavoli, poi Nani sfoderò una penna stilografica e scrisse su un taccuino una frase da lui inventata sul momento; era imprevedibile e in un sol attimo poteva uscire fuori sempre con qualcosa di nuovo. Nani scrisse: La notte porta consiglio... ma non solo!

«Ecco qua, questa l'ho scritta per voi, per la vostra stanza, inseritela in un tavolino, o in uno dei comodini, incollandola... vedete voi, fate come vi sembra più giusto. L'ho firmata... vedete? Vi piace? Magari pittatela un po' con del colore che dia al foglietto un che di invecchiato, tipo pergamena...»

I due gemelli ringraziarono un po' sorpresi e assicurarono al conte che la frase avrebbe fatto parte della loro stanza. Poi Nani continuò: «Bene, fra un po' si mangia e staremo tutti assieme naturalmente, e tra breve dovrebbe comparire anche Francesco Borel, il vostro amico; è arrivato un'ora fa col treno, lui verrà con voi a prendere il materiale eh, nel pomeriggio vi accompagnerò in mesticheria.»

«Nani, bene, non vedo l'ora di rivedere Francesco, è venuto pure con Cinzia naturalmente?» chiese Alfonso.

«Certo, è assieme alla sua fidanzata, fra l'altro lei gli darà una mano per la stanza...»

«Benissimo, anche noi non vediamo l'ora di iniziare Nani, ma Francesco è in camera?»

«Sì, dovrebbe venire giù a momenti.»

In quell'istante arrivarono altre due ragazze certamente avvenenti, non potevano non attirare l'attenzione; anche loro erano vestite appariscenti: una aveva una minigonna in pelle nera e l'altra dei jeans aderenti con degli squarci sulle cosce. Erano belle, alte, sorridenti e quando giunsero lasciarono una striscia di olezzo penetrante, inebriante. Si avvicinarono al tavolo e si presentarono con modi gentili ed eleganti. Arrivarono, portati da un cameriere alto e magro, dal viso ossuto e pallido di nome Romano – sembrava uscito da un film di Bram Stoker – un bicchiere di vinello bianco frizzante per i due pittori e ancora una tazza di thè verde per il conte. Intanto le due ragazze presero posto al tavolo e Nani annunciò che avrebbero pranzato con loro. Alfonso e Nicola non riuscivano a togliere gli occhi di dosso alle due splendide ragazze. I gemelli si guardarono fra loro ammiccando e con evidente eccitazione fecero commenti pieni di soddisfatta sorpresa.

Bevuto il vinello bianco, squisito e frizzante, i pittori chiesero permesso di ritirarsi in stanza per darsi una sistemata.

«Andate pure, sappiate che all'una e mezza pranziamo.» disse serio il conte. Poi, rivolgendosi alle due russe: «Feona e Irina, i nostri due artisti ci raggiungeranno più tardi. Loro dipingeranno una delle mie stanze all'Alexander. Sono artisti di fama molto bravi. Poi farete meglio conoscenza tra voi durante il pranzo, quando verrà anche Francesco Borel con la fidanzata.»

I due pittori fecero loro un baciamano, che sembrarono gradire molto, salutarono il conte e si diressero alla reception. L'uomo brizzolato consegnò una chiave col numero 120 e salirono in ascensore. Si sentirono storditi, emozionati e carichi di entusiasmo crescente. Avevano voglia di vedere Cesco, di riabbracciarlo, di parlare con lui e ragionare sul tutto, di condividere l'entusiasmo e l'eccitazione. In ascensore si scambiarono le impressioni sulle due ragazze russe, così belle e avvenenti. «Che gran pezzo di sgnacchera, hai visto che cosce la mora con quella minigonna?» disse Alfonso.

«Feona, sì! Che sberle! Beh ma anche quella Irina, che morfologia con quei jeans sbrindellati! Ammazze il conte, si tratta bene!»

Entrarono in stanza e si trovarono dentro ad una camera elegante e confortevole. Sciccheria, gran lusso! Che meraviglia per i loro occhi! Trovarono i loro bagagli ordinatamente riposti davanti all'ampio armadio di legno massello. Fecero una doccia e si fecero belli. Indossarono una camicia, una giacca di lino e comodi jeans puliti.

Mentre Alfonso si stirava un poco il ciuffo ribelle col *phon*, per l'ultimo ritocco, Nicola disse: «Tutte russe 'ste ragazze, hai fatto caso? Come Marlena, quella gran figa della cameriera.»

«Boh, per me Nani con le russe ha belle ragazze a buon prezzo. 'Ste russe, cavoli, vengono qua nel nostro paese e trovano subito da lavorare ovunque, a loro gli si aprono tutte le porte! Si vede che al conte costano meno e ci guadagna anche nell'immagine. Lo sappiamo che è tirchio, no?»

«Mmm, già» soggiunse il gemello guardandosi allo specchio.

Mancavano pochi minuti all'una e mezza. Era tempo di scendere. Avrebbero certamente incontrato Cesco e Ciuzza.

CAPITOLO II

CAPITOLO II

Poco prima del pranzo arrivarono finalmente Francesco e Cinzia e fra loro e i due gemelli ci fu un caloroso abbraccio. Non vedevano l'ora di mangiare, adesso. Sedettero tutti alla tavola grande, quella rotonda, ed erano in tanti: il conte, i gemelli, le due russe Feona ed Irina, Francesco e Cinzia, poi c'erano due signori fra i quali il più anziano fu presentato come regista di teatro, l'altro come architetto e una signora robusta e molto affascinante, di una bellezza quasi raffaellesca, che era una scenografa. Inoltre, si unì alla tavolata anche una critica d'arte. Erano in undici.

Il salone si riempì di altra gente che cominciò ad accomodarsi ad altri tavoli; sicuramente gente che era all'Hotel Savoy per villeggiatura. Qualcuno di loro salutò il conte con riverenza. Gli inservienti, quindi due camerieri e due cameriere, presero a muoversi veloci ma sistematicamente per la sala, cominciando a chiedere le ordinazioni ai tavoli, andando e venendo dapprima con i taccuini, e poi con i vassoi carichi delle portate ordinate dai clienti. C'era luce, si respirava una delicata arietta fresca che proveniva dai condizionatori, tutto era così accogliente e invitante. Nani aveva già ordinato per sé e quindi un cameriere si avvicinò ai commensali per chiedere a loro. Iniziarono a conoscersi; i due pittori di Forlì erano felici di sedere accanto a Cesco e a Ciuzza e già da un bel po' stavano parlottando fra loro cercando di tenere la voce un po' bassa, qualche volta ridacchiavano anche insieme. Prima che iniziasse il pasto il conte aveva ordinato la sua solita tazzina di thè verde. Le due cameriere, una signora e la stupenda Marlena, il cameriere dal viso ossuto e pallido, avevano già iniziato a servire il primo: bucatini alla amatriciana. Si mangiava e si chiacchierava: il conte teneva banco, nel senso che come sempre era lui a dirigere le conversazioni. Cominciò a elencare a tutti una sorta di memorandum delle stanze già eseguite e benché le avessero già viste, non si astenne da descriverne alcune con entusiasmo e ad elencare i rispettivi titoli. Di seguito parlò della sua volontà di creare presto un gruppo laboratorio, per dare agli artisti dell'Alexander la possibilità in futuro di unirsi e sperimentare, di lavorare a progetti artistici da condividere. Era fortemente eccitato quando si mise a raccontare delle varie difficoltà che aveva incontrato per farsi dare i permessi di appalto, per affrontare le molte complessità burocratiche e per cercare poi di ottenere finalmente la concessione edilizia del nuovo grande Alexander Museum Palace Hotel. Il progetto era stato dato in mano ad un illustre architetto e quell'architetto ora era seduto a tavola con loro: era di Milano e si chiamava Aldo Marabini. Nani parlava sempre di progetti futuri, di nuovi programmi, di nuove idee, di collaborazioni, di lavori di ampliamento e di completamento dell'Alexander.

Parlò di ampliamento della vecchia struttura, cioè una capacità edilizia di circa 3000 metri cubi. Diceva: «Quanto lavoro eh! Dopo quasi due anni e mezzo di lavori, sofferenze, arrabbiature, delusioni e patimenti e dopo un anno e quattro mesi precisi dalla presentazione ufficiale del progetto in Comune, sono ad un buon punto; spero che presto avrò anche la concessione edilizia! Sappiate che i grandi lavori con una grande impresa inizieranno, mi auguro, fra qualche mese, dopo che saranno concluse tutte le stanze.»

In quel momento furono incoraggiati ed elogiati i due pittori gemelli e la coppia Francesco e Cinzia; e intanto il conte continuava a ribadire le tante difficoltà che si incontrano per realizzare un simile "sogno" mentre una signora piuttosto pienotta annuiva con sussiego alle sue parole.

«Miei cari...» disse il conte dopo aver preso una porzione di panna cotta «Come avete potuto vedere, siamo attorniati da belle ragazze, splendide figliole, no?» Ci fu un'approvazione generale. Allorché, quella donna, che i pittori pensarono avesse un ruolo determinante al seguito di Nani, si espresse con un: «Ehm..., sì sì splendide figliole.»

«Ebbene...» riprese Nani con evidente soddisfazione «queste ragazze qui presenti fanno parte di un gruppo sperimentale, formato esclusivamente da ragazze russe... un gruppo di teatro d'avanguardia. Le ho scelte io in base alla presenza fisica e al talento dopo una selezione accurata tra cinquanta candidate. Talentuose, sì certo, la cosa più importante, ma belle, perché questo gruppo si chiamerà Teatro sperimentale d'avanguardia delle Rose dell'Est... e le mie Rose dell'Est devono essere "un fiore di ragazze"!» Cesco rapido dette un'occhiata ai gemelli e sorrise. Si spiegava ora il significato della rosa da dipingere nella parete Est della sua stanza. «... Intendo integrare l'albergo museo con uno studio di ricerca teatrale sperimentale d'avanguardia, come vi ho appena detto. Queste che avete conosciuto ed altre che avrete modo di conoscere nel tempo sono le mie attrici prescelte, assunte per questo scopo. Un teatro d'avanguardia solo al femminile da me creato, un altro fiore all'occhiello del mio progetto. Il regista al quale ho affidato la direzione delle mie ragazze è qui con noi, l'avete conosciuto, è il signor Oreste Boccioni, non è parente del grande futurista... ah ah!» rise di gusto il conte, «conduce e dirige appunto Le Rose dell'Est.» Si complimentarono con l'uomo, un tipo stranamente untuoso, palesemente omosessuale, col quel fare dolciastro e manieroso, dall'accento meridionale. Le due fanciulle sorrisero educatamente e visibilmente soddisfatte che si stesse parlando di loro. «Mentre... la signora Rosanna Pini è la nostra scenografa, docente di scenografia alla cattedra di Roma. È lei che crea le scenografie per il mio teatro, che vedrete.» La donna storse la bocca pittata di rossetto in un sorriso, intenta a masticare dell'uva.

«Qui con noi c'è anche la critica d'arte, giornalista e insegnante Rosalba Corda. Lei si occuperà di recensioni e articoli riguardo al lavoro artistico delle stanze e anche di tutto il resto.» La donna era grassa come un barilotto, con occhi troppo truccati e una massa di capelli neri che le scendevano sino alle spalle.

«Ah, voglio ricordare ai nostri tre artisti pittori che alle 15.30 dovranno rendersi disponibili perché andremo a comperare tutto il materiale occorrente per dipingere, in una mesticheria di fiducia; dopo di che faremo un saltino noi cinque all'Alexander. Puntuali eh!?»

Alla fine del pranzo fu servito il caffè dalla cameriera in grembiulino, bella da svitare i tappi delle bottiglie. Poi ci si ritirò ognuno per conto proprio e Cesco, Ciuzza, furono invitati un istante nella stanza dei gemelli per parlare in santa pace tra di loro. Cesco e Ciuzza avevano la stanza nel loro stesso corridoio, la numero 126. Finalmente, poterono così festeggiarsi a vicenda per essersi ritrovati un'altra volta a Pesaro insieme, dal conte Nani. Ciuzza scoppiava di risate, per tutto quello che il peso delle emozioni le aveva rovesciato addosso. Nicola, Alfonso e Francesco commentarono animatamente fra loro

la bellezza di quelle ragazze: la cameriera e le altre due russe con le quali a tavola, specie i gemelli, avevano intrapreso discorsi vivaci. Cinzia pur mantenendosi in una disposizione d'animo gioviale e scherzosa, dopo un po' ebbe un moto di gelosia e se ne uscì con questa esclamazione: «Siamo venuti qui per dipingere o per commentare quelle puttanelle? Francesco guarda che ti riporto a casa!»
«Eeeh Cì, mica dobbiamo corteggiarle!»
«Vorrei ben vedere!» aggiunse Cinzia scrutandoli tutti e tre.
Non passò molto tempo che Cesco e Ciuzza tornarono nella loro stanza. Ci si doveva riposare un poco, prima che Nani venisse a prelevarli.

Un torpore gravò su Alfonso e Nicola, ciascuno disteso sul proprio letto. Il silenzio dell'elegante stanza, i materassi comodi li fecero addormentare. Mentre il sonno levava la pesantezza, uno squillo del telefono sul comodino affianco al letto di Nicola, li fece sobbalzare. Nicola afferrò la cornetta ad occhi chiusi, rispose meccanicamente: «Prontooo...»
«Ci sieteee... sono le tre e mezza, muovetevi che vi aspetto disotto nella hall.»
«Era il conte! Cazzo le tre e mezza, di già!»
Il conte era probabilmente con Cesco e Ciuzza ad aspettarli; i ritardatari!
«Alfonso, muoviamoci! Era Nani... è tardi!»
«Ho sentito, arrivo, mi alzo, ma son stracco!»
«Muoviti, altrimenti chi lo sente quello!» ripeté Nicola sbadigliando. Non ci misero molto a pisciare, sciacquarsi il viso, pettinarsi un po' e uscire dalla stanza.
«Esigo maggior puntualità. Forza gemelli andiamo!» li apostrofò Nani vedendoli arrivare. Li aspettava assieme agli altri due, nel salotto della reception.
Ciuzza rise e Cesco: «Che ti ridi?»
«No nulla...» E rideva. Uscirono.
«Andremo con la mia Jaguar. Aspettatemi qui, la vado a prendere in garage.»
Il conte svoltò la strada a lato dell'albergo a passo spedito. Si accesero tutti e quattro una sigaretta, sotto la pensilina dell'Hotel Savoy.

«Un caffettino vi va? Eh, Francé...» saltò su Cinzia con espressione intensa.

«Ma che cazzo stai a dì... adesso arriva il conte con la Jaguar, e tu pensi al caffè. Non c'è tempooo Cì.... bisogna andare a prendere i colori!»

«Ah, fanculo!, a me mi andava un caffè... ah ah ah ah ah!!!»

«Non ti dò torto Ciuzza, ne avrei voglia anch'io.» ribadì Alfonso.

«Dopo ce lo facciamo, buono e cremoso!» aggiunse Nicola.

«Mmm, che vogliaaa...» insistette Cinzia.

«Saliteee... andiamo, suuu!» si sentì Nani dalla macchina che era appena giunto di fronte all'albergo con la sua Jaguar fiammante, verde bottiglia.

In mesticheria, un grande negozio fornitissimo di ogni articolo per il bricolage e per belle arti, i pittori scelsero colori e pennelli e quant'altro servisse per il lavoro: Cesco colori ad olio e qualche acrilico, i gemelli solo barattoli acrilici. Ma Nani con occhio vigile vagliava ogni articolo e relativo prezzo, e ogni tanto diceva che costava troppo, che era meglio vedere qualche cosa di più economico. Cesco, Nicola e Alfonso si stavano innervosendo, tanto che quest'ultimo disse ad un certo punto: «Ma insomma conte, se vuole un lavoro di qualità bisogna che siamo liberi di scegliere buoni prodotti, che noi sappiamo riconoscere bene, data l'esperienza!» si accorse che in quel momento gli aveva dato del lei.

«Ah, sì, va bene... ma andate pianino, perché non c'è bisogno di prenderle doppie le tinte. Quando finiscono, mando la ragazza a comprarne delle altre. Intanto fate con queste.»

«La ragazza?...»

«Sì, al cantiere dell'Alexander c'è una ragazza, Cosetta, che conoscerete tra poco, che ha il compito di assistere gli artisti in tutte le loro esigenze fornendo tutto l'occorrente come ad esempio cambiare l'acqua sporca dei secchi con acqua pulita, procurare panno carta, rintonacare parte del muro imbrattato da eventuali schizzi di colore... oh, mi raccomando eh?, tollero qualche schizzo ma attenti a non farmi disastri. Avrete grandi cellofan che la ragazza vi consegnerà per la protezione delle pareti. Adesso fate prestino che andiamo alle stanze...»

Nani pagò, ricevette una certa dose di genuflessioni dal commesso

e furono caricati in macchina due scatoloni ciascuno di materiale.
La Jaguar si diresse nel lungomare, verso il cantiere dell'Alexander.
La sagoma dell'Alexander si stagliava come un vecchio vascello abbandonato a ridosso di un lungo litorale di spiaggia; era un degradato hotel di nove piani che terminava con una torretta quadrangolare. Alle spalle aveva le montagne: creste di calanchi e di pietre dal colore ocra ricoperti di vegetazione di un verde cupo. Di fronte la splendida distesa del mare marchigiano chiaro, di un verde blu brillante, e la spiaggia morbida e fine, già occupata dagli ombrelloni allineati dei primi vacanzieri di luglio. L'intero edificio si sviluppava verso l'alto a blocchi sovrapposti, con una geometria a scalare: vale a dire con ritmiche sporgenze e rientranze di parallelepipedi verticali. Visto dal basso, dal lato che dava sul mare, ricordava un' avveniristica pagoda, con il basamento del primo piano squadrato su cui era innestato un fusto dalla forma di stretto parallelepipedo, dalle cui pareti sporgevano simmetricamente i terrazzi, tutti uguali ad eccezione di quelli del secondo piano, che erano assai più larghi. Attorno c'erano altri alberghi vecchio stile, costruiti a blocchi compatti, che parevano fare da sentinella all'Hotel Alexander, simile al relitto spiaggiato di un naufragio, ma ancora imponente per la sua altezza e per il suo inquietante sfascio decadente. Non passava certo inosservato, anche così: vecchio, scalcagnato e in disfacimento. Dabbasso, tutto intorno al perimetro dell'hotel, si allargava un'area dismessa, un vero e proprio cantiere, e tale era e ne avrebbe acquistato sempre più l'aspetto col passare del tempo. Vi si accedeva tramite un cancello di ferro, che il conte chiudeva con un pesante lucchetto ma quel cancello, volendo, chiunque avrebbe potuto scavalcarlo. Da lì iniziava una stradicciola di pietruzze e sabbia che portava a uno spiazzo ove si poteva trovare di tutto: ferraglie, sacchi di materiale di scarto e rifiuti, blocchi di pietrame e pezzi di materiale edilizio, come mattoni rotti o tubi in cemento accatastati, cavi elettrici attorcigliati, grate arrugginite, assi di legno, mucchi di calcinacci, secchi abbandonati, arnesi da lavoro, pezzi di legno, recipienti vari, legni bruciacchiati, sacchi di malta e di cemento. Una disarmonia e un senso di abbandono tali da fare venire quasi il rifiuto di sostare lì per troppo tempo; tutto era così deprimente, brutto, antiestetico, sporco; l'intero luogo era in disor-

dine: fasciame e caos. Eppure, un giorno, sarebbe sorto proprio lì il grande, nuovo, moderno, bellissimo Alexander Museum Palace Hotel di Pesaro.
Nel lato frontale che dava sul mare, due rampe a sei gradini, coperte di sudicia moquette verde, conducevano al primo piano. Tra di esse si trovava uno scivolo in cemento che scendeva ad una grande porta in ferro chiusa con lucchetto. Probabilmente un seminterrato. Sul lato destro dell'edificio si sviluppava una lunga rampa di scale in ferro e alluminio, solida e robusta, che conduceva ad un'altra entrata dell'Alexander. Da lì si accedeva direttamente a una sala laboratorio circondata da ampie vetrate, da cui si vedeva il blu del mare, superata la quale, ai lati di un ascensore poco rassicurante, iniziavano le rampe di scale che portavano direttamente a tutti i vari piani dell'albergo e alle sessantatré camere.
Cesco disse che il mare gli faceva voglia, lo disse anche Ciuzza, e lo ribadirono anche Nicola e Alfonso. Allorché il conte replicò: «Potrete andarci una volta, se volete, ma non ne avrete il tempo! L'anno scorso uno dei pittori fu sorpreso da me a oziare in spiaggia con la morosa. Lo cacciai via; non mi piacciono i lavativi perditempo!»
E con questo le quattro bocche furono tappate.
Salirono la rampa di scale in metallo e si trovarono dentro l'ampio laboratorio. Era un luogo molto luminoso, grazie alle grandi vetrate. Tavoli e sgabelli dappertutto con sopra ripiani in legno multistrato, barattoli di colore a tempera, smalti, scatoloni di cartone, carta da imballo. Lì si creavano assemblaggi, si risistemavano oggetti di arredamento riciclati dal conte e si eseguivano – su suoi bozzetti – le sue sculture minimaliste. Tutto era nelle mani dei factotum Lino e Cosetta. Lino era un signore alto, magro sulla sessantina, molto devoto al conte, un tuttofare ligio e scrupoloso nel seguire gli ordini. Cosetta una ragazza di trentacinque anni, mora, carina, laureata alle belle arti, di gran manualità. Furono presentati ai pittori, e Nani disse che per qualsiasi cosa potevano rivolgersi a loro.
Salirono le scale, due rampe. Dai muri vuoti e bianchi uscivano tubi di plastica dall'interno dei quali pendevano i cavi elettrici; sembravano vermi neri che abitavano dentro le pareti. Appoggiata alle pareti nude, qualche lastra di vetro impolverata, e poi porte laccate, chiuse... e chissà dove conducevano. Arrivarono in un corridoio, ai

lati del quale stavano le porte delle stanze già dipinte; erano chiuse, e ciascuna realizzata da un autore, con lo stile della rispettiva stanza. Porte astratte, porte surreali, porte graffitiste, porte di zoologia marina, porte espressioniste che urlavano, porte di antropomorfismi con simboli magici, porte di rutilante dripping.

A metà del corridoio, sulla destra, stava una porta ancora libera: era la stanza assegnata ai due gemelli: la 208. Sarebbe diventata la stanza NOTTETEMPO.

«Ecco, poggiate qui la vostra roba.» disse il conte indicando gli scatoloni che tenevano i due artisti.

«Ora andiamo a vedere la stanza di Borel, è al piano di sopra...»

Tutta la superficie del pavimento era coperta da un cellofan. Era la loro stanza, lì avrebbero creato la loro opera. Ne sentivano già il richiamo, dentro di loro la forza misteriosa dell'ispirazione. Guardarono la parete in fondo: grande, vergine, intonacata di fresco, immacolata. Lì il grande notturno, l'opera più impegnativa per estensione! Già i gemelli vedevano quello che gli altri non potevano sapere, che non potevano vedere. Si diedero un'occhiata d'intesa, come quando ci si accinge a compiere una missione, ed era ormai giunta l'ora decisiva! Tra loro era di nuovo divampata l'intesa gemellare. Ora contava solo questo: pittura, pittura, e solo pittura. Fanculo il resto!

«Forza, alloraaa?» li richiamò il conte, mentre Cesco e Ciuzza sostavano nel corridoio.

«Sì eccoci...»

La stanza al piano di sopra di Cesco era più o meno delle stesse dimensioni. Anche lì armadio, tavolino, sedie, comodini e spalliera del letto, porta del bagno e porta d'entrata erano tutti tinteggiati di un fondo bianco neutro, pronti per essere dipinti.

«Ecco, questa è la parete ove tu Francesco mi dipingerai in grande la "Rosa dell'Est", la parete che dà ad Est, per l'appunto! Nessuna delle stanze che sono state dipinte ha una rosa; allora ho pensato di farla fare a te...»

«Ehhh sì, spiccherà molto, un gran colpo d'occhio...» soggiunse Cesco con sguardo accigliato e riflessivo.

«Francé, che dici, la farai bella grande?» chiese euforica Cinzia.

«E certo, bella grande!» sentenziò Borel.

«Ora vi lascio, potete fare come credete, ora. Iniziate a disporre le vostre cose e a ragionare ciascuno dentro le vostre stanze. Alle 8.30 si cena. Puntuali eh? Alle sette precise Lino verrà per chiudere. Sarà il momento di abbandonare ogni lavoro, intesi? Per questa volta sarà Lino a ricondurvi in albergo. Bravi pittori, vi auguro buon inizio!» disse Nani e corse via, mentre si accingeva a rispondere ad una chiamata al cellulare.

Quel pomeriggio si dettero da fare a sistemare tutta la loro roba, vale a dire il materiale di lavoro acquistato. Per prima cosa collocarono su un tavolino messo apposta nel centro della stanza i colori ed i pennelli. Il signor Lino aveva già provveduto a far trovare loro due secchi pieni d'acqua per lavare i pennelli e due grossi rotoli di carta per pulire o asciugare. Per proteggere il pavimento dalle sgocciolature erano stati stesi quindi una copertura di nylon e dei fogli di cartone. Nicola e Alfonso avevano preso con sé anche una borsa piccola ove avevano infilato due camici bianchi da lavoro e un paio di scarpe da tennis, ancora macchiate di colore secco, ricordo dei lavori pittorici precedenti, del tempo delle performance. Sistemato il tutto, diedero un'occhiata nel bagno; nel lavandino c'era una saponetta e accanto al water la carta igienica. Controllarono che l'acqua venisse dai rubinetti, poi videro due grossi asciugamani bianchi messi apposta per loro. Si erano portati anche una cartellina piena di stampe fatte al computer delle immagini che sarebbero servite loro per realizzare i dipinti e lo schema del progetto ideato in studio.

Diedero una nuova occhiata all'intera stanza, osservandone le pareti, facendo scorrere i polpastrelli sul liscio intonaco; presero alcune misure e poi decisero di adoperare quelle poche ore a disposizione nell'iniziare ad impostare il disegno del dipinto notturno. La parete frontale, quella più ampia, che stava di fronte alla porta di entrata, era senza dubbio la più adatta; sì, era giusto iniziare subito con il dipinto più grande. Nicola andò a chiamare Lino per farsi dare una scala e la ottenne immediatamente: quell'uomo era gentile ed efficiente. Alfonso si armò di metro e salì la scala posizionata davanti alla parete: prese le dovute misure, con una grafite segnò dei punti di registro, sino a formare le tracce di un rettangolo centrale, di circa tre metri per due; dopodiché i due pittori guardarono che tutto fosse in perfetto squadro, tirarono le linee parallele e orizzontali e infine Alfonso, guidato dal gemello, con molta attenzione stese lungo il perimetro del rettangolo, quindi ai bordi, il nastro adesivo di carta. Una volta finito il dipinto, togliendolo, si sarebbe avuto un quadro perfettamente lineare e regolare.

Furono pronti a incominciare il disegno vero e proprio del loro notturno e in breve tempo il lavoro fu fatto e risultò più che soddisfacente; sarebbe dovuto venire fuori un dipinto di un paesaggio notturno di periferia, senza troppi elementi ma essenziale e suggestivo. «Questo è fatto! Domani inizieremo a dipingere con gli acrilici, che ne pensi?» disse Nicola portandosi il più possibile con le spalle alla porta, per vedere il disegno sulla parete dalla dovuta distanza. Si compiacquero di aver preso bene le misure: il rettangolo era in perfetto squadro!

«Sarà dura dipingerlo sai? Temo che questi acrilici saranno assorbiti subito dall'intonaco e sarà arduo ottenere con facilità delle sfumature perfette. Tuttavia il supporto è quello che è...» valutò Alfonso con gli occhi incollati alla parete.

«Sì immagino, non è certo tela: ma ce la faremo. Sarà faticoso salire e scendere continuamente dalla scala cavoli! Se avessimo uno di quei castelletti scorrevoli che usano gli imbianchini, sarebbe molto più facile e comodo, hai presente?»

Intanto anche Cesco lavorava con lo stesso impeto, prendendo le sue misure e abbozzando i primi disegni nella sua stanza. L'ora di andare via arrivò in un baleno. Lino passò avvertendo che si doveva smontare, erano le sette e un quarto, già un ritardo da far innervosire il conte! Bisognava chiudere l'Alexander. Anche Cosetta si predispose a lasciare il cantiere. Raggiunsero l'auto di Lino, il quale li riaccompagnò al Savoy. Cesco era in fibrillazione, Ciuzza aveva fame e voleva fumare. Nicola era narcotizzato dai pensieri riguardo il grande quadro che non vedeva l'ora, assieme al fratello, di iniziare a dipingere. Al Savoy si sistemarono velocemente, fecero la doccia e si cambiarono con vestiti puliti, e alle 8,30 in punto riuscirono a presentarsi in tempo per la cena. Il conte era seduto al centro della grande tavola rotonda con tutti i commensali già ai loro posti. Un bel po' di gente! La critica d'arte Rosalba Corda alla destra di Nani, Rosanna Pini, la scenografa, il regista Oreste Boccioni, le bellissime Feona ed Irina e altre tre nuove ragazze di una bellezza regale, giovanissime, sui vent'anni circa, naturalmente russe, bionde tutte e tre, che furono presentate ai tre pittori e a Ciuzza. Subito i tre si prodigarono in strette di mano e baciamano e sorrisi e mezzi inchini ad ognuna di loro. E con maggior impeto lo fecero i gemelli, per il loro carattere alquanto espansivo. Ciuzza rimase seria, poi fece una piccola risata, poi tornò seria e poi diede un'occhiata a Cesco, un po' di traverso, il quale aggrottando le sopracciglia, rivolto a lei disse: «Embè?»

Nani spiegò che quelle ragazze dal profilo perfetto e dagli occhi azzurri erano due sorelle e si chiamavano Animaisa ed Elikonida. Animaisa, portava i codini. Facevano parte anch'esse delle "Rose dell'Est" come pure Kirilla, caratterizzata da un viso un po' allungato, occhi castani dal taglio squisitamente pencolare e labbra carnose, dalla dentatura perfetta.

Cesco esordì col dire: «Io nella mia stanza dipingerò, nella parete Est, una rosa rossa che simboleggia voi!...» Cinzia lo guardò con compassione. «Ah, sì... molto romantico!» Kirilla accennò un sorriso armonioso e sensuale che fece a sua volta emergere in Cesco un sorriso un po' beota. Si bevve vino Sangiovese dei colli pesaresi e dell'ottimo bianco di Remo, per iniziare. L'antipasto fu gustato dal buffet *self-service* che si trovava nel grande tavolo poco distante, ricolmo di prelibatezze di ogni genere: verdura fresca e cotta, purè, affettato, olive nere e verdi, parmigiano a scaglie, seppioline, broccoli, formaggi vari e chi più ne ha più ne metta! Ciuzza vi si tuffò di gran lena, Cesco pure, e i gemelli pure!

Poi arrivarono degli ottimi, fumanti spaghetti allo scoglio, con cozze giganti, serviti su piatti di pregiata porcellana. Il cameriere dal naso adunco, dal viso scavato, tutto impettito e genuflettente, dal portamento professionalmente impeccabile da vero maggiordomo, arrivò col carrello e la pietanza, che fu servita con grande classe. Marlena, nel suo abbigliamento straordinariamente sexy da cameriera, si pose alle spalle dei commensali, passando ad uno ad uno a versare dell'altro vino, iniziando dal conte.

Godimento del palato per tutti! E non solo del palato, ma anche degli occhi, dato che i Vaccari non facevano altro che sbirciare arzillosi le cosce perfette di Marlena.

Il conte Nani si protese in una conversazione intellettuale in cui fecero sfoggio di altrettanta capacità oratoria i due gemelli, che di arte ne sapevano di gran lunga, e vi fu un cadenzare di botta e risposta con dovizia di particolari e citazioni sull'arte antica, moderna e contemporanea. Con viva partecipazione intervenne il regista Boccioni, mentre divorava, ungendosi il mento pingue, un secondo a base di squisiti gamberoni, scampi e calamari, sogliola e razza, oltre a del pesce persico in tranci. Così pure partecipò con enfatico entusiasmo anche la critica d'arte.

Pure la scenografa interveniva con interesse e talvolta le ragazze ponevano domande al conte e agli artisti. La critica accompagnava la conversazione con obiezioni che ai gemelli parvero un po' astruse e con atteggiamenti un po' troppo da maestrina.

Che cena ragazzi!

«Presto verrò a controllare come procedono i lavori nelle stanze...» esordì improvvisamente il conte Nani alzando il calice e versandosi dell'acqua minerale.

«Conte, ma se abbiamo appena iniziato.» ribatté sorridendo Nicola.

«Verrò fra qualche giorno, anzi... quando meno ve lo aspetterete!» sentenziò Nani.

«Eh che è, una sorta di retata conte?» fece Alfonso alzando la voce perché tutti lo potessero sentire. Seguirono delle risate copiose. Ma Nani smorzò la sua risata e continuò col dire: «Io devo controllare, io spierò sempre il vostro lavoro... spierò voi e ciò che state combinando, affinché tutto proceda secondo il mio volere e le mie necessità estetiche.» La critica allungò il collo e con la bocca serrata annuì alle parole del conte, e dopo aver tossicchiato e ingurgitato un bicchiere di vino rosso, si intromise con voce moderata ma dai toni fermi: «È vostro compito lavorare seriamente, senza battere la fiacca... è bene che quindi vi si controlli. Si sa che gli artisti, pur avendo del loro genio e una loro personalità, tuttavia se non li si controlla si afflosciano nelle loro improvvise pause riflessive. Invece occorre metodo, continuità di risultati e impegno. Nani, è vero no? Racconta a questi uomini talentuosi, cosa successe con quel pittore un anno fa...» e giù con la stessa storiella già raccontata.

«Ah sì... eh eh eh... sì! Ci eravamo fidati di lui e del suo impegno ed invece una mattina lo trovammo a bighellonare in spiaggia con la sua ragazzotta (fra l'altro mi è rimasta in mente quella ragazza perché aveva i peli sulle gambe... non si depilava?), e comunque li trovai a prendere il sole. Scansafatiche, lavativi! Debosciati e perdigiorno! Così li abbiamo cacciati ed abbiamo chiamato al loro posto un altro pittore: uno di Firenze.»

I tre amici si mandarono occhiate repentine che sottintendevano una necessità di sfogo liberatorio comune, stoicamente trattenuto.

Il conte terminò scuotendo il capo ma si riprese subito allargando la bocca in una improvvisa risata, forse un po' troppo forzata – almeno questo parve ai pittori presenti alla cena – e ricominciò a parlare: «Va beeeneee così... fa lo stesso. Ora abbiamo i nostri artisti e loro ci daranno prova di bravura e di buona volontà nell'essere solerti, precisi e seri!» Nel frattempo il regista e la scenografa continuarono imperterriti a chiacchierare fervorosamente di idee nuove e originali, di iniziative teatrali.

«Conte Nani, lei dice bene, ma agli artisti occorre dare tempo per riflettere, non si devono sentire presi per il collo... altrimenti...» Nicola continuò il discorso del fratello: «Eh già, altrimenti non lavorano sereni e non rendono!»

«Andiamooo... *bambiniii*, tutte storielle, ci vuole disciplina anche in arte!» prese a dire la critica Rosalba. Già ai gemelli e a Cesco, quella cominciava a stare poco simpatica.

«Va bene, ma che c'entra. Scusi signora ma è logico che gli artisti professionisti siano disciplinati nel loro lavoro...» ribatté Alfonso.

Cinzia a Cesco: «Eh dì qualcosa anche tu... Francé!»

Cesco a Ciuzza, sottovoce: «No eh, e chi s'azzarda!»

«Andiamo andiamo! Sarete controllati quanto basta per accertarci che svolgerete il vostro lavoro con diligenza artistica.» sparò di nuovo Nani.

I quattro pittori non risposero ma si scambiarono ancora sguardi d'intesa poco rassicuranti. D'un tratto parvero un po' infastiditi. Si sentivano come sotto esame.

Erano arrivati quasi alla fine della cena e vennero serviti dolci da deliziare il palato con rare prelibatezze. Alfonso e Nicola pensavano ora in quanto tempo sarebbero riusciti a terminare la stanza: forse in dieci giorni? In una settimana? Fra loro avevano fatto una scommessa in privato, ossia che sarebbero riusciti a sorprendere il conte terminando tutto in sette giorni. Sapevano di essere stati sempre veloci in ogni lavoro artistico, senza che la qualità venisse meno. Non vedevano l'ora che arrivasse il mattino seguente per incominciare con tutta l'energia creativa di cui disponevano e per questo si sentivano elettrizzati.

Nani ribadì ancora una volta che presto sarebbe venuto a controllare come procedevano i lavori; in tal caso, i gemelli si auguravano che quando sarebbe arrivato, il conte avrebbe per lo meno trovato una esecuzione pittorica quasi conclusa. Francesco e Cinzia – confidandosi coi due – dissero di sentirsi un po' emozionati ma carichi, nello stesso tempo però un poco insicuri nella esecuzione tecnica che li attendeva, quindi riguardo alle problematiche che avrebbero dovuto affrontare.

La questione del laboratorio teatrale ai pittori pareva davvero strana, quasi avesse un che di misterioso in sé: come poteva Nani con tutto quello che aveva da fare e da controllare, assumersi anche il peso di quell'attività che appresero avveniva persino in alcune ore della notte? Teatro sperimentale, ragazze dell'Est assunte per dare corpo all'iniziativa, per dare vita a quel fantomatico laboratorio teatrale ove pochi, solo gli addetti ai lavori, potevano accedere. Attrici russe o ucraine, tutte assunte secondo le loro capacità e la loro bella presenza; ma sì, il conte, quel buon uomo generoso, stava dando lavoro e possibilità di integrarsi artisticamente, a delle fanciulle che altrimenti, altrove, avrebbero potuto incappare in situazioni poco edificanti. Il Teatro Sperimentale d'Avanguardia "Le Rose dell'Est" sicuramente, inserito nel complesso dell'Alexander Museum Palace Hotel, avrebbe significato un fiore all'occhiello per coloro che aspiravano ad unire più arti insieme, per dare un messaggio di innovazione e di ampliamento sociale. Il conte avrebbe mostrato loro il laboratorio teatrale (situato in un seminterrato del vecchio Hotel), solo quando avesse deciso; per il momento bisognava aspettare e basta. Il conte spiegò anche che certe attività didattiche riguardo al teatro, comprensive pure di riprese video per la realizzazione di cortometraggi, si sarebbero svolte all'interno di uno studio di registrazione situato fuori dall'Alexander: un attrezzato teatro di posa. Le ragazze russe con il regista Boccioni e la scenografa Pini, sarebbero andati a lavorarci per qualche sera. Questo studio di registrazione si chiamava Deposito Uno.

I pittori comunque avevano ben altri problemi su cui riflettere.

Tutto quell'ambiente lussuoso, la curiosa personalità del conte Nani, quella gente speciale attorno a loro, quelle stupende ragazze, quell'aria di cultura e trasgressione, il fatto di trovarsi lì per una impresa così diversa e originale, l'Hotel Alexander, il laboratorio di teatro, tutto questo era per i quattro pittori una avventura comunque da vivere e da assaporare, con la convinzione di essere stati prescelti e quindi, in un certo senso, li portava intimamente a ritenersi fortunati.

Il giorno dopo finalmente si misero a dipingere la parete principale, quindi stava per iniziare il lavoro del grande notturno. Di pennelli ce n'erano a volontà e pure i colori erano tanti, di ogni tonalità, tutti di buon acrilico resistente agli agenti esterni e dalle gamme brillanti, vivaci. Fu faticosa la prima stesura di campiture: quel benedetto muro assorbiva troppo i pigmenti e fu arduo ottenere subito delle sfumature ottimali. Occorse ripassare per diverse volte su stesure già date. Ai due pittori cominciarono a fare male le braccia, perché in realtà la fatica era la stessa che poteva fare un imbianchino stendendo il colore con pennelli larghi, anche se inizialmente, per la prima base, usarono i rulli. Blu scuro, tendente al cobalto per il cielo, bianco e giallo per le luci dei lampioni, poi le terre e i grigi violetti per la strada e le case. Verde cupo, mischiato con verde smeraldo e blu di Prussia per le zone occupate dagli alberi. Pian piano, col passare delle ore, lo scenario notturno cominciava ad apparire nella sua totalità suggestiva. Bisognava tenere d'occhio la profondità e le proporzioni. Dopo tre ore si sentirono stanchi e si ritrovarono sudati, tanto che decisero di togliersi il camice e continuare a lavorare in jeans e canottiera. Quel dannato salire e scendere dalla scala: che faticata! Inchinarsi a sciacquare i pennelli nei larghi secchi, poi risalire, poi di nuovo scendere, mischiare i colori in tavole di legno compensato a guisa di tavolozze, stare attenti a non sgocciolare o spruzzare colore sui muri bianchi, i guanti in lattice che si lordavano di colore, dentro ai quali le mani sudavano come rubinetti aperti, tutto questo era duro e faticoso! Inoltre il caldo della stanza nonostante tenessero la porta finestra aperta, la poca luce a disposizione, le suole delle scarpe da tennis che involontariamente pestavano le tavolozze piene di colore fresco, e quindi un evolversi delle macchie sul pavimento coperto di nylon, li rese nervosi e agitati. Quel nylon che non stava mai fermo, si staccava, aprendo varchi pericolosi sul pavimento pulito.

Fecero delle pause in cui salirono da Cesco e Ciuzza a fumare una sigaretta. Il pittore di Borgone aveva ormai finito di dipingere la rosa nella parete Est, che ora spiccava come una nota rosso sangue nel candore del muro. Le foglie verde cupo, come dal bozzetto, erano tagliate alla base dal nastro adesivo, perfettamente in linea. Gran bella esecuzione, che venne alquanto ammirata dai gemelli. Altre immagini ancora abbozzate e in parte dipinte dell'evoluzione dell'uomo, stavano prendendo forma nella sua stanza.

«Ad olio, ma come resisterai alle esalazioni?» chiese Nicola all'amico.

«Eeeh, poco petrolio e olio di lino... mo' vedremo...» cercò di rassicurarlo Cesco con il pennello tra le mani.

«Il conte non si è visto.» disse Alfonso spegnendo la sigaretta in un bicchiere di plastica con dell'acqua dentro, nel cui fondo stavano altre cicche in un infuso di nicotina a dir poco repellente.

«Già, non si è visto.» rispose Cinzia.

«Arriverà, quando meno ce lo aspettiamo, e sarà meglio che ci trovi ognuno nelle proprie stanze!» profetizzò Cesco con lo sguardo puntato al soffitto. In quell'istante era Verdone in persona.

CAPITOLO III

CAPITOLO III

Nani arrivò il pomeriggio del terzo giorno di lavoro.

«Siamo pazziii?! È questo il dipintooo?... Hueeenooo! Tre giorni per essere ancora lì, con un solo dipinto terminato... e le porteee? La spalliera del lettooo? I co-co-comodiniii?! Non ci si può mettere così tantooo, battete la fiaccaaa? Nooo!» e dal nervoso si spazzolò freneticamente col palmo i capelli che parevano essersi rizzati.

«Ma Nani, ti rendi conto della dimensione dell'opera? È già sorprendente il fatto che in tre giorni la parete frontale sia stata terminata...» si difese Nicola con impeto. Indignazione! Come non poteva essere soddisfatto?

«C'è una macchina, per la diavolina!!! Avevo detto che non si dovevano vedere auto, non ci siam capitiii!?»

«Ma sono appena accennati i fari...» replicò Alfonso interdetto e sopraffatto da quegli acuti del conte, che riecheggiarono come echi fastidiosi.

«Si tratta delle luci posteriori conte, guarda bene! La macchina è pressoché confusa in un alone rossastro, quello dei vapori luminosi che si diffondono nella notte, in una forma indistinta di colore rosso che ne rivela appena la sagoma. Siamo in uno scenario urbano, l'auto è la sostanza della strada di città, il suo emblema che rimanda allo spostamento, al viaggio del poeta, ed è appunto al poeta che è dedicato il quadro, al poeta che come in kerouac, trova la sua ispirazione nel viaggio notturno e quel poeta sei tu Nani. Difatti l'opera si intitola: Il viaggio del Conte!» Lo disse tutto di un fiato. La risposta di un artista che difende la sua opera.

«A me?...» chiese Nani che smorzò la furia indicando il grande quadro.

«Certo, e a chi sennò?» affermò sicuro l'altro.

«Sììì, ottima pensata, un buon e gradito omaggio. Ma fate attenzione a non esagerare con le auto.»

«Comunque, dopo tanto lavoro, non fai un apprezzamento alla tecnica, all'esecuzione, all'opera, insomma... neanche un complimento!» continuò ora Nicola che aveva preso forza dall'intervento del fratello.

«È un bel lavoro, me ne compiaccio. Ma siete ancora indietro, non fate che vi trascinate per giorni e giorni…, la fiacca non la si batte, siete qui per lavorare sodo, cercate di finire la stanza in dieci giorni. Non siete in vacanza!»

Nani poi sorrise, in un repentino mutamento di umore, come se stesse divertendosi e strinse gli occhietti vivaci sino a farli diventare due sottili fessure.

«Ma ti rendi conto che il lavoro da fare è tanto e, per farlo bene, occorre il tempo necessario? Noi siamo professionisti e ci occorrono i nostri tempi…» protestò ancora Nicola.

«I vostri tempi devono coincidere con i miei programmi; poche storielle, lavorate e portate a termine la stanza nel periodo che si conviene alle mie necessità, altrimenti vi rispedisco a casa e faccio ritinteggiare e poi chiamo un altro…»

«Questo è un ricatto a cui non intendiamo sottostare, conte! » disse Alfonso pieno di sdegno.

«E queste zampate in terraaa? Non mi inguacchiate così la stanza, e non voglio schizzi nelle pareti…» poi si diresse col dito indice a grandi passi verso la parete di sinistra ad indicare degli schizzi di colore: «…E questiii? Non devono esserci schizzi, non mi ero raccomandato? Eeeh, nooo… li ho scovati! Me lo immaginavo, che schizzavate! Non si schizza col colore! Aaah, domani faccio venire Cosetta a dare delle ritoccatine!» Aveva cambiato discorso e ora se la prendeva con le sgocciolature. I gemelli ruggivano dentro.

«Nani, ci spiace, ma è inevitabile che succeda… d'altronde, dai… sono cose da nulla!»

«A queste "cosette" da nulla ci penserà Cosetta…» prese a ridere di gusto per la battuta, poi ancora con espressione seria: «State attenti, non devo ripetervelo troppe volte, vero?»

«Staremo più attenti Nani. O.K., ma devi avere fiducia in noi. Altrimenti non possiamo lavorare tranquilli!» disse Nicola.

«Leggeri! Siate fiduciosi della mia fiducia!»

«Eh!» fece Alfonso accendendosi una sigaretta.

«Devo lasciarvi, ora… bravi, bel lavoro, ci vediamo a cena. Continuate così. I miei gemelli artisti!!! Oh! Che stanza mi farete? Una bella stanza… ne sono certo. BRAVI!!!» Sparì come un ologramma lasciandoli un po' pallidi e rintronati.

Pensarono che fosse un matto, un istrione, un despota virtuoso, un giocherellone, un genio forse, uno stravagante? Un rompicoglioni di sicuro! Gli si erano affezionati, in un certo qual modo, ma a sopportarlo ce ne voleva di bile!; tornarono al lavoro pieni di grinta rinnovata.

Chissà se era stato da Cesco. Avevano voglia di parlare col loro collega per discutere sul comportamento del conte. Volevano sapere come aveva reagito di fronte al lavoro di Cesco e poi come Cesco a sua volta si era comportato, se era rimasto zitto o se gli aveva risposto a dovere, nel caso Nani gli avesse fatto delle critiche pesanti. Loro avevano risposto a dovere? In parte forse. Ma da Cesco probabilmente non era ancora stato. Forse ci sarebbe andato adesso. Nicola allungò l'orecchio nel corridoio avanzando un poco verso il pianerottolo, per carpire qualche voce proveniente dalla stanza dell'amico, per captare la voce del conte che sbraitava anche contro di lui. Nulla, non si sentiva nulla, solo un gran silenzio e una lieve musica indecifrabile, provenire probabilmente dalla radiolina accesa del collega; odore di muri intonacati e di vernice esalata dalle altre porte dipinte. Poi ascoltò meglio e si accorse di qualcosa. Voci, strane voci, ma non provenivano dalla stanza di Borel, chissà da dove! Erano voci ovattate come il cigolio e lo strepitio di strumenti meccanici o come se qualcuno trascinasse dei pesi per terra. Un rimbombare flebile di echi e voci, voci femminili, urletti fiochi... ad intervalli lunghi. Da dove proveniva tutto questo? Nicola lo disse al fratello e si misero subito insieme in silenzio ad ascoltare. Nulla, per alcuni minuti. «Ma sei sicuro?» chiese Alfonso aggrottando le folte sopracciglia.

«Sssst... ascolta!»

Poi di nuovo quelle voci indistinte, quei rumori misteriosi che parevano provenissero da un imbuto sotto terra, forse da un altro mondo? Dall'inferno?

«Caspita, le sento anch'io! Che roba è? Ma c'è qualcuno là sotto!» esclamò Alfonso.

«E che ne so?! Boh, chiama Cesco...»

«Eh, buonanotte e se il conte è da lui, in questo momento?»

«Mmm, c'hai ragione, non è affatto prudente. Ma a me non pare che il conte sia andato da Cesco. Non si sente nulla provenire dalla sua stanza.»

«Forse c'è già stato, Nicola.»

«O forse non c'è andato proprio. Ma mi sembra impossibile che, passando da noi, non vada a controllare anche Cesco. Poco importa ora. Vorrei sapere da dove vengono 'sti rumori. Bisogna parlarne a Cesco e a Ciuzza, più tardi. Adesso giustamente non è prudente andare da loro, potrebbe esserci ancora Nani in giro!»

Rimasero ad ascoltare altri cinque minuti, uscendo cautamente nel corridoio, percorrendo alcuni metri. I rumori vennero avvertiti ancora, ma non si fecero la benché minima idea sul luogo da cui giungevano. Una cosa era certa, provenivano da un luogo sotterraneo. Flebili ma udibili con certezza! Forse dal teatro di cui gli aveva parlato Nani?

Tornarono al lavoro, ma per breve tempo, giacché presto si fece l'orario della ritirata.

La cena si svolse nella stessa consueta allegria, con le stesse pietanze gustose e raffinate e soprattutto con la gradevole presenza delle cinque fanciulle: Feona, Irina, Animaisa, Elikonida e Kirilla. Il regista e la scenografa non erano presenti. Nell'argomentare, alla fine della cena, mentre discutevano su cosa fare durante la serata, Nani propose ai pittori di andare a fare un giro nel lungomare, per trovare ispirazione e rilassarsi. Fu immediata la proposta di uno dei gemelli di invitare le ragazze a fare un giro con loro, ma immediata fu pure la risposta del conte il quale disse, con tono fermo e risoluto: «No, no, alle ragazze non è permesso di uscire, se non soltanto con me o con gli insegnanti. A loro non è consentito per nessuna ragione di lasciare l'albergo, se non per recarsi ai corsi di teatro.»

«Cosa? Ma Nani, per quale motivo? Non saranno mica prigioniere...» Nicola rise pensando ad uno scherzo.

«Loro quanto noi, saranno pur libere di muoversi a loro piacimento!» intervenne Cesco con un'ombra di rimprovero nella voce. Le fanciulle sorridevano guardando il conte, per nulla turbate, anzi, parevano felici che si parlasse di loro.

«Francé... adesso smettila!»

«Cì... e fammi dire...!»

«Non si discute su questo» soggiunse il conte Nani con risolutezza. «Queste sono le mie disposizioni, pienamente condivise dalle ragazze e i motivi non son tenuto a spiegarli. Ora se permettete, voglio ritirarmi, perché ho da fare, signori miei. Andate, fate pure un giro sul lungomare, in piazza, per il corso, dove volete, dovete svagarvi la mente.» Così dicendo si alzò e abbandonò la sala. Immediatamente le ragazze lo seguirono in silenzio. I quattro amici rimasero senza parole e salutarono Nani con un sorriso molto più di circostanza che spontaneo. Erano pensierosi e perplessi. Decisero di uscire e di fumarsi la sigaretta sotto la pensilina dell'hotel. Nani era sparito chissà dove; ora potevano parlare tra di loro, liberamente.

«Andiamo a passeggiare, ci farà bene!» propose Ciuzza.

«Sì, andiamo, ho voglia di sgranchirmi.» accolse di buon grado Cesco.

«Andiamo...» dissero insieme i gemelli. E così si mossero.

«È una vera stramberia quella del conte!» commentò Cesco alquanto corrucciato. Passeggiavano ora sul corso che conduceva al lungomare. Di gente ce n'era, le famiglie portavano a spasso i bambini, le coppie si tenevano per mano, le belle ragazze giovanissime si stringevano in gruppo a passo spedito, piene di eccitazione.» Che quelle poverine debbano essere costrette a starsene relegate in albergo e uscire soltanto col conte e compagnia bella, mi pare una tirannia. Come si permette a obbligarle a non uscire da sole, per svagarsi un po'? Che razza di...»

«Bah, strambo è strambo. Forse ha voluto solo scherzare. Può essere che sia tutta una sua posa per far cadere dall'alto la sua autorità!» replicò Alfonso.

«A me è sembrato sin troppo serio.» aggiunse Ciuzza accendendosi una sigaretta.

«Forse è pazzo!» disse Nicola ridendo.

«Boh, mo' questa storia me fa incazzare, me fa! Non si tiene la gente prigioniera. E poi? Il motivo? Che razza di ragione potrà mai esserci... *mo' me 'ncazzo però!*» I due gemelli risero, perché quando faceva così, Cesco era davvero la copia esatta di Verdone.

«E ridete ridete, ma la cosa è seria!»

«Ma dai, forse era solo uno scherzo. Forse ci sono motivi solo di sicurezza, affinché non vengano avvicinate da estranei! Boh, sai com'è

Nani, può essere oppure che reciti talmente bene la parte del severo, che... d'altronde alle ragazze può andar bene così , l'ha detto lui!» asserì Cinzia.

«Ma che cazzo dici, Cì...» sopraggiunse immediato Cesco «...Si scherza così? Sulla libertà degli altri? E poi l'avete visto anche voi, non scherzava affatto, diceva sul serio! Non l'hai detto pure tu poco fa che non scherzava? Che loro siano d'accordo, mi sa molto strano. Quelle hanno paura, te lo dico io!»

«Anche per me!» intervenne Nicola.

«Allora è fuori di testa.» aggiunse Alfonso. «Senti un po' Cesco. Non vi ho ancora detto quello che abbiamo sentito.»

«Sentito?»

«Sì, Cesco! All'Alexander. Rumori... stranissimi rumori, provenire da chissà dove. Forse dal sotterraneo dove il conte tiene il seminario di teatro. Proprio quando se n'è andato, dopo le sue critiche... e poi ci devi dire se a te ne ha fatte...»

«Da me pure è venuto, dopo che è stato da voi, probabilmente... ha detto qualcosa del tipo: sta attento a non sporcare, attenzione ai muri, voglio più precisione, al che gli ho detto che erano ancora abbozzi, e lui che ero lento, che dovevo velocizzarmi, di rispettare i tempi e che presto sarebbe tornato per vedere meglio, perché aveva fretta...» si precipitò a dire Cesco.

«Bene, te la sei cavata con poco. A noi ha rotto le palle, ma ci siamo fatti valere... ora sentite bene come è andata, e vi dirò anche dei rumori, ma prima sediamoci in una panchina...»

Erano giunti alla grande piazza che dava sul mare. Al centro la gigantesca sfera di Pomodoro, la Palla, come la chiamano i pesaresi, con la sua superficie ramata, pianeta squarciato, sospeso a pelo di un grande specchio d'acqua rotondo, mandava riflessi e scintillii sinistri. La notte di Pesaro era ammantata di stelle.

Si sedettero in una delle panchine attorno alla piazza e Nicola iniziò a raccontare a Cesco e a Ciuzza la faccenda dei rumori, che i due fidanzati non avevano potuto sentire a causa della radiolina accesa.

Passarono una notte di strani sogni, in cui Ciuzza ebbe ripetuti risvegli. Cesco la rassicurò stringendosela tra le braccia. Pure i gemelli dormirono agitati e spesse volte si svegliarono per poi riaddormentarsi inquieti.

La mattina fecero colazione da soli. Poterono così parlare tra loro indisturbati, ampliando le congetture e riflettendo su quanto stava accadendo. Era necessario pensare al lavoro, a non farsi distrarre comunque da fantasie arcane. Stavano nella grande sala da pranzo dell'albergo, alquanto illuminata, con tutti i tavoli attorno vuoti. Erano gli unici presenti, eccetto la servitù, che di tanto in tanto si affaccendava andando e venendo dalle cucine, in fondo alle loro spalle. Probabilmente si davano da fare per il pranzo, secondo le disposizioni del conte.

«Mmm queste brioche piene di crema!» disse Cesco con gran godimento.

«Io mi faccio un'altra tazza di caffè»

«Ammazze Cì... e dai che poi stai nervosa!»

«Francé, *lasciame* sta'.»

«Io, invece, prendo un'altra tazza di latte» soggiunse Alfonso imburrandosi un altro panino.

«Tanto è tutto a sbafo!» disse il fratello armeggiando con coltello e Nutella su un panino rotondo, tipico degli alberghi.

Marlena arrivò dopo che Ciuzza le aveva fatto cenno dal tavolo.

Ordinò il bis e i tre pittori – i gemelli in maniera molto più audace – sciorinarono grandi cerimonie e complimenti alla bella ragazza, dal grembiulino cortissimo e dalle splendide gambe velate da un collant scuro. Lei, ossequiosa e affabilissima, con un sorriso dolce, si affrettò a preparare nuovo caffè e nuovo latte.

«Certo che è un bello stress!» esclamò Alfonso.

«E lo so, ma gli artisti devono superare la fatica...»

«Cesco, e chi parla del lavoro. Mi riferivo a Marlena!»

«Moooh... eeeh, ah sì...» rise.

«Calmiamoci!!!» lo rimproverò Ciuzza, e poi esplose anche lei in una sana mattiniera risata.

Finita la colazione salirono in macchina e dopo breve la Peugeot venne parcheggiata al cantiere e ognuno raggiunse la propria stanza per rimettersi al lavoro. Nicola e Alfonso non vedevano l'ora.

L'opera li attirava come un magnete. Finalmente si tornava a dipingere! Salutarono Lino che aveva portato loro secchi di acqua limpida e un rotolo nuovo di scottex. Via, al lavoro!

La stanza di Cesco si intitolava EVOLUTION & PROGRESS e, una volta conclusa, si sarebbe presentata così: appena davanti alla porta della stanza, sul lato esterno, si sarebbe potuto osservare un uomo nudo – o meglio, sarebbe stato nudo – se non fosse stato per il conte che pretese da Francesco che gli venisse messa una rotella da passeggino a guisa di slip: la ruota era reale, applicata davanti al pube dell'uomo dipinto. Rappresentava il passato, il presente ed il futuro e ciò si deduceva da alcuni particolari simbolici: l'uomo non era una figura qualunque, ma aveva la testa di un robot: accenno al futuro dunque. Ai lati erano rappresentati un fuoco e una ruota cioè le prime scoperte dell'uomo preistorico; il presente era simboleggia- to dalla raffigurazione di un libro posto sotto i piedi dell'uomo, ter- minanti con delle radici: la cultura e il sapere. Dietro la porta invece vi era un cuore meccanico collegato a un paesaggio primordiale, con montagne nevose che rappresentavano l'avvento dell'Homo Sapiens sulla terra; ai piedi della montagna c'era un uomo preistorico che si incammina oltre le valli come proteso verso nuove scoperte. Entrati nella stanza, sopra al letto, un dipinto raffigurava il pericolo che può incombere sul mondo. Infatti esso era rappresentato sorretto da un angelo il quale tirava con forza una catena come per tenerlo den- tro la propria orbita, assieme alla forza di Dio solo per volontà del quale il mondo non cade nel calderone dell'inquinamento prodotto dall'uomo. Un'allegoria assai fantasiosa!

A sinistra della stanza c'era l'armadio, anch'esso dipinto, che rap- presentava il futuro che deve ancora venire: i robot intelligenti, un dito meccanico che indicava un computer e Cesco spiegò che era ispirato all'avveniristico disegno del robot di Leonardo, che fu il primo a costruirne un prototipo. Sulla porta del bagno era dipinta la vita con i suoi ingranaggi, i comodini rappresentavano il tempo che scorre, la scrivania era dipinta come una grossa radio. Tutta la stanza era pensata come l'evoluzione dell'uomo attraverso il tempo e lo spazio e il suo potere sulle cose terrene attraverso la storia: ciò includeva il monito di fare attenzione a non sfruttare la natura e le scoperte in modo negativo, ma ad usarle con intelligenza. Il sottoti- tolo della stanza era: "Gli ingranaggi della vita". E poi la rosa. *"La Rosa dell'Est!"*

Lavorarono tutti e quattro senza interruzione per l'intera mattina; i gemelli avevano terminato finalmente il grande dipinto notturno su parete, e ora stavano dipingendo il lato esterno della porta di entrata, facendo apparire con maestria un notturno abbagliato dai lampioni stradali, con una diffusione tonale tutta impostata nel giallo cromo.

Dimenticarono il fatto dei rumori, le stranezze del conte, l'esistenza di un teatro laboratorio sotterraneo, la bellezza di quelle ragazze; si concentrarono solamente sul loro faticoso lavoro pittorico. Così fecero pure Francesco e Cinzia per l'esecuzione della loro stanza. La giornata era bella e piena di sole: ogni tanto Alfonso e Nicola, a turno, andavano a fumarsi una sigaretta sul terrazzo della stanza e dall'alto, oltre le macerie sottostanti di quel vecchio albergo in degrado, poterono ammirare la bellezza della distesa del mare al di là della spiaggia, che si colorava di riflessi acquamarina, sotto un cielo terso e azzurro chiaro, mentre i bagnanti consumavano ignari e sereni il loro tempo di vacanza balneare. Quel sudore che avevano addosso li faceva desiderare corroboranti bracciate, un tuffo in quelle acque limpide del mare di Pesaro, così diverso dal meno invitante mare della riviera romagnola.

L'odore pungente degli acrilici impregnava la stanza e qualche volta lasciavano aperta la porta-finestra; ma spesso faceva corrente con il vano d'entrata che restava sempre aperto, secondo il volere del conte! Sì, mentre lavoravano lui voleva che le porte delle stanze rimanessero aperte, affinché potesse controllare immediatamente ciò che succedeva all'interno, appena arrivava. Ma quella mattina non si presentò.

Presto si fece l'ora di smontare dal lavoro; anche se a malincuore, dovettero sciacquare i pennelli e riporli perché fra breve sarebbe stato servito il pranzo all'Hotel Savoy. Peccato, perché Nicola stava proprio prendendoci gusto a rafforzare i toni di luce dei fari e dei lampioni del notturno dipinto sulla porta d'entrata.

«Coraggio andiamo, mi sa che è anche tardi.» avvertì Alfonso togliendosi il grembiule e le scarpe da lavoro. Scesero le scale velocemente: sarebbero passati per la grande stanza laboratorio sempre piena di ripiani, tavoli e oggetti in legno e ferro da dipingere, da incollare, tagliare, e altro materiale per chissà quali lavori, che per la maggior parte erano affidati al signor Lino; lui aveva precisi ordini di come trattare alcuni oggetti e quindi di risistemarli, e lavorarli, assemblarli, riportarli a nuovo e fra tutti, il suo compito più oneroso, era quello di costruire quelle strane sculture ideate da Nani, il quale gli faceva avere i suoi progetti compresi i vari materiali occorrenti.

Scendendo incrociarono Cesco e Ciuzza, e fu in quel momento che si udirono di nuovo quei misteriosi rumori.

«Ascoltate!!!» richiamò la loro attenzione Nicola.

«Sentite, sentite... ssst! Ecco, proprio quegli stessi rumori!» si agitò Alfonso bloccandosi su due piedi e tenendo per un braccio l'amico.

«Mo' li sento!... Azzooo! E che è? Madooo!»

«Anch'io li sento. Sssst! Ascoltate!» intervenne Cinzia protendendo l'orecchio e facendo cenno con la mano di stare in silenzio e fermi. Ad un tratto i rumori cessarono e si fece uno strano silenzio, un silenzio vuoto, compresso. I pittori finirono di scendere le scale e si addentrarono nel salone del laboratorio ove non c'era nessuno.

In quell'istante però videro arrivare Lino con in mano un martello: proveniva da fuori e stava rientrando nel laboratorio. Videro che c'era un tavolo apparecchiato alla meno peggio, con bottiglie e piatti in plastica e alcuni cartocci. Capirono che Lino si stava apprestando a consumare il suo frugale pasto. E perché non in albergo come tutti gli altri? Perché lì fra quel caos in un ambiente sporco? Da solo?

L'uomo li guardò, aggrottò la fronte e si fece subito serio, mentre loro si aspettavano un sorriso o un cenno cordiale. Niente, tossì soltanto e fece finta di non averli visti. Ma poi, improvvisamente, una volta sedutosi al tavolo, agitò il braccio e mentre masticava un pezzo di pane dal cartoccio, con voce alta e tonante finalmente si rivolse a loro dicendo con affabilità: «Heiilàà pittoriii... avete finito allora! È ora di pranzo anche per voi...» e concluse con una risata che specie a Cesco parve alquanto forzata e un po' circostanziale. Si alzò dalla sedia ed infilò una mano nella tasca della tuta blu, e ne estrasse un pesante mazzo di chiavi che tintinnò.

«Heiii... ricordatevi che la sera, quando io non ci sono perché magari esco prima, bisogna chiudere bene tutte le porte... eeeh... le copie delle chiavi le avete, mi raccomando... non perdetele, sono come queste, e non sgarrate... attenti attenti sempre! Chiudete bene tutto. Tutto!» Si risedette e cominciò a versarsi un po' di vino, mentre Alfonso con un sorriso un po' grave si affrettava a rispondere: «Tranquillo Lino, le chiavi le abbiamo, chiuderemo tutto con attenzione la sera quando avremo finito!» Ci fu un attimo di silenzio imbarazzante e poi Lino si rivolse nuovamente a loro e disse con voce roca: «Coraggio ora andate. Il conte vi starà aspettando.» Detto questo, un rumore come di rete metallica scagliata contro un muro si abbatté su di loro, seguito da un botto come di tre palle da biliardo lasciate cadere in terra con forza. I pittori sobbalzarono e dopo lo sconcerto del momento, a fatica trattennero una risata che stava scaturendo spontanea.

Poi un urlo sguaiato, roco, gutturale, lugubre... agghiacciante! Poi una musica sorda, strana e ossessiva, si sarebbe detta di genere acustico-sperimentale. Risa e tonfi ovattati.

«Chi c'è disotto?!» chiese Cesco a voce alta.

«Disotto? Ah... nulla, non fateci caso, qui è bene non far caso a nulla, se non al proprio dovere. Andate, su, andate che il conte vi aspetta!» rispose l'uomo un po' spazientito.

Uscirono con un senso di oppressione. Si guardarono l'un l'altro con un'occhiata interrogativa. Non proferirono parola, finché non furono in macchina.

«Mamma mia, avete sentito che roba?» soggiunse Cesco rabbrividendo.

«Eccome no? Accidenti, che razza di posto è quello?» disse Alfonso con voce impastata.

«Ragazzi, si nasconde qualcosa lì dentro!» continuò Ciuzza.

«Io me ne frego del conte. Oggi a tavola gli chiedo che roba erano quei rumori e quelle voci...»

«Dì pure urla, Nicola!» soggiunse Alfonso.

«E se poi si incazza?»

«Si incazza? Oh Cesco, ci dobbiamo lavorare noi là, avremo pur diritto di chiedere spiegazioni, non vi pare legittimo?»

«O.K. Nicola, affronteremo, cautamente, l'argomento.»

«Io non lo farei!» intervenne la ragazza mordicchiandosi l'unghia.

«No, non devi temere, Cinzia, di chiedere a Nani spiegazioni su quei rumori. Non badare a quanto ha detto Lino. Noi, a differenza sua, siamo gli artisti e in quanto tali possiamo esigere una spiegazione a riguardo, no?» la redarguì Alfonso.

«Già» fece Cesco.

«Prima vorrei farmi una doccia e riempire lo stomaco...» concluse Cinzia appoggiando la testa sulla spalla del fidanzato.

A pranzo non venne il conte: fu detto che era impegnato per faccende serie ed era andato con il suo commercialista fuori Pesaro. Si ritrovarono a tavola soltanto assieme alla critica Rosalba Corda ed a una delle due russe: Feona. I quattro si guardarono con un'occhiata d'intesa che voleva sotto-intendere: "che facciamo, lo chiediamo alla critica?" Passò una buona mezz'ora prima che Nicola prendesse l'audacia di iniziare il discorso; inizialmente si parlò, con molta disinvoltura e piacere, della passione per la scrittura, soprattutto di quella del conte, il quale già da tempo aveva pubblicato diversi libri di poesia e di narrativa. Nicola e Alfonso rivelarono alla donna di avere anche loro scritto e pubblicato un racconto. Poi d'un tratto Nicola chiese:

«Signora Corda, ci tolga una curiosità se è lecito: il conte ci ha parlato del suo teatro sperimentale d'avanguardia, di attività di recita da parte delle ragazze, con dei corsi avanzati tenuti dal regista Oreste Boccioni e...» La critica Rosalba subito lo interruppe, inarcando le sopracciglia:

«E allora... che volete sapere di più?...»

«Beh... niente ma...» continuò un po' in soggezione Nicola.

Si intromise in aiuto il fratello: «Vede, tutto molto bello ed interessante; so che anche la qui presente bella signorina Feona partecipa a questi corsi, e quindi è una splendida opportunità che il conte offre alle giovani dell'Est, ma quello che Nicola voleva sapere è il perché di tutti quei rumori che sentiamo che abbiamo sentito provenire...»

«All'Hotel Alexander?» fece lei accigliandosi un po' e restando con gli occhi bassi.

«Sì esatto. Ecco, non capiamo perché tutto quel baccano, quei rumori eccessivi, assordanti, improvvisi, e poi delle urla... sì come...» Nicola immediatamente: «D'altronde in teatro si urla anche, Alfonso... sai quando si recita...»

«Per l'appunto!» rispose secca la critica. «E allora? Cosa volete sapere *bambini*?»

Cesco trattenne il riso riguardo a quella uscita: "bambini"!
Nicola prese fiato: «Nulla nulla, volevamo solo accertarci che tutto quel fracasso fosse a causa degli esercizi delle recite... e non per altro.»
«Suuu, suuu ma quale baccano, non esagerate ora per *dindo*!» sparò la Corda scomponendosi un po'. "Per dindo? E come caspita parla questa?!" pensò Cesco guardando Cinzia e sobbalzando leggermente perché stava soffocando una risata. Cinzia non ce la fece a trattenerla e le uscì un fischio di ridarella. La critica la guardò stringendo le labbra visibilmente seccata.
Intervenne Feona: «Ragazzi dovete pensare che nostro maestro, il regista Oreste, ci fa fare spesso esercizi di dizione e inoltre ci impone di esprimere liberamente i nostri sentimenti: come affetto, dispiacere, rabbia, persino follia. Sì sì, e così impariamo a calarci in personaggio ideale di nostra emotività interiore. Capito? Le lezioni noi farle di mattina e a volte persino sino alle 12.30, poi anche pomeriggio e sera. Ecco perché spesso voi sentire rumori.»
Seguì un attimo di silenzio, e in quel mentre si avvicinò la cameriera Marlena, che chiese se volevano ancora del vino; era deliziosa, sorrideva dolcemente, un po' con timidezza. I gemelli le fecero la radiografia con gli occhi.
Riprese Rosalba Corda: «Insomma, voi continuate a lavorare nelle vostre stanze e non vi preoccupate di quello che succede di sotto. Nani non vuole che vi distraiate. Sono solo improvvisazioni teatrali e niente più.»
«Non dovete preoccuparvi, se magari sentite casino, troppo baccano: una volta una ragazza si era talmente calata nella parte di persona infuriata che, con approvazione di Oreste, ha cominciato a lanciare tutto in aria, sedia e tavolini compresi. Ha spaccato tutto tutto!» spiegò Feona sorridente.
«Ah!» esclamò Francesco serio, mentre Cinzia aveva ancora i rimasugli del riso sul volto. Continuarono il pranzo parlando di altro, quando arrivò una telefonata al cellulare della critica. Era il conte. Le diceva che nel primo pomeriggio sarebbe stato di ritorno e che sarebbe subito andato all'Hotel Alexander per controllare come procedevano le stanze dipinte e di comunicarlo ai pittori. Così fece con un atteggiamento di "cordiale severità". Cesco si rabbuiò, mentre i

gemelli non sembrarono per nulla preoccupati e Ciuzza si limitò a guardare il suo ragazzo.

In quel mentre arrivò di corsa il capo cameriere Romano, con la sua aria da maggiordomo: impettito, serio, ossuto, pallido in volto. Si inchinò con lentezza all'orecchio destro della donna, la quale si fece subito molto seria mentre lui le sussurrava qualcosa. L'uomo finita la comunicazione silenziosa, si drizzò e la critica Rosalba Corda scattò subito in piedi, lambendosi le labbra con il tovagliolo frettolosamente.

Sempre seria – a Cesco parve di leggere nel suo viso un velo di preoccupazione – salutò dicendo: «Per me il pranzo è terminato!» e se ne andò di buon passo, verso la reception. Feona nel frattempo, con fare sensuale, addentò una mela. I pittori si guardarono a vicenda silenziosi.

Vennero così informati dal capo cameriere Romano, su richiesta della critica stessa, che qualcuno all'Hotel Alexander, mentre usciva dai sotterranei ove si effettuavano le attività teatrali, aveva scoperto, su un muro delle scale che conducono alle stanze, impressa con vernice rosso sangue, una scritta!

Fu Cosetta a comunicarlo a Romano.

Bisognava fare presto a presentarsi all'Alexander. Il conte sarebbe passato nel primo pomeriggio a controllare il procedere dei lavori. Alle tre e mezza i quattro amici erano già alle loro stanze. Sul muro della prima rampa di scale, affianco all'ascensore del vecchio hotel, avevano visto la scritta in rosso:

LA ROSA DELL'EST COLPIRÀ,
E NEL SANGUE NOVELLO
TINGERÀ I PETALI SPENTI,
AL RAVVIVAR DEL SUO CARNATO,
UN DIPINTORE SBIANCHERÀ!

≈ 53 ≈

CAPITOLO IV

CAPITOLO IV

Sembrava uno scherzo di cattivo gusto, ma il sangue a loro si gelò per una frazione di secondo. Chi poteva aver scritto un verso così nefasto? Quando Nani sarebbe arrivato li avrebbe incolpati? Si misero al lavoro con l'animo impastato di tensione e interrogativi multipli. Durante il tragitto avevano discusso su questo ultimissimo evento, ci scherzarono sopra, ma nessuno di loro riuscì a nascondere all'altro una preoccupazione sottile e insinuante.

Nani arrivò alle quattro meno un minuto. Li convocò e li condusse serissimo disotto, nella rampa di scale dove stava la scritta.

«Se vogliamo divertirci a poetare, io sono poeta, e lo possiamo fare a tavolino... ma certi scherzi sui miei muri... NO! Queste imbrattature non posso tollerarle! Adesso mi date una spiegazione. Inizio da te Borel...»

Cesco alzò lo sguardo al soffitto, serissimo, strinse le labbra sottili, si grattò la testa, tenendo l'altra mano in tasca. Poi disse: «Non ne so nulla, conte. Ti assicuro che noi non siamo stati... che siamo dei teppistelli noi?, oh!!!»

«Cinzia... ne sai qualcosa tu?» la interrogò di seguito Nani.

«Non so che dire, chi è stato?» rispose Ciuzza sorridente, per non ridere. Poi abbassò gli occhi e parve addormentarsi lì all'istante. Cesco la guardò e le diede uno scossone. «Cì... aho!»

«Sì, ci sono, ci sono... embè?»

«Le domande le devo fare iooo... non credi Cinzia?» ribatté il conte spettinandosi dall'arrabbiatura.

«Certo!» soggiunse la ragazza un po' imbarazzata.

«Nani, ti pare che noi siamo gente da venire qui ad imbrattare i tuoi muri? Siamo persone per bene, non vandali che...» intervenne Nicola risoluto vincendo ogni inibizione.

«Alfonso?»

«Non puoi, Nani, pensare che uno di noi abbia fatto un gesto simile. Andiamo...» gli rispose Alfonso allargando le braccia.

«Qualcuno l'ha fatto. Dunque voi però non sapete nulla... eh?»

«Nulla!» disse Ciuzza.

«Non usate voi i colori?» domandò il conte con ironico accento nella frase.

«Ovvio, ma dipingiamo le nostre stanze, e non ci permetteremmo mai di imbrattare altri muri con simili scritte!» esordì Cesco prontamente.

Nani passò un dito sulla scritta, vide che era fatta a tempera rossa. «Tempera da muro.» disse. «Usate questa tempera, nooo?»

«Sì, ma chiunque potrebbe essere entrato in una delle nostre stanze, preso un pennello e usato il nostro rosso!» obiettò Nicola.

«Chiunque, conte... e poi io uso soprattutto l'olio... ehm...» Cesco fece un gesto come per scacciare una mosca immaginaria. Si rese conto della sconvenienza della frase.

«Questo è anche vero... chiunque!» soggiunse Nani.

«Possiamo pulire, se ti fa piacere, ma essere accusati di tale villaneria...» propose Ciuzza.

«Macché pulire, macché... verranno Lino e Cosetta. Se ne occuperanno loro. Va bene, va bene... ora tornate alle vostre stanze, che arrivo subito... a dare un'occhiata.» poi estrasse il taccuino che portava sempre con sè, e vi trascrisse la frase scarlatta comparsa sul muro. «Ah, ah, ah... che diavoleria!!!» si mise a dire ridendo. Anche Ciuzza scoppiò in una delle sue solite risate. Cesco la fulminò con uno sguardo, ma lei rise fino a che non raggiunse la sua stanza. Questa volta Nani visitò per prima la stanza di Cesco. Non ebbe nulla da obiettare e poi passò dai gemelli. Nulla da obiettare. Lodò la realizzazione della porta, lato esterno. Trovò di suo gusto anche il lato interno di essa, in cui i due pittori avevano dipinto con pennellate gestuali, tre cerchi in verticale: uno rosso, uno arancio e uno verde, a significare un semaforo, e tutto il resto della porta rullata di nero, con segni simili alle frenate dei pneumatici. Bella allegoria della metropoli contemporanea.

Il conte se ne andò fischiettando, lasciando gli artisti turbati e pensierosi.

Dunque chi era stato? E cosa significava quella frase? Perché era stata scritta, a chi era diretta? Cesco già pensava che la parola "dipintore" indicasse inequivocabilmente il pittore, e quindi quasi sicuramente uno di loro. Ciuzza subito sottolineò che dipintore era al maschile e quindi lei si sentì non chiamata in causa. Cesco esclamò: «Aaah...

Cì... così allora a sbiancare come morti toccherebbe a noi maschi? Ma va,... vaaa!» lo disse con un evidente nervosismo. Cinzia gli rispose con una risata.

"Nel sangue novello tingerà i petali spenti", quindi attingerà colore per ravvivarsi: *"al ravvivar del suo carnato"*, e tutto questo perché colpirà e *"nel sangue novello"*, nel sangue fresco riprenderà colore! La *"Rosa dell'Est!"* Cosa era, cosa significava, chi era questo fantomatico assassino? o l'assassina, dato che si parlava di "rosa"; e il gruppo delle ragazze aveva quel nome! Cesco pensava a queste cose confondendosi tra le varie congetture e tra sé e sé rabbrividiva, poi ascoltando la ragione e riflettendo, si disse: "ma no, sono tutte cazzate, fantasie, stupidaggini di un cretino che ci vuole impaurire. Stupido io che mi faccio suggestionare!" Anche lui, con velocità aveva ricopiato l'intera frase ed ora la stava leggendo nuovamente, tenendo il foglietto in mano assieme ad un grosso pennello. Inoltre vi fece una foto col cellulare. Cinzia intanto si stava fumando silenziosa l'ennesima sigaretta.

LA ROSA DELL'EST COLPIRÀ
E NEL SANGUE NOVELLO
TINGERÀ I PETALI SPENTI,
AL RAVVIVAR DEL SUO CARNATO
UN DIPINTORE SBIANCHERÀ!

Poco distanti, i due gemelli, nella loro stanza con una apprensione diversa, forse più vicino all'eccitazione, stavano ugualmente argomentando di quell'accaduto. Alfonso la lesse a voce alta, ma non troppo per non farsi sentire, declamandola come un'oscura terzina. Poi, poco più tardi si rimisero al lavoro tuttavia concentrandosi a fatica; per Nicola e Alfonso quella frase era troppo interessante e misteriosa, quindi stuzzicava assai la loro fantasia di artisti pieni di immaginazione. C'era ancora da fare qualche ritocco per impreziosire la pittura della porta, dopodiché iniziarono le prime tracce a pennello sulla porta del bagno. Avrebbero rappresentato un paesaggio vespertino tipicamente toscano o umbro, così pensarono, perché doveva dare senso di pace e di tranquillità. Un paesaggio campagnolo con colline. Il cielo blu violetto con una bella luna lucente.

Dovevano parlare a Cesco e spiegargli che secondo loro l'unica cosa da fare era corrompere il maggiordomo. Sicuramente qualche spiegazione in più l'avrebbero ottenuta. Era un pensiero scaturito lì per lì fra di loro, come un sassolino lanciato in uno stagno poco trasparente. Ma chi poteva essere stato a scrivere quella frase sul muro? Forse qualcuno era intenzionato ad incolparli, a comprometterli, col fine quindi di farli cacciare. Ma perché? Chi poteva avere queste malevoli intenzioni nei loro confronti? Esisteva davvero qualcuno geloso del lavoro che stavano facendo?

Assurdo! E ancor più assurdo era il significato palese del messaggio scritto, e cioè che un potenziale assassino si aggirasse nei pressi dell'Hotel Alexander e che fosse intenzionato ad uccidere uno dei pittori. Questo assassino, sembrava identificarsi con una rosa, la Rosa dell'Est: una rosa... rosa... nome femminile di fiore. Quindi, forse... una donna? Una ragazza del gruppo teatrale della Rosa dell'Est avrebbe colpito e ucciso! Un'assassina tra le bellissime fanciulle che componevano quel gruppo! Che stravaganza, che bizzarria, che sciocchezza, che fesseria, che banalità! Chi osava prendersi gioco di loro, che lavoravano con impegno e fatica? Ma ancora più incalzante e insistente era il pensiero che tutto questo fosse una reale minaccia, e che davvero una delle attrici volesse – chissà per quale assurdo motivo – uccidere uno di loro. Nicola e Alfonso erano ormai con la mente fissa a questo pensiero terribile, pur sapendo che, se si trattava di un fastidioso e ignobile scherzo, lo scopo del burlone era proprio quello di turbarli e magari tog100lier loro il sonno. Ma aumentava in loro la paura di una minaccia terribile, alla quale si opposero con tutte le forze, concentrandosi totalmente sulla pittura.

La sera, in albergo, all'Hotel Savoy, si abbandonarono a varie congetture assieme all'amico Cesco e a Ciuzza, pensando anche che lo stesso conte ne fosse impensierito, preoccupato, anche se non lo aveva dato a vedere. Si cenò col gruppo al completo. Il conte, contrariamente a quanto avevano immaginato era euforico, gioioso, gaio ed espansivo. Il regista, Oreste Boccioni, si prodigò in rocambolesche stancanti e forzate argomentazioni sulla tecnica espressiva del linguaggio del corpo, della mimica muta, in sinergia al moto psichico-emozionale degli stati d'animo nella funzione psico-dinamica dei movimeti automatici, del linguaggio globale, che nelle variegate modalità espressive prevaricano la parola. Psicologia analogica e comunicazione interattiva...

«Le tecniche del corpo ci appartengono sin dall'infanzia, appartengono alla nostra esperienza individuale ed è nel teatro che si possono rivelare diversi significati espressivi. Questa è la padronanza che esigo dalle mie attrici... tale condizione permette all'attore di comportarsi sulla scena come fosse la sua stessa condizione naturale nell'esistenza.» diceva con movenze e accento effemminati.

«Il grande Marcel Mauss e le sue tecniche del corpo!» lo seguì la scenografa Rosanna Pini con la bocca piena.

«Precisamente, precisamente... cara.» disse Boccioni con gli occhi bassi infilzando, con espressione seria e meditabonda, patatine fritte.

«Bisogna raggiungere un gran equilibrio psico fisico!» intervenne l'architetto Aldo Marabini.

«Questo si deve!» riprese Boccioni. Feona, Irina, Kirilla, Animaisa ed Elikonida sembravano condividere tutto, perché annuivano e davano ragione al regista con molta partecipazione. Dopotutto erano le sue allieve.

«Voi vi dovete immergere dentro la tecnica per raggiungere il massimo grado di naturalezza nella scena, senza dimenticare che il nostro è un teatro d'avanguardia... aperto a tutte le sperimentazioni possibili!» disse il conte alzando un calice di vino bianco. «Al teatro delle Rose dell'Est! Prosit!»

«PROSIT!» fecero tutti in coro.

«Carine, le nostre attrici!» aggiunse la signora Corda, addentando un grissino.

I quattro amici stavano in ascolto, forzandosi di rimanere gioviali e di comportarsi normalmente. Ma correva tra loro dell'inquietudine. Avrebbero voluto chiedere anche al conte il perché di quei rumori, che tra l'altro quel pomeriggio non avevano sentito. Meglio così, perché dopo la scoperta di quella scritta, si sarebbe sicuramente gelato loro il sangue nelle vene. Si lanciavano occhiate per vedere se qualcuno di loro avesse avuto il coraggio di parlare per primo. Restarono muti, senza azzardar domande in proposito al conte.

«Allora, abbiamo un mistero minaccioso all'Alexander!» disse d'improvviso Nicola, stupendo i suoi amici e il fratello. Nicola pensò che esordendo con l'argomento della scritta, non solo poteva sperare di sdrammatizzare l'accaduto, ma sarebbe poi anche riuscito a portare l'argomento sui misteriosi rumori.

«Ah, sì...» fece il conte quasi con non curanza. «Qualche poetucolo da filmetto horror che si è voluto prendere gioco di me, con un gesto irriverente e di pessimo gusto!»

«Più che altro, sembra avercela con uno di noi!» obiettò il pittore.

«Ah, ah, ah, ah... per aver scritto quella frase sul dipintore? Ah, ah, ah... non temete, miei artisti, è a me che han voluto fare uno sgarbo, ma io non mi impressiono, sono in parecchi gli invidiosi del mio progetto, e può darsi che sia trapelata anche qualche voce sul Teatro dell'Est!»

«Sì ma chi potrebbe sapere dell'esistenza della vostra scuola di teatro, se non qualcuno che ci lavora, qui dentro? Suppongo che tu Nani non sei andato a spiattellare in giro il tuo progetto, almeno prima di arrivare ad inaugurarlo.» disse Alfonso con impeto e coraggio.

«Certo che non sono in molti a conoscerlo; ma pur sempre qui a Pesaro qualche voce può uscire. Come sia accaduto, non me lo spiego. I giornalisti, ecco, forse i giornalisti!, che mi han tampinato affamati di scoop, cercando in tutti i modi di strapparmi un'intervista; ma io nulla, silenzio stampa finché tutto non sarà realizzato al completo! Allora ecco che dei briccconi si fan gioco di me con scritte intimidatorie, alle quali non faccio minimamente caso... se non per l'imbrattatura che il gestaccio comporta. Il danno comunque è già stato riparato da Cosetta e da Lino. Non pensiamoci più.» Bevve avidamente.

«Ma perché proprio la Rosa dell'Est dovrebbe colpire?» domandò Nicola di rimando al fratello. Poi rivolgendosi alle splendide fanciulle: «Ragazze, qualcuna di voi ci vuole uccidere? Vi prego, amateci, non odiateci così!...» lo disse con tono gentile e scherzoso, quasi teatrale.

«Io non capire perché noi ammazzare voi!» intervenne candidamente spalancando gli occhioni Elikonida, la quale poi volse lo sguardo a tutti gli astanti, in forma interrogativa.

«No, no, no... nessuna di voi ucciderebbe nessuno, per l'amor del cielo!» sopraggiunse il conte scuotendo la testa e mettendo fuori un sorriso a tutta dentatura. «È stata trovata una scritta sul muro delle scale dell'Alexander, qualche facinoroso imbecillotto che ha voluto fare uno scherzo bruttino! Diceva più o meno che la Rosa dell'Est avrebbe colpito a morte un pittore. Ma è indirizzata a me quella filastrocca sciocca... non è da farci caso!»

«Come essere la frase, noi vogliamo sapere, conte!»

A questo punto Nani tirò fuori il taccuino e lesse la frase. Le ragazze reagirono spalancando la bocca e mettendosi a ridacchiare. Poi si fecero serie e turbate, spaventate, stupite e allarmate!

«Io non mai sentito rose che tingono petali in sangue novello! Oh mamma mia!» disse Animaisa.

«Brutta poesia cattiva!» seguì Feona.

«Io paura di queste cose, non voglio che sospettate noi!» piagniucolò Feona.

«Macché, macché, finiamola ora. Tutte fesserie. Nessuno sospetta di voi, bambine mie, è solo una monelleria di qualche scapestratello!» cercò di rassicurarle Nani.

«E se ci intimoriamo, facciamo il suo gioco. Io ci rido sopra...» intervenne la critica.

«A me questa storia me fa *incazzà*, però. Conte, quasi ci incolpava di essere stati noi e adesso tutto sarebbe una faccenduola ridicola. Io, sinceramente, non sto tanto tranquillo, essendo noi a lavorarci là dentro, scusa eh? E se davvero la minaccia è reale? Oh, mica son qui per farme *ammazzà*!» sopraggiunse Cesco in tono alquanto vivace.

Nani tossicchiò e guardò Francesco con un sorrisino un poco beffardo e disse con voce nasale: «Senti un po' Borel, non devi avere paura e so che non siete stati voi... via, l'ho capito questo. Non succederà nulla; al massimo se qualcuno di voi muore davvero, farà pubblicità immensa all'Alexander e diventerà lui stesso super famoso!»

Seguì una risata generale ma Cesco rimase ammutolito e si bloccò serio, spostando solamente gli occhi in alto con un'espressione un po' beota. Ciuzza questa volta non rise. I gemelli risero un po' ma questa volta non gradirono affatto il cinismo e l'ironia del conte.

«Guarda che se era rivolto a te, Nani, come hai detto, sarai tu ad essere ammazzato! Ah ah ah...» replicò alquanto divertita la critica d'arte gracchiando.

E il conte: «Mi faranno un monumento accanto alla Palla!» e scoppiò in una risatina a denti stretti.

«Che palla?» fece Ciuzza.

«Lascia sta', Cì... che è meglio.» abbozzò Francesco.

«Solo che la Palla di Pomodoro è bella davanti al lungomare, non credo che i pesaresi sarebbero contenti di vederci accanto un tuo busto... ah ah ah...» sganassò Oreste Boccioni.

«Beh mi leverò allora dai "pomodori"... AH AH AH AH!» si contorse il conte dalle risate.

Questa volta Ciuzza esplose, e Cesco le fece eco ritornando però subito serio e pensieroso. Ai due gemelli non restò che unirsi all'ilarità generale. Poi Nani fece cenno a tutti di placarsi e restare in silenzio. Iniziò a parlare: «Mi è stato detto da Lino e da Rosalba che siete stati disturbati da certi rumori!...»

"Ci siamo!", pensarono i quattro amici.

«...Mi spiace. Provengono dal laboratorio di teatro, vero Rosanna, vero Oreste?»

«Sì, beh è inevitabile...» sottolineò la donna.

«Sì, inevitabile...» ribatté Boccioni serio come uno scolaro.

«Perciò è dunque inevitabile che si faccia un po' di baccano. Non fateci caso; voi quattro continuate a lavorare e fate finta di niente. Presto vi ci condurrò, ma al momento opportuno. Nel frattempo, continuerete il vostro lavoro alle stanze senza porvi altre domande. Intesi? Beh, ora ci vuole un caffè, no? Chi lo gradisce?» Ciuzza fu la prima ad alzare le mani. La bella Marlena fu immediatamente chiamata a servire.

Dopo cena il conte sparì, portandosi dietro tutto il gruppo, ragazze comprese. Le belle e avvenenti fanciulle se uscivano, lo facevano solo se scortate dal conte. Si dileguarono come colombe ubbidienti ad un unico richiamo. Dove andassero ad infilarsi, questo era un mistero, e non era lecito chiedere. I quattro amici si sedettero nel salotto Frau in pelle di fronte alla reception. Conversarono animatamente ma a voce bassa. L'uomo grassoccio della reception – che ora sapevano chiamarsi Ottavio – non c'era. Era meglio comunque non parlare a voce alta. Ogni tanto Cesco faceva cenno ad uno dei gemelli di abbassare il tono, giacché erano entrambi portati a discorrere in maniera altisonante, caratteristica della loro indole impetuosa. Ottavio venne solo poco più tardi e Cesco, Ciuzza, Alfonso e Nicola, pensarono fosse meglio continuare a parlare fuori dall'albergo, sostando sotto la pensilina.

«Non sarebbe il momento di interpellare Romano? Che ne dite? Quel cameriere con noi ha legato sin dall'inizio, è simpatico, ci ha preso a ben volere, forse potrà svelarci qualche particolare interessante, eh? Che ne dite...» propose Alfonso con una certa convinzione.

«Con prudenza... ma non mi pare una cattiva idea.» lo seguì il gemello.

«Sì, con prudenza, perché se quello va a spiattellare al conte che gli facciamo certe domande, siamo inguaiati, oh!» replicò Cesco tirando dalla sigaretta.

«Ma dai, noi la mettiamo in maniera naturale, il più possibile, come se...»

«Eeeh, naturale... Nicola, stiamo attenti a non insospettire il cameriere, quello potrebbe fare la spia!»

«Ma dai Cesco...» rise Alfonso «Che vuoi che si insospettisca, ma quale spia, noi qui lavoriamo... è normale che si facciano domande, no?»

«Che male si fa ad essere un po' curiosi!» replicò Cinzia candidamente.

«Appuntooo! La curiosità insospettisce...» sentenziò con gran serietà Cesco.

«Allora che dovremmo fare? Ce ne stiamo zitti e nessuna domanda a Romano?»

«No, Alfonso... facciamogli pure delle domande, ma con prudenza, con una certa naturalezza, come si diceva prima, senza che gli vengano sospetti di alcun tipo, cioè...» Cesco alzò gli occhi in alto, fece una breve pausa, poi continuò «...non deve capire che siamo curiosi; ma così... come per dir qualcosa...»

Ciuzza scoppiò a ridere.

«Che c'hai da ridere sempre Cì?» si voltò serio in volto, il fidanzato.

«No è che... dal momento che gli si domanda su "certe attività segrete", questo già si insospettisce... ah,ah,ah...» rise ancora a più non posso. Cesco restò muto e immobile, con un'espressione alquanto interrogativa e di disapprovazione.

«Nooo, ma che diciii! Intendevo un modo di far domande con una certa ingenua spontaneità...»

«Ascolta Cesco, se si insospettisce a me che cavolo mi frega? Dopo tutto non potremmo essere legittimati a sapere qualcosa di più, dato che qua ci lavoriamo?...»

«E gratis!» lo interruppe il fratello.

«...Esatto Alfonso, ma oltre a questo abbiamo il diritto di sentirci tranquilli, e perciò anche di fare delle domande, che male c'è?»

«Nulla!» intervenne Ciuzza.

«Nulla!» rimarcò Cesco.

«Allora, andiamo a beccare quello strano tipo del cameriere, e facciamoci poche flippe!»

«Di cosa dobbiamo temere?» concluse Nicola.

Bastò entrare nella grande sala ristorante per avvicinare Marlena che stava mettendo in ordine i tavoli. Qualche parola galante da parte dei gemelli e poi la richiesta di parlare con Romano.

«Vado a chiamarlo subito, è in cucina...» La ragazza con passo ancheggiante raggiunse le due porte semovibili della cucina e vi sparì oltre. Poco dopo ne uscì con passo scattante il cameriere. Ritto sul petto e sguardo alto; si presentò al gruppo con un gran sorriso. «Ditemi artisti, sono a vostra disposizione!»

«Possiamo farti qualche domanda in privato... in confidenziale amicizia?» chiese Nicola tutto d'un fiato.

«Ma certamente, ragazzi. Dite... c'è qualche problema?»

«No, per niente, anzi! Qui ci troviamo benissimo, siete tutti molto professionali e ospitali...»

Cesco pareva impallidito. Ciuzza tratteneva una risata che per fortuna non venne fuori.

«Possiamo parlarti con sincerità chiedendoti assoluta riservatezza su quanto ti stiamo per dire?» aggiunse il pittore. Marlena era tornata alle sue faccende attorno ai tavoli. Romano spinse il gruppo fuori dalla sala ristorante, e sostarono nel piccolo corridoio che dava ai bagni, poco prima del salotto. «Certamente, parlatemi pure con tranquillità, ciò che mi direte rimarrà assolutamente tra di noi. Se c'è qualche problema... beh, sarò lieto di risolverlo nel più breve tempo possibile...»

«È che in albergo ci pare succedano cose strane...» disse Alfonso a bassa voce, poi si corresse: «Cioè no, non in questo albergo, ma a dire il vero all'Alexander, dove noi lavoriamo!»

Il viso affilato e ossuto, violastro di Romano, si fece più duro e spigoloso, e con un'espressione seria e un po' indagatrice disse: «Cose strane, eh! E di che tipo...?»

«Mah... sentiamo dei rumori insoliti, ambigui; spesse volte durante il lavoro, li sentiamo provenire dal basso, dove c'è il laboratorio teatrale. Lo abbiamo accennato alla signora Corda e al conte, ma entrambi evasivamente ci han detto di non farci caso, perché sono provocati dalle attività di teatro. A dire il vero, sono rumori che fanno venire i brividi!»

«Sì, là sotto si fanno attività intense ed è normale che sentiate dei rumori... di che vi impressionate?»

«No..., cioè...» intervenne Cesco. «Non è strano il fatto che si faccia attività là sotto, sono i rumori che sono strani!»

«Tipo?» chiese accigliato il cameriere che parve più perplesso del dovuto.

«Sono rumori lugubri, acuti, rimbombati, che stridono, con urli, rumori di strisciamento...»

«Di strisciamento?» fece l'uomo con un punto interrogativo stampato in fronte.

«Francé, che stai a dì, così il signore non capisce!» lo redarguì la fidanzata.

«E che devo dì... non sono così, no?» Cesco volse lo sguardo ai due gemelli per cercare consenso.

Romano rimase muto ed attese che uno dei due gemelli parlasse forse con più chiarezza.

«Sì insomma, rumori poco teatrali!» replicò Nicola.

«Eeeh, così ci spiegamo davvero bene!» intervenne Cesco agitando in aria un palmo.

I gemelli risero, così anche Ciuzza, che stavolta non si contenne.

«Embè? Proprio così... non sono rumori che fanno pensare a esercizi..., a prove di teatro! Questo volevo dire, Romano!»

«Capisco! Quindi giudicate questi rumori piuttosto inusuali poiché non si addicono ad attività teatrali. Ma lo sapete voi che suoni, voci e rumori in teatro rieccheggiano a volte in modo bizzarro ed appunto... strano?»

«Sì, d'accordo, ma quelli sono proprio strani...!»

«Cesco, sentiamo cosa ne pensa Romano.» disse Alfonso, facendo cenno di lasciarlo parlare.

«Ragazzi miei, che vi devo dire, non ci trovo nulla di misterioso!»

«A vabbè… mo' siamo daccapo!» sbuffò Cesco alzando gli occhi al soffitto.

«Francé… e *statti* un po' zitto…» intervenne Ciuzza.

«Mo' mi fai innervosire Cì, eh?»

«Sentite…» riprese il cameriere. «Non posso stare qui tanto, ho da tornare in cucina. Comunque vi posso dire una sola cosa: non pensate che tutto si svolga unicamente sulla linea del teatro!»

«Cosa vuole dire con questo?» si fece avanti perplesso Alfonso.

«Deve rimanere tra noi, o saranno guai seri!»

«Parla Romano, di noi ti puoi fidare… che vantaggio avremmo a raccontare al conte queste nostre confidenze? Per vedere magari se si infuria e ci manda via, cacciandoci senza farci terminare il nostro lavoro nelle stanze dell'Alexander?!»

«Sta bene, vi dirò solo questo: le attività non si limitano all'arte e al teatro!…»

«A no?» domandò Cesco

«Non là dentro. Tuttavia sospetto che altrove, qualche volta, vi sia un'attività… particolare ed equivoca, che nessuno del personale qua dentro conosce, tantomeno il conte Nani! Solo le ragazze ne sono a conoscenza.» poi puntò il dito a ciascuno di loro e aggiunse: «Domandatelo alle bambine, ma se ci tenete a sopravvivere qua dentro, fatelo con la massima prudenza! Vado…»

Scappò via in sala e di lui rimase solo il suono delle ultime parole che echeggiò nella mente del gruppo. Ma veramente Romano diceva il vero?

Alfonso prese Francesco da una parte e con fare serioso gli disse: «Cesco, a pensarci bene…, che scemi, non abbiamo chiesto nulla al signor Romano riguardo quella scritta misteriosa sul muro.»

Francesco sorrise, poi si fece serio e pensieroso; alzò gli occhi al soffitto e poi subito li riabassò sul viso dell'amico e disse: «Che sei matto? Nooo, meglio che non se ne sia parlato secondo me. Chissà poi cosa andava a spifferare al conte quello; è capace di dire ancora che siamo stati noi o che siamo troppo interessati a tutto. No, no!»

«Mmm»

«Cazzo centra che siamo stati noi… no, non lo direbbe più, Cescooo!»

Nicola stava parlottando con Cinzia e nel frattempo ridacchiavano forse con troppa enfasi. Furono richiamati dagli altri due e invitati a fare quattro passi nella fresca sera pesarese. Faceva meno caldo. Nicola tirò fuori dalla tasca il foglietto con quella dannata scritta; se lo rigirò fra le mani e quasi con enfatica premura, cominciò a leggerla a voce alta mentre camminavano, e quasi ci gioiva, come felice che stavano vivendo quell' avventura.

LA ROSA DELL'EST COLPIRÀ
E NEL SANGUE NOVELLO
TINGERÀ I PETALI SPENTI,
AL RAVVIVAR DEL SUO CARNATO
UN DIPINTORE SBIANCHERÀ!

«Zittooo!» lo redarguì subito Cesco. «E che cazzo, che ti vuoi far sentire da tutti... non gridare, che caspita fai!»
Per tutta risposta il gemello rise e pure il fratello gli fece eco. Ciuzza pure rise e Francesco, serio, indispettito, continuò a reclamare.
«Ragazzi, questa mi sa di quelle storie paurose, tipiche dei telefilm che si vedevano da bambini!» disse in modo agitato Alfonso.
«Della serie ci siamo dentro fino al collo.» soggiunse Nicola.
«E dai basta mo'... piantatela» tuonò Borel.
Proseguirono per il lungo camminamento di viale Trieste che costeggiava la spiaggia: un vialetto molto grazioso con lampioncini, panchine e alberelli. Molta gente a passeggio e i negozi tutti illuminati. Tutto quell'allinearsi di alberghi uno accanto all'altro, che conferivano al luogo un'atmosfera propriamente estiva, ricordava il piacere vacanziero fatto di respiri frizzanti e gioiosi; i quattro amici si gustavano ora quello svago della passeggiata: si sentivano un po' dunque come in vacanza, immersi nei profumi di cialde, di gelato alla crema, di aria di mare e di ragazze giovani e insaziabili di sesso. Nicola e Alfonso si voltavano continuamente a guardare quelle deliziose fanciulle mezze svestite, che andavano e venivano come docili farfalle notturne, o come sirene infantili, ninfette dolciastre, succose di lecca lecca e di *bubble gum*, profumose di salsedine: le figlie del mare!
Cesco disse prendendo per una spalla uno dei gemelli: «E andate piano, che io e Cinzia non vi seguiamooo...»
«Sono troppo concentrati a guardare le ragazze! Ah ah ah!» rise

Ciuzza e lo fece in modo che quasi pareva si fosse ingoiata uno spinello.

«Cììì... che modi sono di ridere, quelli!?» fece Cesco aggrottando le sopracciglia.

Ciuzza fece l'offesa e si rabbuiò.

Cesco in quei momenti la detestava.

Pesaro per un attimo divenne un allucinogeno da sniffare poco per volta... a piene narici... e come sballava Pesaro quella sera... che droga ruffiana è Pesaro di notte!

«Sentite un po' ragazzi... aspetta aspetta... ascolta Cesco... buono Alfonso... ho da proporvi una cosa!» disse improvvisamente Nicola come in preda all'eccitazione e andando incontro a loro.

«Dai spara bimbo!» rispose Cinzia accendendosi una sigaretta e mentre l'accendeva le tremavano le mani.

«Ti ascoltiamo» fece Alfonso.

«Che ne dite se andiamo stanotte... sì diamine!, stanotte... a fare una missione di perlustrazione all'Alexander Museum Palace Hotel?»

«Che?!!!» escalmò Cesco sbalordito e quasi preso alla sprovvista da quella assurda idea; reagì ridacchiando.

«Questa poi!» esclamò Ciuzza.

«Ragazzi, dico sul serio. Ci state... lo facciamo?»

«Accidenti Nicola... tu sei pazzo!» esclamò Cesco

L'inizio estate pesarese stava dando alla testa?

«Stanotte? E perché proprio stanotte?»

«Aaah Cì... che minchia di domanda è... ma come te ne vieni fuori mo'!?»

I quattro amici andarono a sedersi in una panchina e lì cominciarono a tessere il loro piano.

«Come entreremo innanzitutto?» si preoccupò Cinzia.

«Entreremo scavalcando il cancello... non è difficile. Avete presente quel punto in cui la siepe è meno fitta? È basso e scavalcandolo avremo un varco per passare di lato, tra la siepe e il cancello. D'altronde è tutto così obsoleto e provvisorio, che non dovrebbe rappresentare un serio ostacolo.» spiegò Nicola col mento appoggiato al pugno.

«Sì e poi? Una volta entrati nell'area dell'appalto, voglio vedere come si fa a entrare nel sotterraneo, ovvero negli studi teatrali. Figurati se il conte ha lasciato un passaggio aperto. Sarà tutto chiuso e blindato!»

«Certo che no Cesco...» riprese Nicola «ma potremo andare a dare un'occhiatina e scoprire il punto di accesso al teatro. Anche se è chiuso — e d'altronde anche se fosse aperto introdurvisi dentro sarebbe alquanto imprudente, e non me la sento di rischiare a spingermi sino a tanto — potremo origliare e sentire qualcosa di stuzzicante!»

«Stuzzicante?»

«Beh sì... qualcosa di eccitante, Francesco!»

«E che te credi di sentire? Piuttosto ci si potrebbe gelare il sangue!»

«eeeh... adesso! Non ci starà mica Jack lo squartatore, là dentro... suvvia, non galoppiamo ragazzi! D'altronde c'è stato pur detto che quei rumori non sono altro che attività di teatro sperimentale!» intervenne Alfonso mostrando una certa superiorità.

«Perlustreremo l'edificio dall'esterno e forse scopriremo qualcosa.» suggerì il fratello.

«Va beh Nicola, ma a me pare una follia. Se ci scoprono siamo nei guai seri!» si intromise con veemenza Cinzia.

«Così l'assassino ci accoltella e addio talentuosi pittori! Ah ah ah ah...» rise Alfonso di gusto.

«Oh ragà, non scherziamo eh? Non diciamo stupidate, non alimentiamo ipotesi terrificanti, sennò torno in albergo. Già è una pazzia andare là adesso, se iniziamo a fantasticare dei film horror, chi se move più!?»

«Oh Cescooo, scherzavo, daiii! Io dico che non corriamo alcun rischio, è un'avventura e nulla più. Al massimo sentiremo gli stessi rumori e poi...»

«Eh, e poi?» fece Borel lanciando la cicca con un colpo di indice e pollice.

«E poi...» riprese Alfonso «Che ne so... ce la daremo a gambe o affronteremo l'avventura lì per lì come viene!»

«Siete pazzi!» disse Ciuzza scuotendo il capo.

«Sentite...» continuò Nicola alla svelta: «andiamo e facciamoci sta perlustrazione. Daiii daiii Cescooo... divertiamoci un po', che vuoi che sia, mica andiamo a rubare, no? Staremo attenti, prudenti, e se nasiamo delle difficoltà o pericoli, rinunceremo tornando all'albergo. Andiamo daiii...» Il gemello disse ciò alzandosi e tirando l'amico per un braccio.

«Vabbè, mo' andiamo, non tirare oooh!» si lamentò Cesco che stava perdendo l'equilibrio per gli strattoni di Nicola.

Si avviarono con animo inquieto.

A piedi la camminata si prospettava lunga, giacché l'Alexander distava parecchio dal piazzale della Palla di Pomodoro, essendo l'ultimo albergo in fondo alla parte opposta di viale Trieste. Lì per lì si ipotizzò di andare a prendere la macchina, ma una passeggiata tra la folla, una *full-immersion* in quella calda sera di inizio estate tra la gente villeggiante, con alta percentuale di splendide fanciulle in gonnellino corto o inguinali shorts che mettevano in bella vista splendide gambe e cosce ambrate e lisce, fu una scelta unanime; Ciuzza compresa, che aveva voglia di aria, moto e vetrine illuminate. Arrivarono finalmente di fronte all'entrata del fatiscente Hotel Alexander, quello che un giorno sarebbe diventato uno splendido nuovo albergo di lusso: il futuro Alexander Museum Palace Hotel! Gli diedero un'occhiata dal basso; la sagoma si levava in altezza con un'imponenza quasi spettrale e fors'anche ridicola. Dava un senso di vecchio, di decadente, di cattivo gusto, di abbandonato. Tutto era così brutto: con quelle assi di legno scolorito, inchiodate una sull'altra, per chiudere le entrate laterali, e poi, tutta quella ferraglia accumulata assieme a mucchi di detriti polverosi. L'intera struttura aveva un colore livido, sovrastata da un cielo notturno profondo e come di velluto. C'era ancora gente per le vie di Pesaro che erano molto meno affollate e pure in quel momento (saranno state quasi le ore una) qualche auto passava e così pure persone a piedi, in bicicletta o in motorino. Bisognava dunque decidere lì per lì senza tanti tentennamenti. Esisteva il timore concreto di essere visti e additati mentre si stavano intrufolando di notte clandestinamente nel vecchio Hotel Alexander, a cercare cosa poi? Chissà per quale bravata... ecco non era certo un rassicurante pensiero. Qualcuno poteva dare l'allarme all'Hotel Savoy e avvisare immediatamente il conte. Sarebbero stati presi, acciuffati, riconosciuti, portati in questura e poi scacciati. Ladri... sì... di che? Di masserizie e di detriti? Comunque certamente non si poteva entrare così senza motivo e permesso. Se veramente lì c'era un laboratorio teatrale che funzionava pure di notte, solamente attori, maestri e apprendisti avevano il permesso e il lasciapassare. Nessun altro poteva accedere senza particolari concessioni. Oreste Boccioni, il regista, sicuramente era uno che faceva rispettare le regole in quell'ambiente a lui affidato, essendone il responsabile. Quindi era saggio ripensarci e rinunciare. Molto saggio sì!

Invece no, loro entrarono. Quei quattro pazzi troppo cresciuti scavalcarono il cancelletto ed entrarono nell'area del cantiere. C'era un silenzio irreale tutt'attorno. Sulla destra le creste scure dei monti. S'udiva appena la risacca del mare di fronte a loro, col suo profumo salato. L'entrata principale era alla loro sinistra, svoltarono e tra cancellate in ferro accatastate l'una sull'altra, raggiunsero l'entrata principale con le due rampe di scale ai lati, con sette gradini, coperte da sudicia moquette verde, e tra queste una discesa dava ad una ampia porta in ferro. Da lì probabilmente si scendeva al laboratorio sotterraneo.

Ciuzza fu la prima a scendere e a mettersi in ascolto. Il gruppo si riunì là sotto e si mise ad ascoltare con trepidante attesa. Poco ci volle perché iniziarono ad udire gli strani rumori. Questa era la prova che di notte qualcosa laggiù accadeva. Attività, ma di che tipo? Teatrale, ovvio, no? I rumori e le voci giungevano compresse e ovattate, indistinte, lontane e imbutate, non proprio come accadde loro di sentire dalla stanza di pittura.

Pensarono che le caratteristiche di quei rumori non sembravano attribuibili a prove di recitazione. O forse era tutta una loro impressione, e davvero là sotto si studiava teatro, teatro d'avanguardia, come disse Nani! Lamenti, gemiti, risate, versi gutturali, tonfi, cigolii, rimbombi, voci ora tonanti, ora stridule o soffocate, trascinamenti, scalpiccii o tacchettii come passi di donna con i tacchi e addirittura una specie di risatine a singhiozzo, tutto questo li lasciò perplessi e sgomenti.

«Ma che razza di teatro è questo!» esclamò Cesco facendosi da parte.

«Sssst... ascoltate!» disse Alfonso col padiglione ancora accostato alla porta in ferro.

«Dai, andiamocene, ora è meglio tornare all'albergo.» si lamentò Cinzia.

«Mo' Cì... mo' ce ne andiamo.»

«Dai ragazzi, sarà meglio andare per davvero. Se ci beccano siamo nella merda.»

«Hai ragione Nicola, per stanotte abbiamo sentito abbastanza.» concluse Cesco risalendo la discesa in cemento.

LA ROSA DELL'EST
COLPIRÀ,
E NEL SANGUE NOVELLO
TINGERÀ I PETALI SPENTI
AL RAVVIVAR DEL SUO CARNATO
UN DIPINTORE SBIANCHERÀ!

CAPITOLO V

CAPITOLO V

Dopo la solita ricca colazione che si faceva nella sala del bar, affianco alla reception dell'Hotel Savoy, alle nove della mattina i quattro amici erano già al lavoro nelle loro rispettive stanze all'Alexander. La porta della stanza, nei due lati, era dunque già finita; Nicola e Alfonso ora stavano lavorando, come già detto, a quella del bagno. Era un soggetto crepuscolare campestre: un cielo turchino-violetto, quasi indaco, sfumava di rosa all'orizzonte. Al centro doveva sorgere una chiesina graziosissima dal basso e tozzo campanile, davanti alla quale si andava a stagliare, in controluce, un grande albero scuro; una strada di campagna le andava incontro tra l'erba alta e bruna e in fondo alberi e lontane colline verde-azzurro trapuntate di luci notturne. La falce della luna doveva ergersi sospesa in alto a destra, tra quell'indaco di quiete. Lieto e sereno scenario si sarebbe offerto all'occupante della futura stanza d'albergo, stando disteso sul letto.

Di tanto in tanto i loro pensieri tornavano trepidanti a quei rumori uditi la notte prima. E poi quella presunta attività equivoca, in chissà quale luogo, quella segreta che nessuno conosceva, di cui aveva parlato Romano e il suo suggerimento di chiedere informazioni ad una delle ragazze, in quanto uniche a sapere qualcosa a riguardo! Una stranezza si aggiungeva a un'altra, ed era tutto un fluttuare di ipotesi che si dipanavano dentro le loro menti attonite e incapaci di trovare un senso e spiegazione alcuna agli eventi sinora descritti.

Durante una pausa andarono da Cesco e Ciuzza e discussero su tutti questi interrogativi che evocavano nei loro animi inquiete visioni fantastiche e insinuavano turbinose apprensioni.

Decisero che presto avrebbero cercato di parlare ad una delle ragazze per scoprire qualcosa di più. Ma non ce ne fu il tempo, perché il conte li sorprese tutti, nel pomeriggio, facendo loro visita nelle rispettive stanze ove stavano lavorando, dicendo loro che era arrivato il momento di svelare il suo segreto. Si presentò con una faccia seria, con fare imperativo, quasi fosse un generale che parlava ai suoi soldati di leva e, muovendosi nervosamente a scatti, pregò loro di posare per un attimo i pennelli e di seguirlo senza attendere oltre. I tre pittori, Cinzia compresa, si guardarono l'un l'altro muti e con espressione interrogativa. Si sentivano eccitati e morsi dalla curiosità, ma anche un certo timore aleggiava nei loro animi. Seguirono il conte Nani liberandosi del camice da lavoro, con le mani ancora macchiate di colore. «Seguitemi, forza. Vi mostrerò il mio laboratorio segreto.»

Ci fu silenzio: solo il rumore dei loro passi mentre scendevano le scale sporche. Scesero, con il conte che li precedeva, passando per il largo stanzone a vetrate ove era accatastato tutto il materiale da lavoro, con tavoli ampi e arnesi di ogni genere; anche questo un laboratorio, quello sorvegliato e diretto dall'instancabile Lino. Poi si diressero verso un corridoio stretto e angusto, che girava ad angolo sulla destra in fondo allo stanzone; era buio, umido e si distinguevano appena oggetti e utensili dalle forme indistinte con un lavabo in pietra. Alcuni contatori della luce arrugginiti e fuori uso, qualche altra roba gettata lì alla rinfusa, come scatoloni, vecchie sedie rotte, aggeggi sfasciati in metallo e legno. C'erano ragnatele sudice che penzolavano dal soffitto scrostato. Furono costretti ad abbassare la testa perché il soffitto era basso. Ora gli amici si trovarono davanti ad una porticina di metallo dipinto di vernice color bianco sporco; il conte tossicchiò fermandosi di colpo, e dopo aver *tramescato* un po' frettolosamente con un vecchio mazzo di chiavi, si accinse ad aprire quell'uscio stretto.

Odore di muffa e di umido. Ciuzza cominciò a starnutire e Cesco la redarguì come fosse una colpa. Scesero ancora, questa volta calpestando scalini in pietra levigata; le pareti di quel percorso angusto erano come di sasso bagnato. Forse c'erano delle perdite d'acqua. Tutto pareva così strano e sconveniente. Nani accese un interruttore e la luce di un neon divampò tremolando. Ora si vedeva bene; una rampa di scale scendeva abbastanza ripida verso un ambiente più largo, c'era un corridoio che andava giù sotto terra e quindi – pensarono – proprio sotto l'Hotel Alexander. Piegarono a sinistra e poi a destra, continuando dritti e finalmente d'improvviso lo spazio si aprì in una larga stanza rettangolare. Ora appariva loro una porta in metallo, robusta, grigia, con bloccaggio d'acciaio, del tutto simile a quella di un bunker. Non stavano certo andando nel laboratorio teatrale ove la notte precedente, davanti ad una porta in ferro, Ciuzza per prima aveva origliato e sentito assieme agli altri, urla, gemiti, e strani raccapriccianti rumori. Lì si accedeva quindi, come detto, forse dall'esterno, dall'entrata principale con le due rampe di scale ai lati, con sette gradini, coperti da moquette verde, e tra questi una discesa che dava all'ampia porta in ferro.

No, questa volta stavano scendendo dalla parte opposta, quindi dall'interno. Si diressero perciò non al laboratorio teatrale, ma nel "laboratorio segreto" del conte Nani. Tutto questo li riempì di rinnovata curiosità e di pensieri carichi di mistero. Quale funzione dunque doveva avere pure questo suo laboratorio?

«Ma se è segreto, perché ce lo sta mostrando?» sussurrò Francesco all'orecchio di Nicola.

«Zitto Cesco, che ne so... forse lo mostra solo a chi lavora per lui, boh!» fece Nicola serio. Proseguirono, appena il conte aprì quel grande uscio in ferro che si spalancò rumorosamente.

«Conte, ma noi pensavamo ci mostrasse il laboratorio teatrale...» azzardò Alfonso.

La risposta tardò un po' a venire; il conte armeggiava con l'accensione delle luci e improvvisamente un susseguirsi di una decina di neon che si accesero uno dietro l'altro, fece apparire un ambiente grande, quasi di ottanta metri quadri, che a prima vista impressionò i quattro amici. Quando furono tutti entrati Nani aveva nel volto un radioso sorriso di soddisfazione e di raggiante orgoglio. Sospirò e, con la sua inconfondibile voce nasale, con enfasi e impettito esclamò: «Ecco, ecco: vi presento il mio laboratorio personale!» Poi subito si ricordò della domanda fattagli e della risposta che aveva lasciato in sospeso e come per togliersi di dosso quell'argomento si affrettò a dire: «Il laboratorio teatrale lo vedrete in un secondo tempo eh! Prima ci tenevo a mostrarvi questo mio... spazio del ritiro, luogo del pensiero, dell'ingegno, dell'arte, della più sfrenata e libera immaginazione!» Detto questo si accomodò gli occhiali sul naso e scostò la frangia liscia dalla fronte. Si avvidero subito di strane e surreali macchine, come invenzioni incomprensibili e avveniristiche, di sculture altrettanto curiose e un po' inquietanti, con pannelli ove erano montate scenografie assurde, abbastanza improbabili. C'erano due colonne portanti in pietra al centro del grande stanzone, con un arco a tutto sesto in mattoni rossi, ma le colonne erano in cemento e squadrate. Il soffitto era abbastanza piacevole per l'occhio: era strutturato con capriate in legno e blocchi di cemento armato disposti orizzontalmente. Lo spazio era occupato da lunghi tavoli in legno e ferro dipinto e diverse sedie e persino due divani. Sui tavoli stavano appoggiati dei libri e degli utensili, nonché diverso materiale per la pittura e per la scultura; videro dei grossi calchi in gesso, delle forme in pietra e in resina, in cartapesta e in scagliola. Molti pennelli, barattoli di colore, vernici e colle; tele arrotolate, carte da scenografia, pannelli, telai, cavalletti, trespoli. Tutto aveva l'aspetto quasi di un atelier ove l'artista e lo scienziato si erano fusi in un unico intento, dentro il loro comune spazio di lavoro e di progetto.

Dal soffitto pendevano tendaggi rossi e bianchi agganciati a dei tiranti, e poi seguivano complicati sistemi di carrucole per azionare chissà quali ardite scenografie in preparazione.

Lo stupore e la sorpresa erano ben visibili nei loro visi, nelle loro espressioni attonite.

Il conte Nani iniziò a parlare e a illuminare le menti ancora incredule:

«Già vi spiegai che il mio sogno è quello di integrare l'albergo museo con uno studio avanzato di ricerca, per sperimentazioni teatrali e artistiche d'avanguardia. Sapete che ho le mie ragazze che seguono i corsi teatrali, quali allieve per diventare attrici prescelte. Le mie ragazze dell'Est, perché provenienti da paesi russi, appositamente scelte e selezionate, assunte per questo scopo! Non vengono pagate in quanto apprendiste, ma una volta conseguito il diploma dopo l'intero corso sperimentale, darò loro una specie... di borsa di studio e un valido lascia passare per l'inserimento nel mondo della recitazione e del teatro contemporaneo, dello spettacolo e dell'arte. Sono ragazze dalle potenzialità straordinarie, se pur fuggitive e spaventate dal pericolo che incombe su di loro, cioè lo sfruttamento della prostituzione. Tutte femmine naturalmente, è chiaro – e non ironizzate ora, ve ne prego – perché solo le ragazze come sapete, provenienti dai paesi dell'Est, abbisognano di essere tutelate, difese, tolte dalla strada, dai pericoli che tutti sappiamo. E poi, suona bene: "Le ragazze del teatro sperimentale d'avanguardia delle Rose dell'Est"!»

Disse questo con fare molto serioso e pieno di orgoglio personale e ciò fece il suo effetto sui quattro che pensarono all'unisono quanto fosse umano e di animo nobile il conte Alessandro-Ferruccio Marcucci Pinoli di Valfesina, detto Nani!

«Venendo a ciò che state or ora ammirando, questo è il mio laboratorio personale, nel quale lavoro per le mie creazioni artistiche; scrivo, penso, mi ritiro (anche talvolta di notte), creo e costruisco anche per il laboratorio teatrale dove si svolgono le suddette attività. Da qui escono le scenografie, i progetti, le commedie scritte, i testi, i disegni dei costumi, e tant'altro... tutto ideato da me, con l'appoggio di qualche fidato collaboratore. Lo chiamo il mio laboratorio segreto perché in effetti pochi sanno della sua esistenza: prima devo conoscere le persone a cui mostrarlo e principalmente devono fare parte della corte del conte Nani. Come voi naturalmente, in quanto pittori delle stanze di questo albergo che diverrà il futuro Alexander Museum Palace Hotel di Pesaro.»

«Quindi una volta che l'intero Hotel Alexander verrà ristrutturato anche questo laboratorio-atelier e il laboratorio teatrale saranno rinnovati completamente, portati a nuovo voglio dire...» intervenne Alfonso.

«Certo. Diverranno degli spazi nuovi, ben organizzati, funzionali e perfettamente operanti. Si accederà tramite un ascensore a questo mio laboratorio, un giorno! Tuttavia questo laboratorio non muterà di molto le sue sembianze. Una volta era una vecchia cantina, ci si tenevano le botti e il vino. Io ho riadattato questo luogo ad uso laboratorio...»

«Geniale!» esclamò Cesco guardandosi attorno a bocca aperta.

Continuarono a guardarsi attorno con un certo stupore; il conte mostrò loro alcune sue opere in preparazione ed altre finite e le commentò. C'erano sculture in ferro smaltato, molto minimali, che comprendevano varie composizioni con tubi alti che appoggiavano su un basamento in legno o in metallo e che si gettavano verso l'alto a gruppi, disposti in diagonale. Alcuni erano tubi, altri dei parallelepipedi stretti di vari colori e altezze. Nani spiegò che quelle erano il prototipo-bozzetto per il progetto di alcune sculture moderne da inserire nel centro di grandi rotatorie cittadine o per delle fontane. Le combinazioni geometriche delle sculture erano varie e molto originali.

Seguivano delle opere a carattere prettamente concettuale che rispecchiavano l'autoironia del conte, perché palesavano la volontà di prendere in giro e di prendersi in giro; Nani definì quest'arte Arteironia, cioè l'autoironia nell'arte.

Lui si autodefiniva artigiano delle sensazioni. Naturalmente – e ci teneva a sottolinearlo – Nani era prima di tutto conosciuto come poeta: un poeta che scandagliava l'umano esistere con sofisticata ironia, e che, di verso in verso, faceva riemergere affettività, sentimenti e fervori visionari. Era stato definito da molti intellettuali "l'uomo del paradosso", in quanto ogni sua iniziativa, ogni suo progetto privato o pubblico, che nel contempo suscitavano clamore, scalpore, curiosità, erano sempre scaturiti da un pensiero e un'esistenza completamente fuori dall'ordinario. Nani usciva dagli schemi spesso: era anticonformista, contraddittorio, volubile, geniale, folle, inquieto, creativo, imprevedibile, ironico, visionario, testardo, paradossale nei modi e nelle scelte. Quell'ambiente che stava ora mostrando loro, quel crogiolo di idee e creazioni strane, rispecchiava perfettamente questo modo di essere del conte. Comunque tutto apparve affascinante e davvero unico nel suo genere per i quattro amici che guardavano un po' intimiditi e incantati, quelle creazioni, quelle opere partorite da un eclettico talento senza dubbio istrionico. Sarebbero voluti rimanere per guardare meglio ogni cosa e ogni tipo di materiale e cos'altro di curioso celasse quella grande stanza laboratorio, ma il conte Nani dopo poco li pregò di uscire e di tornare al loro lavoro nelle rispettive stanze. Aveva altre cose da fare ora, più urgenti. Cambiò umore e con tono serio quanto severo disse: «Forza, forza, a dipingere... dovete lavorare, terminare le mie stanze, non potete restare qui a gozzovigliare. Andiamo, andiamo...»

Risalirono quasi in silenzio le scale sino ai piani superiori. Poi Nani si dileguò.

«Ma quale sarà questa caspita di attività ambigua di cui Romano ci ha parlato, di un luogo ancora sconosciuto, mettendoci quasi in guardia?» ritornò sull'argomento Cesco, soffermandosi davanti alla porta della stanza dei due gemelli, prima di proseguire verso la sua. Ciuzza stava per parlare ma subito intervenne Alfonso piuttosto divertito da quella avventurosa situazione: «Non riesco proprio ad

immaginarmelo Cesco; qui secondo me c'è qualcosa che ancora non sappiamo e che sarà bene scoprire per la quiete di tutti.»
«Perché ci ammazzano?» saltò fuori Cinzia.
«Cì *statti* zittaaa... ma che diciii...» replicò Borel.
Nicola rise e poi disse tornando serio: «Dai adesso non è il caso di esagerare, ma penso anche a quella scritta sul muro. Certo, forse è una gran puttanata, uno scherzo. Tuttavia il significato era molto preoccupante e a pensarci mi fa venire un po' i brividi ragazzi!»
«Secondo me qualcuno si sta divertendo alle nostre spalle. Forse il conte stesso.» disse Ciuzza accendendosi una sigaretta rullata all'istante.
«Ma lascia perdereee... sì, il conte, ma vaaa!» fece Cesco.
«Dicevo così per dire.»
«Se le ragazze praticano delle attività che non si limitano solo all'arte del teatro, prima o poi le scopriremo.» intervenne Nicola.
«E come? E poi mi viene anche da pensare che quelle, da qualche parte, la danno... ih ih ih ih!» disse Alfonso pieno di maliziosa ilarità.
«Boh! Certo che se così fosse, io sarei il primo a chiedere di partecipare!» saltò su il fratello ingolosendosi all'idea. Risero.
Poco dopo tornarono a dipingere con le menti cariche di pensieri poco rassicuranti.

Le sessantatré stanze realizzate dagli artisti dell'Alexander Museum Palace Hotel, comprese quelle in cui stavano lavorando Cesco, Ciuzza, Alfonso e Nicola, erano veramente delle realizzazioni artistiche strepitose. Lo si vedeva già osservando la bellezza dei colori e delle forme ideate per le porte d'entrata di ciascuna stanza. Solo per dirne alcune, perché a descriverle tutte, potremmo annoiare il lettore: una rappresentava il mondo marino e tutto lo spazio era invaso dai tentacoli di una grande piovra. Un'altra era dedicata all'arte della fotografia, con grandi immagini realizzate su pellicola fotografica con gli oggetti propri di questa disciplina, istallati ovunque; un'altra richiamava al mondo della natura, con tutti gli elementi naturali dipinti: fiori, erbe, acque, animali. Un'altra stanza parlava dell'erotismo: sensualità e seduzioni d'immagini che simboleggiavano l'amore e il vizio; poi una riguardava il mondo delicato e celestiale degli angeli, con colori dai toni dorati azzurro e bianco. Una stanza era una metafora sulla vita, un'altra sulla danza, sullo stile della Belle Époque, sul paesaggio, sulla creazione, sul sogno, sul mito classico, sulla musica, sul teatro, sullo stile graffitista metropolitano, su un determinato sport, sul viaggio, sulle origini dell'uomo, sulla poesia, sulla ricerca scientifica, sull'essere, ecc. Ognuna di queste, secondo il tema scelto, si avvaleva di stili e di valenze cromatiche diverse ed anche le tecniche erano varie ed infinite: pittura, scultura, istallazione, fotografia, design; gli stili e le poetiche pure: astrazione, realismo, informale, simbolismo, post moderno, espressionismo, surrealismo. Nove piani di arte contemporanea!

Fino a sera lavorarono al completamento della porta del bagno e furono davvero soddisfatti del suggestivo paesaggio bucolico. Il mattino dopo avrebbero iniziato la spalliera del letto: doveva esservi dipinto un paesaggio notturno visto dall'alto (Bertinoro), con luci tremolanti dei paesini in lontananza, su buona parte della lunghezza della spalliera, che non era altro che un lungo pannello rettangolare in legno con preparazione di fondo bianco. Quindi, la parte centrale soltanto doveva essere occupata dal paesaggio, mentre i restanti lati li avrebbero dipinti tutti di nero. Anche Francesco Borel si era portato parecchio avanti assieme alla sua fidanzata, lavorando assiduamente sui mobili: armadio e comodini. Stavano davvero dando prova del loro talento e anche della loro capacità di artisti, malgrado non ancora conosciuti in ambito nazionale. I gemelli tuttavia, a differenza di Borel, già avevano avuto alle spalle attività artistiche con mostre di un certo livello. Sembrava tutto a posto, tutto perfetto convinti che stavano facendo un buon lavoro ed invece la mattina dopo il conte Nani, facendo il suo inaspettato giro di perlustrazione, cominciò ad urlare dicendo loro che erano indietro, che andavano troppo lenti, che stavano sporcando le pareti pulite (si trattava solo di qualche innocua macchiolina di colore spruzzata accidentalmente, sicuramente lavabile), e poi borbottò dicendo ai gemelli che stavano usando troppo colore blu, e quindi dovevano essere meno spreconi, e poi cominciò a gesticolare, pretendendo che si dipingesse anche la parte interna della porta del bagno, che invece loro avevano lasciato di una tinta unica. Così furono costretti ad abbozzare una idea su due piedi, e allora pensarono ad un cielo

stellato con alla base monti scuri in controluce con qualche bagliore tremulo in lontananza. Comunque intanto continuarono nella realizzazione delle spalliera del letto, mentre il conte se ne usciva dalla stanza, con le mani che fendevano l'aria, urlando che non erano capaci di stare attenti e che non si azzardassero più a schizzare sulle pareti bianche; loro si guardarono costernati e quasi increduli per quel lunatico carattere; si innervosirono e si indispettirono talmente che quasi furono sul punto di mollare tutto. Cesco invece dovette sopportare un urlaccio del conte perché aveva tinteggiato una ruota ingranaggio, di quelle che Nani gli aveva dato da appendere ad una delle pareti, mentre non doveva dipingerla ma – secondo il conte – doveva restare del suo colore naturale, cioè color ruggine. Allora echeggiò un urlo nasale e prolungato che i due gemelli ben sentirono e che fece tremare ed ammutolire il povero Borel. Ciuzza, appena il conte se ne fu uscito anche dalla loro stanza, ebbe un attacco isterico e cominciò a dare calci ad un mobile; se non era per Cesco che intervenne bloccandola, forse un'anta del mobile partiva! Ciuzza cominciò ad urlare come un'isterica, con gli occhi fuori dalle orbite, dicendo che non ne poteva più e che se ne voleva andare a casa e allora siccome Cesco invece di tollerarla e di tranquillizzarla, se ne uscì con altrettante urla, la povera ragazza iniziò a scagliare pennelli per terra e a sbattere i pugni nel muro e d'un tratto come una posseduta afferrò un lungo pennello e brandendolo contro Francesco – assai allibito – urlò: «Sarò io l'assassina dell'Hotel Alexander, cazzo vi ammazzo tuttiii, prima il conte e poi faccio fuori anche teee...! Sono al limiteee!»
Fu un momento assai critico per Cesco, ma piano piano la calmò e tornò la quiete. Cinzia Cavallini bevve le sue gocce sedanti e si fumò due sigarette una dietro l'altra. E tacque narcotizzata.

All'una si pranzava. Erano di nuovo attorno al grande tavolo circolare della sala pranzo. C'erano il regista Oreste Boccioni, la scenografa Rosanna Pini, l'architetto Aldo Marabini e le ragazze: Feona ed Irina, le sorelle Animaisa ed Elikonida, e Kirilla. Non mancava di certo la critica che sedeva alla destra del conte Nani, sempre appiccicata a lui, come un'ombra. Marlena serviva ai tavoli assieme al ligio ed impettito Romano. I quattro amici si avvidero dell'arrivo di un nuovo gruppo di ragazze, tante! ...una bella dozzina! Per loro erano stati apparecchiati due tavoli poco distanti. Arrivarono in gruppo, belle da far paura! Alte, quasi tutte bionde e, naturalmente russe. Vennero accolte dal conte con una fervorosa cerimonia di benvenuto. Si alzò in piedi ed acclamò: «Bene! Eccovi qua, mie adorate fanciulle, nuove rose del mio impero! Venite, venite, accomodatevi, giusto in tempo... vi aspettavo!» Le ragazze sorridenti e lievemente intimidite, ad una ad una abbracciarono il conte e tesero la mano a tutti i presenti. Cesco, Ciuzza, Nicola e Alfonso, erano assai sorpresi di questo inaspettato arrivo, e i tre artisti si scambiarono fulminee occhiate di intesa maschile e ammirato consenso per tanta grazia femminile! Il regista e l'architetto erano anch'essi fibrillanti di soddisfazione e ammirazione.

«Prendete posto ai tavoli, prego, sono stati preparati per voi. Ma non prima delle dovute presentazioni...» fece il conte Nani acceso di fervore.

Le ragazze non staremo a descriverle, perché ciò non ha molta importanza. Elencheremo soltanto i loro nomi. A voi lettori l'arbitrio di immaginarvele graziose, sensuali, sfrontatamente belle come possono essere le più stupefacenti ragazze russe attorno ai vent'anni. Dunque erano: Anfisa, Bela, Agrafena, Deodora, Fotina, Inessa, Efimiya, Khristina, Muza, Leonilla, Olimpiada e Vlada.

La maggior parte di esse erano in minigonna o in shorts, solo tre di loro portavano jeans attillatissimi. Si può immaginare come i tre pittori si prodigarono, inchinandosi, in baciamani a profusione, specie i due gemelli. Allorché le splendide ragazze presero posto ai tavoli – e intanto che Marlena e Romano servivano loro le prime pietanze – Nani annunciò: «Mi rendo conto, artisti miei, che non vi aspettavate l'arrivo di queste fanciulle. Anch'esse sono state selezionate da me per far parte delle Rose dell'Est, e stasera stessa prenderanno parte alle lezioni di teatro condotte dal caro Boccioni e dalla cara signora Pini...» e così dicendo indicò col palmo della mano i due insegnanti «dunque il mio gruppo è ora al completo! In tutto sono diciassette ragazze che saranno il fiore all'occhiello... anzi, perdonate...» si rivolse a loro con un sorriso piuttosto mieloso «saranno le Rose all'occhiello del mio ambìto progetto! Ah ah ah...» rise e risero anche gli altri.

«Stasera ci sarà movimento nei sotterranei!» bisbigliò Alfonso a Cesco, il quale rimase con lo sguardo fisso al soffitto: «In che senso...» «Ma come in che senso, creteinooo... il laboratorio brulicherà di gnocca!»

«Ah, sì... mamma miaaa!» disse Cesco affogato nella libido.

«Allora un applauso per le nuove arrivate!» urlò la critica sgranando gli occhi. Applausi e risa, gesti di euforico entusiasmo.

«Conte, ma tu sei un gran intenditore! Ma saranno brave quanto sono belle?» Sparò Nicola, poi si rese conto della gaffe.

«Ma che diciii, oh...!» bisbigliò Cesco che cambiò espressione.

Nicola si irrigidì, e prima che potesse rimediare, il conte rispose: «Ho forse sbagliato io a scegliere voi come artisti, che forse voi non valete? Eh?»

«N-no Nani, spero certo di no. Voglio dire...»

«E dunque io non sbaglio e non commetto leggerezze in quanto a scelte. Queste le ho selezionate io e sono le miglioriii!» Alzò il calice e bevve, rosso in faccia e poi strizzò gli occhi e cadde con la testa sul tavolo.

Ci fu un allarmismo subitaneo, tutti si sporsero su di lui, seri e spaventati. La critica Rosalba Corda impallidì. Lo scosse con voce lamentosa: «Nani, Naniii... iii, che hai conteee!»

Il conte all'improvviso scattò su, con la testa spettinata e disse: «Cucù... ci eravate cascati, eh?»

«Sei stupido, non lo fare più!» lo rimproverò la grassa donna.

Tutti a ridere, fragorosamente, anche le ragazze, ma Cesco no; i gemelli lo fecero in ritardo. Ciuzza invece rideva talmente forte che singhiozzava, quasi si contorceva... senza più fiato. Il pranzo si concluse nello spasso generale, ma anche tra serie e piacevoli conversazioni, come al solito. Le portate furono squisite e ricche che non si poté rimanere più paghi.

Ad uno ad uno uscirono dalla stanza con il conte in testa al gruppo. Le ragazze attraversarono la reception espandendo un profumo estasiante di femmine esultanti. In men che non si dica tutti uscirono dall'albergo, tranne i quattro amici che sedettero sulle poltrone del salottino e restarono in silenzio, a guardarle ancheggianti e feline in tutta la loro iperbolica bellezza. I commenti dei tre non si contarono, mentre Ciuzza accennava sorrisini stanchi e svogliati, che mal celavano una certa riluttanza.

Ad un certo punto si accorsero che una delle russe tornava indietro. Si diresse verso le toilette. Il suo passo era deciso e veloce. Allora Alfonso disse: «Ragazzi, questa fanciulla potrebbe fare al caso nostro... che ne dite se quando esce le facciamo un paio di domande?»

«Eheee, col conte là fuori che se se ne accorge...»

«Beh, che male c'è, Cesco. Rientra nella normalità che qualcuno di noi scambi due parole con una di loro, visto che si è pranzato assieme e che ci sono state presentate, no? Non esiste già il divieto di rivolgere loro la parola.»

Cesco annuì.

«E che pensi di chiederle?... O vuoi intortartela!» sibilò Ciuzza terminando la frase con una nota di malizia.

«Ma dai, le mie intenzioni sono solo investigative...»

«Ah, molto bene, allora investighiamo insieme!» sopraggiunse Nicola prontamente.

«La blocchiamo un attimo e le chiediamo se è al corrente di certe attività segrete. Romano ci disse di chiederlo ad una delle ragazze, ricordate?»

«E secondo te, Alfonso, quella ti dice tutto quello che sa! Ma vaaa...» soggiunse Francesco Borel con un gesto di diniego.

«Lasciami fare bamboccione, e impara come si aggancia una femmina di quel calibro!»

«Ahooo, stupidotto... che te credi di darmi lezioni?» si inalberò un po' per finta e un po' per serio Cesco. Alfonso rise ed anche Nicola.

«Attenzione, la bionda esce!» indicò Ciuzza.

Alfonso si alzò e le andò incontro sorridente e sicuro. Nicola lo seguì fulmineo. L'approccio fu disinvolto e piuttosto d'effetto, tanto più che la ragazza sorrise suadente mostrando una splendida dentatura. La conversazione iniziò con l'argomento artisti, in quanto pittori delle stanze dell'Alexander. Alfonso riempì di complimenti la fanciulla per la sua bellezza ed anche Nicola non perse tempo a lusingarla con squisiti apprezzamenti. «Il tuo nome bellezza?» chiese Nicola.

«Agrafena..., ma voi siete gemelli?»

«Sì, i veri gemelli monozigoti!» La ragazza parve divertita, poi aggiunse: «*Minzoti*?... io non sapere cosa significa.»

Risero, poi Alfonso corresse, sillabando: «Mo-no-zi-go-ti, cioè di un unico ovulo, della stessa placenta. I veri gemelli!»

«Ah, capito, gemelli gemelli...» sorrise con molta dolcezza.

«Senti Agrafena, voi siete tutte aspiranti attrici, ma volevamo sapere di più. Sai, il conte non ci ha detto più di tanto, soltanto ciò che egli vuole che si sappia. Ma... ecco, pensiamo ci sia dell'altro...»

«Dell'altro?» domandò la ragazza sbattendo le palpebre.

«Cioè..., insomma, con tutto questo movimento di belle ragazze russe giovani, non è che qualcuno si approfitti di voi? Voglio dire, è noto a noi italiani che molte ragazze dell'Est sono vittime di sfruttamento e ciò lo consideriamo deplorevole; mi preme sapere se questo a voi non accade...» Cesco bofonchiò verso Cinzia:

«Ma che le sta a chiedere, mo'?»

Agrafena scoppiò a ridere, fece un movimento repentino della testa e i lunghi capelli biondi si scossero con moto d'onda: «Nooo, non preoccupatevi voi di nostra situazione, noi non sfruttate da nessuno. Noi fare corso per attrici delle Rose dell'Est; conte Nani buono con noi, gentile e generoso!»

«Generoso?...» intervenne Alfonso.

«Sì, lui dare a noi lusso e tutto quello che *bisognamo!*»

«Bene allora... ci sentiamo tranquilli, se le cose stanno così. Ma non dubitavamo certo del conte! Ehm... ragazze come voi, vanno solo protette e aiutate. Senti... comunque abbiamo sentito di certe attività segrete... oltre a quelle teatrali, ne sai qualcosa? Non ti nascondiamo che in questo ambiente aleggia un che di mistero, e noi siamo molto curiosi, tanto più che qui ci lavoriamo!...» Nicola disse la frase tutta d'un fiato.

«Attività segrete? Io non sapere; io so che lui ha laboratorio sotterraneo, dove fa esperimenti di tipo... progettazioni artistiche, macchine, sculture... lui genio e molto *istrioso.*»

«Estroso...» tentò di correggerla Alfonso.

«Ecco, sì, estroso! Poi c'è il laboratorio di teatro, no? Non visto?»

«No ancora no, ma crediamo che presto il conte ce lo mostrerà...» rispose Nicola.

«Non sapere nulla di attività segrete, noi. Siamo un po' controllate ma trattate bene, come detto! Comunque in teatro io so che noi fare esercizi di recitazione. Normale!... comunque essere sempre guardate a vista.» E un sorriso strano e malizioso le si profilò sul candore del viso.

«In che senso?» arrivò ad introdursi Cesco all'improvviso.

La fanciulla si voltò verso Borel, con uno scatto repentino che avvenne con un'espressione sensualissima. Disse:

«Non possiamo uscire... da sole, con amiche soltanto. Noi dobbiamo essere sempre accompagnate!»

«A me questo non va giù!» si oppose Cesco accigliato.

«Son cavoli loro!» sbottò Ciuzza visibilmente irritata.

«Maccheddiciiii!» la rimbrottò Cesco.

«Deliziosa fanciulla, dunque tu non sai nulla... beh probabilmente anche perché sei qui da pochissimo. Ma le tue... colleghe, quelle che da giorni sono qui, forse sapranno qualcosa a riguardo.» continuò Alfonso.

«Io non sapere se loro sanno cose segrete, perché non domandate a loro?...»

In quel mentre si avvicinava una ragazza coi codini, a passo svelto. Era una delle splendide sorelle, Animaisa. I quattro si avvidero che guardava molto di traverso e parecchio storto Agrafena. Le disse:

«Muoviti, il conte si è tanto spazientito!»

L'amica cambiò espressione e con un moto di ansia disse: «Arrivo, scusami! Devo andare, ciao!»

Animaisa non salutò il gruppo, fece solo un sorrisino di commiato, trascinandosi dietro Agrafena.

«Per me qualcosa sotto ci cova.» disse Ciuzza con aria molto perplessa e dubbiosa.

«Credete che se sapeva qualcosa, la ragazza ce l'avrebbe detto?» domandò Alfonso.

«Non so, forse è stata sincera...» ipotizzò Nicola.

«O forse nasconde la verità per paura. Probabilmente quella non intende tradire le amiche. Che ne so, mi sa che dovremmo scoprirlo per conto nostro, indagando prudentemente.» concluse Cesco accendendosi una sigaretta.

CAPITOLO VI

CAPITOLO VI

Passarono altri due giorni in cui i quattro amici cercarono in ogni modo di concentrarsi nel loro lavoro di pittori-decoratori. Nelle rispettive stanze dell'Hotel Alexander portarono avanti l'attività pittorica: Alfonso e Nicola conclusero anche la spalliera del letto e dipinsero pure il lato interno della porta del bagno. Si guardarono attorno soddisfatti ma parecchio stanchi, comunque certi che il loro dovere di artisti lo stavano svolgendo molto bene. Non poteva non piacere al conte, pensarono, e inoltre convenirono tra di loro che certe camere realizzate da altri artisti, non erano poi così belle come la loro. NOTTETEMPO per i gemelli non era sicuramente da meno, e anzi, forse era davvero una fra le più interessanti e le più innovative. Ora gli rimanevano i mobili: armadio, tavolino, comodini e sedie. Contavano di terminare in pochi giorni. Cosetta, la ragazza addetta all'aiuto dei pittori, spesso appariva per vedere se avevano bisogno di qualcosa; sì, avevano finito il bianco e lei glielo procurò in pochi minuti. Lino la mattina presto andava nelle stanze a cambiare l'acqua nei secchi, per fargliela trovare pulita e metteva anche un po' di ordine. Cosetta una mattina chiese ai gemelli Vaccari se era ben asciutto il dipinto grande su muro, e siccome lo era, si mise a dare due passate di vernice finale lucida. Il notturno su parete, dal titolo "La sera del conte", si ravvivò in maniera davvero splendida.
La sera uscivano, dopo la solita abbondante cena ricca di ogni ben di Dio che il conte offriva loro, come il pranzo, come la colazione. Mangiavano da veri signori! Uscivano per le illuminate vie di Pesaro, con la brezza deliziosa del mare che spumeggiava brillante; la gigantesca Palla di Pomodoro pure riluceva simile ad una astronave colpita, quasi sospesa, sopra il suo letto d'acqua della grande vasca circolare. Come erano belle e desiderabili quelle fanciulle, che andavano e venivano a gruppi, affollando viale Trieste, sostando sui marciapiedi, mostrandosi in piazza della Libertà come ninfe del mare restituite alla terra! L'aria di Pesaro che profumava di sale, di mare, di soldi, di sesso, di vita... di felicità! Il lungomare Nazario Sauro, con quei lampioni sentinella, tutti allineati da sembrare

alfieri della notte, era magico percorrerlo, ascoltando lo sciabordio dell'acqua che schiaffeggiava, spumeggiando, gli scogli imbruniti.

Arrivò presto una novità che rallegrò subito i quattro amici: un tardo pomeriggio giunsero tre pittori all'Hotel Savoy, tra quelli che avevano già da tempo concluso le stanze; Nani li aveva chiamati perché, disse, che un po' alla volta, a gruppi, occorreva che chi aveva terminato la stanza, venisse a farsi fare delle foto per il futuro catalogo. Chiaramente un giorno sarebbe toccato pure a Cesco e a Nicola e Alfonso. La cosa acquistò un sapore professionale e beneaugurante. "Perfetto, un giorno avremo un catalogo con noi fotografati dentro alle nostre rispettive camere d'artista!" pensò Alfonso con molta soddisfazione. Bene, erano arrivati i colleghi: precisamente Antonio (di Napoli), Samantha (di Cattolica) e Angela (di Bologna). Fecero subito amicizia e com'era naturale che accadesse fra loro si instaurò uno spirito quasi cameratesco, di reciproca simpatia e condivisione d'intenti e di idee; inoltre essendo colleghi si sentirono subito uniti e solidali in quella situazione. Fu per i gemelli e per Cesco e Ciuzza un vero piacere averli lì con loro.

Samantha era bella, capelli castani e lunghi, raccolti spesso in una crocchia, e con un certo fascino nostalgico che ricordava i Figli dei fiori, quindi anche nel modo di vestire; Angela era molto attraente e sexy, con un bellissimo sorriso, lunghi capelli biondi lisci e occhi dal taglio deciso e felino. Antonio invece era tarchiato, dai classici lineamenti meridionali, ma il suo viso era simpatico, raggiante, con modi educati e servizievoli. Portava un paio di folti baffi e occhiali con lenti a fondo di bottiglia. La sera a cena mangiarono quindi anche in loro compagnia, allegramente, conversando di arte e di altro ancora. Ma non c'erano le ragazze russe, le belle Rose dell'Est! Riguardo ciò i pittori non chiesero nulla, ma nelle loro immaginazioni prendevano forma scenari conturbanti, di piccante sensualità e trasgressione.

Dopo cena Nani salutò e sparì, assieme ai suoi collaboratori di cultura e alla critica. Optarono per un giro nelle festose strade estive di Pesaro. Presero tutti un gelato, poi andarono nel lungomare. Si sedettero più tardi nelle panchine attorno alla Palla di Pomodoro, e fu lì che svelarono alle due fanciulle Samantha Capaci, Angela Salina e al collega Antonio Pinto tutte le strane vicende accadute. Persino quella della misteriosa frase scritta sul muro. Tutti e tre rimasero piuttosto colpiti e meravigliati, anche se asserirono di essere a loro ben note le stramberie del conte; di aver essi stessi percepito – nel periodo in cui avevano lavorato alle stanze – un certo clima di enigma e stranezza.

Angela sembrava eccitarsi a quei racconti, tanto si infervorava come chi ama i film thriller ma al contempo ne prova timore, così che ogni tanto si stringeva un po' a Nicola e un po' ad Alfonso, i quali erano ben felici di riempire la fanciulla di dolci attenzioni. Anche Samantha rabbrividiva e cercava il contatto dei due. Anch'essa ricevette dolci attenzioni e carezze in viso. Ciuzza e Cesco rimanevano un po' estranei a tutto questo, pur partecipando volentieri a quella chiacchierata un poco lugubre e paurosa.

Si fece tardi e andarono tutti a dormire.

«Forse dovrà in questi giorni arrivare una mia amica, Lucienne, si tratterrà un paio di giorni; ve la farò conoscere... è molto carina!» disse Angela prima di salutarli e raggiungere le loro rispettive stanze.

«Davvero? Lucienne... è francese?» chiese Alfonso già ringalluzzito.

«Sì lo è. Ma sta con me a Bologna, compagna universitaria. Parla benissimo l'italiano...»

«Oh, splendida cosa... perché io di francese non ne so un'H!» replicò Nicola sorridente e baciando la mano alla ragazza, e poi alla sua amica.

«Notte!» fece Cesco un po' imbarazzato.

«A domani...» concluse Ciuzza.

Diedero la buona notte anche al simpatico Antonio il quale concluse dicendo:

«Sappiate che qui nulla può avere un senso, anche se in apparenza tutto pare normale. Ma in questo non-senso di illogico, di irrazionale e di fantastico e di surreale... di impensabile, può esserci un grande spunto di verità e riflessione!»

«E che cazzo, ci metteremo nei guai!» disse Cesco con un'espressione preoccupata in viso, e sbuffò grattandosi la nuca. Si trovavano di fronte alla stanza dei gemelli. Era mezzanotte e mezzo.

«Dai cavoli, sarebbe un'avventura pazzesca. Andiamo a sbirciare ancora presso il teatro, forse chissà, può darsi che scopriamo qualcosa. Hi hi hi, io credo che qualcosa lì dentro accade, oltre a quelle benedette attività di teatro sperimentale!» Nicola era concitato nel parlare e smanioso, non stava più in sé. Uguale era Alfonso, che appoggiava di buon grado il fratello nell'idea di tornare quella stessa notte in missione all'Hotel Alexander.

«Eeeh, mo' che ti sei messo in testa? Sei paaazzooo! Ancora?! Se il conte ci scopre ci rispedisce a casa in quattro e quattr'otto; *chillo ce le busca, oh... me fate inguaià, guagliò...*» concluse Cesco preoccupato sul serio, in un intercalare calabrese.

«Scusate, ma se proprio ci tenete a spiare là dentro, a me può anche star bene, ma stanotte non è assolutamente il caso. Come credete che potremo entrare? Arrivati là, poi?... L'altra volta non potemmo fare un gran che, no? Ci serve un lasciapassare!» si intromise Ciuzza con una serietà che non le era solita.

«Lasciapassare?» intervenne Alfonso incuriosito. «Sì, magari andiamo da Nani nel pieno della notte e gli chiediamo la chiave per entrare nel laboratorio di teatro. Bella idea!»

«Non esser sarcastico. Sentite a me. Quel maggiordomo, Romano, metti caso che ce lo lavoriamo per benino... sarebbe lui un buon lasciapassare. Ci darebbe le chiavi o ci accompagnerebbe lui stesso. A me stuzzica l'idea di vedere com'è questo teatro e cosa vi succede! Potremmo inoltre farci dire qualcosa in più anche riguardo alle possibili strane attività, che secondo lui, si terrebbero altrove!» disse Cinzia con divertita allusione.

«Ma cheddiciii Cì, che razza di maggiordomo è se alla prima richiesta ci serve le chiavi del teatro in un piatto d'argento. Tu sei suonata.»

Ciuzza ridendo scappellottò Cesco, il quale la fulminò con sguardo severo:

«M'hai fatto maaaleee...»

«Embè?» sogghignò la ragazza sghignazzando.

«E *statti* ferma con le mani... 'sta villana...»

«Eddai smettetela...» cercò di sedare gli animi Alfonso. «Credo comunque sia prudente lasciar perdere per ora. Se proviamo con Romano, potrebbe anche saltargli in testa di accompagnarci. Forse anche lui vorrebbe dare una sbirciatina, con tutti i suoi inconfessati desideri e sospetti; se ce lo lavoriamo ad arte, forse ci darà il privilegio di vedere una volta per tutte questo benedetto teatro. Sarebbe bello assistere alle recite delle ragazze. Resta solo da sapere quand'è la serata giusta per provarci. Può essere che Romano ci dia veramente una mano. Stasera avremmo rischiato inutilmente, dal momento che le ragazze sono certamente andate al teatro accompagnate da Nani e che con ogni probabilità faranno lezione, e a noi conviene coinvolgere Romano, quando il conte non è presente. Si tratta solo di aspettare la serata opportuna e parlare con quell'uomo.»

«Questo è ragionevole!» esclamò Ciuzza.

«Sì, pare anche a me, Alfonso ha ragione.» disse Borel.

«Allora raggiungiamo i nostri lettini... e buonanotte.» tagliò corto Nicola.

Il giorno dopo trovarono l'occasione per adescare il maggiordomo. Fu poco prima di andare al lavoro; erano quasi le otto del mattino e solitamente a quell'ora servivano la colazione e c'era poca gente in giro per l'Hotel Savoy. Furono serviti ottimi cappuccini fumanti e brioches calde, gonfie, appetitose con marmellata fresca. Marlena serviva ai tavoli, mentre un secondo cameriere stava dietro al bancone del bar. Attesero che apparisse la figura slanciata e ossuta del capo cameriere Romano, il quale solitamente il mattino presto era affaccendato a sistemare i tavoli della sala pranzo, e a sistemare composizioni di frutta nei grandi vassoi d'argento.

Arrivò presto il momento propizio, quando Romano si avvicinò al bar per farsi dare un paio di bottiglie di acqua minerale da porre in uno dei tavoli rotondi. In quel mentre Alfonso ebbe l'ardire di chiamarlo con una scusa e di chiedergli un po' di acqua in un bicchiere. Il solerte cameriere dopo poco glielo consegnò, e fu proprio in quell'istante che, sempre Alfonso, azzardò una domanda chiamandolo, e parlando piano per non farsi sentire da nessun altro, disse: «Scusa Romano, vorrei chiederti se ci puoi aiutare ad andare là, a visitare il teatro, durante le lezioni notturne. Abbiamo domandato a una delle ragazze, ma lei ha detto che non sa nulla. Ma per me ci nasconde qualcosa.»

Cesco guardò l'amico con degli occhi sorpresi e con un'espressione tutta di rimprovero. Gli parve davvero troppo sfrontato Alfonso nel fare subito, in maniera così diretta, una domanda del genere. Nicola invece sembrava divertito; Cinzia non batté ciglio. Pensava solo al momento di poter uscire per accendersi una sigaretta.

Il cameriere si impettì e soffiando dal naso si curvò leggermente verso l'orecchio del giovane interlocutore, e dopo essersi guardato attorno con circospezione, per assicurarsi che Marlena non fosse nelle vicinanze, a bassa voce disse: «Ma che vi siete messi in testa?! Io non sono autorizzato ad accompagnarvici, e non voglio mettermi nel mezzo. Non se ne parla! E poi non dovrei fare certe cose...»

«Ah!» esclamò Alfonso facendosi serio.

«Comunque ci confermi che... insomma Romano, tu hai detto che se vogliamo sopravvivere dobbiamo stare attenti e che tu stesso sospetti qualcosa di losco.» riprese Nicola stringendosi nelle spalle, e subito dopo guardò il fratello con un'occhiata di intesa.

«Sì certo, confermo. Ma non in teatro, vi ho detto... non lì, non lì!; ma in un posto diverso. Poi quello che fanno è affar loro... dopotutto sono ragazze maggiorenni, sapranno pure badare a loro stesse. Ah, sia ben chiaro, io ancora non ho visto nulla; tuttavia, ragazzi, per me qualcosa di strano c'è sotto!»

«E qualcun altro sospetta?» intervenne Cinzia.

«Non lo so!» rispose Romano con un'espressione leggermente accigliata.

«Ascolta amico, si tratta solo, se è possibile, di farci entrare in teatro e dare un'occhiata alle lezioni di recita. Poi se vuoi ci dirai di quel luogo ove sospetti attività equivoche. Ma dov'è poi sto posto?» continuò Alfonso agitandosi per la curiosità.

«Mmm, non mi coinvolgete, vi ho detto!»

«Dai Romano, rimane fra noi, parola d'onore!» disse Nicola alzando il palmo della mano.

«Nooo, questo non si può fare!» Il cameriere parve arrossire ed ebbe un tic all'occhio destro.

«E daiii...» supplicò Ciuzza.

«Vi ho detto di no per la miseria...» rispose nervoso.

«Dai, ti prego Romano, siamo i pittori dell'Alexander dopotutto. Dai, fai uno strappo alla regola, che ti costa? Non diremo nulla... giuro!!!»

Il capo cameriere si stirò, ebbe un sussulto e poi tossicchiò nervoso e dopo, con voce un po' tremula e bassa disse: «Fatemici pensare...»
«Uuuh, forse è fatta!» saltò su Ciuzza, e rise. Cesco le fece cenno di star zitta e di non agitarsi.
Il maggiordomo e capo cameriere si rizzò tutto impettito ed impenetrabile. Disse: «Non sarei proprio nell'idea...» poi si guardò furtivamente attorno, si passò il dito indice sotto il naso prominente ed adunco, e continuò: «A meno che... non stiate alle mie condizioni.»
«E sarebbe?» domandò Nicola.
«E sarebbe?» ripeté Alfonso.
«Senza che il conte lo venga a sapere, ovviamente...» soggiunse Cesco.
«Ovviamente!» precisò Romano. Poi riprese: «Sentite... lasciate stare il teatro! Insisto: non è lì che avvengono cose turpi. Vi va di vedere qualcosa di più interessante che le lezioni notturne di teatro?»
«Quindi niente ragazze?» intervenne Nicola.
«Tranquilli, sempre di loro si tratta...» rispose Romano ammiccando.
«Fantastico! Alla grande allora! Ma davvero ne vale di più? Ah Ah... cavoli, questo cambiamento di programma non ce lo aspettavamo. OK! Parola mia e di tutti che resterà solo tra noi.» esplose con gran slancio euforico Alfonso. Romano abbozzò un mezzo sorriso complice: «Sì va beh, ma voi, che siete pittori, mi dovrete fare un acquerello. Ne voglio uno da ciascuno.»
«Ma certo! Si tratta solo di questo? Avrai gli acquerelli!» si affrettò a dire Nicola. «Vero Cesco?»
«Eeeh come no!» rispose l'amico col mento su un palmo della mano.
«Sabato prossimo cominciano ad arrivare i clienti per l'inizio della stagione estiva, quindi in giro ci sarà un po' di movimento, perciò facciamo attenzione. Verso la mezzanotte e mezzo trovatevi fuori davanti all'albergo. Io smonto a quell'ora. Vi ci accompagnerò. Ma guai, guai a voi...» e si fece molto serio e fosco «...se fate una sola parola con qualcuno. Io stesso ne verrei a subire spiacevolissime conseguenze! Non mi mettete nei guai, siamo intesi? E un'altra cosa: promettetemi, anzi... giuratemi solennemente che una volta là, sarete quieti e buoni, senza fare baccano, e che, quando io dirò di andarcene, non farete storie. Mi posso fidare? Dunque giurate...»

«Giuriamo!» dissero in coro i gemelli.

«O.K.» fece Cesco con le sopracciglia aggrottate.

«Giuro anch'io!» disse Cinzia con un lampo negli occhi.

«Si ma… lui non ha giurato!» replicò l'uomo indicando serissimo Borel.

«E giuraaa creteinooo!» lo incitò Alfonso.

«E che cazzo, giuro, giuro…»

«Ma il conte sospetta qualcosa?» chiese improvvisamente Cinzia Cavallini.

«Assolutamente no ragazzi! Io certo non sono andato a indagare, e me ne guardo bene. Ma ne sono sicuro.» rispose serio il capo cameriere.

«Un'altra cosa soltanto, Romano. Come fai ad esser così certo che sabato le fanciulle saranno là, in quel posto?» chiese alquanto diffidente Alfonso.

«L'altro giorno ho notato, quando le servivo a tavola, una delle ragazze, credo fosse Feona, parlare al cellulare. Ha detto: le rose sbocceranno sabato prossimo. Forse era un segnale per far capire che lì sarebbe accaduto qualcosa. Io lo so, è già successo altre volte: fra loro si scambiano sms che sanno tanto di parola d'ordine. Probabilmente stava avvertendo qualcuno di qualche incontro particolare, chissà!» spiegò Romano sottovoce.

«Ma vedrete poi che sorpresa! Io credo, almeno, che verranno. Ma può darsi anche che mi sbagli, e che resteranno in teatro. Ma vale la pena provare.» Riprese.

Tutti e tre si guardarono ammutoliti.

In quel mentre stavano arrivando le due pittrici Samantha e Angela. Erano deliziose, davvero irresistibili agli occhi dei due gemelli. Samantha portava una gonna lunga con spacco sino all'anca, di una stoffa leggera e tutta colorata; Angela invece indossava una minigonna bianca, tipo da tennista, che lasciava scoperte un paio di gambe lisce e ben modellate. Portava occhiali da sole, e sorridente mostrava la sua bella dentatura. Romano, dopo aver allungato un'occhiatina alle ragazze, come se niente fosse salutò con un lieve inchino e tornò lesto alle sue mansioni. Le ragazze si sedettero al tavolo vicino a quello dei quattro amici, ordinando subito la loro colazione.

«Salve, dormito bene? Cavoli mi sa che siamo in ritardo. Avete già finito, voi. State andando all'Alexander?» chiese Angela.

«Eh sì stavamo per andare fanciulla.» disse Nicola.

«E Antonio?» chiese Francesco.

«Lui mi sa che si è alzato molto presto. Per me lui è già alla sua stanza ed ha iniziato col fotografo. Dobbiamo fare le fotografie per il catalogo; compresa un'intervista. Oddio non so che cosa dirò. Antonio addirittura si è preparato un discorso scritto, mi ha detto ieri.» disse Samantha sospirando.

«E voi come andate con la vostra stanza? Procede?» domandò Angela. Alfonso non le toglieva gli occhi di dosso.

«Bene dai, ci siamo portati parecchio avanti. Alfonso ed io abbiamo iniziato l'anta centrale del grande armadio.» rispose Nicola.

«Anche noi siamo a buon punto. Stiamo dipingendo il tavolino. Beate voi che avete già finito molto tempo fa...» soggiunse Cesco.

«Non è stata una passeggiata neanche per noi!» esclamò Angela.

Alfonso tirò fuori la sua macchina fotografica digitale dalla borsa, sorrise compiaciuto e disse: «Fanciulle siete troppo carine, posso farvi una foto?»

«Dai... no che vengo maleee!» protestò ridendo Samantha.

«Non basta il fotografo che ci acchiapperà dopo? Anche voi adesso? Abbiate pietà...» disse Angela. Intanto il pittore aveva già scattato due pose alle colleghe.

Tra una chiacchiera e l'altra riuscirono ad unirsi alle due ragazze, quindi dopo che si furono alzate dal tavolo, si diressero tutti insieme all'Hotel Alexander: viale Trieste 20. Era tardi, quindi si mossero in auto e pure Samantha e Angela presero la loro.

I gemelli lavorarono per un'ora e mezzo e poi, d'accordo entrambi, andarono a vedere le rispettive stanze delle ragazze. In quel mentre il fotografo stava terminando di scattare le foto a Samantha, mentre con Angela aveva già fatto. Quindi rimasero un po' nella stanza di Angela, la quale mostrò loro le sue pitture, che rappresentavano il mondo dello sport del nuoto, con figure maschili munite di maschera e pinne subacquee. Stile post-moderno, immagini molto sobrie, quasi schematiche. Arrivò di lì a poco il conte Nani, il quale pareva agitato più del solito. Disse ai pittori di tornare nelle loro stanze e con autorità ordinò ad Angela di seguirlo, perché era arrivato il cameraman per la breve intervista. Al catalogo sarebbe stato abbinato un DVD con tutte le interviste agli artisti. Nel corridoio si profilò la sagoma di un uomo con la telecamera in spalla. «Forza, forza... Angela, avantiii diosantooo, su che tocca a te! Forza bambina...» La fanciulla non ebbe il tempo di salutare i gemelli, i quali dovettero raggiungere veloci la loro stanza. Toccava a lei per prima l'intervista. Samantha, ora liberata dal fotografo anch'ella, si mordicchiava le unghie della mano destra, mentre seria si apprestava muta ad assistere all'esordio dell'amica. Sia Cesco, Ciuzza e i due gemelli, durante il lavoro, pensarono a sabato, immaginando a quale stramberia erotica sarebbero andati incontro, solo come furtivi spettatori... naturalmente.

All'ora di pranzo tutte le stupende ragazze russe si ripresentarono puntuali ai tavoli. Agrafena sorrise a Nicola e ad Alfonso nel prendere posto al suo tavolo assieme alle altre. Ricambiarono, anzi, le mandarono un bacio con le mani. «Non vi allargate, state compostini...» disse la critica d'arte che se n'era accorta. Nani versava il vino bianco come aperitivo. «Che intervista!: poche parole ma essenziali ed esaustive!» disse Antonio ai colleghi infilandosi il tovagliolo nel colletto della camicia.

«È andata bene, allora?» chiese Cesco masticando del pane.

«Uh, mi sono anche divertito assai! E poi il tipo, lì... il fotografo, pareva sapesse il fatto suo!» rispose Antonio Pinto con viva soddisfazione. Anche le due colleghe parvero contente e soddisfatte. Angela asserì che il fotografo si soffermava spesso con l'obiettivo sulla sua minigonna.

«Temevo che volesse farmi solo il dettaglio delle gambe... maniaco!» Tutti risero.

«Io mi stavo impappinando un po'... ma poi sono andata alla grande... forse!» Soggiunse Samantha con la bocca piena.

«Mangiate l'antipasto, forza miei prodi, che dopo abbiamo delle lasagne da favolaaa!» disse il conte nel pieno della sua effervescenza e giovialità.

A mezzanotte e mezzo circa, del sabato, i quattro amici si trovarono come d'accordo, ad attendere il capo cameriere Romano fuori dall'Hotel Savoy. Erano tutti e quattro emozionati e in trepidazione; si sentivano dentro ad una avventura eccitante benché il loro animo fosse oppresso da molte perplessità. Fumarono per calmare il nervosismo. Ad un certo punto apparve la figura alta e magra, dal viso pallido, di Romano. Lo salutarono con cordialità e un po' di soggezione. Era arrivato dal lato posteriore dell'hotel, dove c'era il garage per le auto dei clienti. Prima di muoversi il cameriere fece loro cenno di stare calmi e di attendere un po'. Quindi preferì parlare e spiegò loro alcune cose a bassa voce, mettendosi a sedere in una delle panchine vicine, di viale Repubblica.

«Dovete sapere questo» iniziò con determinazione e con molta serietà in volto.

«Vi ho mentito sul fatto che sospettavo qualcosa di losco. Io non sospetto: io ho l'assoluta certezza che in quel posto dove vi porterò, di notte, le ragazze fanno dei festini; a parte il messaggio detto al cellulare che già di per sé conferma quanto certe attività che sto per rivelarvi esistano! Tuttavia faccio finta di non sapere altrimenti per me sono guai. Il conte, vi ripeto, escludo proprio che sappia. Vi spiego meglio; ma tutto ciò che sto per dirvi deve rimanere tra noi, perché è una faccenda che mi riguarda personalmente, una storia d'amore finita male!»

«Ehilà Romano, si scoprono gli altarini! Caspita... davvero? Dei festini? Lo immaginavo che Agrafena nascondesse qualcosa. Animaisa, infatti, si è visto che era indispettita!» interruppe Nicola con fare grave.

«Non è divertente... la cosa è seria e potrebbe crearmi dei problemi. Ecco, ascoltate: l'anno scorso, all'inizio dell'estate, ebbi una storia, una relazione con Marlena...» I pittori si scambiarono delle occhiate di meraviglia. Romano se la faceva con la bella cameriera?! Accidenti che scoop! Ma non commentarono e lo fecero continuare. «Proprio così! Riguardo alla mia storia, fu come un turbine di passione: io sono separato da diversi anni, e quella ragazza stupenda mi aveva messo il fuoco nelle vene! Non era facile resisterle, e tanto meno trovare il tempo e il luogo giusti per lasciarci travolgere dall'impeto di sensualità che ci aveva avvolti. Avevo bisogno di consumare in perfetta tranquillità la mia passione. Voi mi capite vero? Che femmina, accidenti! La volevo tutta per me per un'oretta, senza occhi indiscreti, volevo scoparmela, insomma, in santa pace! Da troppo tempo anelavo ad un momento tutto nostro. Fu una sera che mi venne un'idea: chiesi a Lino, che ben conoscete, le chiavi del posto di cui sto per parlarvi. Si tratta di un secondo teatro, ove si girano dei cortometraggi didattici; sapete, la fatiscenza di quello dell'Alexander, non consente per ora di fare riprese e neanche di tenervi le dovute attrezzature. Si trova in una delle strade laterali di via Trieste, si chiama "Deposito Uno", praticamente una attrezzata sala di registrazione. Boccioni e la Pini è lì che realizzano questi filmati come materiale didattico, quando decidono...»

«Sì sì, ora che ricordiamo ne abbiamo sentito parlare. Ah ah, che storia! Andaste quindi al Deposito Uno!...» intervenne Alfonso sorpreso come gli altri.

«E comunque Nani non ci va mai, a lui interessa soprattutto il suo teatro, quello che diventerà a tutti gli effetti il teatro dell'Alexander. Ma tornando al mio racconto, e a Lino... gli dissi che ero curioso di assistere ad una delle riprese, e siccome è noto che Boccioni, il regista, non permetteva a nessuno di assistere, chiesi a Lino se c'era il modo di potere vedere senza disturbare, per poter soddisfare la mia curiosità. Lino mi credette e, anche se inizialmente un po' riluttante, mi diede le chiavi, indicandomi l'accesso che portava al cabinotto delle proiezioni. Egli non sapeva nulla di quello che accadeva ogni tanto a tarda ora, fuori dall'orario di riprese video a scopo didattico; lo sostengo per via del fatto che non batté ciglio nel consegnarmi la chiave. Se ne fosse stato al corrente, si sarebbe guardato bene dal darmela! Mi disse solo – come ho già detto – di non entrare dalla porta principale del teatro in quanto il regista si raccomandava sempre che durante il lavoro non tollerava nessuno, al di fuori del gruppo in questione. E poi comunque si apre solo dall'interno. Usai quindi le chiavi del cabinotto di proiezione, dal quale si accede anche dall'esterno, tramite una scala antincendio, affinché potessi dare un'occhiata senza disturbare nessuno. Ma altre erano le mie intenzioni! Il mio piano, ovviamente, era quello di portarci la mia bella Marlena di notte, in assenza di persone. Tutto eccitato andai da lei e le proposi la mia succulenta idea. Quella femmina mi assecondò immediatamente, con mia gran gioia! A mezzanotte sapevo che doveva smontare, in via straordinaria.» Deglutì e continuò «Premetto: non potevo portarmela in un altro albergo. Qui a Pesaro sono conosciuto e in passato, prima di lavorare per il conte, ho fatto il cameriere in altri hotel. Non potevo rischiare di mettere delle voci in giro compromettenti, per me e per Marlena. Tanto meno a casa mia, dove vivo con mia madre invalida. Quindi, senza farmi vedere da nessuno, la presi in macchina con me e andammo al Deposito Uno. Indisturbati nel cabinotto, facemmo l'amore. Ma poi, incuriositi da certi rumori e lamenti, sollevammo cautamente il pannello che chiudeva il finestrotto. "Qualcuno, accidenti, è rimasto in teatro, oltre l'orario consueto", mi dissi preoccupato! Quando scoprimmo quello che accadeva là sotto, rimanemmo senza fiato. Potete immaginare come ci ingrifammo ulteriormente! Quello che vidi era incredibile, sconvolgente! Mi feci il giorno seguente una copia della chiave, all'insaputa di Lino, prima di riconsegnargliela. Non avrei dovuto, lo so, ma potete immaginare, essendo un uomo, avevo accarezzato l'idea di cedere alla tentazione di ritornarci, per godere di qualche altra sbirciatina e fare l'amore ancora con Marlena, eccitati dalla scena sottostante.»

«E allora? Cosa hai visto, parla Romano, non tenerci sulle spine...» lo interruppe impaziente Nicola.

«Calma, sto per arrivarci. Dunque dal finestrotto di proiezione cominciammo a sbirciare. Accidenti, rimanemmo perplessi, quello che stavamo vedendo non era possibile fosse una lezione di teatro, una finzione, una recitazione durante delle riprese. Oh mamma... abbiamo visto due ragazze che stavano copulando con un signore più o meno della mia età; avrà avuto cinquant'anni circa. C'erano anche altri individui, con le altre ragazze. Le due fanciulle russe gli stavano sopra... oh accidenti, una gli sedeva sulla faccia e l'altra gli era a cavalcioni sul... beh avete capito! Non credevo ai miei occhi: stavano facendo sesso su un tappeto persiano. Stesi a terra! Allora, coinvolti da una nuova ondata di libidine per ciò che stavamo assistendo, facemmo ancora sesso! Poi, ebbri, ce ne siamo usciti e senza dire nulla a nessuno, mi sono tenuto il mio segreto. Dissi a Marlena di non far parola con alcuno di quello che avevamo visto. Me lo giurò. Ho capito allora che all'insaputa di tutti e del conte, le ragazze una volta alla settimana di sabato notte, accompagnate dagli insegnanti, si infiltravano al Deposito Uno a ora tarda, ricevendo i clienti per un giro di prostituzione. Capite? E poi, ricordo che c'erano più telecamere che riprendevano quei tre; accidentaccio!... sicuramente filmavano per farne delle cassette porno!»

«Per la miseria!» esclamò Alfonso che non credeva ai suoi orecchi. «Questi del festino erano clienti esterni, quindi?»

«Esattamente! Ma non è finita qui. Abbiamo visto anche la scenografa e il regista partecipare...»

«Cosa!? Chi, la Pini e Boccioni?» chiese Cesco incredulo.

«Proprio loro!»

I tre amici non finivano di scambiarsi occhiate di grande stupore.

«Esattamente, anche loro c'erano» riprese Romano «...e si davano da fare eccome! La scenografa è una lesbica. Anch'essa si abbandonava a lubriche attenzioni da parte delle ragazze.»

«uh, che fooorte!» esplose entusiastica Ciuzza.

«Ahooo, ma sei sceema?» la redarguì Cesco.

«E no!, scusa, ognuno è libero di esprimere la sua sessualità come vuole!»

«abbé vaaa!...» la azzittì Borel.

«Ora che sono arrivate le nuove russe, è probabile che stiano facendo anch'esse la stessa cosa assieme alle altre cinque!» disse Alfonso.

«Non lo escludo affatto.» rispose con decisione Romano.

«Che zoccole!» bofonchiò Ciuzza.

Allora si mossero, raggiungendo la macchina di Romano. La Citroën partì facendo un poco stridere i pneumatici, dirigendosi verso quella equivoca destinazione.

Giunti che furono, il maggiordomo scese dall'auto per andare ad aprire un cancello. Poi risalì e vi s'introdusse fermandosi in uno slargo che fiancheggiava l'edificio del Deposito Uno: una struttura rettangolare di due piani, allungata, con finestroni a vetrate scure. Si sentiva il mare da lontano, battere la risacca con le sue ondate spumose. L'aria profumava di salsedine e una certa tensione invase il gruppo, mentre il cielo stellato faceva da corona all'ombra notturna che circondava quel luogo poco illuminato.

Girarono a sinistra dopo aver percorso un camminamento lastricato, raggiungendo presto la scalinata antincendio, in ferro, tinteggiata di rosso. Nessuno fiatava. Romano in testa e gli altri quattro dietro, come se appartenessero ad un gruppo di pattugliamento, come in un'azione militare notturna.

Poi l'uomo fece cenno di salire, si trovavano ora sul lato opposto della costruzione: il Deposito Uno, studio di registrazione che fungeva anche da teatro di posa, da poco costruito, si stagliava contro il cielo nero, come un blocco squadrato rettangolare, con le sue facciate bianche illuminate da pochi lampioncini.

Avevano salito in silenzio quasi tutti i gradini della scalinata. Romano si fermò con le chiavi in mano, davanti ad una porticina in ferro color grigio. Infilò una chiave e vi entrò. «Venite, ma fate piano...» disse a bassa voce.

Percorsero uno stretto e corto corridoio, sino ad arrivare in un pianerottolo quadrato. Accese un interruttore, e una bianca luce lo illuminò. Sulle pareti qualche manifesto appeso, con immagini di vecchi film. «Ci siamo!» sospirò davanti ad un'altra porticina di ferro, di una tinta bianca. Infilò la chiave duplicata da quella che gli aveva dato Lino. Buio, e odore di tinteggiatura.

«Aspettate un attimo...» Infilò un braccio dentro l'oscurità, alla ricerca dell'interruttore. Uno stanzino stretto si svelò ai loro occhi. Era il cabinotto delle proiezioni: a volte serviva per proiettare qualche film a scopo didattico o qualche cortometraggio realizzato. Sulla sinistra vi stavano scaffalature in ferro che contenevano scatole e videocassette. Accanto a loro una macchina da cineasti, di una certa grandezza su un robusto cavalletto, per proiettare i film all'interno della sala del teatro, che stava sotto di loro. Ma che non vedevano.

«Da dove si vede lo studio teatro?» domandò bisbigliando Cesco, che pareva piuttosto teso e nervoso.

«Da qui...» Romano indicò un pannello scorrevole davanti a loro, della grandezza di un finestrotto. Spiegò: «Dietro a questo pannello ci sta un vetro, è da questo che avremo la visuale di ciò che accade in teatro. Il vetro si apre per far passare l'obiettivo del proiettore, all'occorrenza. Ora fate molta attenzione. Se c'è qualcuno in teatro, non sa che noi siamo qua dentro. Non ci possono vedere. Ma se apro questo pannello, il vetro renderà visibile la luce, e qualcuno allora potrebbe accorgersi che c'è gente in cabina macchina. Occorre che spegniamo la luce, poi aprirò il pannello e dal vetro potremo comodamente vedere giù. Ecco, prendete...» disse indicando due sgabelli. «Due di voi possono sedersi, gli altri devono rimanere in piedi.»

Cesco per cavalleria offrì uno sgabello a Ciuzza, che prese posto; poi con un cenno lo offrì ad uno dei due amici. «No no, Cesco, stacci tu. Io e Nicola staremo in piedi.» disse Alfonso. Romano si apprestò ad andare a spegnere la luce. I loro occhi si sarebbero abituati presto al buio, giacché in quella piccola stanzetta, rimaneva sempre accesa una luce spia color verde. Tutto aveva una parvenza onirica. Cosa avrebbero visto di lì a poco? Ci fu un attimo che i due gemelli ebbero quasi timore di vedere oltre quel vetro, nonostante fossero bramosi di guardare quello che stava accadendo a loro insaputa. Il nuovo e il trasgressivo ci rendono come colti da smarrimento, e si vorrebbe retrocedere di un passo, mentre tutto il nostro essere si protrae in avanti, invasi da una smania antica, per afferrare l'ignoto che si sta per violare.

«Ma ci sta qualcuno là sotto?» a Ciuzza non pareva di udire nulla. Poi Romano a tentoni arrivò a sollevare il pannello. Ciuzza aveva ragione. Non si udiva nulla. Ma ora poterono vedere!

CAPITOLO VII

CAPITOLO VII

Ci fu silenzio assoluto: nessuno fiatava. I cinque sentivano solo il rumore del loro respiro ed ognuno percepiva il battito del proprio cuore che scandiva le istintive emozioni. Stavano lì come per attendere uno spettacolo, senza aver pagato nessun biglietto naturalmente, e senza sapere quale tipo di spettacolo fosse, anche se con un po' di fantasia potevano immaginarlo. Nell'ampia stanza dello studio teatro si accesero delle luci violette, morbide e che si diffusero in tutto l'ambiente. Notarono una tenda pesante muoversi leggermente, e subito dopo due slanciate figure femminili apparvero ai lati di questa. Le due ragazze restarono ritte in piedi ai lati e poco più avanti della tenda. Indossavano una lunga gonna nera che arrivava alle caviglie e una semplicissima canotta dello stesso colore. Erano scalze. Entrambe avevano il volto coperto da una mascherina bianca, che sotto quella luce violetta parve rifulgere come colpita da dei neon a Wood. Forse erano proprio neon a Wood. L'atmosfera era di evidente *suspance* e carica di attesa. Iniziò una musica che pareva una cantilena, poi man mano che passavano i secondi cominciò a salire sempre più ritmica, sino ad esplodere in una sorta di sinfonia di archi. Una musica assai inquietante ma comunque gradevole alle orecchie. Probabilmente erano arrivati proprio nel momento in cui la performance stava per iniziare. Le due ragazze fecero un passo avanti con movimenti morbidi e cadenzati, poi si girarono verso la tenda, restando di spalle e subito dopo alzarono le braccia. In quel mentre il tendone si aprì come un sipario e apparve uno sfondo di fumo denso; le luci cambiarono e divennero di un colore rosso vivo e il fumo di scena si tinse di quel colore dall'atmosfera infernale. Le fanciulle lentamente si inginocchiarono restando di spalle e in breve tempo quel denso fumo si dileguò, lentamente, sino a fare comparire altre due ragazze avvolte in una specie di accappatoio bianco, quasi lucente… perché ora colpite da una luce diamantina. Erano anch'esse molto belle ed alte: una mora e l'altra bionda, come le due figure inginocchiate davanti a loro. Stavano sopra un palco rialzato, come fosse una pedana rotonda, che brillava. Anche queste ragazze erano scalze ma non portavano la mascherina. Iniziarono a danzare: una danza non flessuosa ma eseguita con nervosi scatti del corpo. La musica divenne quasi insopportabile, alta ed ossessiva. Le due ragazze inginocchiate, di spalle, si girarono verso un ipotetico pubblico ed iniziarono ad urlare come delle ossesse. Quelle sul palco scesero due scalini, e sempre con movimenti frenetici si portarono accanto alle altre abbracciandole, quasi aggrappandosi a loro, fingendo di morderle e di spintonarle. La musica diventò come un tuono roboante, e fra le due giovani iniziò come una lotta danzante. Cominciarono a prendersi per i capelli, ad avvilupparsi una sull'altra; presto gli accappatoi scivolarono a terra e le fanciulle rimasero in mutandine bianche con il seno scoperto. Le altre due invece danzavano e lottavano ancora con le gonne lunghe, ma presto le gonne nere vennero strappate dalla furia delle compagne. Così apparvero in tutta la loro sensuale ed erotica semi nudità: indossavano mutandine nere aderentissime e reggicalze e calze nere. Così portarono avanti la loro eccitante performance avviluppandosi e strusciandosi fra loro, e poi come lottando, immerse fra il fumo e le luci ora divenute abbaglianti, quasi argentee.

La libido del gruppo era palpabile, correva su di loro come una corrente sottile e intermittente. «*Madooo!*» esclamò Cesco.

«Orca che roba!» farfugliò Alfonso. Ciuzza non proferiva sillaba. Guardava con un lampo avido nello sguardo. Romano pure taceva, ma si mangiava con gli occhi quei corpi femminei, che nelle movenze espandevano con gran potenza la loro torbida sensualità. La musica di colpo cessò. Le due ragazze in mutandine bianche e le altre due in reggicalze presero a sfiorarsi lentamente e poi a baciarsi con movimenti ondulatori delle anche. La musica roboante riprese e ora scandiva quei movimenti. Poi il fumo le avvolse, color zolfo e la tenda si aprì di nuovo. Una fila di ragazze nude si stagliò luminosa contro un'ombra profonda e nera. C'erano tutte le altre, ora. Splendide, coi seni perfetti e le lunghe gambe seriche e anatomicamente impeccabili! Una visione stordente di bellezza, lucente per i fari che colpivano quei corpi. Il gruppo delle ragazze si ricongiunse e videro che ora c'erano tutte, quelle del vecchio gruppo e quelle delle nuove arrivate. Stavano tutte in piedi disposte su tre file. Una di loro tolse la mascherina alle due compagne, spezzando le file. Poi tornarono ai loro posti e gradualmente, come un crescendo sincopato, in coro emisero un lamento stordente, simile ad un verso che ricordava l'atto di far l'amore. Ferme, immobili. I loro petti si alzavano e si abbassavano per un lieve affanno. La musica continuò ossessiva con vivace scansione di ritmi incalzanti e acuti, parossistici. Ed ecco un uomo entrare in scena, mentre quelle sempre più velocemente aumentavano la cadenza di quegli orgasmici lamenti. Era coperto da un drappo purpureo. Con gran stupore i quattro videro che era Oreste Boccioni, il regista. «Quel frocio entra in ballo!» disse beffardo Nicola. Le due ragazze in reggicalze, per l'esattezza Feona ed Irina, gli si mossero contro. Gli venne tolto quella specie di mantello ed egli rimase ridicolmente nudo. Grasso e bianco come una rapa, con un insignificante pene tra le gambe. Ad un cenno di Feona, che sembrò più un ordine che un invito, egli si distese a terra. Intanto le altre persistevano in quell'ossessivo lamento sincopato e convulso. All'istante quella nenia torbida, come un coito nevrotico, cessò. Le meravigliose ragazze si disposero in fila, e ad una ad una si misero a cerchio attorno a Boccioni steso ed immobile. Poi si sedettero e una miriade di piedi lo calpestò e lo strofinò sul viso. Le espressioni delle ragazze variavano in smorfiette sadiche e sbeffeggianti. Tenevano tutte le braccia stese dietro la schiena e vi si appoggiavano, mentre a gambe aperte, col pube ben esposto, infilavano i piedi dentro la bocca di quel poveretto; altre glieli strofinavano sugli occhi, sul naso, sulla fronte, in tutto il corpo, e soprattutto pestavano quel pene molle e bianco, o lo pizzicavano con le dita dei piedi, lo afferravano con queste e lo tiravano, lo strattonavano, lo torcevano afferrandolo tra le dita! Presero ad urlare:

«Ola, ola, ola, ola, ola, ola...» Veloci, sempre di più. Di più, più forte, più forte, più forte. Più forte... finché non ebbero la voce strozzata e non ebbero più fiato! Boccioni ansimava e pareva rantolare. Non un accenno di erezione. Poi qualcosa di luminoso scese dal soffitto, dondolava abbassandosi, appeso a un filo di bava invisibile. L'oggetto era un fallo enorme, fluorescente, e le ragazze vi si avventarono contro. Iniziò di nuovo una specie di lotta, in cui se lo strapparono di mano, se lo litigavano con furia infantile. Kirilla se ne impossessò strappandolo dalle mani di Anfisa. Fu in quell'istante che l'erezione avvenne! Una di loro, Leonilla, girò l'uomo e lo mise a carponi. A turno presero a violarlo nel di dietro, e mentre una lo sodomizzava, un'altra gli premeva le natiche sulla faccia. E poi cambiavano il giro, sostituendosi. Boccioni si trovò così mezzo soffocato da tutti gli stupendi culi di ciascuna ragazza, mentre veniva infilzato, prima da una e poi da un'altra. Fu una scena alquanto raccapricciante, in cui i cinque clandestini della stanzetta si dissolsero in lubrica ed estatica contemplazione.

«Accidenti che bonazze... beato lui! Non resisto a vedere queste sceneee...!» esclamò Alfonso con evidente eccitazione. Ciuzza rise quasi isterica, mentre Cesco esclamò: «Ma stai zittooo... Alfò, sei pazzo?» Romano pure fece un cenno di rimprovero ad Alfonso dandogli un colpetto in testa e disse a voce bassa: «Oh, state zittiii... un'altra sparata del genere e vi porto via subito» Nicola fece gli occhiacci al fratello ma poi sorrise maliziosamente.

Una delle ragazze, Agrafena, portò via il regista; sì, perché fu lei alla fine a tirarlo su per un braccio e a condurlo poi dietro, fuori dal palcoscenico. La musica si interruppe. Ora pareva ci fosse una specie di intervallo. Le fanciulle si misero tutte a sedere disordinatamente a terra. Sopraggiunse, con stupore del gruppetto spione, un signore sulla quarantina e un po' brizzolato, con la scenografa Rosanna Pini. La donna era irriconoscibile. Pareva uscita da un film di Tinto Brass. Aveva superato la quarantina, ma era ancora una bella donna. Nessuno dei quattro amici pareva comunque averci fatto caso prima, ma ora, vestita con una sottoveste nera in pizzo, cortissima, che lasciava ben in vista il seno prosperoso, calze autoreggenti nere, tacchi a spillo e un largo cappello rosso con nastro nero, era quasi la copia di *Miranda*. Lo stupore e l'incredulità crebbero quando quella donna discinta prese per mano lo sconosciuto e lo condusse da un gruppo di ragazze, che si alzarono subito e presero a spogliarlo. A sua volta ella raggiunse un altro gruppetto, che gli si avviluppò addosso e presero ad accarezzarla e baciarla ovunque. Presto anche la scenografa Rosanna venne spogliata, e mentre le altre ragazze rimasero a guardare, sedute ed immobili, si assistette ad una doppia scabrosa scena in cui cinque meravigliose fanciulle nude immergevano l'uomo fortunato in un groviglio di cosce, seni, glutei e bocche, mentr'egli godeva penetrandole a turno quando altre si prodigavano in una fellatio; le altre cinque lesbicavano invece in estatico trasporto con la donna, che pareva in deliquio, ed eccitatissima ansimava. Immergeva il viso tra le natiche di una, e poi di un'altra ragazza, mentre altre si davano il cambio a leccarla, in una cascata di capelli biondi che la coprivano come un vello dorato. In quell'istante tre uomini sopraggiunsero ed ebbero la loro parte con le ragazze restanti. Erano già nudi. Le presero due e tre alla volta, formando un'ammucchiata forsennata dalla quale presto sprizzarono gemiti di piacere, e tutto era una intreccio di braccia, cosce, sederi e tette brulicanti di lingue; ogni orifizio incontrava verghe saettanti e lingue che vibravano luccicanti, umori e salive come succhi secreti da frutti di carne!

«È ora, dobbiamo scappare via!» disse lapidario Romano.

«Ma no daiii... ancora!» protestò Ciuzza visibilmente eccitata e con gli occhi luccicanti. Cesco era pallido e non parlò. Alfonso e Nicola non osarono protestare, ma avrebbero dato chissà cosa per continuare a vedere. Il maggiordomo tirò giù il pannello e tutto si occultò ai loro occhi. «Ho detto che dobbiamo andare. Fatemi poche storie!» Così egli pose fine a quella osservazione clandestina. Se ne andarono, quasi come scappassero da quel luogo ove pensarono di aver visto anche troppo; silenziosamente si portarono verso il corridoio, e man mano che passavano Romano si preoccupava di riaccendere e spegnere le luci. Quando furono completamente all'esterno, la sagoma squadrata del Deposito Uno pareva, ora allo sguardo dei quattro amici ancora sbalorditi ed increduli, un luogo di tremende e oscene pratiche infernali. Nicola e Alfonso avevano ancora in mente quelle stupende ragazze così provocanti e desiderabili. Iniziarono fra di loro a cogitare e a commentare rapiti ancora da quelle impressioni ed emozioni, ponendosi reciprocamente incalzanti e turbinose domande senza trovare risposte chiare e soddisfacenti. Tutto pareva così assurdo, incredibilmente scottante quanto incomprensibile, indecente, ma anche eccitante, da indurre a tentazioni, maledettamente invitante! Quella notte tornarono in albergo, all'Hotel Savoy, con un turbine di pensieri, sensazioni e immagini troppo forti da sostenere, tanto che si sentirono concitati e tutti e quattro tardarono, chi in un modo chi in un altro, a prendere sonno. Lasciarono il capo cameriere Romano con un saluto frettoloso, in quanto fra l'altro una volta tornati in albergo, l'uomo si dileguò quasi per incanto. E pensare che il conte Nani non era per nulla al corrente di quanto accadeva, il sabato notte, in quel teatro! Pazzesco! Le riprese didattiche di teatro sperimentale quindi si trasformavano, una volta alla settimana, in orge oscene ove partecipavano sia insegnanti che occasionali clienti, all'insaputa di tutti, lontano dall'Alexander. Nicola, Alfonso, Cesco e Ciuzza erano confusi, ma Romano aveva detto chiaramente che Nani ignorava il fattaccio. Nani, uomo nobile, di sani intenti, conosciuto, rispettato, personaggio pubblico e stimato, detentore di un passato illustre quanto insigne, se avesse saputo sarebbe inorridito e avrebbe sollevato un putiferio! Questo pensarono e di questo discussero per più di un'ora fra loro, tutti riuniti nella camera da letto di Cesco e Ciuzza, quella notte prima di andare poi a dormire; questo si chiedevano perplessi ed incerti, storditi dall'inaspettato spettacolo che videro. Il conte Alessandro-Ferruccio Marcucci Pinoli di Valfesina dunque non sapeva!

Era da una settimana che i quattro amici soggiornavano a Pesaro, al servizio del conte Nani. Il lavoro alle rispettive stanze era andato parecchio avanti: Nicola e Alfonso il giorno dopo continuarono a dipingere l'anta dell'armadio ed eseguirono un bel dipinto che raffigurava uno scorcio cittadino con alberi e palazzi. Si vedeva una strada lunga, scura con sullo sfondo due fari accesi di un'auto in avvicinamento; sulla sinistra un segnale stradale, ed una fila di palazzi, a destra, dal colore madreperlaceo, ne accentuava la prospettiva. Le fronde degli alti alberi, alla sinistra, erano ridotti a delle sagome scure in controluce mentre davanti a loro si stagliava vibrante il fascio luminoso di un lampione. Questo notturno, concepito come se fosse una "notte bianca", risaltava nell'anta centrale dell'armadio, mentre le altre ante, come il resto, vennero dipinte di nero con bordature blu elettrico. Verso la fine della mattinata, ci fu ancora tempo per iniziare una delle sedie: mantennero lo stesso stile sobrio, dipingendola di nero con zone dello stesso blu, e nello schienale un frammento rettangolare, riprendeva il simbolo, molto in sintesi, di un semaforo acceso. Così poi avrebbero fatto per l'altra sedia.
Francesco invece terminò il tavolino. La loro concentrazione non era comunque la stessa, ora che avevano nella testa le immagini di

quanto avevano visto la notte prima e la cosa, pur divertendoli, aveva creato in tutti e quattro una sorta d'inquietudine strana, quasi persistente, sottile, persino irritante. Stavano lì e non sapevano se restare, se andarsene, se addirittura sentirsi in dovere di parlare con qualcuno, per denunciare o semplicemente per capire e vederci più chiaro; come, d'altronde, riuscire a rimanere indifferenti, soprattutto davanti al conte? Temettero che lui potesse, prima o poi, leggergli qualcosa negli occhi, come una preoccupazione, un segreto inconfessato, un diverso e alterato stato d'animo. Cesco disse: «Ma no, cerchiamo di essere normali a tavola, con tutti!»

Le ragazze, pure, avrebbero potuto leggere nei loro occhi qualcosa di strano e di diverso, mentre esse sicuramente erano da molto tempo abituate a non far trapelare nulla e a mostrarsi tranquille e normali, come sempre.

Anche loro quattro cercarono di mantenere un comportamento il più possibile disinvolto. Ciuzza ogni tanto se la ridacchiava e Cesco allora la guardava con occhi feroci ed allarmati, così lei subito si acquietava e si ricomponeva... per fortuna!

Ma quanto sarebbe durato?

Il conte Nani pareva invece sereno, tutto pieno di sé, nella sua posa di nobile uomo dai mille portenti e virtù nascoste, pronto ad attirare l'attenzione su di sé con amabile affabilità, sempre predisposto alla battuta, pungente ed ironico, a volte persino sfacciato e coi soliti atteggiamenti istrionici, chiassosi, con risate improvvise e altrettante subitanee gesta teatrali. Tutti stavano attorno a lui, comprese le tante ragazze e, fra i commensali, a volte pure il regista Oreste Boccioni con la scenografa Rosanna Pini, (come se l'erano goduta quei due!... e ora che atteggiamento diverso avevano!: posati, sorridenti, tranquilli e professionali); così, altre volte, sedevano compite e tranquilline le sorelle Animaisa ed Elikonida assieme a Kirilla. La critica Rosalba Corda parlava poco, a volte cominciava a raccontare delle passate inaugurazioni negli altri alberghi, magnificando serate vissute all'insegna della cultura e dell'arte e poi... oh sì, poi lei – e questo era l'argomento che preferiva – cominciava a tirare fuori, in maniera un poco sfacciata ed insistente, filosofie personali sul valore della donna, rivendicando il suo diritto a conquistare una posizione di potere in una società ancor oggi maschilista, e con espressioni volutamente ricercate sottolineava, quasi a vantarsene, la sua maniacale predilezione per le femministe. Attorno al tavolo arrivava il corteo delle altre fanciulle russe: Anfisa, Bela, Agrafena, Deodora, Fotina, Inessa, Efimiya, Khristina, Muza, Leonilla, Olimpiada e Vlada... belle, incredibili, magnifiche e tutte vivaci e in adorazione del conte e pronte a servirlo. Loro: le femmine del teatro dei piaceri!

Una sera prima di cena, Angela disse che stava per arrivare la sua amica francese Lucienne. Ciò fece salire di molto l'entusiasmo dei due gemelli, che quando si trattava di conoscere una nuova ragazza e per giunta carina come doveva essere la francesina, entravano in fibrillazione. Ed arrivò poco prima di cena, quando il conte già stava radunando il solito gruppo, comprensivo delle russe incantevoli. Lucienne era bella, una dolce creatura di ventisette anni, mora, con capelli lisci e lunghi, lievemente arcuati verso le punte. Occhi neri come le ciglia e le sopracciglia folte, carnagione olivastra, bocca sottile ma ben disegnata, di un rosso intenso, con un'espressione vagamente malinconica che si fondeva in una delicata dolcezza, unendo lietezza a mestizia in un accordo arcano impenetrabile; pareva che spesso in lei i pensieri volassero altrove, quando guardava davanti a sé in un punto impreciso, in una fuga oscura che durava poco, per poi ritrovare adesione con la realtà. Aveva un bel corpo e quella sera si presentò con un paio di calzoncini corti di tela, verde oliva. Nicola e Alfonso, incantati dalla fanciulla, le fecero il consueto baciamano e la riempirono di gesti teneri e amichevoli attenzioni. Ciuzza un poco arrossì nel stringerle a sua volta la mano, mentre Cesco garbatamente si presentò con un sorriso ampio, misto ad imbarazzo. Contrastavano parecchio Lucienne e Angela; quest'ultima era invece una bellezza dal temperamento energico e brioso, effervescente. Una femmina spumeggiante, ma con qualcosa di egualmente inafferrabile. Anche lei – e probabilmente era causato dall'indole d'artista – si velava talvolta di mistero ed impenetrabilità, ravvivandosi però di slancio espansivo, qualora un amico le rivolgeva la parola. Parevano perfettamente abbinate, quelle due fanciulle: un accordo di due tipi di sensualità, così che l'una compensava l'altra. E tutto ciò accendeva ed infervorava la libido dei due gemelli.

A cena iniziata, l'amica di Angela si presentò in sala con un vestito nero semi trasparente nelle maniche sbuffate e nel bordo della gonna, poco più sopra il ginocchio. Era molto carina ed elegante. Prese posto nel tavolo affianco assieme ad Angela, Antonio e a Samantha, salutando garbatamente il conte e la critica, e tutti i presenti. «Miei cari...» disse il conte all'improvviso, e ci fu subito silenzio: «... devo rendervi noto che stamattina ho avuto una notizia che mi fa sperare di finire i lavori entro la fine di giugno 2008. Da anni ristrutturo alberghi – voi sapete che oltre all'Hotel Savoy, posseggo altri alberghi a Pesaro e a Urbino – e anche questa volta ho avuto problemi con i permessi edilizi e questa burocrazia assurda... direi quasi kafkiana..., mi ha fatto perdere già del tempo, e credo che me ne farà perdere ancora dell'altro. Siamo nel 2007, ma auspico che le cose vadano per il meglio. Dunque mi sono stati concessi quei permessi per andare avanti e l'architetto e gli ingegneri proseguiranno il loro lavoro. In molti sapevano a cosa sarei andato incontro, anzi si temeva che mi sarei angosciato anzi tempo. Ma tuttavia io, quando decido di fare una cosa, voglio farla a tutti i costi contando solo sul mio ottimismo. Continuo forse ad illudermi, ma solo così posso affrontare i problemi giorno per giorno, senza impaurirmi! Ho speso per l'Alexander, il doppio del tempo e del denaro necessari!... roba da matti!... ma il mio sogno lo volevo realizzare a tutti i costi, ed ora, ormai miei cari... sono in ballo e devo ballare! Insomma, ho voluto la bicicletta e adesso devo pedalare!...» Risata generale. La sua voce si era fatta un po' rauca e a tutti parve di notare un velo di commozione in lui. «Mi auguro, in tutta sincerità, di arrivare davvero a inaugurare l'albergo e il Teatro delle Rose dell'Est proprio nel giugno del prossimo anno! E... se son rose... fioriranno!» Alla battuta seguì un fragoroso applauso. Poi il conte riprese, dopo aver sorseggiato un goccio di thè dalla sua solita tazza, che la cameriera gli faceva trovare già sulla tavola sin dall'inizio del pranzo o della cena. Dopo aver tirato fuori da una tasca della giacca un foglietto ripiegato disse: «La prima fase dei lavori interesserà quelli edili, compresi tutti gli impianti elettrici e idrosanitari per tutti i piani naturalmente. Le prime spese sono già state fatte: ho potuto acquistare dal Comune, oltre alle spese di registrazione, la "capacità edilizia" per l'ampliamento di circa 3.000 metri cubi. Ho pagato tutti gli oneri di urbanizzazione... e così fra un po' ritirerò la concessione edilizia per

iniziare al più presto i grandi lavori! Sì, con l'impresa SARIS: ruspe, scavatori! Vedrete quanto lavoro ci sarà da fare.»
Il suo raccontare era accompagnato da gesti enfatici e la sua espressione assunse una concentrazione tale che il viso gli diventò un poco paonazzo. Alcune delle ragazze russe si alzarono dalle sedie e gli si misero intorno, chi al fianco e chi dietro di lui. Una di loro ebbe persino l'ardire di poggiargli un braccio su una spalla. Bevve ancora una sorsata di thè e poi riprese: «Quindi direi che dobbiamo rallegrarci e fare del grande giubilo, nonostante le sofferenze e le arrabbiature, delusioni e patimenti, cribbio! Senza contare tutto un susseguirsi di tediose burocrazie sì, vere e proprie noie. Di questo non voglio parlare, meglio non approfondire.» Molti dei commensali si guardarono in faccia l'un l'altro, altri tacevano aggrottando le sopracciglia.
«Tutto questo per dirvi le difficoltà che si incontrano perché i lavori vengano avviati. Sono vere "gatte da pelare"! L'ultima fase dei lavori riguarderà l'arredamento e la messa a nuovo dei locali comuni: hall, salotti, ristoranti, sale per esposizioni e per le riunioni, ecc., ed anche di tutte le camere naturalmente. Vi prometto che ce la metterò tutta!»
Seguì un secondo poderoso applauso, con urletti femminili aggiunti.
«Ci tengo anche a dirvi, cari artisti, presenti e non, che le camere sono piaciute moltissimo, tanto che ho ricevuto parecchi complimenti da coloro che hanno visitato quelle finite. Mi riferisco a critici famosi, oltre che alla nostra critica qui presente Rosalba, a galleristi e collezionisti di rilievo. Grazieee, grazie a voi, per aver creduto in me!». Detto questo concluse infiammato sempre con la sua voce nasale, alzandosi in piedi, sollevando questa volta un calice riempito per metà da vino bianco e invitò gli astanti al brindisi. Agitando il braccio teso verso l'alto con ripetuti scatti, forse nervosi, ma comunque felice, concluse con voce più alta: «Macte Virtute Esto![1]»

Finita la cena, sempre sontuosa di squisitezze, il gruppo dei quattro amici più le tre ragazze e il collega Antonio, si mosse a passeggio sul lungomare. I due gemelli corteggiavano la francesina e Angela; Samantha conversava di tutto un po' con gli altri tre. Ma il gruppo rimase compatto ed anche Nicola, Alfonso, Angela e Lucienne

[1] Onore al tuo valore!

partecipavano alla conversazione: salvo il fatto che i gemelli non si lasciavano sfuggire l'occasione di stare incollati alle ragazze tenendole strettamente ciascuna sottobraccio. Era evidente la loro solerzia nel corteggiare le due amiche, che ridacchiavano civettuole e lusingate di tutte quelle attenzioni, che con sollecitudine ricevevano dai due passionali pittori.

Si sedettero più tardi in una delle panchine di piazzale della Libertà, attorno alla Palla. La brezza del mare corroborava la mente e il corpo di tutti loro; la serata era profumata e calda, e la risacca scandiva un ritmo che dava un dolce languore. Specie per coloro i cui sensi erano storditi dalla passione. Nicola e Alfonso erano eccitati da quelle due bellezze diverse, godibili e sconcertanti, per quella strana componente assurda e surreale, che certe fanciulle espandono di loro natura, forse senza nemmeno accorgersene. Loro parevano disgiunte dalla realtà, come prive di tempo e consistenza, ma intrise e circondate di incantatrice malia, come fossero creature erranti di un'altra dimensione e che per sortilegio avessero valicato quella dei mortali. Così per i due gemelli erano Angela e Lucienne. Cesco un tantino si sentì escluso dai suoi amici fraterni, ma sapeva che quando c'erano ragazze in mezzo, che attiravano la loro sensuale attenzione, non c'era nulla da fare. Cercare di distoglierli era come tentare di conservare un fiocco di neve, imbustarlo e spedirlo poi in pieno agosto! Il loro ardore crebbe, in quell'ora tarda della sera, sotto quel cielo stellato profondo come l'intimo umano. Nicola aveva sollevato e steso la gamba di Angela sulle sue ginocchia. Le tolse il sandalo ed iniziò a massaggiarle con dovizia il piede. Alfonso allora fece lo stesso con Lucienne che ebbe un attimo di ritrosia, ma poi lasciò fare divertita, sprofondando lo sguardo lontano, come le era naturale fare spesso. Angela sorrideva incantevolmente, poi rideva, lamentandosi un poco per il solletico. Ma poi si rilassò abituandosi alle dita carezzevoli del pittore.

«Vi piacciono i piedi delle ragazze?» disse Lucienne con un lieve sorrisetto e lo sguardo deliziosamente languido.

«Molto!» rispose prontamente Alfonso.

«Ahooo... qui si sta a pomiciare, non è mica ragguardevole davanti agli amici!» disse Antonio con qualche risata mal trattenuta, e con lieve rimprovero. Ma i due parvero non sentire.

«Ve li leccherei ragazze!» soggiunse con grande naturalezza Nicola, che prese anche a baciare ripetutamente la mano di Angela. Lei lo fissava sorpresa e alquanto divertita.

«Bacia anche tu, i miei...» sopraggiunse Lucienne con un velo di autorità canzonatoria, che mandò in visibilio Alfonso il quale non se lo fece ripetere: annusò quel profumo soave di pelle di femmina, poi non solo li baciò, li leccò avidamente.

«Evviaaa!» tutto d'un tratto disse Samantha, mentre osservava la scena con uno sguardo misto a divertita curiosità e incredulità. Antonio scuoteva il capo e parve più meditabondo del solito.

«Eeeh, mo'... non esageriamo!» disse Cesco di rimando, con finto rimprovero. Risero Alfonso e Nicola, ed anche Ciuzza... a scatti ripetuti.

Ma ormai i due si erano lanciati in una leccata prodigiosa anche delle mani e delle dita delle ragazze. Non ci volle molto che passarono nuovamente a gustare i piedi, succhiando ben bene dorso e dita, riempiendoli di baci accalorati, mentre le due ragazze sorridevano compiaciute e deliziate di tanta sapienza linguare e prorompenza erotica. Mantenevano quell'espressione sorridente di godimento sottile e crescente, che le intrideva di soave femminile cupidigia, che cambia il volto delle ragazze in qualcosa di superiore e spettacolare, come una luce boreale dei sensi!

«Questi due mo' mi pare che siano un pochetto partiti! 'Sti cazzi!!!» brontolò Antonio con evidente imbarazzo.

«Feticisti eh?» intervenne Samantha con voce molle e vellutata.

«Mica! Solo un pochino!...» sottilizzò ironicamente Angela.

«Ma vedi 'sti dueee!» fece Cesco indicandoli col palmo della mano aperta.

«Sentite, torniamo in albergo, e questa leccata la si finisce nelle loro stanze! Ragazzi è l'una.» esclamò Samantha.

Tornarono in albergo. Nicola e Alfonso finirono nella stanza di Angela e Lucienne le quali gli permisero di leccare loro i piedi e le cosce per un'ora e cinquantotto secondi, scambiandosi anche gemello. Poi non sentirono ragione: li rispedirono ridendo nella loro camera.

Il giorno dopo, durante la colazione i due gemelli continuarono a commentare la piacevole serata passata con le due deliziose ragazze: Angela e Lucienne; si sentirono soddisfatti di aver goduto di un momento trasgressivo, in cui sicuramente avevano potuto sfogare una loro fantasia recondita, cioè quella di prostrarsi ai piedi di due belle fanciulle e poterle leccare avidamente senza essere respinti. Fra loro i commenti continuavano ad essere piccanti, vivacemente allusivi e carichi di desideri nuovi. In fondo, se lo dissero, speravano di riuscir a fare ben altro, e quindi di più, con quelle due amiche libertine.

Presto però i loro discorsi volsero verso quello che maggiormente li aveva colpiti e stravolti: il festino clandestino delle russe in quel laboratorio teatrale, e pure la misteriosa scritta sul muro, poi fatta cancellare, che forse annunciava la morte di un pittore... una minaccia quindi terrificante ma tuttavia forse anche un ridicolo scherzo fatto da qualche buontempone. Di questo ebbero ancora modo di discuterne con le tre ragazze: Samantha, Lucienne e Angela; però non dissero nulla con loro, per il momento, su quanto Romano gli aveva fatto vedere quella notte. Era difficile rimanere in quegli hotel, sia al Savoy che all'Alexander, senza pensare per un attimo di voler fuggire via e andarsene con una scusa banale, perché spesso la paura li coglieva e pure a Cesco e a Ciuzza accadeva. Tuttavia quegli attimi di apprensione, subito dopo, lasciavano spazio al gusto dell'avventura, a quel fremito del piacere del brivido e dell'imprevisto e del trasgressivo che li tratteneva e, addirittura, faceva loro desiderare che accadesse dell'altro... magari non propriamente qualcosa di terribile, ma comunque qualcosa di eccitante quanto d'insolito da provare. Quella mattina terminarono anche la seconda sedia ed iniziarono il tavolino. Lo dipinsero sempre di nero con bordature in blu elettrico, ma nel piano cercarono con l'acrilico di imitare l'effetto del marmo. Non fu facile, ma ci riuscirono. Poi gli incollarono sopra il foglietto che aveva lasciato loro il conte Nani con la sua poesia, scritta di proprio pugno, "La notte porta consiglio... ma non solo!"

La notte... che accadeva di notte? Spesso lo pensavano e ci rimuginavano. Immaginavano di tutto: magari un disperato demente che se ne andava in giro nel buio, munito di una vecchia torcia, per le scale dell'Hotel Alexander a spiare nelle stanze e magari aveva un *passe-partout* e poteva entrare per sostarvi e tramare qualcosa di losco. Forse lo stesso che aveva scritto quella minacciosa frase sul muro dell'ancora vecchio Hotel Alexander, con colore rosso sangue: LA ROSA DELL'EST COLPIRÀ E NEL SANGUE NOVELLO TINGERÀ I PETALI SPENTI, AL RAVVIVAR DEL SUO CARNATO UN DIPINTORE SBIANCHERÀ!

"Qualcuno facente parte del laboratorio teatrale delle Rose dell'Est? Se poi era vero che esisteva un assassino, perché forse era solo un burlone che giocava a fare l'assassino. E se non giocava… se faceva sul serio? No, forse scherzava… forse era stata tutta una cazzata per spaventare e mettere scompiglio. Cazzooo, se invece qualcuno avesse davvero intenzione di compiere un delitto? No… ma sì… ma nooo…!"

Parlavano fra loro e cominciavano ad andare un po' in paranoia. Era naturale, effettivamente delle cose strane erano successe e continuavano ad accadere. Si preoccupavano i due gemelli pittori, ma nello stesso tempo quel clima cominciava ad appassionarli, a coinvolgerli per soddisfare la curiosità di saperne di più e per sperimentare il gusto dell'avventura. Stavano lavorando ad una rifinitura nella decorazione del tavolino quando improvvisamente si sentì un urlo truce e terribile, riecheggiante dai corridoi e dalle scale del vecchio Hotel Alexander. Un urlo quasi da persona dannata, gutturale e poi stridulo. Li fece sobbalzare e il cuore cominciò a battergli forte.

«Che cavolo è?! … cazzo, hai sentito?»

«Sì, ho sentito magari!»

Si precipitarono fuori dalla stanza 208 leggermente colti da affanno, con ancora indosso i grembiuli macchiati di colore e un pennello nelle mani; il corridoio era in penombra. Guardarono verso sinistra, dove c'erano rampe di scale che salivano e scendevano, ma non videro nulla, nessun movimento. In quel mentre era calato un profondo silenzio, ma all'improvviso un altro urlo, un verso quasi, squarciò l'aria. Alfonso e Nicola si guardarono stupiti e capirono, spostandosi, che le urla provenivano dall'alto e così corsero verso le scale e le salirono, piuttosto increduli e in tensione. Tutto d'un tratto videro Cinzia Cavallini che scendeva veloce e se la trovarono davanti, quasi si scontrarono con lei. Ora forse non urlava più ma aveva una faccia scura e gli occhi come assatanati e i capelli erano tutti scompigliati. Tentarono di bloccarla ma lei si divincolò menando a destra e a manca come in preda alle mattane.

«Lasciatemi passareee, sono stancaaa...»

«Ciuzza calmati, dov'è Cesco?»

«Io non ce la faccio piùùù, sono esauritaaa...» fu la risposta isterica della ragazza. Nicola tentò di farla ragionare, premendola verso la parete per evitare che scappasse, mentre Alfonso corse su verso la stanza di Francesco Borel.

«Cescooo, che succedeee...»

Trovò l'amico seduto per terra, in silenzio, a capo chino, con uno straccetto in mano e appena lo vide scosse vistosamente il capo ed allargò le braccia. Intanto si sentivano ancora gli urli di Cinzia e il suo parlare concitato con Nicola.

«Che cazzo, vaffanculooo, sono io che non ce la faccio più, quella è pazza, pazza... si deve curareee!»

«Calmati Cesco, che cosa è successo, avete bisticciato?»

«Ma che bisticciato... che cazzooo, è lei che è completamente fusa! Mentre dipingevo, se ne stava buona buona da una parte a riposarsi, e come fa spesso, stava riempiendo un foglio del suo quaderno.»

«Quaderno?»

«Sì, lei quando le piglia, si mette a scrivere delle specie di poesie sul suo quaderno che tiene sempre in borsa. Non so che cazzo scriva... a volte cose carine, a volte cose davvero senza senso!»

«E allora?»

«Allora improvvisamente mi fa prendere un colpo, perché tutto d'un tratto lancia per aria la penna ed inizia ad urlare come una ossessa e a grugnire: diceva che era stufa e che lei non ce la faceva più! Dovevi vedeeerlaaa... una pazza!»

«*Ammazze*! Ma di che cosa non ce la fa più?»

«Ma che ne sooo, forse di tutta questa faccenda, del clima strano e delle cose strane che qui accadono... bhooo...»

«Mmm»

«Mamma mia, io adesso la prendo e la rispedisco a casa, ce ne andiamo!»

«No Cesco aspetta, abbi pazienza, forse si è un po' spaventata...»

«Eeeh, vabbè, ma non è la prima volta che mi fa fare queste cazzo di figureee. Io comincio ad averne piene le scatole cazzo! Non ho mica la pazienza dei santi.»

Intanto non si sentivano più urla: forse Nicola era riuscito a calmare Ciuzza.

«Lei è malataaa, dice che sta bene ma non è così. Ha bisogno di cure, di medicine, ma non mi dà retta, è testona, non le vuole prendere quelle al litio che le ha dato la dottoressa. E poi per me, se ci penso bene, bisognerebbe cambiarle farmaco, perché effettivamente quelle pasticche al litio l'hanno peggiorata...»

«Ma che cosa ha Ciuzza in definitiva? Che hanno detto i medici?»

«Ma che caspita ne so! L'hanno vista in tre medici, e ancora io risposte chiare non le ho avute. Sembra che soffra di persecuzioni, di disturbi della personalità, pare che abbia un sistema nervoso a pezzi e che l'ansia le causi cambiamenti di umore improvvisi, dissociazione della personalità. Io però a causa sua non posso rovinare la mia vita... e mo' basta però... mo' so' incazzato davvero!»

«Dai Cesco, tranquillizzati, prima o poi si troverà la cura giusta. Certo che quando fa così fa proprio impressione! »

Cesco sospirò e guardò l'amico con un'espressione ora più rilassata e meno stravolta.

«E mo' dov'è?»

«Non so, era con Nicola, forse si stanno fumando assieme una sigaretta.»

Scesero e la trovarono nel primo pianerottolo che si fumava tranquillamente la sua sigaretta, tirando dal filtro come se dovesse succhiare da una cannuccia, con le mani che tremavano paurosamente. Nicola era lì accanto a lei che ogni tanto le accarezzava la testa con amicale affetto. Francesco rimase serio e con il broncio, guardandola ogni tanto con espressione di rimprovero. Alfonso e Nicola sdrammatizzavano facendo delle battutine ironiche ma simpatiche. Cesco soffiava, sbuffava... ancora era arrabbiato. Ciuzza restò silenziosa a testa bassa.

«Ci siamo calmati i bollenti spiriti? Mo'... eh?» fece Borel dandole un colpetto sulla nuca. Lei di risposta rise fra i denti soffiandosi il naso.

Cinzia Cavallini confessò una volta al suo fidanzato, quando erano da poco entrati nella loro casa di Borgone, che aveva sempre avuto uno strano ricordo, drammatico e ossessivo, di quand'era piccola. Successivamente lo raccontò pure agli psichiatri che l'ebbero in cura. Disse che era sicura di ricordare che sua madre fu violentata davanti ai suoi occhi da un uomo senza volto. Il viso non lo ricordava affatto. Tuttavia era convinta che lei, se pur piccola, aveva ucciso quell'uomo.

CAPITOLO VIII

CAPITOLO VIII

Il conte Nani dovette sudare per ottenere il permesso di costruire, ossia la concessione per l'intervento di ristrutturazione edilizia. Oltre che passare per il Settore Edilizia Privata, dovette scontrarsi con la burocrazia comunale, ma prima di tutto dovette assoggettarsi alla politica della competenza regionale. La situazione presentava da sempre un'incertezza giuridica a causa di una specifica individuazione del manufatto nella normativa edilizia statale. Occorreva la concessione non soltanto per manufatti che si elevano al di sopra del suolo, ma anche per quelli interrati, che comunque trasformano durevolmente l'area impegnata. La sua piscina, (non interrata ma elevata), necessitava il preventivo rilascio di una concessione anche per manufatti in tutto o in parte interrati. Per le piscine private prima si poteva avere l'autorizzazione gratuita, in quanto considerate pertinenze di abitazioni o alberghi. La legge ora non considerava legittimante la realizzazione di nessuna piscina! La realizzazione di piscine a qualsiasi uso adibite, rimanevano assoggettate perciò a permesso di costruire. Ma fortunatamente il Presidente Macci fu ben disposto ad aiutare il conte e concedergli la tanto agognata concessione!

La decrepita struttura del vecchio Hotel Alexander richiedeva un intervento di ristrutturazione edilizia assai complesso. Precisamente si trattava di un intervento di risanamento conservativo che consisteva nel riportare l'hotel allo splendore originale ripristinandone l'aspetto iniziale, anche se questo avrebbe significato la demolizione di alcune porzioni di edificio e la ricostruzione di altre. Tali lavori potevano rientrare anche nel contesto della cosiddetta "manutenzione straordinaria", cioè di quelle opere che sono necessarie per mantenere in buono stato un edificio e, quindi, comprendono interventi volti a sostituire o modificare parti anche strutturali dell'edificio o quelli necessari a realizzare nuovi impianti, totalmente diversi da quelli esistenti. Era il caso dell'Hotel Alexander!

La decisione in merito spettava alla Regione e al Comune. Il presidente della Regione Marche, quindi promulgatore delle leggi e dei regolamenti regionali, dei vari provvedimenti amministrativi, dovette anche occuparsi della domanda che il conte fece alla Regione riguardo la richiesta di permesso di intervento di ristrutturazione edilizia. Come lui disse a tavola a tutti, era quasi fatta, e poco dopo la ottenne e tutto procedette dunque per il meglio. Un gran peso tolto, finalmente, per l'audace conte!

Ma le cose andavano male per Boccioni, il quale fu biecamente ricattato da un politico spietato e senza scrupoli. Inizialmente chiese di partecipare a qualche festino ma la questione divenne assai più coercitiva per il depravato Boccioni! Certo, contestualmente non stavano affatto insieme, anzi, il regista, che suo malgrado aveva imparato a conoscere quel delinquente, mai si sarebbe sognato di cadere nella sua trappola a causa dei festini. Ma, ahimè, quello in cui era incappato era davvero uno di quei casi in cui, per avere la protezione sui giri illeciti in cui era coinvolto, finì nella terribile situazione da cui per il momento non gli era possibile uscire: la trappola codarda ed infame del ricatto!

Nessuno sapeva naturalmente di tutto questo. Oreste Boccioni, che ben gioiva di quelle pratiche erotiche assieme alla Pini con tutte quelle stupende ragazze russe, era per giunta costretto a fare filmini porno, ricattato da quell'altrettanto mascalzone del politico, il quale percepiva lauti guadagni dalla vendita dei filmati per il mercato estero a luci rosse. Se Boccioni si fosse ribellato a tutto ciò, avrebbe rischiato un vero e proprio *Simul stabunt vel simul cadent!* (come insieme staranno, così insieme cadranno). Il politico, che portava il nome di Ilario Cattanigi, lo avrebbe annientato, gettato nell'onta, fatto arrestare, rovinato una volta per sempre. Sapeva che non avrebbe avuto scampo, data la rispettabilità di cui costui indebitamente godeva e del potere che aveva. Quell'uomo era troppo influente, così appoggiato dal suo partito e da altri suoi tirapiedi scagnozzi, guardaspalle! "Un giorno gliela farò pagare a quel porco!", si ripeteva il regista esasperato. Ma la sua lubrica concupiscenza lo teneva altresì ancorato a quel vizio, bramoso ogni volta di sollazzarsi impenitente con quelle ragazze che gli infuocavano il cervello... e non solo! Ne era soggiogato, dipendente, avvinghiato a quella lussuria, deliberatamente consenziente a restare schiavo delle sue lascivie, ben deciso a continuare. E questo Cattanigi lo sapeva!

L'onorevole Ilario Cattanigi, era seduto dietro la sua elegante scrivania in stile vittoriano col piano rivestito in pelle marrone del suo ufficio privato. Tutto l'ufficio era di lusso ed elegante, con mobili antichi e suppellettili pregiate. Dalle tende della grande finestra alla sua sinistra, si riversava una luce mattutina morbida e rassicurante, come era l'atmosfera ovattata di tutto quell'ambiente accogliente, con moquette verde scuro. In netto contrasto con la figura pingue dal volto accigliato e severo di quell'uomo sulla cinquantina, dalle grosse e folte basette, semi calvo e con strette lenti rettangolari che rendevano appena visibile due occhietti scuri: due allungate e pencolanti fessure che indagavano non tanto l'ambiente circostante, quanto le profondità dell'anima di chi aveva di fronte! Oreste Boccioni ogni qual volta si trovava a discutere con quell'uomo, anch'egli grasso e trasudante di malizia e cinica astuzia, gli pareva di essere violato nel di dentro, invaso, analizzato, scrutato, indagato impudentemente.

«Non si illuda, caro il mio regista, io non ho intenzione di cambiare idea!»

Disse il politico con un sorrisetto velenoso. Boccioni si impose una certa calma, anche se dentro di sé avrebbe voluto urlargli: "questa volta mascalzone, cosa chiedi in cambio?" Cattanigi continuò cinicamente il suo discorso.

«...E lei sperava che potesse ottenere da me tutto quel paradiso senza pagarmi il dovuto? Caro il mio regista, ma come è ingenuo lei! Vede, oggigiorno non si fa nulla per nulla. E lei, se vuole che io non le rovini la carriera, deve per forza ragionare, stare tranquillo: oltre ai proventi derivanti dalla vendita all'estero delle cassette nel mercato del porno, ora sono costretto a chiederle anche di concedermi l'ottanta per cento del ricavato sui festini, ossia sulle quote dei clienti. Su, faccia uno sforzo per capire... quelle ragazze vanno pagate e a me costano molto! Quindi, se vuole continuare indenne, si adoperi affinché mi arrivino regolarmente quei soldi!» disse questo aderendo bene allo schienale della grande poltrona in pelle e guardando fisso negli occhi il povero regista. Dentro a quelle pupille come capocchie di spillo, a Boccioni parve di vedere luccicare una luce maligna.

«Le piace godersi quelle pollastrelle russe... vero regista? Quindi, perché tutto rimanga come è, senza problemi o intoppi, o... spiacevoli conseguenze per lei, collabori! Come vede, signor regista, lei ha bisogno di me! E, sa una cosa?, dovrà fare qualcosina di più per me... adesso!» Concluse trionfante con un altro sorrisetto beffardo, e poi si fece d'improvviso serio, e continuò a fissarlo come se fosse un rapace davanti alla preda.

«Dica cosa vuole ancora, forza avanti, sia esplicito, devo tornare al mio lavoro, non meniamo il can per l'aia... e comunque lei è un farabutto, onorevole, questa sua vigliacca condotta si chiama concussione, ricatto!»

«Oh suvvia, si calmi su... faccia il bravo, come fin'ora ha fatto, guarda guarda da dove vien la predica!, non mi sembra che lei si stia comportando come un santo...» rise cachinno, e continuò: «Sarà roba da dire, signor regista? Diciamo che siamo solamente in affari... ah ah ah! Le ricordo che non le conviene fare scherzi: in un lampo si troverebbe schiacciato e pieno di guai. E inoltre,... non lo immagina cosa voglio? Lo sa che io sono un sostenitore dell'arte... e della bellezza! Le ragazze piacciono anche a me quanto a lei! Anche se mi sono giunte alcune voci che lei non disdegna neppure uomini prestanti...» E concluse con un'altra risata fragorosa.

«La smettaaa, taccia farabutto, non dica sciocchezze infami!» Tuonò Boccioni agitandosi, e poi riprese: «Allora cosa vuole?!»

L'onorevole si sporse in avanti poggiando le braccia corte e grassottelle sul piano in pelle della scrivania.

«Deve assicurarmi anche qualcuna delle ragazze che sia disposta di farmi un po' di compagnia rilassante! Sa, la vita politica logora!»

«Impossibile, sono quasi guardate a vista. Io e la scenografa dobbiamo stare molto attenti, deve sempre risultare che noi le accompagniamo alle lezioni di teatro all'Alexander, e quando invece decidiamo di girare le cassette porno al Deposito Uno, allora sì che tutto deve essere fatto con la massima prudenza! Di notte tarda, all'insaputa di tutti, sempre di sabato, quando si sa che i cortometraggi quel giorno, solitamente non si girano.»

«Non voglio sapere chiacchiere o scuse, me ne mandi una o due, un sabato notte, tanto una più, una meno, a lei non cambia nulla!»
«E io che ci guadagno?»
«Nulla mio caro regista; lei prendendo il venti per cento sul ricavato dei festini e qualche altra sommetta dalle vendite dei filmettini, è già ben pagato, però le prometto che avrà da me una forte spinta per andare a Roma appena vorrà, a Cinecittà!»
«Vada al diavolo!»
«I soldi e le ragazze Boccioni, altrimenti lei è rovinato. Ho il potere di farlo, e lei lo sa!»
Oreste Boccioni avrebbe voluto saltargli addosso e strangolarlo; ma si trattenne, ovviamente. Aggiunse con voce impastata dalla rabbia: «E sia, strozzino maledetto!... le farò un nuovo assegno come lei chiede. E avrà una ragazza per la notte. Ma dopo, potrò andare avanti con tutti i miei sollazzi senza che lei mi soffi sul collo?...»
«Ma cerrrtooo!!! glielo assicuro. Lei faccia il bravo, non mi crei problemi e non le accadrà nulla... e godrà!» rise soddisfatto e tremolava come un budino.
Il regista fece ora una sorda forzata risatina, e non replicò, come improvvisamente anestetizzato a qualsiasi ingiuria e osservazione.

Cinzia Cavallini si era calmata, ma era chiaro che Francesco Borel si aspettava un nuovo attacco di nervi, come di solito accadeva, prima o poi. Quella situazione cominciava ad ossessionarlo; la malattia della sua fidanzata sicuramente aveva delle origini lontane: forse uno shock che lei aveva avuto da bambina, ma vattelappesca come le cose erano andate realmente. Cesco non aveva mai creduto alla storia che Ciuzza aveva ucciso un uomo dopo aver scoperto che stava abusando di sua madre. Era ancora convinto che quella storia assurda era nata dalla testa della ragazza, soggetta spesso anche a delle allucinazioni. Quindi, a sua insaputa, continuò a fare finta di crederle, per non contraddirla e non irritare il suo già debole animo assai suscettibile. Ciuzza aveva tentato due volte il suicidio in passato: una volta ingoiando un flacone intero di farmaci e una seconda tagliandosi i polsi; una volta tentò persino di dar fuoco alla casa di sua madre quando non c'era! Cesco la amava ma più volte aveva temuto di non riuscire a portare avanti quel rapporto così difficile e pericoloso. Queste cose i due gemelli le vennero a sapere dall'amico una sera in chat, quando Ciuzza dormiva catatonica. Gliele confidò pregando loro di non farne mai accenno alla ragazza. Naturalmente Nicola e Alfonso mantennero sempre la promessa.

Si trovavano quella sera dopo cena, col solito gruppo: Samantha, Angela, Lucienne e Antonio a conversare sui divanetti del salottino di fronte la reception. Il signore robustello dai capelli brizzolati e stempiato prendeva note da un grande registro, dietro al banco dell'Hotel Savoy. Tutt'attorno c'era silenzio, una calma confortante, ogni minimo rumore pareva attutito dalla moquette dell'albergo, e in quell'assenza di disturbo, gli otto amici conversavano a bassa voce, ma con gioviale trasporto. Non avevano voglia di uscire, preferirono rimanere lì avvolti da quell'ambiente elegante e silenzioso. Angela era intenta a rollare una sigaretta con le cartine e il filtro, con dentro del tabacco Samson. Era abilissima a farsi le sigarette da sola, rollava con grande destrezza. Lei fumava solo così. I gemelli erano affascinati da quella bravura. Lucienne teneva la testa appoggiata sulla spalla di Angela, affianco alla quale stava stravaccata Samantha, mentre Antonio sfogliava distrattamente una rivista seduto nella poltrona Frau di fronte. Cesco e Ciuzza, sempre uno vicino all'altra, sedevano affianco ai gemelli, in costante adorazione delle due fanciulle.

«Per me il conte sa più di quello che vuol far credere!» se ne venne fuori Nicola tutto d'un tratto.

«E cosa dovrebbe sapere? Sentiamo...» chiese Antonio senza distogliere lo sguardo dalla rivista.

«Maaa, non so, diverse cose...» Nicola scrutò il viso di Cesco per cercare approvazione, ma egli lo guardò attonito ed accigliato.

«Ecco che ci risiamo con queste storie di segreti e misteri dell'Hotel Alexander!» disse Angela mettendosi a ridere. Di rimando rise anche Ciuzza, forse un po' troppo sguaiatamente, e ricevette una gomitata da Cesco.

«Ti riferisci alla scritta sul muro? Ma lascia sta', quella è una bella trovata di un buontempone, la mamma degli imbecilli è sempre incinta, no? Mo' che ce dovremo stare a preoccupà? *'Na scemata, credi ammè!*» aggiunse serio Antonio che chiuse svogliato la rivista e la lanciò sul tavolino.

«Tra un po' arriva l'assassinooo!» fece Samantha alzando minacciosa le braccia.

« A me viene sonno... » bofonchiò Lucienne con una vocina deliziosa.

« E non è solo il fatto della scritta... » intervenne con un tono allusivo Alfonso, che incrociò lo sguardo di Borel, il quale pareva dire: "Ma che cazzo dici, taci!"

«Cosa altro nasconderebbe questo conte, sentiamo...»

«Nulla Angela, nulla, *chisto* sta farneticando scemenze... fantasieee!!!» replicò Cesco con un gesto del braccio, che voleva dire "lasciamo perdere".

«No, dai gemello parla!»

«Ah, se me lo ordini così Angela... parlo!» rispose Alfonso ridendo e sottintendendo eccitazione alla frase della ragazza.

Le tre fanciulle si guardarono in faccia, poi scoppiarono a ridere a loro volta.

«Ma che cazzo stai a dì, oh!» intervenne Cesco serio ed alterato. Nicola e Alfonso risero ancora, stereofonicamente. Ciuzza scoppiò cacofonica e gracchiante... prese a ridere come al suo solito. Antonio era serio ma quasi gli scappava da sganassare anche a lui. Si trattenne e disse: «Oh, ragà, poche cazzate. *Ditece 'sto* mistero, su!»

«Nooo nulla, lasciamo perdere...»

«Adesso parlaaa!!!» lo prese per i capelli Angela scuotendolo. Alfonso era in visibilio! «*Ahhaassaaa...* sì Angela... parlooo!»

«Muoviti!» intervenne con finto fare altezzoso Lucienne.

«Se non parli solleticooo!» scattò su Samantha e si allungò su Alfonso prendendo a solleticarlo. Angela si unì all'amica, mentre Nicola ingelosito disse, ridendo:

«Nooo, anch'io, troppo lusso, beato lui!»

Alfonso rideva sotto le solleticate delle due. Lucienne scuoteva la testa e gli arrivò un calcetto. Si fece casino. L'uomo alla reception, Ottavio, disse: «Per favore, un po' di silenzio, signori...» Un mi scusi generale. Poi si ricomposero di gran fretta. Risatine squittose delle ragazze.

Cesco era furibondo. Si era accorto che per fare colpo sulle ragazze, i due gemelli erano intenzionati a spifferare la faccenda del teatro. Non sapeva che fare per fermarli. Lanciava occhiate, si dimenava in gesti di intesa, che non vennero intesi affatto, ma al contrario fecero aumentare l'ilarità dei due scriteriati, che non vedevano l'ora di spiattellare tutto alle belle fanciulle.

Ciuzza era rossa di riso represso, tossiva, emetteva versi soffocati. Cesco arrivò persino a scappellottarla. «*Statti* calma, Cììì!»

E risate mal trattenute ancora. Il catarro di Ciuzza le gorgogliò in gola durante lo sforzo di non ridere. Antonio invece non rideva, singhiozzava paonazzo e sussultante. Solo Cesco era semiserio, – perché non ce la faceva ora neanche lui a rimanere posato sino in fondo – e il suo umore era tra il divertito, lo stizzito, l'incavolato e il fortemente esasperato. I gemelli avevano le lacrime agli occhi.

«Mo' ce lo dite o no 'sto mistero?» chiese Antonio.

«Suuu, muoviti, allora, daiii, cicci!» fece Samantha insistente.

«Silenziooo... andate fuori, no!? Per cortesia!» li redarguì nuovamente l'uomo alla reception. Improvvisamente si fecero seri tutti quanti e, imbarazzati, chiesero di nuovo scusa. Si resero conto di aver esagerato.

«*Namocenne*, va...» Cesco si alzò confuso.

«È meglio!» disse di rimando Antonio.

«Sì usciamo! Voglio fumare!» soggiunse Ciuzza, che aveva ripreso il controllo.

Uscirono dall'albergo, di gran passo. Anche gli altri, tra non molto, sarebbero stati messi al corrente di quello che avveniva ogni sabato notte al Deposito Uno.

Il giorno dopo erano di nuovo al lavoro nelle loro stanze. I gemelli terminato anche il tavolino, iniziarono a lavorare sui comodini, che vennero dipinti di nero come le sedie con bordature in bel blu elettrico. Il contrasto era molto elegante: frontalmente i cassetti erano neri con il contorno blu e il pomello dipinto in oro come il tavolino quindi. Sopra, nel piano dei due comodini, stava una lastra di vetro di un certo spessore, e siccome tra il ripiano di legno, che dipinsero di bianco, e la lastra in vetro c'era una sottilissima intercapedine tanto da poterci infilare un foglio di carta, per ognuno dei comodini, ci infilarono un loro graziosissimo disegno fatto a matita e acquerellato. I due disegni, eseguiti in modo fresco, come fossero bozzetti, rappresentavano due notturni urbani. A camera finita, Alfonso e Nicola, pensarono di far mettere delle lampade stile Churchill, con vetro color blu cobalto, perfettamente intonate ai comodini. Ne avrebbero parlato al conte Nani. Insomma, la loro stanza ora era quasi terminata e anche Cesco e Ciuzza stavano per finire, mancavano poche cose da mettere a punto anche per loro. Angela, Antonio e Samantha invece avevano già fatto le loro foto con interviste annesse e sarebbero andati a casa l'indomani, chi prima e chi dopo. Invece no! Tutti quanti, quella mattina ebbero la notizia che il conte li pregava di rimanere ancora per qualche giorno almeno. Venne lui di persona a informarli, passando per le rispettive stanze; c'è da dire che Samantha e Lucienne qualche volta andavano a far compagnia ad Antonio. Lui aveva ripreso a lavorare nella sua stanza. Sì, perché Antonio era anche venuto per completare una parte di parete che secondo lui non era del tutto conclusa; e siccome spesso accade che gli artisti abbiano dei ripensamenti, giudicò la stanza ancora da ritoccare e da completare. Il lavoro non era impegnativo, gli sarebbero bastati uno o due giorni al massimo. Così successe che Nani venne a dire a tutti che dovevano rimanere. Sul momento furono sconcertati, perché anche i gemelli pensavano che, tempo un altro giorno o due, anch'essi avrebbero finito e sarebbero partiti. Assolutamente non se ne parlava: Nani disse che aveva ancora bisogno di loro, oh sì... del loro talento!

"Caspita... ma che, dobbiamo di nuovo starcene qui a sgobbare senza essere pagati? Ma che sta a dì..." pensò alquanto perplesso Cesco. Ma continuò a far parlare il conte, il quale si rivolse a tutti con fare abbastanza perentorio, quasi non tollerasse alcuna lamentela o disquisizione.

«Bene... ascoltatemi tutti eh! Ho bisogno ancora di voi. Comincio con voi e poi chiamerò gli altri artisti, un po' per volta a gruppi. Mi serve la vostra collaborazione, non dubito che me la darete!» disse sistemandosi gli occhiali dalla montatura cerchiata e tirando su l'aria col naso come per prendere un bel respiro. «Desidero che rimaniate qui ancora, per poter partecipare attivamente al "lavoro di gruppo" che ho in mente già da tempo. Si tratta di dipingere alcuni pannelli che ho già predisposto, ma questa volta insieme, in modo che se due lavorano in un pannello, avremo il risultato di un'opera eseguita a quattro mani e sarà un'esclusiva artistica non indifferente. Quindi unitevi, sceglietevi il compagno e fate ciò che vi viene in mente: create insieme, progettate liberamente, date sfogo al vostro estro nel meglio che potete, alla maniera di uno schizzo...» fece una pausa di riflessione, come per cercare una parola nell'aria e poi continuò: «... sì sì... una realizzazione pittorica fresca, libera, schizzata... un'idea gettata lì sul momento, magari un abbozzo di colori e forme, ma comunque spontanea e piacevole tecnicamente. Avete capito? Vi voglio insieme: un laboratorio collettivo da provare e sperimentare. Oh sììì... e poi questi pannelli saranno destinati alle pareti laterali del teatro, quando sarà ultimato l'Alexander Museum Palace Hotel!»

«Ma conte, ci scusi, noi ancora dovremo finire la nostra stanza, ci manca pochissimo!» avanzò Nicola.

«Appunto, bene bene, per questo avrete dei giorni in più per rimanere. Chi deve finire, può continuare nella sua stanza, ma può anche staccare per venire a lavorare ai pannelli e quindi all'esperimento di laboratorio comune.»

«E quando inizieremmo?» chiese Alfonso leggermente preoccupato. Insomma c'era ancora da faticare senza essere pagati!

«Eeeh, sia chiarooo...» proseguì il conte a braccia conserte «...non prendetela come un vero e proprio lavoro, desidero che sia un relax per voi e un vero divertimento!»

«E quando inizieremmo?» ripeté Alfonso.

«Da domani! Ah, vedrete che esperienza! Questa è una delle tante idee che ho per la testa; vedrete in futuro... e non vedo l'ora di porle alla vostra attenzione!» disse questo facendosi quasi paonazzo.

«Conte, io credo che la cosa può essere interessante ma... sai, insomma...» Cesco non sapeva come proseguire, o meglio, quali parole più opportune scegliere, poi si decise a continuare: «...dicevo, poi, alla fine, che ci viene di ritorno a noi?»

Il conte sobbalzò e poi tuonò: «E per la miseria!, che vi aspettate soldi? Si lavora per il bene e la passione comune! Lavorerete per sentirvi partecipi di un grande progetto e ciò vi basti. Ho detto sin dall'inizio che qui tutto si fa per amore dell'arte e della cooperazione, dell'amicizia e per il piacere di... di... di...»

Il conte si era incantato come un vecchio disco al vinile e poi riprese: «...di spirito di contributo per... ottenere risultati eccellenti... e perché quando mi metto una cosa in testa io, nessuno mi deve contraddire e non ci voglio rinunciare. Quindi ve ne pregooo, datemi questo vostro sostegno e i pannelli rifletteranno la vostra passione per il vostro ammiraglio Nani... per il contributo che date per coronare il grande progetto dell'Alexander Museum Palace Hotel... che sarà un trionfooo! Capitooo!?...»

Nani aveva un'espressione quasi estasiata quando terminò, e nella sua enfasi e nel suo delirio momentaneo divenne ancor più rosso in viso e tutto il suo corpo pareva mosso da fremiti di piccole scosse elettriche.

Ciuzza non ce la fece più e cominciò a ridere come una sguaiata, i gemelli fecero altrettanto venendone contagiati; Antonio ammutolì e Francesco pure. Samantha tratteneva a stento il riso, Lucienne sbadigliò e poi si nascose da qualche parte, Angela la seguì sparendo con lei per le scale. Ma vi fu un momento in cui Alfonso, che, discostandosi dal clima di ilarità generale, aveva assunto un'aria seria e accigliata, con sorpresa di tutti prese a protestare energicamente per il fatto di non essere pagati. Si infervorò di indignazione talmente tanto che, per un istante, persino il conte rimase incapace di controbattere. Il pittore disse che era uno sfruttamento inaudito quel continuare a farli lavorare senza una minima retribuzione. Nicola tentò di placarlo senza risultato. Alfonso sembrava avere sciolto ogni inibizione continuando a recriminare e a ribellarsi! Nani per contro colse Alfonso di sorpresa limitandosi a battergli la mano sulla spalla e a dirgli:

«Bravo! Mi piacciono le persone fervorose che difendono i propri diritti. Avrete le vostre ricompense a tempo debito, parola di conte! Ora andate e fate quello che vi ho chiesto.» Lasciò il gemello senza possibilità di replica, e quando tentò di aggiungere qualche cos'altro, venne interrotto dal fratello che, con voce accomodante, disse:

«Conte... O.K., O.K. ...e dove lavoreremo?»

«Lavorerete in teatro, è lì che vi porterò!»

Ci fu un silenzio agghiacciante. In teatro? Non capirono perché, era più logico nel laboratorio dell'Alexander, quello gestito dal signor Lino.

«Avevo annunciato giorni fa ai gemelli e a Borel che avrei loro mostrato il teatro. È arrivato il momento, dunque. È lì che lavorerete perché i pannelli sono destinati alle pareti laterali del teatro. Il luogo vi ispirerà di certo. Sarete liberi nella tecnica, ma il tema deve essere inerente all'arte scenica, al teatro per l'appunto. Domattina alle nove vi voglio all'Alexander, tutti puntuali per iniziare i pannelli!»

«Va bene Nani e il materiale?...» chiese Antonio.

«Lino e Cosetta vi faranno trovare tutto ciò che vi serve: pennelli, acrilici, colori ad olio, smalti ad acqua... tutto. Vi ho mai fatto mancare nienteee?»

«Certo che no.» rispose Antonio con un mezzo sorriso, lisciandosi i baffetti nerissimi.

«Bene, a domani allora, ora se mi volete scusare, ho altro da fare...» se ne andò girando su un tacco.

La mattina dopo vi fu un gran fermento. Tutti, con una discreta puntualità, si trovarono davanti alle due scalinate dell'Alexander, rivestite in moquette verde. C'era Lino, Cosetta in tuta da lavoro, poi Oreste Boccioni, l'avvenente signora Rosanna Pini, Aldo Marabini, naturalmente la critica d'arte Rosalba Corda e gli artisti; Ciuzza e Lucienne comprese, naturalmente. Com'era difficile ora, per i quattro amici, comportarsi in maniera disinvolta, cercando di rimanere seri di fronte a quei due docenti che avevano partecipato all'orgia! Nani pareva smanioso e i suoi movimenti erano scattanti, nervosi e parlava con voce stentorea. Si informava da Lino se i pannelli fossero stati disposti come lui aveva chiesto, giù in teatro. A Cosetta chiedeva ripetutamente del materiale, dell'acqua nei secchi, poi si rivolgeva agli insegnanti, all'architetto compreso, dicendo: « Potrete vedere gli artisti direttamente all'opera, sarà per voi di notevole interesse, perché entrerete in stretto rapporto con l'opera, in quanto sarete a disposizione dei mie pittori, qualora volessero da voi attingere nozioni riguardo il teatro e trarne ispirazione per il lavoro...»

«Nani, come ci accoppiamo?» chiese Samantha. A Cesco venne da ridere, pensando al doppio significato della parola, lanciando un'occhiata a Ciuzza che questa volta rimase serissima. «Allora, statemi a sentire...» riprese il conte con ampi gesti che volevano richiamare l'attenzione di tutti: «Non siete in molti, ma dovete lavorare accoppiati. Dovranno venir fuori opere a quattro mani.

Intendo far emergere al massimo lo spirito di gruppo. I pannelli da dipingere sono diversi, per cui, nei prossimi giorni, chi ha lavorato in un pannello con un collega, nel successivo pannello si unirà ad un altro compagno, o compagna; voglio che nessuno rimanga a dipingere da solo, lo proibisco ca-te-go-ri-ca-men-te. Intesi? Non desidero fare io le coppie, siate voi a trovare in un collega intesa di esecuzione...»

«Ma Nani...» intervenne Nicola prontamente. «Gli stili di ognuno sono diversi. Propongo che si formino coppie di artisti con stili affini, altrimenti viene fuori dell'incoerenza stilistica...»

Il conte si trasformò nei connotati urlando: «Cooosaaa?! Non voglio sentire queste teorie insulsotteee! Ti ho detto Vaccari che ci deve essere spirito di gruppo, lo stile non deve creare scioccamente delle discriminazioni espressive, diavolinooo! Non transigo, altrimenti sarò io a destinarvi a voi due un compagno.» concluse il conte Nani. Gli altri in silenzio ascoltavano un poco intimoriti. Ciuzza sussultava, ma non rise, riuscì a trattenersi.

«Senti Nani...» replicò Nicola con tono agguerrito: «io il quattro mani lo faccio solo con mio fratello!»

«Cosaaa?! Questa volta vuoi farlo tu il contestatoreee? Vaccariii.... ehiii nooo!» Nani reagì male, prese quasi a saltellare e a spettinarsi con gesti disordinati.

«Ho la mia etica professionale. Consento solo a mio fratello di lavorare con me e a nessun altro!» fu la risposta screditante e perentoria del pittore.

«Allora fuoooriii!!! Tu non partecipiii... torna in albergo e buonanotte alle giuggiole! È finitaaa! Via, iniziamo senza di lui...» poi rivolgendosi al fratello: «Anche tu abiuri?...» e restò lì fermo col dito puntato su Alfonso, come bloccato, incantato in un'unica smorfia dolorosa, in attesa della risposta del fratello, che tardava a venire. Tutti stettero col fiato sospeso, paventando una catastrofe.

«Senti Nani...» disse poi garbatamente Alfonso «...io dico che la penso come mio fratello... anch'io, affermo, che solo con lui ho una perfetta intesa di lavoro. Ma convengo anche con te. Voglio dire...» a questa frase a Nani si sbloccarono i connotati, e la smorfia mutò in una espressione di mezza supplica «...se si è qui nello spirito del gruppo non trovo nulla di male se questa volta anche noi cambiamo collega... potrebbe venirne fuori una cosa anomala!»

«A-anomalaaa?» chiese il conte sospettoso, non ancora del tutto sfuriato.

«Sì, voglio dire... di diverso, di atipico!»

Il conte si sbloccò e aggiunse sollevato: «Sì, adesso ragioniamo, bravo!»

Ma Nicola tornò con la polemica. Si era orgogliosamente impuntato.

«E va bene, ma mi sembra imposizione fascista, questa. Un artista non deve lasciarsi manovrare da nessuno, mai accettare di fare quello che la sua coscienza non gli detta di fare!»

«Ancoraaa? Io fascistaaa... eeeh nooo, hueiii... coscienzaaa... chi credi di essere? Presuntuosooo!» Nani si infuriò di nuovo. Ciuzza si dovette allontanare perché non ce la faceva più. Gli altri non osarono pronunciar parola a riguardo. Boccioni solo balbettò qualcosa ma nessuno ci fece caso.

«Basta, so cosa difendi in te Nicola. Ti appoggio nel tuo ragionamento, ma dai, proviamo a infrangere la regola... uniamoci questa volta allo spirito di gruppo!» disse Alfonso per sedare la baruffa che parve lì lì per degenerare.

«Bravo, bravo, bravo... queste son parole!» urlò il conte nasale.

«Va bene, ma solo per non far torto ai miei colleghi, che stimo...»

«Bravi!» esclamò Antonio.

«Bravi cicci!» disse Samantha.

«Dai gemello che ci divertiamo, holè!» sparò alto Angela rollando una sigaretta.

Nani guardò Nicola fosco e si diresse a grandi passi verso il lato destro dell'edificio, ove c'era la scala in ferro che portava al laboratorio di sopra. Tutti lo seguirono muti e concentrati, come se andassero a dare un esame. Vi si fermò sotto, estraendo le chiavi per aprire la porticina in ferro che li avrebbe condotti nel sotterraneo sino al teatro. A Cesco, Ciuzza, Nicola e Alfonso gli venne in mente la figura di Romano che apriva la porticina dello studio di registrazione Deposito Uno, e parve loro di scivolare nella densa e oscura voragine di quella notte, ove avevano visto l'inimmaginabile!

CAPITOLO IX

CAPITOLO IX

Quando entrarono furono presi da un leggero tremito di apprensione: si trovavano dentro allo stanzone che vedevano per la prima volta e che li riportò, per associazione di idee, al luogo ove quella notte si era consumata l'orgia. I due gemelli sentivano il cuore battere più forte. Cesco e Ciuzza si guardavano l'un l'altra mentre avanzavano muti. Il conte Nani entrò con disinvoltura e si appropriò dello spazio riempiendolo della sua ieratica e autorevole immagine. Lo stanzone del teatro era abbastanza grande, più di cento metri quadri. Le pareti erano pitturate di bianco con qualche scrostatura dell'intonaco; tubi del riscaldamento color ossido correvano lungo il perimetro, sfiorando il soffitto. Il teatro era illuminato da lunghi tubi al neon. Tutto, un giorno, sarebbe stato sistemato e tirato a nuovo. Frontalmente stava il palco, in legno scuro, rettangolare e sopra di esso v'era una pedana rialzata rotonda. Dietro, come unica scenografia, stavano ben in vista due sculture realizzate dal conte Nani. Erano due manichini in grandezza naturale in vetro resina, maschio e femmina senza abiti indosso, verniciati di smalto scarlatto. Poi altre due sculture in metallo piuttosto alte: i colori erano vivaci e brillanti e le forme che si slanciavano ora dritte e ora inclinate verso l'alto, erano – per la prima scultura – squadrate come sottili parallelepipedi e per la seconda erano come esili tubi. Provenivano dal laboratorio personale del conte. Il sipario era aperto e i pesanti tendaggi erano di un colore rosso antico. Sopra si intravedevano gli impianti delle luci stroboscopiche e neon a Wood. Alle pareti poca mobilia: solo un grosso armadio sulla destra, che sicuramente conteneva costumi e oggetti per le scene; sulla sinistra una larga libreria ricolma di pesantissimi libri impolverati e che parevano molto vecchi. Seguivano sedie un po' sparse disordinatamente e un divano a tre posti, dal colore verde, in alcantara, che capeggiava in fondo alla stanza, con delle maschere e un mazzo di fiori di plastica, dimenticati sopra ad uno dei cuscini. Non vi erano ancora le file di poltroncine come ogni teatro che si rispetti possiede. Anche queste un giorno sarebbero state installate. Accanto al divano, c'era la consolle di mixaggio per la musica e per il controllo delle luci. Sotto al palco, una ad ogni lato, stavano due casse stereo di vecchia costruzione. Poi, una fila di tavoli lunghi, quattro in tutto, era disposta al centro del salone e sicuramente erano stati messi lì per permettere ai pittori di lavorare. Infatti su di essi c'erano sistemate delle scatole di cartone con dentro barattoli e tubi di colore con pennelli ed altro occorrente da belle arti, assieme a secchi e rotoli di carta assorbente. Accatastati a ridosso di un muro vicino all'entrata stavano dei lunghi pannelli già preparati con idropittura bianca, pronti per essere dipinti.

La scenografa Rosanna Pini sedette su una delle sedie disposte in fila lungo le pareti, assieme all'architetto Aldo Marabini e come se stessero in un salotto privato, senza prestare attenzione agli altri, cominciarono a parlare fra loro gesticolando ogni tanto, indicando lei qualcosa e lui rispondendo col cenno del capo, incuranti d'altro che non fossero i loro discorsi tecnici.

Oreste Boccioni, regista, subito salì sul palco e sparì dietro le quinte con un ragazzo giovane, un tecnico delle luci e con una certa animazione, a voce alta (lo si sentiva), si mise a dare ordini al giovane chiedendo di disporre oggetti ora qui ora là, chiedendo di spostare, di cambiare, di perfezionare, di ispezionare. I gemelli, Cesco e Cinzia, senza farsi notare, osservavano di soppiatto sia la Pini che Boccioni e meditavano su quanto possano apparire diverse le persone, ricordandole nelle loro spudorate effusioni orgiastiche! Nani in quel momento, stava indicando i tavoli e spiegando ai pittori per l'ennesima volta cosa dovevano fare e come dovevano agire, mostrando i colori e tutto il materiale di lavoro. Girava per i tavoli con passo leggero, seguito dalla critica Rosalba Corda, voltando lo sguardo un po' dappertutto, indicando, spiegando, con vivacità e molta partecipazione nonché spirito organizzativo.

Nani, artigiano delle sensazioni, artista di programma di vita, di distillazioni del cuore, creatore di possibili passatempi in libertà, conoscitore di sé e del sé, amante del bello che si rincorre da sempre, vivo spirito dell'ironia capricciosa, maestro di assonanze ritmiche e di giochi verbali, vate dell'affettività e dell'impeto, sostenitore delle verità inventate e dell'arte-ironia ora era lì che teneva in pugno i suoi artisti e li stava impegnando in un libero sfogo creativo collettivo.

Lino e Cosetta erano a disposizione, in giro per lo stanzone del teatro, appena qualcuno avesse chiesto loro qualcosa. Intanto i secchi erano già colmi d'acqua e stavano arrivando le tavolette di legno compensato, che i pittori avrebbero usato come tavolozza per mischiare i colori. I colori erano rigorosamente ad acqua, ed erano vietate le bombolette spray alla nitro.

Cominciarono gli accordi per abbinare le coppie. Cesco fu messo assieme ad Alfonso, Nicola accettò ora di staccarsi dal fratello e fu accoppiato con Samantha; dopo un po' di confabulazione e di chiacchiericcio disordinato, Antonio si mise con Angela, mentre Lucienne e Cinzia avrebbero dato una mano alle tre coppie contemporaneamente.

«Mi raccomando, lavorate con libertà ma con serietà... perché questi vostri lavori andranno poi un giorno ad abbellire il teatro, quindi i pannelli dipinti verranno tutti esposti qui!» disse il conte Nani a voce alta camminando fra i tavoli. L'atmosfera si fece presto gioviale e quasi festosa, e gli animi si accesero, insinuandosi in loro il piacevole desiderio di creare, di fare pittura insieme. Il lavoro doveva essere fatto con disinvoltura, in modo istintuale, gettando lì per lì le proprie idee senza troppo preoccuparsi di fare chissà quali "capolavori". Era come un divertimento liberatorio. Nani l'aveva pensata bene!

Tutti cominciarono ad organizzarsi coi loro camici indosso e prendendo posto al proprio tavolo assegnato, ove era stato messo, disteso, il pannello da dipingere. Nani si avvicinò a Cesco e ad Alfonso i quali si accorsero di avere non un pannello rettangolare ma rotondo, e allora, prima ancora di chiedere spiegazioni, il conte disse loro: «Come vedete il vostro è rotondo. L'ho fatto preparare apposta da Lino perché voglio che qui venga rappresentato il simbolo della Rosa dell'Est. Come sapete è il simbolo della scuola di Teatro sperimentale che rappresenterà una delle tante novità del futuro Alexander Museum Palace Hotel.

Verrà appeso all'entrata principale, ben in vista. Quindi datevi da fare e fate qualcosa di bello, pressappoco come tu Borel hai saputo realizzare in una delle pareti della tua stanza. La Rosa dell'Est... sì, la Rosa delle mie fanciulle che un giorno daranno bei spettacoli

di intrattenimento per allietare le serate degli ospiti dell'Hotel Alexander!» Nani concluse sorridente e visibilmente appagato. Cesco sorrise e annuì e quando il conte si spostò da loro disse sghignazzando al compagno: «Sì... serate, spettacoli, chissà che hanno in mente quelle *troiette* per fare divertire la gente!»
Alfonso rispose a voce bassa: «Ma dai... ih ih ih, saranno sicuramente spettacoli normali, di teatro d'avanguardia. Una volta eretto il nuovo hotel, forse i balletti rosa finiranno! Tu che ne dici Cesco?»
«Ah boh, a me non dispiacerebbe se rimanessero!»
«Anche a me... ih ih ih» e continuarono a ridere per un altro po'.
Antonio usò delle tonalità molto accese, facendo uso di tantissimi colori, i più vivi della tavolozza, li scelse quasi tutti. Il suo stile era del tipo naïf, dove la natura, il paesaggio e le case assieme a palazzi o campi o fiori, creavano una sorta di caleidoscopio di forme che si incastravano l'un l'altra e colori che esplodevano quasi a dismisura. Così chiese a Angela di accompagnarlo in questa sua irruente creatività, pur lasciandole spazio e libertà di esprimersi personalmente. Angela acconsentì, anche perché sapeva che era meglio farsi guidare dal collega molto più navigato di lei professionalmente. La ragazza sapeva realizzare bene le figure umane e il suo stile era abbastanza sobrio, vicino a quello delle immagini pubblicitarie della pop art. Lei usava pochi colori ma comunque intensi e vivaci. Cominciarono e, se pur con un po' di timidezza lei e con maggior sicurezza lui, pian piano realizzarono un paesaggio fatto di case e monti, campi, con fiori giganteschi e sopra, un cielo attraversato da un arcobaleno; alla destra, in alto spiccava un sole radioso e ridente e a sinistra vi era appesa una luna languida e argentata. Ai lati un sipario aperto fatto da tendaggi rosso vivo e in terra c'erano stilizzate due grandi maschere. Nicola e Samantha invece pure se la stavano cavando bene; la guida maestra era la mano di Nicola, mentre Samantha cercava di fare del tutto per non deluderlo anche se la sua mano era un po' titubante e come intimidita, ma presto si sciolse. Lei si esprimeva con uno stile simbolista e astratto, mentre Nicola proponeva il suo inconfondibile neo realismo. Alla fine ne venne fuori un paesaggio notturno urbano, con fari e auto in lontananza, costellato da grandi stelle stilizzate che volavano come aquiloni, dorate e preziose, leggere e circondate da raggi sottili come fili.

«Per improvvisazione s'intende, in senso generico, l'atto di creare qualche cosa mentre la si esegue, in maniera spontanea o casuale. I contesti in cui l'improvvisazione viene più spesso utilizzata sono la musica, il teatro, ma anche la danza, la pittura e numerose altre forme artistiche.» spiegava intanto Rosanna Pini girando ora attorno ai tavoli.

Cesco e Alfonso cercarono all'inizio di trovare quella sintonia stilistica che effettivamente era difficile raggiungere, visto quanto i due pittori erano diversi, sia in maturità artistica che nello stile; ma piano piano ci riuscirono. Nel pannello rotondo Francesco, al centro, disegnò una grande rosa con uno stile surrealista, quindi con petali che parevano lamine e uno stelo quasi metallico, come fosse un fiore meccanico; tutto intorno come sfondo Alfonso dipinse uno scorcio notturno, ma a differenza del fratello, ambientato in una strada buia di campagna, dove da lontano spiccavano, come occhi inquietanti, i fari abbaglianti di un'auto in avvicinamento. La mano di Alfonso era senz'altro più sicura e veloce ma Francesco, dopo i primi ragguagli ricevuti e un po' di tentennamenti, riuscì a dipingere la sua Rosa dell'Est con una certa facilità, ottenendo anche un risultato più che discreto. I petali erano di un rosso vivo con riflessi metallici e lo stelo aveva spine che parevano piccole punte di lama aggiunte. Attorno alla rosa aveva infine rappresentato delle piccole lingue di fuoco. In verità l'effetto dell'insieme era abbastanza inquietante.

Lucienne e Ciuzza giravano tra i tavoli soffermandosi a lungo a guardare il nascere e il proseguo di ogni opera. L'odore dei colori si stava espandendo per il locale: vennero distribuiti da Lino guanti da chirurgo per sporcarsi di meno. Oreste Boccioni passeggiava affianco al conte attorno agli artisti chini sui loro pannelli.

«Avantiii, sììì... bello questo, cosìì, fate sgorgare la vostra intuizione, il vostro talento, dilatate le idee, esprimetevi liberamente, siate spontanei, ragionate ma improvvisate, date libero sfogo alla vostra creatività, e tutto questo sarà un giorno ammirato dal pubblico del teatro delle Rose dell'Est!» si infervorava Nani con ampi gesti, a voce alta.

«Ecco sììì! Un gruppo affiatato... andiamo giovinottiii!» si sentiva ripetere Boccioni.

«Per gli artisti dell'Alexander: hip-hip... hurràaà!» esplose il conte Nani, che era salito su una seggiola ed agitava in alto il braccio destro col pugno. Ci fu un fragoroso hurrà da parte di tutti, potente e prolungato.

Ognuno lavorava impegnato e concentrato, con impeto e slancio, ed il conte era ben lieto di vederli così calati dentro al proprio dipingere. Li ammirava estasiato, si sentiva carico di entusiasmo, certo di aver contagiato tutti della stessa eccitazione. Perciò si riempì di orgogliosa soddisfazione per la vista di quel gruppo di artisti, che per lui si davano tanto da fare! Nicola venne raggiunto da Nani, il quale lo baciò affettuosamente sulla guancia. Il pittore lo abbracciò, e pace venne fatta. Nani era così: prima scoppiettava di iraconda veemenza, poi con la stessa intensità ti elargiva slanci di affettuosa stima. Quando sapeva con chi aveva a che fare, naturalmente. L'armonia fu presto ristabilita. Strano a dirsi, ma quei giovani pittori, che lavoravano senza alcun compenso, parvero immedesimarsi nel loro operato pittorico al punto da svolgerlo con impeto autentico. D'altronde si sa, gli artisti sono mossi da un moto d'animo che prescinde dal vantaggio di un compenso. Lo spirito muove le mani in una forza che genera lo stupore del pragmatismo, in uno stato di dionisiaca passione. Alfonso vide uno scintillio sulla tavolozza in compensato, qualcosa di vibrante e tagliente, come una rifrazione troppo intensa di luce, che gli fece sbattere le palpebre. Cesco pure se ne accorse e guardò interrogativo l'amico. Poi Alfonso si volse e seguì con la coda dell'occhio un raggio obliquo e insistente, che si apriva ad angolo acuto percorrendo la stanza, sopra la sua testa. Si accorse degli altri che si voltavano e guardavano in su. Qualcuno sorrise, come aspettandosi da un momento all'altro qualche nuova rivelazione. Nicola guardò in alto e puntò poi lo sguardo sul fratello: «Là!» e indicò il cabinotto delle proiezioni. L'obiettivo accecava con una luce bianca azzurrognola gli sguardi che incrociava. Nani si parò col palmo della mano al di sopra delle palpebre. Urlò: «Chi è lassù?!»

«Ne ha inventata una delle sue...!» disse Cesco immobile, guardando la luce.

«Chi c'è lassùùù?!» ripeté il conte con espressione preoccupata.

Un rumore sordo, un sibilo tra il vocio dei presenti nella sala del teatro: un tonfo, una tavoletta che cade, barattoli che rimbalzano battenti, esclamazioni di stupore, poi di spavento. Antonio giaceva a terra, immobile, bocconi. Nicola e Alfonso gli si chinarono affianco, Cesco impallidito chiamò aiuto. Tutti raggiunsero l'amico collega steso a terra: «Fate largo, per carità, fate largo...» sopraggiunse Nani esagitato.

«Lassù, al cabinotto, c'era qualcuno!» urlò Boccioni.

«C'era il proiettore acceso poco fa, ed ora è spento!» sbraitò Nicola. Angela e Lucienne guardarono atterrite Antonio per terra che non si muoveva, con del colore sulla testa. Troppo fluido! No, era sangue! Anche le dita della mano destra erano tinte di rosso. Angela cacciò un urlo, e pure Samantha urlò terrorizzata.

Nani esaminò con la mano tremante il pittore. Un foro sulla nuca: «Mio Dio!!! Qualcuno ha sparato dal cabinotto. Linooo... presto, vai al cabinotto, corriii... Dio, Dio, Dio mio... hanno sparato ad Antonio!»

I gemelli avvicinandosi di più al cadavere notarono da vicino con terrore l'orribile fatto: Antonio giaceva riverso con gli occhi semichiusi con un rivolo di sangue che si stava raggrumando e colava dalla nuca. Teneva un pennello ancora stretto nella mano destra e gli occhiali a fondo di bottiglia erano caduti vicino a lui, accanto alla spalla sinistra. La scenografa Rosanna Pini aveva le mani sulla testa e con voce strozzata, guardando il pittore disteso scompostamente fra i tavoli, ripeteva disperata: «Oddiiio, oddio, oddiooo!» Aldo Marabini, l'architetto cercava di portarla via abbracciandola e con un'espressione truce in volto cominciò a spingerla verso l'uscita. Il regista Oreste Boccioni pareva il meno agitato di tutti, come se quello che stava succedendo facesse parte di una rappresentazione teatrale normalissima; cominciò a sculettare per l'intera stanza andando in giro quasi a caso, senza una direzione precisa, accendendo le luci dei fari per illuminare la scena e poi si mise ad alzare le braccia dicendo con gli occhi puntati in aria: «Oh cielooo, chi sarà stato a commettere questo orroreee? Che qualcuno prenda il responsabile... nel mio teatro poi... oh cielo benedetto!!!»

Tutti gli altri restarono attorno al povero Antonio e Nani chino su di lui diceva in preda all'ansia: «State lontani, suuu, vi prego, aria, non toccatelo. Larghi, larghi!!!»

Così afferrò il cellulare e chiamò qualcuno del personale portandosi in un angolo dello stanzone. Angela piangeva, abbracciata a Lucienne e diceva singhiozzando:

«Antonio poverooo, era lì che stendeva le ultime pennellate, e poi improvvisamente quella luce... e si è accasciato! Sembrava stesse svenendo! No, no, no!!!»

Rosalba Corda aveva il volto tirato ed era ammutolita, non sapeva che pesci prendere e cercava di stare il più possibile vicina al conte. Gli si era incollata.

Cesco prese a sbattersi i palmi delle mani sulla faccia assai sconvolto e ripeteva:

 «Cazzo, e che cazzo nooo... me lo sentivo io mo'... lo sapevo io che prima o poi qualcosa di terribile sarebbe accaduto! E mo' pure il morto, mo'! Cazzo, cazzo...!» Ciuzza sino a quel momento si era tenuta in silenzio, ammutolita ma con gli occhi sbarrati. Poi improvvisamente cominciò a bisbigliare qualcosa di incomprensibile, bloccandosi e cominciando a tremare tutta, sino a che scoppiò in un attacco isterico incontrollabile. Ora parlava da sola, immobile, fissando un punto indefinito e con le mani incollate al tronco a pugni stretti diceva: «Non ce la faccio più io... cosa faccio io qui... ci ammazzano tutti, tutti ci fanno fuori! Ci ammazzano, ci ammazzano, ci ammazzano e non posso stare qui io... non possooo... no nooo!»

Francesco se ne accorse e la raggiunse subito. Poco dopo entrò altra gente, due uomini, probabilmente due medici che erano stati chiamati, arrivarono di corsa con le loro borse e si inginocchiarono davanti al cadavere.

Ciuzza ora urlava e una bavetta le usciva dalla bocca. Cesco cercò disperatamente di calmarla tentando di abbracciarla, ma lei gli diede uno scossone tremendo, tanto che riuscì a sbilanciarlo.

«Oooh, Cì che caspita fai per la miseria, calmatiii!» si mise a urlare stravolto in viso.

Cinzia Cavallini iniziò a camminare barcollante, tinca, rigida, muovendo solo gli occhi e avanzava a scatti, come uno zombi e ripeteva da povera ossessa: «Ci uccidono... aiutooo... è finita... ci uccidono, ci uc... ci... do... nnn...» e cadde come un sacco floscio, svenuta. Cesco sbottò in preda ad un attacco di nervi e, con Nicola e Alfonso che cercavano di sedarlo con le parole, continuò ad urlare: «Mo' basta però, e mo' non ce la faccio più io... ma che merda di faccenda è questaaa... Cinzia-

aa... mo' che faiii svieni?!... oh Cì... Cì!!!» Il povero Francesco Borel, non sapeva che fare; la prese per la camicetta e cominciò a scuoterla e lei fortunatamente si rianimò aprendo gli occhi gonfi e disse: «Mi date una sigaretta?»
In quel momento si avvicinò ai quattro Cosetta, assai spaventata anche lei. La voce le tremava. Disse sforzandosi di parlare con una certa calma: «Forza ragazzi, è meglio che usciate e non fate caos per favore. Non è proprio il momento.»

LA ROSA DELL'EST COLPIRÀ
E NEL SANGUE NOVELLO
TINGERÀ I PETALI SPENTI,
AL RAVVIVAR DEL SUO CARNATO
UN DIPINTORE SBIANCHERÀ!

Era un tafferuglio mai visto. Quelli del 118 si diedero da fare attorno al corpo rigido. Ne confermarono il decesso, e una gran pena affiorò negli occhi di tutti. Antonio uscì dalla scena del teatro e da quella del mondo. Un bravo artista era stato ucciso! Ora erano in molti a ripensare all'infausta frase e con terrore ne constatarono la veridicità. Stava arrivando la polizia. Nani era fuori di sé. Pregò tutti di uscire e di sostare nel corridoio antistante il teatro, mentre stava arrivando trafelato Lino, il quale disse: «Signor conte, ho guardato dappertutto, ma l'assassino se l'è filata!»
«Dannazione! Grazie Lino! Tu e Cosetta uscite ora, restate là fuori in attesa. Devo incontrare il commissario, sarà qui a momenti...» Il conte era colmo di sgomento.
Quando il commissario arrivò, accompagnato da due giovani poliziotti, il teatro era vuoto. Lo stava aspettando il conte da solo, anche quelli del 118 erano usciti. L'uomo, un signore dalla carnagione rossastra e chiara, capelli biondo cenere, alto e magro, sulla cinquantina, era il commissario Amedeo Cerriti. «Signor conte, buongiorno. La cosa è grave, un fatto molto increscioso...»
«Purtroppo, signor commissario. È avvenuto così orribilmente sotto gli occhi di tutti, ma nessuno ha visto nulla. Povero ragazzo, che tragedia! Sono scosso, temo di non avere le forze per affrontare tutto questo...»

«Si calmi signor conte. Da dove sarebbe venuto lo sparo?»

«Da là...» indicò Nani. Cerriti guardò in quella direzione e vide il finestrino del cabinotto.

«Non si è udito nulla. L'arma aveva il silenziatore probabilmente.»

«E mi dica, ha idea di un qualche motivo perché qualcuno volesse uccidere... Antonio?»

«Antonio Pinto, signor commissario.»

«Eh, precisamente. Ha idea?»

«No, non saprei proprio. Faceva parte del gruppo dei miei artisti che ho ingaggiato per decorare il mio albergo. Siamo tutti uniti e nessuno di loro è un delinquente.»

«Sì, ma forse qualche gelosia da parte dei colleghi?»

«Ma no, ma nooo! A parte che tutti erano qui presenti, nessuno era assente, di loro. Sono ragazzi e ragazze in gamba e per bene...»

Il conte faceva fatica a procedere. Era talmente sconvolto che sembrava non riuscisse bene a seguire il filo delle sue stesse risposte.

«Può esserci qualcun altro esterno o interno al personale dell'albergo che volesse uccidere il Pinto. Lei ha due alberghi, vero? E sono entrambi frequentati dai ragazzi?»

«Sì, tutti pernottano e alloggiano all'Hotel Savoy e vengono qua a lavorare per me, all'Alexander...»

«Mmm... quindi qualcuno che fa parte del suo personale di entrambi gli alberghi, che lei sappia, può aver avuto motivi per uccidere?»

«Che ne so io? Tutto il mio personale è scelto da me e le posso garantire che sono persone ammodo, fidate e integerrime...»

«Lo vedremo, signor conte. Intanto deve venire con me al commissariato per una deposizione accurata. Lei è noto qua a Pesaro, ed è nota la sua attività, anche quella riguardo l'appalto dell'albergo museo che sta costruendo. Qualcuno forse non ce l'ha con lei per quello che sta creando, ma con chi per lei stesso lavora... tanto da uccidere uno dei suoi pittori. Bisogna che lei mi spieghi per bene molte cose, signor conte.»

«Sì, certamente, verrò immediatamente al commissariato di polizia. Prima però mi fa parlare con i miei collaboratori, col personale?»

«Certo...»

Dopo poco iniziarono a muoversi.

«Si va al commissariato, c'è un'Alfetta qua fuori.» disse il commissario serio in volto.

«Eccomi, sono pronto.» disse il conte Nani ora pronto a partire.

Quella mattina tutto si impregnò di un sentimento di grande sconcerto e la spensieratezza e il brio di poco prima si tradussero in una cappa di forte apprensione e di scoramento. Era caduto il buio, era sopravvenuta la paura, si erano diffusi tra loro i fumi tossici del dubbio, dell'incertezza, del sospetto reciproco e di una tragedia annunciata.

Ora l'Hotel Alexander acquistava i colori del giallo e si coprì per tutti di una coltre di ignoto. Il commissario Cerriti ordinò che da quel momento nessuno intralciasse le indagini restando nello stanzone del teatro e così pure sarebbe stato per i prossimi giorni: niente attività teatrali, niente lezioni, e nessuna frequentazione da parte di alcuno. Diede quest'ordine che il conte fece rispettare suo malgrado, nonostante le lamentele del regista Oreste Boccioni, il quale ripeteva: «Questa non ci voleva, non ci voleva!»

Tuttavia chi doveva lavorare alle proprie stanze poteva farlo ma senza muoversi da lì. Gli animi erano stati ormai avvelenati dall'incredibile accaduto e i pittori vennero presi da sconforto e quasi da una nausea persistente, che tolse loro entusiasmo e la serenità indispensabili per proseguire bene il loro lavoro. Il giorno dopo si astennero dal dipingere e non si recarono all'Hotel Alexander; il conte comprese, naturalmente. Comunque sia per Cesco che per i gemelli, di lavoro ne era rimasto molto poco, tutti avevano quasi terminato la loro stanza.

Il conte Nani per quel giorno non si fece vedere e così pure gli altri suoi collaboratori; ognuno di loro ipotizzò che chiaramente il fattaccio li stesse tenendo occupati, dovendo restare a disposizione della polizia. Nani appariva triste: si diceva che il conte si fosse come rinchiuso in un silenzio tormentato, stretto dentro la gabbia dei suoi tanti pensieri e preoccupazioni. Quell'uomo capace di grinta e determinazione, di un entusiasmo simile a quello di un fanciullo, sempre pronto a creare, ad improvvisare, a tenere le mani in pasta, ad organizzare, a pensare, decidere, fare, costruire, intessendo sogni e speranze e accomunando persone e talenti attorno a lui con spirito ludico, ora si era rinchiuso in un silenzio con cui cercava di sopire l'irrequietezza e la paura che provava dentro di sé. Era penoso per gli artisti saperlo in quello stato. Scelse la solitudine per due giorni restando lontano dalla sua corte e dai suoi sogni, dalle sue ardite idee creative.

Il cabinotto delle proiezioni fu perlustrato a fondo dalla polizia e naturalmente non emersero indizi; il sopralluogo durò per un intero pomeriggio. Comunque sicuramente l'assassino aveva adoperato dei guanti e senza dubbio aveva sparato da lì, aprendo il vetro, rimanendo con la luce spenta all'interno e il fascio di luce che videro tutti era quello del proiettore acceso, che puntava in basso. Ma come aveva fatto ad entrare? La chiave l'avrebbe potuta avere chiunque del personale. Allora, siccome Lino e Boccioni erano presenti in teatro mentre dipingevano i pannelli, prima che accadesse la tragedia, era naturale che loro non c'entrassero. Fu interrogato persino Romano e altri del personale del Savoy, come i presenti al fatto e soprattutto coloro che lavoravano e frequentavano il teatro sperimentale. Per questo la tensione crebbe enormemente, in special modo fra coloro che erano segretamente coinvolti nei festini pornografici. Boccioni ora iniziava a temere fortemente che il commissario venisse a conoscenza delle lezioni e riprese dei cortometraggi allo studio di registrazione Deposito Uno, pur sapendo che le videocassette rimaste in alcuni scaffali, contenevano solo la riproduzione di lezioni teatrali, di spettacoli improvvisati, di esercizi e di prove. Le registrazioni dei festini, delle orge notturne non venivano lasciate mai in giro ovviamente, ma portate via subito da qualcuno ingaggiato da Oreste stesso. Le consegnava ad un fidato collaboratore, un complice che le spediva al mercato clandestino del mondo a luci rosse. I compensi sarebbero stati poi spartiti. Oltre la polizia, lo terrorizzava Ilario Cattanigi, che se veniva a sapere della faccenda, per lui sarebbe stata la fine. Nani fece sapere ai suoi pittori e ad altri che tutti comunque sarebbero stati interrogati e chiamati a raccontare i fatti, a spiegare le proprie mansioni all'interno delle attività del teatro sperimentale e anche a dichiarare la propria storia personale riguardo gli incarichi, le assunzioni, il tempo trascorso a lavorare all'Alexander e anche all'Hotel Savoy e quant'altro serviva a fare chiarezza.
Il conte disse inoltre di avere l'obbligo di riferire tutto sin nei dettagli riguardo il progetto dell'edificazione del nuovo Hotel Alexan-

der. La situazione era davvero scottante! Il conte riferì che anche le ragazze russe avevano affrontato gli interrogatori con coraggio. La faccenda dell'omicidio comunque rimase piuttosto segreta; tutto, da parte del commissario, fu gestito con la più completa discrezione. Ciò per non spaventare quei pochi clienti dell'Hotel Savoy che da poco erano arrivati e per non mettere l'albergo sotto una cattiva luce. Per questo, si sentì dire, fu ordinato dal questore il silenzio stampa e il conte tirò un gran sospiro di sollievo, confidando ai suoi artisti che dentro di sé sentiva un mare turbinoso, come uno tsunami che lo investiva e lo tartassava dolorosamente gettandolo in una grande prostrazione mentale. Ora era evidente nel conte un'espressione di vera paura. Rosalba Corda era in preda all'agitazione e anch'essa tremava; le si leggeva in volto la paura; pareva che la tragedia si fosse insinuata dentro a quel suo mondo di sogni e speranze, con impietoso e terribile, quanto rovinoso accanimento. Cesco, Ciuzza e i gemelli assistettero più volte ai turbamenti della donna. Furono momenti duri e pesantissimi.

Nel frattempo Boccioni dovette telefonare a Cattanigi per sistemare l'imminente sospeso sulla gestione delle ragazze. Prese il cellulare con mano tremante, e compose il numero. Dopo quattro squilli finalmente rispose.

«Pronto.»

«Sono Oreste.»

«Mi dica...»

«Ha avuto quello che le ho promesso. Sono un uomo di parola io!» Deglutì a fatica. «L'ultima busta l'ha ricevuta, ed erano soldi buoni...»

«Oh, certo, buonissimi signor regista!» disse beffardo.

«Senta, per quanto riguarda le ragazze... c'è un problemino, non posso mandargliene per il prossimo sabato, qui... ehm, come dirle... i controlli si sono intensificati... sa com'è!»

«Vada al diavolo! Mi procuri quelle ragazze come le ho chiesto e non mi faccia attendere oltre. Boccioni stia attento e *non meni il can per l'aia*. Faccia il bravo, cerchi di eludere i dannati controlli, sono affari suoi come riuscirci... non interessa a me!» Boccioni prese a sudare, tra il suo orecchio e il cellulare si era formata una acquerugiola oleosa.

«Maledetto! Lo sa che sono inchiodato?... cioè...»

«Inchiodato? Da cosa buffone? Veda di farmi avere una delle ragazze o due, meglio, per il prossimo sabato notte, altrimenti la rovino!» Urlò e la frase si andò a conficcare nella massa cerebrale del regista, il quale chiuse gli occhi e sussultò.
Seguì una risata rauca che tuonò infida nella cornetta. Poi riattaccò. Boccioni rimase col telefonino sospeso sulla tempia ed emise un lamento piagnucoloso.

Nani, il giorno dopo a pranzo, fece un discorso a tutti, comprese le Rose dell'Est. Naturalmente erano presenti anche la critica d'arte, la scenografa e il regista. All'architetto Marabini, Cerriti concesse di tornare a Milano, dove abitava e aveva il suo studio. Per adesso la sua presenza non era più necessaria. Nani tenne bassa la voce, affinché qualche cliente seduto ai tavoli più lontani non potesse udire la conversazione. Riguardo i pittori disse che in teatro non ci si poteva più andare per un certo periodo. I pannelli sarebbero stati trasportati da Lino e da Cosetta nelle rispettive stanze dove loro lavoravano, all'Alexander, per terminarli. Il conte asserì che per rendere onore ad Antonio, non c'era cosa migliore che quella di non fermare le attività. Soltanto portando avanti il lavoro si rendeva omaggio alla sua memoria. Naturalmente precisò, che ciò non era un'imposizione: ogni artista ora, dopo il fatto accaduto, poteva rifiutare di rimanere al suo servizio, prendere la sua roba e andarsene, senza che egli serbasse alcun rancore nei suoi confronti. Ma tutti, sia i gemelli, sia Cesco e Ciuzza, sia Angela e Samantha, dissero che era loro desiderio rimanere. Soltanto Lucienne doveva tornare a casa l'indomani e il conte non ebbe nulla da obiettare. Alle ragazze russe invece venne detto che, sino alle nuove disposizioni del commissario Amedeo Cerriti, erano sospese le lezioni in teatro e anche le riprese al Deposito Uno. Boccioni trasalì, obiettò che aveva necessità di proseguire col programma, ma Nani lo zittì con un NO categorico. La bella signora Pini non proferì parola, rimase seria e compunta.
«Potrete andare nel mio laboratorio, fintanto che le cose non si saranno sistemate; ma sempre col permesso della polizia. Vi sistemerete come potrete, dobbiamo tutti arrangiarci date le circostanze gravi.» disse il conte con una serietà granitica.

«In laboratorio... sì, va bene... ma conte, le attrezzature...» chiese Boccioni titubante e pallido.

«Farete senza attrezzature. Si recita anche in uno scantinato, se si vuole! » fu la risposta secca di Nani.

«Certo signor conte...» aggiunse Boccioni accondiscendente ma con faccia afflitta.

«I gemelli continueranno a lavorare ai pannelli, scegliendo un giorno della settimana che vorranno dedicarvici, perché negli altri giorni continueranno a lavorare alla stanza; se vi va bene, riformerete le coppie: Nicola con Samantha Capaci e Alfonso con Francesco Borel.»

«A noi va bene...» disse Nicola.

«Nani, posso chiedere, per i pannelli successivi, di interscambiarmi con mio fratello in modo che, sia lui che io, possiamo farne uno con Samantha e con Francesco?»

Cesco sorrise pensando che anche Alfonso desiderasse mettersi in coppia con lei.

«Sì va bene, purché vi dividiate.» rispose Nani, poi si volse a Angela con voce strozzata: «Mia cara Angela, il tuo illustre compagno Antonio non c'è più. Te la senti di continuare il lavoro sul pannello che avevate cominciato insieme?»

«Certo che sì, conte...» Angela deglutì per ricacciare indietro il pianto.

«Mi posso mettere io con lei?» intervenne Ciuzza con la più grande naturalezza.

Cesco la guardò stupito. «Tu?!... ma Cì...»

Il conte rifletté qualche secondo. Poi sorrise dolcemente e disse: «Mi giunse voce che qualche cosina ogni tanto dipingi. So che sei poetessa, belle poesie, me le fece leggere Borel... ma non conosco la tua tecnica pittorica; perché no? Certo, anzi ti ringrazio Cinzia della tua buona volontà. Se a Angela sta bene, io dico O.K.!»

«Certo che mi sta bene.» e strizzò l'occhio a Ciuzza, la quale sorrise, e fece poi una piccola leggera risatina.

«Così vi voglio!» concluse Nani soddisfatto. La cena proseguì serena, se si può dire così... ma il cuore di tutti era appesantito da una grande tristezza. Quello di Boccioni da una grande insormontabile apprensione!

CAPITOLO X

CAPITOLO X

Era evidente che non si poteva tacere il fatto della misteriosa scritta sul muro.
Cerriti quindi sapeva. La scritta era stata cancellata da Lino e Cosetta; Romano, il capo cameriere aveva detto che lui stesso si era incaricato di avvisare Nani dell'accaduto e che a scoprire la scritta era stata una delle ragazze che partecipava alle lezioni di teatro, ossia Irina. Cerriti fece sapere che voleva capire che tipo di scritta fosse e allora, siccome il conte ne aveva scattato una foto col cellulare, come avevano fatto a loro tempo i gemelli, gliela mostrò. Il commissario la lesse serio e aggrottando un po' le sopracciglia mugugnò qualcosa e senza dire parola, senza esprimere un commento, la trascrisse su un taccuino che rimise frettolosamente in tasca. Cerriti lasciò ben intendere di sapere che la scritta era stata fatta dall'assassino. Non poteva essere altrimenti: un omicidio annunciato. Un pomeriggio presto si mise a discutere con il conte in presenza dei tre pittori e di Ciuzza, i quali se ne stavano buoni in silenzio seduti sulle poltrone Frau del salottino, mentre il commissario interrogava il conte Nani. Si stupì per il fatto che, una volta scoperta la scritta minacciosa, non fossero stati presi dei provvedimenti subitanei. Gli chiese perché mai non avesse avvisato la polizia e perché non si fosse affrettato a mettere almeno un sorvegliante presso i corridoi dell'Alexander ed anche in teatro. Il conte Nani, come se recitasse, evidentemente imbarazzato, non seppe che rispondere; con molta prudenza e alquanto desolato, cercò di spiegarsi dicendo solamente che, dapprima, non gli era parsa una faccenda così grave e che aveva sul momento pensato fosse uno scherzo di qualche stupido burlone. Amedeo Cerriti si strinse nelle spalle e si limitò ad annuire rimanendo serio. Poi aggiunse che i rilievi sul luogo del delitto, e quindi nella stanza del teatro, erano stati fatti e che era stato fotografato anche l'intero ambiente in tutti gli angoli possibili, soprattutto il cabinotto delle proiezioni cinematografiche.
«Chi ha la chiave per accedere al cabinotto?» chiese Cerriti sorseggiando lentamente un caffè offertogli dal conte.

Si erano spostati ora nel bar attiguo alla sala pranzo dell'Hotel Savoy. Intanto i quattro amici cercavano di origliare ciò che quei due si stavano dicendo, restando composti e silenziosi. «La chiave ce l'hanno Lino e il nostro regista Oreste Boccioni, per quanto ne so.» rispose il conte sospirando. Nani spiegò che lui raramente assisteva alle prove di teatro sperimentale e alle lezioni; tutto era portato avanti da Boccioni e anche dalla professoressa Rosanna Pini, la scenografa. Lui non se ne occupava. Disse che le ragazze russe erano state assunte per partecipare ai corsi di teatro sperimentale. Una volta realizzato il nuovo Alexander Museum Palace Hotel, avrebbero fatto parte del gruppo teatrale denominato "le Rose dell'Est", per fare spettacoli e intrattenere il pubblico, ossia i clienti del grande albergo. Questo dovette dirlo perché il commissario, leggendo quella frase così strana e misteriosa, aveva visto le parole la Rosa dell'Est. Se tale nome era dato al gruppo teatrale, allora era stato qualcuno del gruppo stesso ad uccidere! Il significato era palese.

«Ma conte, non le è venuto naturale pensare che, leggendo la frase la Rosa dell'Est colpirà..., e siccome quello è il nome del gruppo, bisognava chiedere spiegazioni a tutti i componenti, cioè alle ragazze?» chiese con un leggero tono di rimprovero il commissario. Nani trasalì e poi disse visibilmente imbarazzato:

«Beh, senta, effettivamente ci ho pensato e qualche domanda a loro l'ho fatta. Ma le ripeto che in un primo tempo, è stato per tutti un fatto talmente assurdo, tale da sembrare burlesco, che poi ho preferito passarci sopra per non allarmare nessuno. Mi creda commissario, a tutti, me per primo, è sembrato un vero e proprio scherzo stupido, irritante sì, ma inoffensivo. Chi avrebbe mai pensato che nascondesse davvero una tragedia annunciata? Sono desolato se la cosa è stata presa alla leggera, ma... inoltre escludo il coinvolgimento delle mie ragazze!»

«Non sto accusando nessuno, per ora. So meglio di lei che occorrono prove. Tuttavia capisco signor conte che la sua è stata una mancanza in buona fede; almeno avrebbe dovuto denunciare l'accaduto e rendere nota l'imbrattatura sul muro alle forze dell'ordine. In questi casi non ci si precipita a cancellarla!»

«Lei vuole dire... insinuare, che da parte mia c'è stata la volontà di nascondere qualcosa, di coprire...»

«No, son solo considerazioni professionali e le sto spiegando sola-mente quello che in certi casi è saggio fare! Capisco comunque che non a tutti sovvengono immediatamente tali presenze di spirito e certe accortezze.» sorrise leggermente.

«Non mi fraintenda! Non si agiti conte Nani, io faccio solo le mie analisi.»

Il conte stette per un attimo in silenzio; pareva sentirsi confuso, quasi colpevole di aver mancato ad un dovere civile. Cercò di tro-vare nuove parole per scusarsi e per giustificare la sua leggerez-za. Non era apparso mai tanto vulnerabile. Stava per aggiungere qualcos'altro quando Cerriti ricominciò a parlare: «Mi dica conte, so che lei è un artista: un poeta, un pittore, uno scultore. Sono qualità molto apprezzabili, e lei è conosciuto come uomo creativo, brillante e pieno di risorse. Ah, non mi riferisco al denaro, per risorse intendo capacità intellettuali, ironia, creatività, e tante idee originali per la testa. Mi compiaccio! Ma, ecco, vorrei chiederle, se non sono troppo invadente, lei e i suoi assistenti, la signora critica Rosalba Corda e tutti gli altri, avete mai sospettato che qualcuno fosse invidioso di voi e vi volesse male, che so: vi minacciasse, parlasse male per gettare onta sulla vostra attività artistica e culturale, e in quanto a lei conte, sulla sua nobiltà... sul suo stato di benessere sociale... ecc., ecc. Mi capisce vero? Di persone invidiose e cattive ce ne sono eccome... dappertutto! Anche nel mondo della cultura e dell'arte.»

«No! Nessuna minaccia. Ma diamine, non hanno mica ammazzato me?! È il povero Antonio che hanno ucciso, quindi qualcuno doveva avercela con lui, e non con me... o con altri, non le pare?»

Cerriti rispose prontamente: «Certo. È questo che voglio scoprire, il motivo della sua morte. Per quanto riguarda lei, signor conte... può esserci un collegamento anche con le sue vicissitudini personali; mi creda non si sa mai, nel mio lavoro ne ho viste tante! Mi dica allora, ha avuto in passato delle persone che sospetta ce l'abbiano avuta con lei?»

Nani si fece serio e dopo un gran sospirone rispose con voce bassa: «Eh certamente signor commissario, quando sì è come sono io, cioè nobile, blasonato, che ha sempre vissuto bene, con grandi agiatezze, divertendosi e potendo fare sempre quello che gli piace, con onestà e passione, l'invidia da parte di qualcuno la subisce! Perciò le dico, mi ritengo grazie a Dio un uomo fortunato perché libero, facendo una vita felice che mi ha mantenuto giovane di spirito e d'aspetto. Quando si è così privilegiati, i nemici e gli invidiosi non mancano mai, dunque ha ragione. Tuttavia ho cercato di farmi gli affari miei e di non farmi intimorire in alcun modo, riuscendo sempre a disinnescare i livori e le male lingue.» chiuse la frase con un po' di ironia per calmare l'ansia.

Il commissario annuì e fece comprendere a Nani che si rendeva conto di quanto fossero spiacevoli certi comportamenti della gente.

«Un'altra cosa conte Nani, abbia pazienza un altro minuto; lei ha letto bene la frase scritta sul muro e che ora è visibile sul suo cellulare, vero?»

Nani si schiarì la gola, tossì e poi disse: «L'ho letta, forse più di una volta e ora che lei mi ci ha fatto riflettere, comprendo che avrei dovuto prendere provvedimenti più...» fu interrotto.

«No, non intendevo questo ora. Quello che voglio dire è se l'ha letta attentamente, tanto da accorgersi di un particolare, di un dettaglio importante!»

«Mi faccia capire commissario.»

Cerriti riprese il taccuino dalla tasca e lo aprì davanti al conte, il quale prima di guardare, fissò attento negli occhi l'uomo. Vide molta concentrazione e un lieve sorrisino di compiacimento sulle labbra sottili.

«...un dipintore sbiancherà!» lesse Cerriti con voce un tantino roca.

«Sì, vedo. Già, parla di un pittore, e ahimè, il povero Antonio era un pittore, uno dei miei pittori mio Dio! Ma perché diavolo hanno ucciso proprio lui, Santo Cielo!» esclamò Nani ad alta voce, con fare disperato. Il commissario lo guardò negli occhi a sua volta, lo fissò serio e poi li riabbassò sulla scritta. Ci fu silenzio e quasi Nani non seppe che dire e che fare.

«Perché proprio lui?... ancora non lo sappiamo. Ma, signor conte, come si chiamava il povero pittore ucciso?»

«Antonio. Antonio Pinto, lo sa pure, no?» rispose Nani tranquillamente.

Amedeo Cerriti inspirò profondamente e poi chiudendo il block notes fissò serissimo il volto del conte. Altro silenzio fra i due uomini, poi Cerriti riprese e spiegò: «Non era solo l'annuncio della morte di un pittore conte, ma qui, in questa ultima parte della frase, appare anche il nome del pittore che sarebbe stato colpito a morte. DI-PIN-TO-RE!: "PINTO" che sta nella parola "dipintore", è il cognome del povero signor Antonio!» In quell'istante egli alzò un tantino la voce. Questa rivelazione che suscitò un generale sbalordimento, rese i pittori, che stavano ascoltando, ancor più attoniti e confusi. Figuratevi Nani!

Il cognome di Antonio dentro la parola dipintore, dedotto dal commissario Cerriti, fece il giro dell'albergo. In breve tutti vennero a conoscenza quindi che l'assassino aveva fatto il nome della vittima, dentro quella scritta. Una morte annunciata! Un nome annunciato! Naturalmente Cesco, Ciuzza e i gemelli, ne discussero assai tra di loro: se qualcuno avesse intuito quello che avrebbe poi scoperto il commissario, forse si sarebbe potuto proteggere il collega in qualche modo, evitandone la morte. Invece non fu dato il giusto peso a quella frase trovata scritta sul muro, nessuno aveva saputo prevedere la reale portata della tragedia, che di lì a pochi giorni sarebbe avvenuta, nessuno aveva pensato di prendere sul serio quella frase oscura, al punto da studiarla e magari riuscire ad individuarne all'interno – come aveva fatto Cerriti – il nome della vittima. I quattro amici si disperarono di questo e non solo loro. Molti del personale si afflissero gravemente per ciò che era successo.

I gruppi formati lavorarono agli altri pannelli alacremente. Nicola e Alfonso persino si scambiarono compagno, alternandosi con Cesco e Samantha. Ciuzza se la cavava bene con Angela. Poi tornarono anche ad occuparsi delle loro stanze, che tutti avevano ampiamente portato avanti, rispetto i giorni scorsi. Ma durante il lavoro l'argomento cadeva sempre sull'assassinio di Antonio Pinto. Spesso il conte veniva a trovarli per incitarli, rincuorarli e rassicurarli. Aveva perso la sua consueta durezza. Era magnanimo e molto raddolcito, cercava in tutti i modi di infondere serenità. Anche le prove teatrali andarono avanti, ma come Nani aveva ordinato, si svolsero nel suo laboratorio. Boccioni e la signora Pini cercarono di mostrare il loro impegno, giacché il conte ora faceva spesso visita anche a loro, talvolta assistendo persino ad una lezione intera. Boccioni trovava comunque sempre il modo di confidarsi in segreto con la bella scenografa romana anche perché era invaso dalla smania di concupiscenza, avendo sempre le ragazze attorno. La sua omosessualità e bisessualità erano delle più strambe, incontinenti e bizzarre che si potesse immaginare. Non riusciva a trattenere la propria impazienza di fare orge ancora con la collega e soprattutto con le ragazze russe. Una sera fu piuttosto agitato, dopo la fine di una lezione, in cui il conte non era ovviamente presente.

«Rosanna, non ce la faccio più... voglio godere di quelle troiette, accidenti. Il loro profumo, il loro sudore... aaah mi danno alla testa! Lo so che lo vuoi anche tu, lo so... viziosa lesbica, eh? Dimmelo che ne hai voglia, che muori dalla voglia...» così dicendo iniziò a palpare i seni della signora Rosanna Pini premendola contro una parete del laboratorio.

«Oreste, finiscila, toglimi quelle manacce! Dobbiamo essere più prudenti di prima, ora che le cose sono arrivate a questo punto. Possiamo finire nei pasticci seri. È già tanto se non è venuto fuori nulla del tuo accordo con l'onorevole; e ancor più che nessuno abbia fatto domande sulle nostre attività didattiche allo studio teatro Deposito Uno! Calma i bollori, non se ne fa nulla, bisogna rinunciarci...»

«Mmm, se fosse stata una di quelle bambine a tastarti le tette, chissà come saresti già tutta un braciere, Rosanna...» replicò Boccioni.

«Finiscila!»

«No aspetta, bambola! Non voglio rinunciare a far sesso con quelle creature dell'Est! Va bene, non subito, ma presto, mia cara, presto troveremo il modo di riprendere di notte i festini, eh? Saremo prudenti, cazzo, ma li riprenderemo, e godremo ancora di più come dei matti... chi può scoprirci!»

«Io non voglio finire nei guai, intesi? Senti Boccioni, datti una calmata, e ragiona. Adesso, al punto in cui siamo, è conveniente comportarci diversamente. Anch'io riprenderei a danzare volentieri con quelle morbidezze bionde... ma ora ho paura!»

«Cattanigi mi ha detto che dobbiamo andare avanti coi festini, a lui importa solo continuare a prendere la sua parte dai pagamenti dei clienti. Insiste che vuole una ragazza per sé... oltretutto, ma come si fa adesso, con quello che è successo? Molti sono stati corrotti, dice che sa come proteggerci, quello la sa lunga. Infischiamocene pure noi, e portiamo i clienti laggiù, di notte, il sabato. Che cavolo vuoi che ne sappia il conte. Chi vuoi che venga a ficcanasare...»

«E se un cliente parla? E poi hai sentito il conte? Per il momento sono sospese anche le attività di riprese al Deposito Uno. Finiamo in galera Oreste. Basta, io mi dissocio. Fallo te… ma non mettermi nel mezzo, bada!»

«Stupida che non sei altro! Credi che ti basta dire così? Ci sei dentro anche tu, fino al collo. Non vorrai mica tirarmi un brutto scherzo, eh? Tu bada… perché se mi tradisci quel Ilario Cattanigi te la fa pagare, lo sai quello che rischi con lui!» urlò furioso Boccioni prendendo la donna per le spalle e scuotendola tutta.

«Lasciami, scimunito, mi fai male…»

Il regista lasciò la presa: «Rosanna, scusa, ho perso la testa, scusami. Ma insomma, perché tanta paura! Non mettiamoci uno contro l'altra. Tra noi c'è sempre stata complicità e lealtà. Continueremo a recitare il nostro ruolo come sempre abbiamo fatto. A che serve litigare, suvvia. Tutte quelle femmine che mi sgambettano attorno mi fanno impazzire di desiderio! Voglio fare ancora quei bei giochini, specie quelli col fallo fluorescente… no? La libidine mi cresce e non mi lascia, Rosanna cara, muoio dalla voglia di quei corpi che si accaniscono su di me, nel mio…»

«Smettila, sei disgustoso!»

«Ah, fai la schifiltosa adesso? Oh, scusa tanto illibata signora… ah ah ah ah ah!» rise cachinno.

«Non c'è nulla di divertente, porco!»

«Sìì dimmelo Rosanna che sono un porco, dimmelo, anzi, assieme a tutte quelle zoccolette, ditemelo tutte assieme, in coro, nude, e poi punitemi… daiii!»

Boccioni pareva avesse perso il senno. Si era inginocchiato davanti alla Pini, ed una libidine furente lo squassava, supplicandola di punirlo e di dirgli porco millecinquecentosessantanove volte.

«Alzati idiota, che qualcuno ci può sentire!»

Boccioni si rialzò traballando e poi tornò serio, col viso sudato: «Allora? Dai che con queste mie inscenate da attore, ti è ritornata la voglia…»

«Te lo ripeto per l'ultima volta: io non voglio rischiare nulla. Per ora di festini non voglio sentirne più parlare. Anche perché, ora che il conte ci ha trasferiti nel suo laboratorio, non possiamo più permetterci di fare i nostri comodi e restare inosservati; metti che a quello di notte viene in mente di entrare al Deposito Uno che so... per dare direttive, o chissà per cos'altro, e ci scoprisse a fare i festini, eh? Come la metteremmo? Finora abbiamo rischiato sai? Perché l'ho sempre detto io che il sabato notte sarebbe comunque potuto apparire, anche se sapeva che in quel giorno ad ora tarda non si sono mai fatte le lezioni e le riprese per i cortometraggi. Quello è un uomo imprevedibile! Se ciò accadesse adesso, saremmo nei guai seri tutti! Ti entra in quella zucca sì o no?»

Oreste Boccioni cercò di ricomporsi, poi sospirò esasperato, e con voce flebile aggiunse: «Accidenti a te! E va bene, chiudiamo il discorso qui. Ma pensaci su tesoro..., occorre trovare una via d'uscita per riprendere i nostri sollazzi del sabato notte, tu ed io... con quelle belle *fighette* russe; sì, hai ragione, forse ora non è più fattibile, ma aspettiamo che passino un altro po' di giorni, e quando le cose si saranno un po' calmate, ci rimettiamo in azione, ci inventeremo qualcosa e vedrai mia cara, che anche tu cambierai idea... eh?, eh?» Prese con due dita la donna sotto il mento, la quale ebbe un lievissimo accenno di sorriso. Poi uscirono dal laboratorio e salirono muti verso i piani superiori.

Quando il maggiordomo Romano fu interrogato dai poliziotti cercò di mantenere il più possibile il dovuto sangue freddo, ma gli tremavano le gambe. Raccontò solamente che in teatro si svolgevano delle lezioni sperimentali e che le chiavi le aveva Lino: quindi tacque; se ne guardò bene di dire che lui possedeva una copia dello studio di registrazione, a cosa sarebbe valso poi? Non poteva dirlo perché quella copia se l'era fatta senza alcun permesso e inoltre come giustificarlo? Ma comunque non ebbe per ora notizia che il commissario avesse esteso le indagini anche al Deposito Uno. Dentro di lui cresceva l'ansia; non doveva farsi scappare nulla, soprattutto dei festini erotici dei quali lui solo era a conoscenza, avendone scoperto l'esistenza già da tempo. Anche la relazione avuta con Marlena rimase una faccenda fra loro due, e di comune accordo – se pur terminata – non ne fecero parola con nessuno. Il fatto comunque che c'era anche lei quella notte, i loro incontri clandestini, la scoperta del festino, la curiosità e il desiderio di spiare ancora quel che succedeva in quel teatro di posa, tutto questo non lo faceva sentire per nulla tranquillo ora che gli eventi si erano svolti in maniera tanto terribile.

Sapeva che avrebbero potuto sospettare lui e Marlena di complicità. Temeva persino del fatto di possedere gli acquerelli dei pittori, tanto che li nascose accuratamente.

Quelle notti Romano non riuscì a dormire; si sentiva agitato, faceva brutti sogni, gli pareva persino di essere spiato. Aveva paura di tutto. Con grandi sforzi era riuscito comunque a non far trapelare la sua agitazione. Ebbe l'ardire soltanto di fermare Marlena: cercò di infilarsi con lei in ascensore, all'Hotel Savoy, e così le parlò confessando le sue apprensioni. La ragazza non sembrava molto impensierita e neppure fu loquace; gli disse solo, seria e compassata: «Tu basta che non parli, tu basta che tieni segreto tutto... e tutto andare bene!»

La preoccupazione restava comunque, in un modo o nell'altro, pesando su molti, ragazze comprese: Feona ed Irina, Animaisa ed Elikonida, Anfisa, Bela, Agrafena, Deodora, Fotina, Inessa, Efimiya, Khristina, Muza, Leonilla, Olimpiada, Vlada e Kirilla; sapevano bene ora che non potevano più partecipare ai festini e non fu facile per loro inizialmente tenere buoni i clienti, molti dei quali le subissavano di telefonate al cellulare. Dovettero spiegare che a causa di problemi di sicurezza si era deciso di sospendere per il momento le orge alla sala di registrazione Deposito Uno. La scenografa Rosanna Pini ordinò alle belle russe specifiche modalità di comportamento da adottare, sia con i clienti che le avrebbero cercate, sia con tutto il personale dell'albergo polizia compresa. Non dovevano fare trapelare nulla, tenendo la bocca chiusa su tutto. Chi di loro avesse sgarrato o si fosse fatta prendere da momenti di debolezza, sarebbe stata immediatamente scacciata; la Pini disse loro, minacciandole, che sapeva quali scuse e motivazioni avrebbe trovato per giustificare l'allontanamento di una di loro davanti al conte Nani.

L'unica ragazza non coinvolta nei festini, che però naturalmente ne era a conoscenza assieme a Romano, era Marlena. Loro due ora guardavano a questa faccenda con un timore diverso e manifestando apprensioni legate alla paura di un assassino che doveva aggirarsi fra loro e di cui non si conoscevano il volto e il nome. Riguardo a Romano, come detto, il suo compito era solo legato alle mansioni di capo cameriere e proprio per questo si sentiva più allo scoperto degli altri, i quali seguendo le lezioni di teatro, restavano in continuo contatto fra loro. Lui invece capitava che si trovasse anche da solo in cucina oppure fra i tavoli, nelle ore pomeridiane o la mattina presto; perciò ora aveva molta paura per sé e Marlena, e si sentiva vulnerabile ed esposto ad un serio pericolo. Cesco e Ciuzza riferirono ai gemelli di aver spesso visto Ottavio, addetto alla reception, guardarsi in giro insistentemente, fissando in volto tutti quelli che entravano in albergo e se qualcuno aveva una faccia strana o sospetta, lui, senza farsi notare, registrava in un taccuino il nome o il numero di stanza.

Almeno così a loro parve. Stava diventando un po' per tutti una psicosi. C'è da dire che ben presto qualcosa, nonostante le accortezze e i provvedimenti che si diceva avesse preso Cerriti, stava trapelando sulla bocca pure di alcuni clienti dell'albergo; forse qualche infiltrato giornalista aveva detto delle parole di troppo ma comunque prima o poi ciò era inevitabile che succedesse.

Ad un certo punto dovette intervenire il conte a tranquillizzare qualche animo impressionabile. Il fatto che l'accaduto avesse coinvolto il fatiscente Hotel Alexander fece sì che l'Hotel Savoy, parecchio lontano dal primo, non risentisse della perdita di clientela come si era temuto in un primo momento.

Il conte e la sua corte, mostrarono apertamente il loro sollievo.

I pittori pure non erano tranquilli e certamente la serenità e l'entusiasmo ora non c'erano più ad animarli come prima dell'accaduto. Cesco era diventato nervoso e parecchio sospettoso; non se la sentiva di rimanere solo e cercava sempre di assicurarsi che gli amici gli fossero vicino. Ciuzza non faceva testo, in quanto il suo carattere lunatico e isterico era per Francesco più un motivo di tensione che di calma. I gemelli stranamente si sentivano abbastanza rassegnati agli eventi, anche se forse ciò dipendeva dal fatto che si davano man forte l'un con l'altro continuamente. Le stanze erano finalmente terminate anche per loro, così pure Cesco e Ciuzza poterono dire fine ai lavori. Ma ora erano impegnati nell'esecuzione di altri due pannelli decorativi per il conte: quelli che sarebbero stati esposti un giorno nel nuovo teatro del futuro Alexander Museum Palace Hotel. Però, per quanto Nani con delicatezza e modi quasi paterni cercasse di incoraggiarli e di rassicurarli, i quattro non provavano più quella verve e quello slancio iniziali. Dipingevano più per forza di inerzia, per fare quindi piacere al conte Nani, per non deluderlo, che per loro spontanea passione e voglia di fare. Aleggiava un'atmosfera strana all'interno di quelle vecchie e sgangherate mura dell'Alexander; la percepivano e sembrava quasi che alle loro spalle, in ogni momento, gravasse l'alito freddo del pericolo in agguato. E poi, chiaramente, il ricordo del povero Antonio: la sua figura briosa e carica di amicale simpatia, sempre attivo e così concentrato nelle sue attività creative, innamorato della pittura… e ciò glielo si leggeva spesso negli occhi dietro quelle buffe lenti spesse, ora assumeva un aspetto ossessivo nelle loro menti stressate e scombussolate. Questi pensieri li rendevano tristi e sentivano il peso di un'angoscia che sembrava non volerli abbandonare; tutti insieme, anche se ora accoppiati nel lavoro dei pannelli – comprese Samantha e Angela – provavano dolore, paura, sconcerto. Nani non li teneva certo lì per forza; sì, avrebbero potuto lasciare tutto e partire, fuggire da ogni possibile pericolo e abbandonare il conte ai suoi drammi e guai. Loro scelsero di comune accordo di rimanere alla sua corte come fedeli artisti e amici al suo servizio e anche per onorare la memoria del compianto amico pittore Antonio Pinto. Ma, effettivamente, rimanere per cosa? Per dei pannelli da finire? Per dare sostegno morale al conte Nani? Per Antonio che ora non c'era più? Di lui rimaneva soltanto l'arte espressa nel lavoro della sua stanza: la 610, che nonostante tutti quei colori e quella forza espressiva di esplosioni e vivaci allegorie, poteva ora solo rievocare il memoriale di povero uomo, la cui giovinezza era stata stroncata dalla mano di un pazzo assassino!

Era questa la via da seguire? Rimanere per cosa e per chi? se le cose e le persone adesso stavano affondando nel non senso e nell'orrore di un dramma annunciato! Un nome sepolto nella parola "dipintore"! Per quale ragione vera e logica i sei amici restarono sotto il cielo lucente e accecante di Pesaro?

Non lo sapevano neppure loro. Sapevano solo che era giusto rimanere, anche a costo di farsi pungere dalle spine di un mazzo di rose forse stinte: le Rose dell'Est.

Fu un pomeriggio, mentre gli artisti lavoravano ai pannelli, che il conte Nani venne loro ad annunciare un cena speciale per quella stessa sera. Egli disse che intendeva riunirli tutti per ristabilire l'equilibrio: l'equilibrio tra il gruppo, rasserenare il più che si poteva gli animi, stringersi in un banchetto conviviale ove si tentava di recuperare la serenità perduta, con grande disposizione d'animo, nella più perfetta armonia amicale, rinnovando l'atmosfera di un calore nuovo, per pulirla da quella cappa di tetraggine e oscurità che sino a quel momento aveva avvolto tutti. "Ristabiliremo il contatto tra noi, fugheremo i pensieri malinconici, la tristezza e la dispersione; una linfa di energia correrà di nuovo tra noi, giacché l'uno cercherà di attingerla dagli altri; scioglieremo tutte le paure finché l'armonia e la distensione non torneranno a circondarci"… aveva detto.

La cena si sarebbe fatta a lume di candela. Nani sosteneva che ciò avrebbe effuso maggior calma e serenità. Cesco, Ciuzza e i gemelli videro la cosa invece… un po' lugubre, ma non osarono contraddire certamente il conte.

Finito il lavoro all'Hotel Alexander, tornarono tutti al Savoy per fare una doccia e riordinarsi, vestirsi elegantemente ed essere pronti per le 21.30, l'orario stabilito per la cena.

Quando i tre pittori assieme a Cinzia varcarono la grande sala pranzo, rimasero a bocca aperta. Lo scenario che si trovarono di fronte, era a dir poco spettacolare! Non una lampadina era accesa, l'unica fonte luminosa che rischiarava il vasto ambiente era costituita da centinaia di lumini accesi al centro dei tavoli. La calda luce delle fiammelle emanava un chiarore sensuale, discreto, molto riposante. Ne convennero col conte sul fatto che il lume di candela produceva un effetto sedativo sulle menti. Ogni tavolo era occupato da qualcuno. Le ragazze russe erano suddivise in diversi gruppi, in diversi tavoli, mentre nella tavola più ampia – sempre rotonda, quella solita del conte – sedevano lui con la schiena contro una delle vetrate, la critica d'arte Rosalba alla sua destra e tutti gli altri attorno: Boccioni, la Pini, Samantha e Angela. I quattro amici occuparono i posti restanti. Qualche altra componente della Rosa dell'Est stava sopraggiungendo in quell'istante e in poco tempo ognuno si sedette ai propri tavoli. Erano adesso al completo. «Quanto sono eleganti le bambolone!» bisbigliò Cesco verso Alfonso, seduto alla sua sinistra. «Sta buono va là… fanno rabbrividire da quanto son belle!»

«Io rabbrividisco con questo buio!» intervenne Ciuzza versandosi del vino.

Cesco le gettò un'occhiata storta. Era incredibile la raffinatezza delle stoviglie. I piatti erano grandi e d'argento, come le posate. Al centro portavano lo stemma dei Valfesina. I bicchieri in cristallo: tre per l'esattezza e a calice, uno per l'acqua più grande, uno per il vino più piccolo e un altro ancora da liquore. Le tovaglie erano ricamate, di un bianco avorio. Si avvicinò Marlena con la sua deliziosa divisa da cameriera e appresso a lei il capo cameriere Romano. Ma il conte fece cenno loro di aspettare. Si alzò, richiamando l'attenzione di tutti. E iniziò il suo discorso. Con tono pacato, con voce modulata e bassa, ricordò brevemente l'amico Antonio. Poi parlò a tutti del significato di quella cena. Usò parole dolci e al contempo austere. Parlò dell'armonia e della distensione da recuperare in quell'atmosfera vellutata e accogliente, del contatto da ristabilire, nel rafforzamento della loro unione, del desiderio di scacciare malinconia e tristezza... insomma, ripeté quello che già aveva detto loro al momento dell'annuncio della cena a lume di candela di quella sera... solo con parole certamente più poetiche e ricercate, con lo scopo di influenzare positivamente la sensibilità di tutti: ecco a cosa mirava. E ci riuscì.

Ogni tipo di prelibatezza venne servita. E tutti ebbero occhi più grandi dei loro stomaci. Al centro della sala era posto un lungo tavolo stracolmo di ogni tipo di piatto freddo, con varie bottiglie d'olio, aceti balsamici, sottaceti e insalatiere traboccanti. In fondo, di fronte all'entrata, un altro tavolo mostrava venti vassoi d'argento con dolci e dessert di ogni genere. Da far svenire chiunque alla prima occhiata! Vi erano enormi panne cotte, creme caramel, latte alla portoghese, piramidi di *profiteroles* al cioccolato nero e bianco, bignè ripieni, zuppe inglesi, creme catalane, budini al cioccolato e alla fragola, al ribes e alla vaniglia... e chi più ne ha più ne metta, una vera isola per i più ghiotti.

Tutti presero a mangiare conversando a bassa voce, pieni di soddisfazione e con una predisposizione d'animo piuttosto serena. Di tanto in tanto il conte girava fra i tavoli, scambiando qualche battuta allegra con qualcuno, o facendo domande per assicurarsi che tutto fosse di gradimento per i suoi invitati.

Alfonso e Nicola, sovente, davano un'occhiatina in direzione dei tavoli delle ragazze russe. Qualcuna di loro ricambiava le occhiate sorridendo impercettibilmente. Erano delle fate avvolte da quella semioscurità, ed il rimbalzo dei bagliori delle fiamme tremolanti sui loro volti e sui loro capelli, dipingevano quadri surreali di una certa morbidezza olandese, e quei ritratti si manifestavano puri e torbidi al contempo, rigettando dalle loro stesse anime veleni che avevano un effetto soporifero sull'intelletto, ridestando la turbolenza lasciva dei sensi.

Alfonso e Nicola si accorsero che una di loro, Anfisa – seduta accanto a Deodora che la copriva parzialmente con la sua figura – spostava la lunga gonna nera dalla parte dello spacco, mettendo in risalto un raffinato reggicalze nero che agganciava un' altrettanta squisita calza velata, esponendo così la bella coscia tornita agli occhi dei due artisti.

«Mamma mia... che cosa fa quella, hai visto?» bisbigliò Alfonso al fratello.

«Sì ho visto, ci sta provocando! Hai visto il sorrisetto? Mi sta facendo impazzire!»

Anche Cesco si era accorto del gesto provocante di Anfisa e fece ai gemelli un cenno di intesa col capo, sorridendo e con espressione che voleva dire: "hai visto quella, *ammazze*... come provoca!?"

Le ragazze si accorsero dell'effetto che stavano producendo sugli ormoni in fermento degli artisti; le videro ridere tra loro e lanciare occhiatine quasi di scherno. Anfisa richiamò l'attenzione delle compagne e risatine si diffusero tra i tavoli delle ragazze. Leonilla e Kirilla imitarono il gesto della compagna, ed altre cosce furono messe a nudo per brevissimi istanti. Poi le sorelle Animaisa ed Elikonida fecero lo stesso, mentre Muza e Bela alzarono il dito medio in direzione dei gemelli.

«Fanculo stronzette!» bofonchiò Nicola.

«Non te la prendere, sta al gioco. Quelle chissà cosa hanno in mente...» lo redarguì il fratello.

Poi il giochino sfottente di quel femminaio irriverente cessò d'improvviso come d'improvviso era iniziato. Più volte i gemelli guardarono ancora verso di loro: ma neanche un'occhiata, neanche un movimento delle pupille. Per le ragazze essi parvero non esistere più!

«Che razza strana le femmine!» disse Cesco.

Il conte frattanto aveva aperto una conversazione sul programma teatrale con Oreste Boccioni, al quale improvvisamente trillò il cellulare. Il regista si alzò da tavola chiedendo scusa al conte e a passo veloce si diresse in un angolo dello stanzone.

«Prontooo...»

«Oh, carissimo Oreste, tutto bene?» la voce del politico suonò ai suoi orecchi come una nota troppo irritante e inopportuna.

«Onorevole Cattanigi siamo a tavola, ehm, che vuole?» Boccioni non nascose il suo stato d'animo preoccupato e fece intendere la sua poca voglia di parlare.

«Su signor regista, non vorrà non concedermi due minuti vero? Sia cortese...» il timbro di Cattanigi era assai mieloso. Dopo un paio di secondi di silenzio Boccioni rispose: «No certamente, ma non mi aspettavo la sua telefonata adesso, abbia pazienza!»

«Non la tratterrò a lungo signorino Oreste, volevo solo ricordarle che le conviene tenere la bocca chiusa riguardo noi due. Capisce a cosa alludo vero?»

«Certo, certo.» il regista cominciò a sudare e la sua voce si fece un po' impacciata.

«Bene bene. Le ricordo che mi deve ancora una certa sommetta dalle riscossioni dei passati festini, anche se l'ultimo assegno andava bene. Ma ho rifatto i conti per benino, e mancano ancora percentuali arretrate! Vero signor Oreste? E poi, stia bene a sentirmi, si spicci a trovarmi questa maledetta troietta per me. Inoltre sappia che, qualora le cose dovessero precipitare non si azzardi a tirare fuori il mio nome altrimenti potrebbe pentirsene...»

«Mi stia a sentire... io, io... ma per tutti i diavoli!» esclamò tesissimo Boccioni.

Seguì una risatina sarcastica dall'altro capo del telefono: «No, è lei che mi deve stare a sentire sciocco pervertito. Guardi bene di comportarsi come si deve... e poi, mi raccomando, faccia in modo che i festini riprendano da qualche parte. Non mi interessano le fisime del conte, al quale è saltato in mente di non fare più lavorare in teatro le ragazze, sia all'Alexander che al Deposito Uno. Non ho poi capito per quale maledetta ragione l'abbia fatto. Anche io vorrei continuare a divertirmi assieme ai miei soci. Quelle bamboline le penso ogni notte! Come lei d'altronde, vero signor pervertito regista frocio bisessuale?»

«Badi a come parla maleducato uomo... stolto! Gliel'ho già detto, la volta scorsa che ci siamo sentiti. Il conte è un lunatico e vuole decorare il teatro con dei pannelli che stanno facendo i pittori. Ha bisogno di molto spazio. Lo sa com'è quello: non si possono discutere le sue scelte, cazzo! E poi, uhm, poi ha deciso di fare riposare le ragazze per un po'! Non so altro!»

L'onorevole a tutta risposta cominciò a ridere a crepa pelle, disse che Nani era un bastardo istrione, ma che lui non intendeva aspettare oltre per riprendere i festini, di sbrigarsi a trovare una soluzione. Poi riattaccò.

Oreste Boccioni richiuse il cellulare a conchiglia con uno scatto d'ira, facendosi tutto rosso in volto. Grugnì, poi respirò aria come uscito da poco da una prolungata apnea e si asciugò nervoso il sudore sulla fronte con un fazzoletto rosa. Sculettando e ricomponendosi, con un falso sorriso sul volto, si diresse di nuovo verso il tavolo della cena.

«Oreste ti vedo un po' sconvolto... che hai?» chiese il conte appena lui tornò a sedersi al suo posto.

«No nulla... fa caldo, tutto qui, conte.» rispose tossicchiando e visibilmente in imbarazzo.

«Il nostro regista è assai sconvolto dalle brutte cose accadute, e lo siamo tutti. Stia tranquillo, ora siamo ben sorvegliati e non ci può accadere più nulla, caro il mio Oreste...» intervenne la critica Rosalba Corda tamponandosi leggermente la bocca col tovagliolo.

«Sicuro signora, sicuro.» rispose Boccioni con un sospirone e riempiendosi un bicchiere di vino bianco, lo ingurgitò d'un fiato. Le fiamme delle candele espandevano bagliori rossastri e vibravano sui loro volti con ombre e barbagli tremuli. Le ragazze sotto quella luce soffice aumentavano di sensualità e bellezza; le fiamme si riflettevano sui cristalli dei bicchieri e sulle stoviglie con sfavillanti luccichii da mille e una notte. Preziosi dettagli visivi che conferivano alla cena un clima di tranquillità e di magica armonia conviviale. Tutto era piacevole, come invitante era il cibo delizioso che tutti stavano gustando. Prelibatezze della cucina dell'Hotel Savoy. Khristina, Efimiya, Leonilla, Olimpiada, Vlada sedute poco distante in altri tavoli vicino alle compagne, furono a loro volta prese di mira dagli sguardi dei due gemelli. Colpì loro la grazia di quelle femmine arrivate dall'Est e inoltre il succinto abbigliamento che non passava certo inosservato. Si accorsero che Efimiya e Leonilla stavano sedute con una minigonna stretta che copriva ben poco le cosce ben calzate, mentre Khristina portava delle autoreggenti che si intravedevano quando accavallava le gambe. Olimpiada invece sfoggiava un *decolté* molto provocante con Jeans bianchi attillatissimi. Vlada indossava un vestito lungo e rosso con lo spacco. Loro, e pure le altre, erano davvero uno splendido e irresistibile campionario di bellezze tipiche dei paesi della Russia. Nicola e Alfonso ogni tanto, come spesso facevano senza preoccuparsi di essere invadenti, si alzavano e a turno andavano dalle fanciulle, avvicinandosi al tavolo di un gruppo e dopo qualche complimento galante, scattavano due o tre foto con la loro macchinetta digitale. Improvvisi flash facevano girare di scatto qualche commensale incuriosito. Come erano soddisfatti quando ritornavano al proprio tavolo, certi di aver immortalato quei bei visi e soprattutto quei corpi provocanti!

«Ora basta con questi lampi!» disse Nani ai gemelli. Poi con un sorriso magniloquente aggiunse: «I nostri gemelli *latin lover*! Incorreggibili dongiovanni. Tutte se le farebbero, tutte, in un sol boccone!» e rise sonoro.

Appena si entrava nella sala pranzo, sulla destra, addossata al muro per tutta la lunghezza della stanza correva una bacheca con le vetrine oblique. Lì dentro il conte aveva esposto, in maniera permanente, diverse sue opere di carattere surreale e concettuale, di sottile autoironia, o... Arteironia, come amava definirla. Particolarmente singolare era l'opera in cui presentava due ritratti che si guardavano di profilo. Uno era quello del conte Alessandro di Valfesina che portava il vestito rosso del mezzobusto di Federico di Montefeltro, con tanto di copricapo cilindrico, e l'altro era Federico di Montefeltro con la giacca, la cravatta e i capelli del conte. Sotto, scritto a carboncino, in un corsivo volutamente incurante: *Un divertente scambio di parti fra conte e duca... perché l'abito non fa il monaco!*

Il conte di quel bizzarro copricapo ne fece uso proprio quella sera stessa, per dare un tocco ancor più stravagante alla sua imperitura, inimitabile, fascinosa figura. Senza dire nulla, in quanto forse, aveva già dato disposizioni anzitempo, proprio in piena cena gli fu portato da Romano, il quale arrivò con atteggiamento eretto, molleggiato, un tantino affettato. La sua figura sotto la luce soffusa e rossastra delle candele, apparve assai spettrale, tanto che il viso spigoloso pareva quello di un satiro all'inferno; reggeva con posa quasi cerimoniosa un largo vassoio d'argento sul quale risaltava – e ciò creò non poco stupore e ilarità – il copricapo del duca di Montefeltro. Era di un rosso acceso, foggiato in feltro, della stessa forma del suo originale, vale a dire largo nella parte alta e restringendosi leggermente a cilindro, verso il basso.

Romano, con un inchino servile forse sin troppo caricato, si avvicinò serio al conte Nani; gli mise il vassoio col copricapo rosso sotto gli occhi invitandolo a prenderlo e a indossarlo. Nani fece un cenno di ringraziamento, sorrise compiaciuto e divertito per quella scena di cui ora era più che mai protagonista, prese con ambo le mani aperte il cappello ducale ai lati, lo sollevò sorridente mostrando la sua bella dentatura nobile, poi con gesto lezioso, alzandosi dalla sedia, calzò il detto copricapo sulla sua testa.

In quel momento ci fu una risata generale e venne spontaneo un applauso rivolto, con assenso, al conte ora trasformato per la gioia di tutti, in duca.

«Bene» disse il duca/conte «Bene amici miei carissimi! Ora vorrei parlarvi sinceramente di quello che desidero d'ora innanzi si disponga. Io mi rimetto a voi tutti perché tutti siate pazienti e, facendo appello al vostro coraggio, vi esorto a rimanere sereni nonostante i truci avvenimenti che si sono svolti nella nostra corte turbando gli animi. Ho riflettuto molto questa sera prima di recarmi con voi in questa sala per dare inizio alla conviviale cena; sì, riflettendo mi sono reso conto che...» fece una pausa di silenzio, apposta per creare maggior attenzione verso quello che stava per dire e continuò: «...alla luce dei fatti, (visto il fatto accaduto così triste e orribile, e tenendo conto del caos che si è creato con tutto questo andirivieni di poliziotti, commissario e compagnia bella, nonché clienti dell'albergo che vanno e vengono visibilmente agitati e del clamore che immancabilmente si è creato attorno all'Hotel Alexander ed anche qui al Savoy), beh, amici artisti e servitù compresa, alla luce dei fatti... dunque, vi volevo dire che è bene che io chiuda per un certo periodo tutte le attività!» Ci fu un brusio crescente e poi un vociare preoccupato ma anche pieno di interrogativi, giacché nessuno capì a fondo cosa intendesse Nani per "attività".

«So che esigete maggiori spiegazioni, che ora come vedrete sto per dare. Non ho intenzione di chiudere l'albergo, ma, ora come ora, alla luce dei fatti tremendi successi, devo cessare per un tempo lungo – fin quanto sarà necessario – qualsiasi attività inerente al teatro, all'arte, quindi alle attività artistiche... no? Mi capite verooo? Ebbene, con questo voglio dirvi... ora mi rivolgo a voi artisti dell'Alexander, di tornare a casa, alle vostre quotidiane abitudini, perché è giusto che ci fermiamo. Il lavoro svolto nelle stanze è ormai finito, possiamo dire, e i pannelli decorativi per il teatro pure, il resto può attendere tempi migliori. Così anche voi ragazze, e voi Oreste e Rosanna, Rosalba, e tutti gli altri collaboratori, chiudete con tutto, principalmente con i corsi, le prove, le rappresentazioni teatrali. Il teatro delle Rose dell'Est per ora deve fermarsi e tacere... sì... e tutto è rimandato a quando ogni cosa sarà chiarita definitivamente.»

«Nani, ma allora dobbiamo andare a casa?» chiese Nicola in quel momento così delicato e solenne. Cesco lo guardò accigliato sobbalzando e Cinzia ebbe un tic involontario.

«Non vi caccio... se è questo che temete; vi chiedo soltanto, da domani, di tornare nelle vostre case che qui per ora non v'è più motivo di trattenervi. Non c'è più lavoro per adesso da svolgere. Non c'è più arte che possa esser fatta o pensata. Qui c'è stato un delitto, per cui è bene che per un bel po' cali un sipario su tutto. Quando sarà opportuno vi richiamerò io, rimarrete sempre a disposizione naturalmente, verooo? Bene amici. Questo volevo dirvi...» La critica Rosalba in quell'istante tossicchiò e fece grandi gesti di assenso rivolgendo lo sguardo verso tutti i presenti, scrutandoli tavolo per tavolo. Era il suo modo per darsi importanza. Una candela si spense, sicuramente per caso ma, come si sa il caso ha i suoi significati nascosti: nasconde sempre un'intuizione, una simbologia arcana.

Come aveva disposto Nani, improvvisamente, tutte le candele furono spente e si riaccesero le luci normali. Ci pensarono Romano e Cosetta. Stravaganza del conte Nani, il quale, come sempre, amava sorprendere.

Cesco sottovoce disse ad Alfonso: «E che cazzo mo', si torna a casa? A vabbè, quasi quasi son contento d'andarmene...» pronunciò queste parole molto accigliato e con un'espressione da cane bastonato. La faccia che Cesco fece provocò il riso dei gemelli, riso che contagiò anche Ciuzza. Francesco Borel naturalmente, come al suo solito si risentì restando imbronciato. La cena proseguì in tutta quiete e normalità, ma furono in molti ad interrogarsi sul seguito dell'intera faccenda. Un lieve brusio di voci, più che altro un bisbiglio, correva di tavolo in tavolo. Tra il tintinnio delle posate e dei bicchieri si insinuavano l'incertezza e il dubbio, e con le voci anche i volti di tutti si fecero più mesti; l'aspetto conviviale lasciò il posto ad un'espressione esitante, i sorrisi tirati e formali. Si stava tornando a casa e chissà quando il conte avrebbe richiamato alla corte i suoi artisti e collaboratori... sino a quando il silenzio e il mistero su tutti quei fatti?
Boccioni parve avere incassato un duro colpo!

≈ 181 ≈

 PARTE SECONDA 

CAPITOLO XI

≈ 184 ≈

PARTE SECONDA

≈

CAPITOLO XI

Tutto restò bloccato per molto tempo. I gemelli e Cesco si sentirono in chat quasi ogni giorno; qualche volta nei loro discorsi saltava fuori la perniciosa faccenda del conte il quale di tanto in tanto, mandava per mail le sue ormai famose circolari. In esse manteneva informati dell'andamento dell'appalto e delle difficoltà incorse sia con le burocrazie sia con la costruzione dell'albergo. Nani aveva già fatto molti passi avanti ricevendo tutti i permessi per la piscina. A giugno l'Alexander Museum Palace Hotel era finalmente ultimato e un pomeriggio i tre ricevettero la solita circolare in cui il conte Alessandro-Ferruccio Marcucci Pinoli di Valfesina, detto Nani, annunciava in questo modo l'inaugurazione della sua grande opera:

-Tredicesima circolare -

Carissimi! Eccomi ancora!... FINALMENTE!... sabato 28 p.v. INAUGUREREMO!!!... alle 18! Dopo circa quattro anni! Naturalmente vi aspetto tutti!
Vi prego di non arrivare prima delle ore 18 di sabato 28 giugno, in quanto quel giorno avrò talmente tante cose da fare che non potrò dedicarvi tutto il tempo che vorrei e che meritereste. Vi prego, pertanto, di capire e collaborare.
Perciò ci vedremo all'Alexander Museum Palace Hotel alle ore 18! (E non prima.) Ogni artista che ha eseguito una delle sessantatré camere sarà mio graditissimo Ospite, per la notte tra sabato 28 e domenica 29, nella stanza da Lui realizzata. Per ora Vi ringrazio di cuore per la certa collaborazione e la cortese comprensione e chiedo venia fin d'ora, per l'intransigenza.
Vi aspetto tutti e... non vedo l'ora di riabbracciarvi!

Nani
Poi seguiva un'accurata descrizione della struttura:

Descrizione della struttura
Acquistato nel 2004, ampliato e ristrutturato, l'Alexander Museum Palace Hotel si nota immediatamente per i suoi esterni rivestiti di gres ceramicato bianco, frutto dell'interpretazione che io ho dato alla costruzione originaria, anni sessanta, di cui ho voluto mantenere ed evidenziare l'impronta: vintage sono anche gli arredi delle camere, recuperati e decorati dagli artisti.
*Si noterà anche per la presenza accanto all'ingresso di **una grande Stele, ultima creazione di Enzo Cucchi:** sarà **l'opera più alta** dell'artista marchigiano, 16 metri in bronzo, la sua prima scultura che riporta in bassorilievo la storia di Pesaro. L'albergo, di 9 piani, di cui 6 occupati dalle sessantatré camere, ha un'ariosa terrazza panoramica. Anche gli interni della struttura sono completamente bianchi per esaltare la dimensione artistica che si respira in ogni sala, in ogni angolo, in ogni camera. Al pianterreno, **un ampio spazio espositivo** ben visibile dalla strada, intorno alla reception e nella grande lounge di 1.000 mq. ospita una grande collezione permanente di sculture e quadri di cinque grandi artisti italiani contemporanei, tra i quali **Sandro Chia, Giò Pomodoro, Enzo Cucchi, Mimmo Paladino, Gino Marotta**. Uno spazio naturalmente aperto alle visite di turisti e appassionati d'arte. Il piano seminterrato ospita una grande **galleria** dedicata a mostre temporanee, seminari, eventi, incontri sull'arte, lettura di poesie moderne, spettacoli in un teatro d'avanguardia, con la compagnia **"Le Rose dell'Est"**, composta da sole ragazze russe.*
Vendita delle opere d'arte in mostra, ma anche dei libri di poesie e racconti scritti dal proprietario dell'Alexander Museum Palace Hotel, il sottoscritto: conte Nani Alessandro-Ferruccio Marcucci Pinoli di Valfesina.
*All'ultimo piano, il nono, troviamo infine una **terrazza** affacciata sul mare con vista spettacolare, ricoperta in parte da un gazebo che ripara gli ospiti dal sole: qui i clienti possono fare colazione o gustare un dolce in abbinamento a selezionati vini o pregiati liquori ogni sera d'estate tra le 21 e le 24. La terrazza ha 100 posti a sedere.*

Durante quei due ultimi anni ci fu un rimescolamento politico e un cambio della giunta; le elezioni a nuovo sindaco crearono una svolta. Non sappiamo dire come andò a finire la diatriba fra il politico Ilario Cattanigi e il goffo regista Oreste sulla questione dei festini al Deposito Uno e delle loro viscide e fameliche elucubrazioni su modi sempre nuovi di soddisfare i propri e gli altrui appetiti sessuali; poco importa saperlo. Ma è certo che Oreste se ne restò, una volta scomparso dalla scena politica quell'uomo spietato e disonesto, silenzioso e taciturno, rimanendo ancora al servizio del conte senza creare scandali e tacendo su ogni cosa. La scenografa Rosanna Pini dal canto suo, continuò a restare ferma nella sua posizione di non assecondare gli appetiti lascivi di Oreste e per molto tempo addirittura si tenne lontano da lui. Ma ci furono altri risvolti nelle vicende che riguardavano queste canaglie che più avanti riveleremo.

Tuttavia restava una calamità che non si poteva cancellare neppure con l'inaugurazione del più bell'albergo di Pesaro. Tutti ricordavano, chi con cuore affranto chi con un solo sentimento di paura, quell'evento sconcertante dell'uccisione del povero pittore Antonio Pinto. E il mistero era ancora lì che incombeva sulle coscienze e sugli animi, irrisolto quanto incomprensibile.

Nani, qualche tempo prima, aveva mandato una circolare in cui avvisava che i funerali di Antonio per volere della famiglia si erano svolti a Napoli nel più assoluto riserbo. Neanche lui era riuscito a presenziarvi. Quindi pregava che per rispettare la privacy dei familiari in nessun modo si cercasse di contattarli. La cosa venne accolta con molta perplessità, e per quanto tutti gli artisti ci rimanessero male, si astennero dal commentare il fatto.

Sabato 28 giugno Cesco, Ciuzza, e i gemelli Nicola e Alfonso, arrivarono a Pesaro sulla tarda mattinata. Il giorno prima Borel con la sua ragazza era arrivato a Forlì da Borgone col treno. Pernottarono ospiti a casa della zia dei gemelli e l'indomani mattina, con la Peugeot di Alfonso, tutti e quattro presero l'autostrada A14 per Pesaro. Era una magnifica giornata, di un cielo limpido e luminoso, di quegli azzurri che si possono trovare più frequentemente nelle cartoline, che nella realtà. La grande sfera di Pomodoro scintillava come un globo incandescente sotto i brillantissimi raggi del sole. Aria salubre, di mare, caldo forte ma non opprimente... caldo secco; ma nonostante questo, Cesco sudava come un maiale e si lamentava della calura. «E che cazzo... accidenti che caldo fa, eh?»

«Sì fa caldo, ma non c'è afa, fortuna. È una giornata splendida, io mi farei un bagno nella piscina del conte...» disse Nicola affrettando il passo. Avevano lasciato i bagagli alla reception dell'Hotel Savoy, momentaneamente. Non si poteva andare all'Alexander prima delle 18, ordine tassativo di Nani. Perciò ora si stavano dirigendo, liberi dai bagagli, nel grande e rotondo piazzale della Libertà sul lungomare.

«Avete visto nel sito dell'hotel che piscina sfiziosa? Ah come mi ci farei un bagno! C'hai proprio ragione Nicola!» disse Ciuzza cercando di tenere l'andatura dei gemelli quanto Cesco.

«Un vero lusso, oh!»

«Lusso? Puoi dirlo forte!, come tutto l'albergo... ah non vedo l'ora di vederlo dal vivo. Su internet pare una cosa dell'altro mondo!» aggiunse Alfonso.

Si sedettero in una delle panchine del piazzale con attorno l'erbetta verdissima del prato e le aiuole.

«Ragà, dove andiamo a mangiare?... perché tra un po' io pranzerei...»

«C'è una buona pizzeria a due passi da qui, proprio in viale Trieste. Che ne dite di una pizza?» propose Alfonso che accolse di buon grado l'idea del pranzo avuta da Francesco.

«E muoviamoci dai, tra poco... è la mezza!» intervenne Nicola.

Non ci volle molto perché il gruppo si alzasse dalla panchina e decidesse di varcare l'entrata del ristorante pizzeria. Pranzarono di gusto, con grande allegria, accompagnando il tutto con una squisita birra chiara alla spina, che andava giù, dato il caldo, che era un piacere!

Rifocillati si sedettero all'ombra di un folto albero.

«E mo' che facciamo sino alle sei?» disse Cesco guardando distrattamente l'orologio. Ciuzza aveva iniziato a fumare, quasi una sigaretta dietro l'altra.

«E smettila di fumare come una turca... sarà la quarta in mezz'ora.» le brontolò Cesco accigliato mentre lei continuava a soffiare fumo dalla bocca senza nemmeno badargli.

«Che cappero, prende quel benedetto litio per stare tranquilla e poi fuma come una turca e beve caffè continuamente... mo' faccio un disastro io, mo'...»

«Cesco calmati, siamo in un giorno speciale, oggi non essere severo con Cinzia.» protestò Alfonso sorridendo.

«Ecco bravo, se no vado in palla, se no mi innervosisco. Se non fumo non riesco a pensare, non connetto, mi appanno il cervello!» disse Ciuzza con voce cantilenante.

Cesco rimase serio ed accigliato per un po' guardando di traverso la sua ragazza. Nicola sbadigliava e si accese anche lui una sigaretta, seduto sulla panchina con la testa china, fissando l'asfalto del marciapiede un po' intontito. Gli stava venendo sonno.

Ogni tanto passavano delle belle ragazze a passeggio, con la gonnellina corta o coi pantaloncini corti in jeans, allora i due gemelli si mettevano d'improvviso ad esternare tutto il loro vivace apprezzamento. L'aria calda pareva eccitare i loro sensi sempre in allerta. Pesaro pareva annunciare con tutta la sua luminosità estiva e il fermento dei villeggianti, fra colori e profumo di salsedine nell'aria, l'evento dell'inaugurazione dell'Hotel Alexander... che era lì, ad attenderli, come un vascello emerso d'incanto dalla spiaggia antica. I quattro avevano visto le foto riprodotte nel sito dell'Alexander Museum Palace Hotel che Nani aveva fatto creare in breve tempo e pareva davvero bello, splendente, bianco come fosse di glassa e zucchero.

Le 18 arrivarono tra molte chiacchiere e interrogativi, arrivarono sulle punte delle lancette degli orologi del gruppo, come i segni di un calendario cosmico. Si affrettarono a recuperare i bagagli all'Hotel Savoy nel bel viale della Repubblica, una delle più importanti strade di Pesaro. Tornarono quindi all'albergo; chiaramente non avevano la stanza e si cambiarono entrando nel salottino adiacente al salone d'entrata. Chiusero la porta a vetri, tirando fuori gli abiti dalle loro borse. Prima Ciuzza e Cesco e poi i gemelli.

«Che ne pensate di questa cravatta? Mi sta bene?» chiese Francesco armeggiando col nodo. Intanto sudava e si innervosì perché si era da poco cambiato la camicia, una camicia bianco panna, che subito si stava inzuppando di sudore dietro la schiena. La fronte era imperlata di goccioline. Dovette andare in uno dei bagni di servizio per sciacquarsi di nuovo. Finalmente furono pronti. I gemelli in giacca, camicia e cravatta e pantaloni scuri.

Presero l'auto e si diressero spediti in viale Trieste. Non fu facile parcheggiare la macchina. I due odiavano quell'ultimo tratto di viale Trieste in cui lo spazio adibito a parcheggio era per lo più occupato da decine e decine di motorini.

«Cazzo, ma è possibile che le auto non debbano avere da 'ste parti più parcheggio dei motorini? Un'intera area solo per 'sti trabiccoli... e noi automobilisti a dannare... fanculo, che delirio!» si lamentò Alfonso che era alla guida, piuttosto esasperato.

«E calmati, un po' di pazienza, dai... che troviamo da parcheggiare!» lo redarguì il fratello ma che capiva benissimo la sua impazienza. Faceva caldo in macchina e il caos della strada colma di villeggianti, creava un certo stato d'animo inquieto nel gruppo.

«E che è?! Mo' mi girano anche a me se non infiliamo da qualche parte sto forno di macchina. E apri il finestrino, nooo!...» lo supplicò Cesco, perché sudava come una caffettiera.

Ciuzza rise gracchiando, ma era paonazza e madida in viso anche lei per la calura.

Finalmente qualcuno uscì poco distante dal lato opposto dell'albergo e con una manovra in retromarcia, non del tutto ortodossa, Alfonso riuscì a parcheggiare la Peugeot. I gemelli scesero per primi e poi uscirono dall'auto anche Cinzia e Francesco; naturalmente lasciarono i bagagli in macchina. L'aria si era fatta leggermente più carezzevole perché arrivava la brezza dal mare, odorosa e frizzante, benché il sole continuasse a picchiare sulle loro teste. I colori intensi, accesi dalla luce estiva, facevano quasi violenza allo sguardo. Davanti a loro ora si stagliava nitida e possente, contro un cielo azzurro intenso, l'alta struttura dell'Alexander Museum Palace Hotel! Una marea di persone si accalcava fuori dall'hotel, proprio sulla strada, con un grande andirivieni di auto che si muovevano dal parcheggio vicino. C'era davvero un vivace assembramento di persone che attendevano di entrare per l'inaugurazione.

«Chissà se fra queste persone c'è anche l'assassino!» se ne uscì fuori Ciuzza con fare ironico. Cesco la guardò storto e quasi gli venne voglia di darle uno scappellotto. Poi disse: «Oh Cì... mo' te ne devi uscire con questa frase? Già so agitato mo'... e *statti* in silenzio una buona volta no? Non ti azzardare di tirare fuori questo argomento ora. Non è proprio il momento giusto. Capito?»

«Sì Cinzia, Cesco ha ragione, non si parla con nessuno di questo argomento O.K.? Il conte non vorrebbe assolutamente!» intervenne Nicola.

Si guardarono attorno con stupore, i loro occhi ora erano solo rivolti alla maestosità e alla bellezza dell'Hotel Alexander. La struttura si ergeva elegante e fiera, ripetiamo, di un colore bianchissimo, tanto che sotto il sole pareva risplendere in tutto il suo nitore sorprendente. La forma molto minimale ed essenziale, nello stesso tempo si articolava con sporgenze e rientranze dinamiche. Strutturalmente non era altro che un blocco formato da una grande T rovesciata, se visto per esempio dalla spiaggia su cui si adagiava l'hotel, con ai lati un susseguirsi di blocchi e sporgenze quadrangolari che nell'insieme salivano a forma di pagoda.

In tutto nove piani con sessantatré stanze realizzate da settantacinque artisti; (alcune stanze erano state dipinte da gruppi). Quasi tutto il basamento dell'Hotel Alexander, la parte comprendente il piano terra, era formato da ampie vetrate a porte scorrevoli, lungo un vasto perimetro. I vetri erano di un delicato color verde acqua. Da lì si accedeva ad uno spazio panoramico come una terrazza che dava sulla spiaggia e sul mare, con tavolini, ombrelloni, sdrai e una stupenda piscina dalle tante piccole mattonelle blu e azzurre a mosaico. L'acqua della piscina era di un color azzurro intenso, come fosse la vasca di una barriera corallina e l'acqua arrivava perfettamente a pelo del livello della piscina. Questa si sviluppava ad U fiancheggiando la successione delle vetrate verdi. Ma una delle cose più sorprendenti era l'immensa stele di quindici metri di bronzo, opera di Enzo Cucchi, che si ergeva come un monolito alieno e che fiancheggiava la grande scritta bianca in caratteri a tutto tondo dell'Alexander Museum Palace Hotel, in cima ad una pensilina sorretta da un pilastro cilindrico in vetro di raffinato verde acqua. La gigantesca scultura di Cucchi rappresentava in bassorilievo, con andamento *spiralico*, la storia di Pesaro.

Appena entrarono si resero conto ancora di più che era irriconoscibile! Tutta quella obsoleta costruzione in disfacimento che ebbero modo di conoscere anni prima, adesso si rivelava di una bellezza e armonia di incredibile splendore. Pareva letteralmente tutta un'altra cosa: un'architettura moderna completamente rinnovata, con spazi pieni di luce e di una eleganza che colpiva gli occhi creando stupore. La gente in breve tempo occupò l'interno della hall; si trattava di un ampio salone preceduto da un corridoio e da uno spazio chiuso, con le grandi vetrate verdi che davano sulla strada. L'uscio era una porta scorrevole che si apriva automaticamente. Nell'ampio spazio espositivo che precedeva la grande sala pranzo, vi erano disposte larghe sculture in bronzo di Chia e di Paladino (artisti della Transavanguardia). Dal soffitto pendevano quattro grosse corde, molto lunghe, alle quali s'agganciavano due altalene, una di fronte all'altra. In una delle altalene stava seduta, dondolandosi allegramente, la ragazza che era solita aiutare i pittori quando lavoravano alle stanze, ossia Cosetta. Aveva nelle mani un colorato dépliant d'invito. I tre pittori trovarono un po' buffa la cosa ma comunque carina. La gente aumentava e si accalcava ovunque. L'interno era tutto dipinto di bianco con luci alogene incassate nel soffitto.

Appena entrarono nel salone, illuminato anche in parte dalle vetrate verdi che prendevano luce da fuori, dando all'ambiente un'atmosfera quasi sottomarina, i quattro artisti rimasero letteralmente a bocca aperta. Uno spazio ampio, fresco, luminoso e dal disegno architettonico essenziale e moderno; con colonne quadrangolari e cilindriche, sempre in bianco laccato e grandi specchi che davano l'effetto ottico che la sala continuasse all'infinito. Tavolini e sedie in bianco e i divanetti, in pelle morbida, lucida, ancora in elegantissimo color bianco. Pareva di stare dentro ad un vascello, ad una nave col capitano e l'equipaggio.

Dovunque c'erano delle opere d'arte contemporanea: sculture in legno e bronzo, pannelli decorativi, quadri appesi di ogni stile moderno. Opere di Chia, Cucchi, Paladino, Pomodoro, ed altri. Tutto l'arredamento interno: ingresso, sale, corridoi, stanze, pareti, e persino la piscina, erano opere ideate da venticinque famosi artisti.

Vicino all'ingresso, sulla destra stava un ampio banco della reception, assai moderno ed elegante; una ragazza ed un signore erano dietro al banco affaccendati a raccogliere ordinazioni per le camere e a distribuire cataloghi. Quel signore, assunto da poco, addetto al

banco della reception, si chiamava Arturo; era un uomo alto e abbastanza stempiato. Un solerte dipendente, perché pensava a tutto:
alle mansioni generali e anche a quelle minori. I lavori di manutenzione dell'albergo invece erano affidati a Lino e a Cosetta, come
ben sa il lettore. Due ampi monitor, uno appeso ad una parete del
corridoio d'ingresso e uno sul ripiano della reception, erano accesi
e scorrevano le immagini, in successione, delle porte di tutte le sessantatré stanze dipinte dagli artisti. Era il sito web dell'Alexander
Museum Palace Hotel di Pesaro.
«Guarda Alfonso, hai visto che figata! La nostra stanza, la "Nottetempo"!» si entusiasmò Nicola.
«E la mia... che boia ... non ci sta cazzooo... nooo!»
«Ma che dici Cesco, non vedi che è lì e guarda bene il monitor crete-
eiiinooo! Dai tempo alle immagini di scorrere!»
«Dai torniamo nel salone ragazzi... qui è davvero una meraviglia,
c'è un sacco da vedere.» fece Alfonso.
Si mossero e cercarono di infilarsi fra tutti quei visitatori ben vestiti e
dagli sguardi rapiti. Nella parte centrale della grande sala, spiccava
una poderosa scultura installazione che partiva, quasi arrampican-
dosi, da terra, sino alle due colonne portanti. Era indubbiamente di
vetro resina e pareva rappresentasse delle voluminose onde marine
spumeggianti, che si infrangevano azzurrine su scogli immaginari.
Non mancava nulla, c'era persino un raffinato spazio per un ampio
bar, con sgabelli altissimi in pelle. In alto, su una delle pareti che
faceva angolo con il corridoio d'entrata, stava un pannello quadrato
in marmo, ove era scritto in stampatello nero a sinistra: "Cultura,
Educazione, Fair Play, Bon Ton" e a destra: "Giustizia, Onestà, Passione, Valori". Sopra a tale scritta vi erano una A e una Ω. Una delle
tante bizzarrie del conte!
Da quella grande e fantastica sala poi si accedeva, o tramite le scale
o con l'ascensore, a tutte le camere dell'hotel nei vari piani superiori; camere che ora attendevano di essere ufficialmente visitate
in quanto rappresentavano la vera novità, perché, come sappiamo,
tutte realizzate dagli artisti chiamati dal conte Nani. E intanto continuava incessante il gran via vai di gente più o meno importante
e fra questi naturalmente ci doveva sicuramente essere gente dello
spettacolo, della cultura, artisti, scrittori, giornalisti, critici, intel-

lettuali, architetti, manager, imprenditori, sindaci, assessori, e via dicendo. Ma forse, sostenne Cesco, potevano esserci anche presenti poliziotti in borghese.

Due belle ragazze in costume, in bikini, intanto stavano tranquille a nuotare nella splendida piscina e i gemelli le notarono subito attraverso le ampie vetrate; era uno spettacolo un po' inusitato vederle lì, da sole, nel bel mezzo di una inaugurazione, mostrare il loro sensuale corpo mentre si tuffavano in acqua con ampie bracciate. Che quella fosse una attrazione voluta dal conte proprio per l'inaugurazione? Erano le due sorelle russe Animaisa ed Elikonida.

«Che fighe, guarda Cescooo… assahhaaa belleee!»

«Ma che fanno, nuotano? Uh… sono in piscina! Andiamo anche noi…!» disse Cinzia socchiudendo gli occhi da miope.

«Eh… mo' andiamo a fare il bagno… ci manca pure questa mo'…!» fece Francesco unendo le mani come in preghiera e agitandole in aria.

Alfonso e Nicola non riuscirono a trattenersi e andarono di corsa a sedersi sui divanetti bianchi sotto le grandi vetrate verdi, per guardare quelle due belle creature mentre facevano il bagno. La piscina era proprio attaccata, là oltre i vetri.

Infatti le ragazze avevano attirato anche altri astanti, soprattutto uomini.

Ma il conte Nani… dov'era? Prima o poi sarebbe comunque apparso.

«Ce n'è di gente!» commentò Ciuzza. I tre pittori non prestarono attenzione alla ragazza in quanto ammiccavano alle fanciulle che, sinuose, si muovevano come sirene in quell'acqua di cristallo azzurro, consapevoli dei loro sguardi.

Presto si staccarono però dalla vetrata perché uno dei gemelli si avvide della presenza di Angela e della sua amica francese Lucienne. Con fare sciolto e sorriso aperto le raggiunsero baciandole e abbracciandole. Angela portava un grazioso ed elegante vestito bordeaux corto, che lasciava le braccia nude con un generoso *decolté*. Mentre Lucienne aveva un vestito nero scollato, sul quale si sovrapponeva una deliziosa casacca di organza nera a maniche corte a sbuffo, che arrivava poco sotto al ginocchio superando in lunghezza il vestito nero, abbastanza corto, e quella trasparenza risultava molto sensuale. Le ragazze fecero festa ai due gemelli. Bevvero tutti assieme un cocktail che poterono prendere dai vassoi che il personale addetto offriva di continuo agli invitati. C'era tanta gente elegante, di ogni età e molte ragazze carine e belle donne.

All'improvviso si alzò un brusio. Lì per lì non capirono cosa stesse accadendo, ma poi si accorsero che qualcosa di singolare stava avvenendo oltre la vetrata, giacché tutti si spostarono in quella direzione fissando lo sguardo oltre i grandi vetri. Poi un applauso e urla di entusiasmo. Nicola fu il primo a capire quello che aveva scatenato l'ilarità generale. Si faceva fatica ora a vedere bene fuori, molte schiene formavano una barriera visiva. Ma ben presto ognuno poté vedere: increduli e stupefatti! In piscina c'era il conte Nani, immerso sino alla cintola, in impeccabile abito blu, camicia bianchissima e cravatta rosso fuoco a losanghe blu scure. Se ne stava immobile col braccio destro steso e la nobile mano aperta a palmo in giù, in un gesto aristocratico, che sfiorava l'acqua, mentre l'altra mano poggiava sul fianco. Molti si affrettarono poi ad uscire in terrazza, all'esterno, oltrepassando la grande e pesante vetrata semovibile. Nonostante il sole non fosse più alto come prima, faceva ancora caldo. Le belle nuotatrici ora erano ai bordi della piscina in piedi mostrando tutta l'armonia e bellezza dei loro corpi... e dei fondoschiena! Di lampo due fotografi presero a scattare foto al conte, che non si muoveva, serissimo, bloccato in quella posa austera, un Nettuno contemporaneo delle acque! Ancora applausi e urla di giubilo. Dopo qualche minuto, il conte si spostò e emerse dall'acqua salendo i gradini della piscina, lentamente, con un sorriso sardonico in volto. Sgocciolante e impassibile alzò una mano e disse, tra il silenzio che si era fatto attorno: «Vi ringrazio tutti di essere qui, con questa mia performance io vi saluto e inauguro la MIA OPERA D'ARTE: l'Alexander Museum Palace Hotel! Tra poco inizierà la cerimonia ufficiale, e sarete ancora sorpresi. Se pensate che questo sia l'evento più singolare della serata, vi sbagliate. Vi stupirò con ben altri eventi! Ora vado a cambiarmi, nel frattempo vogliate, miei cari ed illustri ospiti, restare comodi e tornare dentro la sala, bevendo e saggiando a volontà qualche delizioso stuzzichino. Più tardi sarà servito un ricco buffet per tutti.»

Un altro applauso scrosciò espandendosi nell'aria dolce della sera che stava per avanzare. Una donna bionda sulla cinquantina applaudì seria, e poi chiese al conte se poteva scattargli delle foto con ancora indosso il vestito bagnato. Lo stesso fecero altri ospiti.

«Hai visto che roba, eh?» disse Cesco piuttosto colpito ad Alfonso che non la finiva di applaudire.

«Nani... ci sorprende sempre questo pazzo scatenato... incredibile! Immerso in piscina vestito di tutto punto, davvero un fuori classe!» Intanto, grazie anche a quell'evento davvero inconsueto, si era fatto un gran brusio nelle sale ed ora i quattro pittori, che continuavano a guardarsi attorno con interesse sempre più vivo, prima che Nani sparisse del tutto cercarono di raggiungerlo per complimentarsi e per salutarlo. Ma non ci fu verso di acchiapparlo; sparì accompagnato dal solerte Lino e da altri due personaggi mai visti, oltre le scale che portavano di sotto. Molti dissero, o almeno supposero, che andando giù per le scale si sarebbe raggiunto l'ampio locale adibito a conferenze che poi comunicava con il nuovissimo teatro. Il Teatro delle Rose dell'Est, come il conte lo aveva sempre chiamato.

Ma dove erano tutte le altre stupende ragazze russe: Feona, Anfisa, Bela, Agrafena, Deodora, Fotina, Inessa, Irina, Efimiya, Khristina, Muza, Leonilla, Kirilla, Olimpiada e Vlada (a parte le sorelle Animaisa ed Elikonida, che erano state viste nella piscina) e dove erano finiti quei viziosi della scenografa Rosanna Pini e del regista Oreste Boccioni? Così pure Romano, il maggiordomo! Questo si domandarono improvvisamente i quattro artisti confabulando fra loro, parlottando a bassa voce ma assai perplessi e desiderosi di sapere. Si dissero, ricordando quel fatidico sabato notte in cui Romano li fece entrare nello stanzino delle proiezioni, nello studio teatro del Deposito Uno, di avere ancora in mente quella scena che videro, raccapricciante, dal cabinotto mentre spiavano. Feona e Irina, Kirilla, Leonilla, Anfisa, Agrafena assieme alla scenografa Rosanna Pini e al regista Oreste Boccioni, quella notte fecero un festino del tutto equivalente ad un'orgia di gruppo! Fu davvero impressionante oltre che, effettivamente, eccitante. Nessuno seppe nulla di tutto ciò? Di certo il conte non era al corrente!

Romano aveva capito che ne approfittava anche qualche cliente pagando salato e che persone dall'esterno facevano poi sparire le cassette registrate per rivenderle in paesi del mercato del sesso.

Alcune delle ragazze, qualcuno disse, stavano facendo le ultime prove per lo spettacolo nel nuovo teatro, che avrebbe avuto inizio più tardi... dunque c'erano!

Infatti un'ora dopo riapparvero quasi tutte, vestite di una eleganza e di una sensualità che rapirono gli sguardi dei tanti presenti.

Romano, che solitamente lavorava all'Hotel Savoy, ora stava all'Alexander e apparve vestito con una salopette bianca, come tutto il personale era vestito per quell'occasione e così era stato disposto da Nani. Si aggirava affaccendato per i tavoli e le poltrone della grande sala. I quattro amici gli si mossero incontro desiderosi di salutarlo. Egli fu felice di rivederli.

«Non vi avevo ancora visti, con tutta questa gente! Son felice che ci siete, vi aspettavo, non potevate mancare. Tra tutti gli artisti qui presenti i Vaccari e Borel come potevano non esserci?!» disse con un gran sorriso Romano e stringendo loro le mani, e baciando quella di Ciuzza.

«Oh che galante! Svengooo....» fece Cinzia lusingata ed imitò il gesto dello svenimento, seguito da una risata.

«Cììì... che fai??!!» la sgomitò Cesco repentino.

Cinzia rise più forte ed arrossì un poco.

«Fantastico tutto questo, è un hotel stupefacente, credo unico in tutta Italia!» commentò Alfonso rivolgendosi all'uomo.

«Sì, avete visto che roba? Il signor conte ha creato un'opera d'arte!» rispose Romano con un certo orgoglio.

«Già un'opera d'arte... e chi se lo immaginava ricordando come era sistemato prima!!» disse Nicola.

«Proprio così... non sembra neanche lo stesso luogo!»

«Giusto Romano... ma posso farti una domanda...» azzardò abbassando il tono della voce Nicola.

«Come no...!»

«Maaa... tutta quella faccenda dei festini... che noi sappiamo... il conte ne venne mai a conoscenza? Come andò a finire tutta 'sta storia? Tanto più che non abbiamo visto né la Pini né Boccioni... che fine hanno fatto?»

Romano parve irrigidirsi, sì guardò un poco attorno... poi fece un sorrisetto che gli storse la bocca da una parte... fissò l'artista negli occhi e aggiunse: «La fine che meritavano!»

«Ossia?» chiese Cesco prontamente.

«Vedete... ci fu una soffiata, un po' di tempo dopo. Il conte venne a sapere tutto!...»

«Dici sul serio?!» domandò Nicola al limite della curiosità.

«Da parte di chi?» proruppe Ciuzza.

«Una delle ragazze, cioè una delle due sorelle, Elikonida... quelle gran gnocche della piscina di poco fa... no? Bene, una di loro, per l'appunto Elikonida, spifferò tutto al conte, il quale veramente non aveva mai saputo nulla!»

«Che ardita la ragazza, oh!» disse Cesco alzando gli occhi al soffitto.

«Era la più pressata da Boccioni, la tampinava di continuo... si era invaghito di lei, e voleva convincerla ad organizzare nuovi festini, forse in qualche altro posto, magari non più al Deposito Uno, visto che Nani, dopo quell'orribile omicidio, fece chiudere il teatro all'Alexander e poi, come sapete, fece cessare anche tutte le attività, occupandosi solo della ricostruzione dell'albergo. La ragazza arrivò al punto di non poterne più. Andò dal conte a raccontare tutto.»

«Accidenti! E Nani come reagì?»

«Andò su tutte le furie, ma siccome ha un cuore buono, vedendo la ragazza piangere, la tranquillizzò, dicendo che non avrebbe cacciato nessuna delle ragazze, purché su tutta questa faccenda si fosse mantenuto il silenzio. D'altronde come poteva il conte rinunciare al suo amato gruppo delle "Rose dell'Est"? E poi quelle ragazze erano soltanto delle vittime di un losco giro. Licenziò Boccioni e la Pini immediatamente, e li denunciò per sfruttamento alla prostituzione; per il conte fu davvero troppo! Sconvolto da quel fattaccio dei festini, immediatamente decise quindi di denunciare Boccioni e la Pini i quali successivamente, a loro volta, fecero il nome di un politico: Ilario Cattanigi, quando vennero interrogati in questura. Boccioni rivelò che Cattanigi spesso lo minacciava se non avesse procurato a lui delle ragazze e così parlò, e chiaramente pure Cattanigi venne arrestato e naturalmente destituito dall'incarico. Ma prima che accadesse questo, ci furono le nuove elezioni e fu nominata una nuova giunta. Tutto ciò rappresentò alla fine una fortuna per la città, che si liberò di questo delinquente. Pensate che chiedeva delle bustarelle al Boccioni, cioè il ricavato dai festini, sotto minacce; gentaglia! Successivamente il politico confessò i suoi malfatti di concussione, e così fu anche arrestato per questo crimine. Misericordia!»

«Miseriaccia... che storia! Ecco, ora capisco perché la prima volta Agrafena ci mentì; era per non rischiare che il conte sapesse!» disse Alfonso alquanto stupito. «Maaa, dell'assassino del povero Antonio non è emerso più nulla?» continuò.
«Non vi so dire niente di come sono andate le indagini... Nani non ha parlato più di questa faccenda. Su ciò è bene che si taccia.» detto questo Romano si staccò dal gruppo, salutando frettolosamente la compagnia, in quanto il conte era riapparso in sala, anch'egli in salopette bianca e ci fu un fragoroso applauso.
Si dispose al centro della grande sala con le vetrate verdine alle spalle; prese a parlare col microfono in mano ed ora affianco a lui c'era la critica d'arte Rosalba Corda, elegantissima, e un uomo di media altezza, dal viso simpatico e coi capelli corti e brizzolati, un paio di occhialini dalla montatura di sottile metallo, che Romano disse essere il sindaco Luca Cerisi.
Nani fece un bel discorso ove elencò le difficoltà incorse durante quei quattro anni per erigere quell'albergo divenuto il tempio dell'arte. Parlò delle attività culturali destinate a certi spazi, degli artisti famosi che avevano contribuito a rendere l'hotel un museo, degli artisti delle sessantatré stanze ognuno dei quali aveva lavorato gratuitamente per lui, realizzando ciascuno una stanza secondo il proprio ingegno e talento artistico e li ringraziò tutti, senza però fare di costoro i nomi, troppo lunga la lista, disse. Annunciò che si era in attesa del critico Achille Bonito Oliva, che avrebbe inaugurato l'Alexander Museum Palace Hotel tenendo una conferenza al piano disotto nella sala riunioni, detta "sala degli specchi". Al termine sarebbe stato distribuito il catalogo edito da Mondadori su cui era stampato il suo Diario di bordo che raccontava tutte le vicissitudini relative alla grande impresa della realizzazione del suo hotel museo, ma soprattutto, oltre al testo di Bonito Oliva, le foto di tutte le sessantatré stanze. Al catalogo era allegato anche un DVD con le interviste agli artisti, nelle loro rispettive stanze. Lo giudicò un vero evento editoriale! Molte le foto scattate e gli applausi. Il sindaco fece anch'egli un bel discorso in cui lodò la grandezza dell'opera del conte, definendola una vera e propria opera rivoluzionaria nel campo dell'arte ambientale.
Bonito Oliva giunse un quarto d'ora dopo e fu davvero una sorpresa.

Arrivò accompagnato da Nani con fotografi e giornalisti. La sua bassa statura lo rendeva poco visibile agli astanti, ma presto gli occhi di tutti furono puntati su di lui. Era attorniato da una bella folla, serio, con lo sguardo fisso in qualcosa che pareva non fosse tangibile, come se contemplasse un mondo tutto interiore di chi ha la visione profonda del mistero della bellezza! Si formò una marea di gente ancora più fitta che accalcò il pianerottolo affianco l'ascensore che conduceva alle scale che davano accesso al piano inferiore. Tutti seguirono il grande critico d'arte e il conte. Ben presto ognuno prese posto nelle tante sedie della sala delle conferenze, che aveva un basso soffitto, composto di tante piastre quadrate a specchio, sicché ci si poteva vedere riflessi dall'alto, che quasi dava le vertigini. Veniva chiamata per l'appunto "sala degli specchi". Cesco, Ciuzza, Nicola e Alfonso, presero posto in una fila intermedia al lato sinistro, e si sparse nella sala un brusio generale di contagiosa eccitazione. C'era un grande e lungo tavolo ove presero posto Achille Bonito Oliva al centro, il conte Nani, il sindaco Cerisi e la critica Rosalba Corda. Bastò un... "oh, ola... oh... prova microfono..." di Nani, che presto calò un gran silenzio.

«Eccoci qui, gentili invitati, assieme al critico d'arte e mio amico Achille Bonito Oliva!» Il conte sorrise voltando lo sguardo al noto professore, il quale non sorrise affatto ma annuì mantenendo gli occhi chiari puntati verso il pubblico presente. Altro applauso.

Adesso c'era soddisfazione nei volti dei Vaccari, in quanto non potevano dimenticare che all'epoca dell'Accademia avevano conosciuto Bonito Oliva, perché a quel tempo li aveva scelti come artisti inediti, giovani per una grande mostra collettiva a Bergamo, curata da lui medesimo. Alfonso s'avvide che non era poi tanto cambiato, solo un po' più di stempiatura e un maggior numero di capelli bianchi. Aveva comunque mantenuto quel fascino di grande intellettuale fuori dagli schemi. I gemelli si girarono ogni tanto, scrutando la sala, ora completamente affollata di gente; fra i tanti seduti o in piedi, riconobbero l'amico pittore Michele Baracca, la pittrice Samantha Capaci, oltre che Angela Salina, ed altri colleghi artisti, come un fotografo, due altri pittori e due scultori. Anche loro avevano partecipato alla realizzazione delle stanze. Purtroppo, ahimé, mancava il povero Antonio Pinto. Ancora non erano saliti a vedere le loro stanze, perché Lino disse loro che il conte desiderava che ognuno raggiungesse la propria, dopo che fosse finita l'inaugurazione; giravano voci – cosa un po' difficile da credere – che il conte Nani avesse posto un grande mazzo di fiori davanti alla porta della stanza realizzata da Antonio Pinto, ma forse era solo una stramba e piccola diceria nata lì sul momento, chissà da chi. Infatti questo non rispondeva a verità.

Quindi Nani e il sindaco Cerisi fecero un discorso introduttivo e poi, come di prassi, passarono subito la parola al critico Bonito Oliva, il quale, dal canto suo, pareva fregargli poco della eccezionalità di quell'albergo e iniziò immediatamente a parlare del futurismo in arte e quindi della dinamica del pensiero futurista, che tendeva alla velocità, al dinamismo, e al fragore. L'Arte come tramite per rimpossessarsi di una vitalità perduta e della effervescenza vitale, ridondante, del fare cultura con linguaggi plurimi senza più ideologie. Appunto, sì... parlò persino dell'*ideologia del traditore*, ossia colui che rompe gli schemi e che va all'avanscoperta con ogni mezzo e stile, senza preoccuparsi di stare a regole precostituite. Questo quindi l'intellettuale, l'artista del futuro... facendo orecchio e richiamo al futurismo storico e alla Transavanguardia. Tale anche l'eclettismo e la voglia di creare eventi trasversali come quelli concepiti dal conte Nani, con la costruzione di un Hotel Museo dedicato all'arte contemporanea. Uno spazio dinamico, vivo, in continuo fermento, che poteva accogliere infinite espressioni di eventi artistici e culturali. A tal proposito parlò anche di *nomadismo culturale*.

«Questo posto, ove stiamo adesso, in cui il *contino*, (così lo chiamavamo il nostro Nani nell'ambiente artistico-culturale di Roma), tiene appese opere che immagino siano state realizzate da quegli artisti che si sono occupati delle stanze, visto com'è è assai squilibrato, poco adatto perché risulta promiscuo, a mio avviso. Voglio dire: qui ci stanno troppe opere raccolte (fra tele e pannelli dipinti comprese le sculture); se fossi il *contino* mi adopererei optando per una scelta più minimale. Senza opere, via tutti i quadri e le sculture e lascerei qua sotto vuoto, o almeno quasi spoglio, per dare un senso di pulizia e di rigore. È provinciale questa accozzaglia di quadri esposti, non è fra le scelte più giuste da fare. Ossia... io qui ci farei solo nascere degli eventi culturali e artistici, come performance, conferenze, dibattiti, letture di grandi poeti, musica d'avanguardia!» Detto questo Achille Bonito Oliva si arrestò di colpo rimanendo fermo come una statua di cera, senza più muovere neppure un muscolo facciale. Nani poi disse che conveniva sul giudizio delle troppe opere appese, sulla eccessiva quantità di pannelli dipinti presenti in quella sala, ma disse anche che le pitture, le pitto-sculture e le sculture giacevano lì per un'esposizione provvisoria, in quanto destinate alla vendita per beneficenza con una percentuale che sarebbe andata agli artisti. Sorrise a piena dentatura e poi chiese al critico di dire qualcosa anche sulle stanze che aveva visto il giorno precedente, accompagnato dallo stesso Nani.

«Alcune mi piacciono, molte altre no. Bisogna vedere in realtà qual è la storia di ogni autore, per confrontarne la coerenza di mestiere, e questi non li conosco, tolto qualche eccezione...» Alfonso e Nicola pensarono che Bonito Oliva si riferisse anche a loro due, essendo stati un tempo i suoi artisti. «Il punto è che ora il nostro *contino* deve dimostrare di saper tenere in mano tutto questo, nel senso che non basta raccogliere un mucchio di artisti, far loro dipingere un albergo e appendere in esso le loro opere, bisogna anche vedere come nel tempo saprà gestire il seguito di questa iniziale idea, cosa non affatto facile; ora è giunto il momento che egli dimostri di saperci fare ad essere credibile, facendo cultura in un modo nuovo e alternativo senza cadere nello scontato, nel banale o nel sensazionalismo fine a se stesso. Sostengo tuttavia che la sua opera sia un vero incubo che disturba il viaggiatore con la sua ridondanza; sappiate che questa è la funzione dell'Arte: scuotere il nostro cervello atrofizzato dalla tecnologia e suscitare domande sul mondo. Un esperimento di questo genere non poteva che nascere a Pesaro, una città che ha dato grandi contributi all'Arte contemporanea. Ma la differenza che fa questo albergo paradossale, è quella di offrire arte ventiquattr'ore su ventiquattro! È il tutto nel suo complesso quindi che ha valore! Questo non è un albergo *futurista*, bensì, futuribile: uno spazio mobile.» Ci fu un applauso e Nani ringraziò dicendo che si sarebbe impegnato a fare del suo meglio.

Il dibattito continuò un altro quarto d'ora, in cui fu invitata la gente ad intervenire con delle domande. Michele Baracca fu il primo ad alzare la mano.

«Potrebbe fare qualcosa per promuovere il lavoro di noi artisti dell'Alexander?» La voce un tantino afona del collega sì udì ovattata dal fondo della sala. Bonito Oliva rispose così, serio e senza minimamente scomporsi: «Sinceramente di voi artisti che avete dipinto le stanze dell'albergo, non mi interessa nulla. Nessuno di questi mi sorprende in modo particolare, anche se diversi di voi riconosco che sanno dipingere, non c'è nessuno che mi sorprende a tal punto da prenderlo in considerazione. Non intendo promuovere proprio nessuno di voi.»

Si percepì un brusio generale, il critico era stato sin troppo chiaro, non aveva alcun interesse su nessuno. Di certo però apprezzava l'invenzione del conte Nani. Gli interventi furono ben pochi, dopo quello di Michele Baracca. Bonito Oliva lanciava frecciatine al conte, con un bonario sarcasmo volto a creare certamente il buon umore generale; la sua ironia ritraeva il personaggio pungente e anticonformista di sempre, l'intellettuale che rompe gli schemi e non teme il confronto con nessuno. Ben presto l'incontro ebbe termine e Nani annunciò che, fattesi le 21 ormai, per tutti era disponibile un buffet disopra, per la cena. Prima però furono consegnati al pubblico i cataloghi. Dopo di che la sala si svuotò velocemente e il critico salernitano si accese un sigaro e a capo del corteo raggiunse il piano superiore ove erano state apparecchiate le tavole in maniera piuttosto raffinata. Una lunga tavolata disposta al centro della sala mostrava il ricco buffet con i camerieri addetti al servizio del catering. Tutta la gente prese posto ai propri tavoli, visibilmente affamata e desiderosa di gustare sì tante prelibatezze offerte dal conte. Il sindaco, Rosalba Corda, Nani e Bonito Oliva con qualche altra bella signora presero posto in una tavolata circolare, verso la zona d'entrata della sala. I quattro amici, in tavoli uniti poco distanti dalla zona bar, si sedettero tutti assieme in compagnia di Angela, Lucienne, Samantha e Michele. Come di consuetudine i vini erano dei migliori e il buffet ricchissimo di prelibatezze inimmaginabili!

«Mangerò come una maiala!» disse Ciuzza col sorriso che le arrivava alle orecchie.

«Eeeh, Cì... mo' non esagerare che poi mi vomiti in camera!» affermò Cesco con grande serietà. Ciuzza rise da strozzarsi, i gemelli ne furono contagiati a loro volta, Angela cercava di contenersi ma anche lei mal celava la sua soffocata risata.

«Eeeh... c'è tanto da ridere mo'?! Questa sul serio che mi sta male stanotte se esagera a mangiare...»

«No, no... posso immaginare, ma tutto questo fa ridere, è di un buffo Cesco!» replicò Alfonso che rideva col fratello a più non posso.

«Vi date una calmata, *ragazzuoli*?» soggiunse Michele che non si capiva come facesse a restare contegnoso.

«Zitto!!» ordinò Lucienne tappando la bocca a uno dei due gemelli, a Nicola, che a quel contatto ci godette parecchio. Angela fece lo stesso con l'altro, e i due dal riso passarono ad un deliquio crescente, perché il solo contatto con la mano delle fanciulle li faceva eccitare.

«Vaccari... ssst!» proruppe Samantha spalancando gli occhi mettendosi l'indice davanti alle labbra.

«Finiamola mo'... che il Bonito... se se ne accorge! Figuraccia eh?»

«Giusto Cesco, ricomponiamoci, va!»

«Sì ricomponetevi... mentre io caro Nicola mi vado a servire quella fumante minestra di maltagliati, ma prima credo che mi servirò anche abbondantemente di tutto quel ben di Dio di antipasto!...» disse alzandosi Michele, che già si leccava i folti baffi neri.

«Io pure...» continuò Angela che si alzò repentinamente. Tutto il gruppo si alzò; l'assalto al buffet era iniziato.

Nel bel mezzo del buffet, venne annunciato che dopo cena chi voleva, poteva assistere allo spettacolo della compagnia delle "Rose dell'Est", nel nuovo teatro dell'Hotel Alexander. Un breve spettacolo performance creato dal nuovo regista assunto Albert Bernabei che si diceva venisse direttamente dall'Inghilterra.

«Hai sentito? Ci saranno le ragazze russe come attrici e ballerine, questa ragazzi non dobbiamo perdercela!» esclamò Nicola.

«Come no! Io comunque sono un casino curioso di vedere come caspita è questo teatro nuovo. Chissà che bello eh?... ve lo immaginate?» disse Cesco a braccia conserte davanti a un piatto di crostini.

«Scommetto che non vedete l'ora di guardare le ragazze, magari si spoglieranno!» intervenne maliziosa Samantha.

«Magari... ma credo che dopo quello che è successo non avremo cose osé.» disse Alfonso con la bocca piena.

«Le orge mo' se le scordano... ah ah ah ah» gracchiò Cinzia ridendo a tutta birra.

«Che te urli Cì... e *statti* zitta nooo... ma guarda questa... mo' me alzo eh?!» brontolò Cesco.

«E che sono una bambina io? Tu non mi comandi capito?... dammi da fumare piuttosto Francé!»

«No Cinzia, ora niente sigaretta... qui poi non si può in sala.»

«O.K. allora esco...»

«Mo' sta zitta..., ora si mangia e non mi fare innervosire.»

«Orge?... ma cosa state dicendo?» fece Lucienne sorpresa.

«Sì tesorino proprio orge. Non ti avevo detto nulla ma è vero, me lo hanno raccontato i gemelli tempo fa. Accadeva tutto in un posto fuori dall'albergo sì, quando ancora l'Alexander era in costruzione... che porci!» disse Angela rispondendo alla sua amica del cuore. Alfonso prese l'argomento in pugno e raccontò tutto quello che era successo compreso ciò che Romano poi aveva detto, spiegando i risvolti della faccenda. Chi già sapeva, di loro, rimase ancor più meravigliato.

«Sì l'ho saputo anche io. Sempre dai gemelli, quando un mese fa sono andato a trovarli in atelier a Forlì. *Caspitella* cosa mi sono perso! Un'occhiatina l'avrei data pure io volentieri. Dunque, allora li hanno tutti scoperti?» Chiese Michele concludendo con una sghignazzata.

«Beh ora è finito quel tipo di spettacolo, il povero conte ci sarà rimasto come una pera cotta e così, scoperti gli altarini, chi era coinvolto è stato denunciato.» intervenne Cesco.

«Le ragazze ci sono ancora però...» disse Lucienne.

«Sì, il conte è un signore, non le ha né denunciate e né licenziate. Erano vittime, in fondo... poverette!» precisò Nicola.

«E tutto questo non ha nulla a che fare col delitto?» chiese Ciuzza.

«No sicuramente, hai sentito pure quello che ha detto Romano; pare di no.» rispose Cesco.

«Beh, secondo me qualcosa c'entra... quando ci sono di mezzo la prostituzione e i soldi secondo me...» intervenne Michele.

Samantha, Angela e Lucienne si misero a parlottare fra loro visibilmente preoccupate da quella storia.

«Tutto è possibile, che ne so. Comunque certo è che di cose strane ne sono successe.» disse Alfonso.

«E forse questo è solo l'inizio.» sentenziò Nicola.

«Dai, non creiamoci in testa cose surreali mo'...» sbuffò Cesco dopo aver svuotato il suo bicchiere di bianco frizzante.

Il conte e la critica stavano chiacchierando animatamente, nel loro tavolo: lui con il critico Bonito Oliva, e lei ora con l'architetto che aveva fatto il progetto del nuovo Alexander, Aldo Marabini. Probabilmente anche qualcuno di loro chiedeva particolari sul fattaccio o forse Nani aveva predisposto sin dall'inizio che quell'argomento non si sfiorasse nemmeno. La scenografa Rosanna Pini, arrestata anche lei perché – come sappiamo – particolarmente coinvolta nei festini fu sostituita per volere del conte, addirittura da lui stesso. Sì, perché l'estro del conte, che sappiamo fortemente creativo e quindi artistico, poteva benissimo essere al servizio delle scenografie di un teatro d'avanguardia (il suo teatro), se all'occorrenza fosse servito. Chiaramente nessuno ebbe nulla da dire.

La cena comunque ebbe termine con allegria; il critico Bonito Oliva dopo che gli fu servito il caffè, si accese con soddisfazione un altro sigaro, mantenendo una posa altera da imperatore romano. Il conte volle fare una foto di gruppo, con tutti, compresi gli artisti presenti che avevano dipinto le stanze. Fu un momento di comune esaltazione. Nani era pettinato con tutti i capelli all'indietro, tirati con il gel; il suo viso si era fatto leggermente più roseo per i bicchieri di vino bevuti, le lenti dei suoi occhiali leggeri, senza montatura, risplendevano sotto le luci brillanti del locale. I suoi occhi di un grigio indefinito ora sorridevano vivi e colmi di orgoglio, di vitale esuberanza e di fierezza personali. La critica d'arte si precipitò a posizionarsi accanto al conte, come se non potesse mai fare a meno di apparire assieme a lui! Aveva un sorriso smagliante accentuato da un vivace rossetto rosso e gli occhi, fortemente truccati, tradivano una certa vanità, propri della sua natura. Il gruppo si formò in un attimo, appena il conte Nani richiamò tutti all'ordine e la foto fu scattata dal fotografo ufficiale dell'Hotel Alexander Roberto Pagli, che come artista aveva realizzato anche lui una camera, la n° 210. Per essere precisi, anche se non è importante ricordarlo, ci piace almeno elencare le stanze dipinte dai nostri amici, gli artisti che conosciamo: Alfonso e Nicola dipinsero la stanza 208, Francesco la 318, Angela la 218, Samantha la 316, Michele la 402 e il defunto Antonio la 610. La foto fu scattata in fondo alla sala, accanto ai divani, con alle spalle la grande vetrata verde che dava in direzione del mare. Per

il critico Achille Bonito Oliva era arrivato il momento di andare; salutò dando la mano a tutti in modo energico, tirando dal suo sigaro, poi si avviò a testa leggermente china verso l'uscita accompagnato dal conte Nani. Si davano del tu, erano amici!
«Grazie Achille, se facciamo mostre qui all'Hotel Alexander, verrai a vederle? Ho idea di inaugurare fra qualche mese una serie di personali dei miei artisti. Posso contare sul tuo sostegno critico?» gli chiese Nani pieno di speranze.
«Caro Nani, no, se vogliamo rimanere amici non mi fare queste richieste...abbi pazienza!» Questa fu la risposta laconica del critico che raggelò il conte. Nani non seppe che rispondere, sorrise appena e poi gli indicò l'auto con l'autista che lo stava aspettando.

CAPITOLO XII

CAPITOLO XII

Alle dieci e mezza il conte Nani annunciò che avrebbe finalmente mostrato il teatro, e che ci sarebbe stata una rappresentazione teatrale della durata di mezz'ora, una sorta di performance, eseguita dalla sua compagnia "Le Rose dell'Est", formata da sole ragazze russe. Difatti da un po' di tempo le belle ed avvenenti fanciulle russe, che prima erano tra gli invitati, non si erano più viste; erano andate tutte a prepararsi per la loro esibizione teatrale. Con loro andò anche il regista Albert Bernabei, ma prima lesse un volantino tratto da un sito internet sulla filosofia del Teatro Fisico, scritto dall'attore e regista di discipline teatrali Philip Radice. A queste teorie pedagogiche Bernabei si rifaceva largamente per i suoi insegnamenti. Così lesse, tra l'interesse di tutti: **"Che cos'è il teatro fisico?"** Risponde *Philip Radice:*

Con questo termine intendo un metodo o un approccio al teatro che integra i diversi generi teatrali basati sul linguaggio del corpo e sul significato del movimento nello spazio. Attraverso l'osservazione e l'analisi degli elementi fisici e dei movimenti nel mondo attorno a noi, l'allievo/allieva imparerà la trasposizione fisica e, attraverso l'uso della improvvisazione, la sua traduzione in un atto teatrale. Studiando le diverse discipline teatrali (mimo, pantomima, acrobazia, clown, maschere, commedia dell'arte, buffoni, giullari, melodramma, ed altro), lo studente incontra e mette in pratica un modo di fare teatro che ha un suo vocabolario, delle regole proprie, concrete e precise per affrontare la creazione di un'opera o performance teatrale. Si stabilisce un rapporto stretto tra il movimento, il gesto, la parola e i processi psicologici. L'attore/attrice in questo contesto diventa "creatore" e non soltanto "recitatore" di parole altrui, diventa capace di mettere in scena, fare regia e adattarsi a vari stili teatrali. Il Teatro Fisico non è un genere di teatro o un modo di recitare, ma un approccio concettuale all'arte del teatro in cui il fattore principale è dato dalle regole e dagli elementi fisici del teatro, che vengono poi studiati, applicati a diversi stili o generi. Il loro scopo quindi è di riuscire a creare le possibilità reali per diverse innovazioni stilistiche. Lo scopo – diverso dal metodo tradizionale di insegnamento di tecniche teatrali – è quello di facilitare il meccanismo creativo applicato alle capacità recitative, alla ideazione di scene originali, piene di immagini, azioni ed emozioni "agite", che possano rendere l'opera ricca e interessante per un TEATRO FISICO.

Dopo di che Nani fece strada. Dalla stanza della conferenza, in fondo sul lato sinistro rispetto all'entrata, li fece scendere tre gradini, per entrare in un'altra stanza che formava una elle. Lì teneva appesi alle pareti altri dipinti, alcuni erano posati a terra, vi erano anche sculture e pannelli decorati con materiale polimaterico. In fondo a questa sala c'era una tenda color della senape, di tessuto piuttosto pesante. Con un ampio movimento del braccio, il conte la spostò dicendo: «Attenzione ai gradini eh?»; difatti si scendeva per un'ampia scalinata in marmo bianco e poi si svoltava ancora a sinistra ove c'era una larga porta di quelle antipanico. I vetri erano oscurati da tende nere. Sul muro sopra l'entrata stava appeso il pannello circolare che avevano realizzato, anni prima, Cesco e Alfonso e che rappresentava una grande rosa: la Rosa dell'Est. Nani spinse il maniglione e finalmente tutti poterono entrare. Era come un vero e proprio teatro, anche se di dimensioni ridotte. Vi era il palcoscenico con tanto di fondale e quinte a pannelli scuri, il sipario rosso e la sala, cioè la platea per il pubblico, con file di tante poltroncine in stoffa azzurra. Un vera chicca; era l'orgoglio del conte, che lo mostrò allo sguardo ammirato di tutti, pieno di entusiasmo e molta fierezza:

«Signori, questo è il mio teatro, il teatro delle "Rose dell'Est", uno dei miei più ambiti sogni che con sacrifici e tanto lavoro sono riuscito a concretizzare!» Tutti applaudirono; c'è chi urlò: «Bravo Naniii, sei grande!»

Nicola si avvicinò velocemente al conte e gli chiese: «Nani, il tuo laboratorio rinnovato quando ce lo mostri?»

Nani sorrise e, dimostrando di avere fretta, rispose: «Un'altra volta, non ora. Ma ti assicuro che pressappoco è uguale a come lo vedeste; sempre pieno delle mie sculture e di attrezzi. Ora vai... su, a dopo!»

Poi, rivolto a tutti gli invitati:

«Prendete posto ora, io devo andare nei camerini a controllare il da farsi; ci si vede tra non molto.» E così dicendo sparì in fondo al palco dopo aver salito dei gradini al lato del proscenio, oltre l'oscurità delle quinte.

Cesco guardò in alto alle sue spalle e vide la finestrella dello stanzino delle proiezioni, che il conte probabilmente usava anche per i filmati, posto sopra la sala, la stessa di quella sera in cui morì Antonio; allora tutto era così fatiscente e diverso, incompleto, mentre invece adesso ogni dettaglio era curato e ben definito. Con un cenno del capo indicò il rimodernato finestrotto ai gemelli e sorrise, senza riuscire a mascherare un sotterraneo timore.

«L'abbiamo visto... e mi sento male solo a pensarci!» disse Alfonso sopraffatto da una specie di rabbia. Ai lati, le pareti verde azzurro mostravano appesi i vari pannelli che tutti loro avevano dipinto il giorno dell'uccisione di Antonio. E per il nostro gruppo fu triste riconoscere anche quello che Antonio Pinto aveva realizzato in coppia con Angela.

Piano piano la sala si riempì ed anche se i rumori erano abbastanza attutiti, si cominciava a sentire un brusio salire: erano i commenti delle persone attonite ed incuriosite. Cesco, Ciuzza e i gemelli, assieme a Michele si sistemarono quasi fra le prime file. Nicola e Alfonso avevano insistito per stare il più possibile davanti al palco per godersi – dissero – i corpi di quelle splendide ragazze russe che sapevano, di lì a poco, sarebbero apparse. Angela e Lucienne sparirono per altre file assieme a Samantha, confondendosi fra il resto del pubblico. C'era sicuramente un'atmosfera di tensione e di attesa che si palpava. Alcune luci cominciarono lentamente ad abbassarsi sfumando in una penombra morbida; fu in quell'istante che Cinzia Cavallini venne presa da una risata quasi isterica, interrotta da singhiozzi strani. Il suo corpo ora era tutto un sussulto.

«Oh Cì che hai? Mo' mi si indiavola... e nooo cazzo... ora nooo eh...» fece Cesco sforzandosi di tenere basso il tono della voce.

«Ma no Cesco, è solo emozionata.» disse Nicola divertito.

«In che senso?...» domandò Francesco Borel alla maniera di Carlo Verdone.

«Per me ha la *sgrigna*.» disse Michele dandole un'occhiata mentre la ragazza era piegata su se stessa con la testa reclinata fra le ginocchia, stretta fra le poltroncine.

«Cinziaaa... e no eh... proprio mo' ti piglia?»

«Sta ridendo come una matta.» disse Alfonso ridendo pure lui.

«Mi scappa da ridereee... uah uah uah gh gh gh gh... uah uah uah. Oh Dio non ce la facciooo!»

«Cinzia, mo' basta eh!» rignò Cesco. Intanto l'ombra si fece tenebra, non ci si vedeva più, gli occhi non erano ancora abituati a quella oscurità. Si udì un: «Ssssssst!» provenire dal pubblico. Ciuzza non si capiva se ridesse o piangesse, poi il suo catarro da fumatrice dal petto gorgogliò nel silenzio più assoluto.

«Piantala Cì o ti do un calcio che ti faccio ruzzolare sino al palcoscenico, oooh!!!» Ma Ciuzza rideva ancora di più, tanto che dovette alzarsi ed uscire dalla sala. Cesco era furioso. I gemelli trattenevano anch'essi a stento il riso, ma ce la fecero a ricomporsi. «Emmò dove mi andrà!?» si chiese Cesco con voce implorante, bisbigliando.

«Non preoccuparti, tornerà prestissimo. Ha fatto bene, così le passa e può tornare a sedersi.» rispose l'amico tranquillizzando Borel.

«Il suo è tutto nervoso, lo so io...»

«Maaa... sozza asina, state zitti!» intervenne Michele senza sapere dove volgere lo sguardo, giacché non ci si vedeva da un palmo di naso.

Arrivò la musica, che iniziò come un sibilo e poi si intensificò sino ad espandersi viva e tagliente, quella di un flauto dalla densità 21,5 di platino, composizione di Edgar Varèse dal titolo "Density 21,5". Si aprì il sipario molto lentamente e apparve sulla scena una tonalità arancio di luce che pian piano divenne intensa, sempre più intensa, sino ad illuminare tutto il palcoscenico.

I gesti, la mimica, le azioni che corrispondevano ad emozioni furono la base delle movenze delle attrici. Ve le presentiamo così, tutte d'un fiato, senza neanche una virgola di pausa, nella caleidoscopica complessità dei loro movimenti che composero le parti dell'intera azione. Forse al lettore non dispiacerà la sintesi:

...le ragazze erano tutte mascherate con maschere di cuoio marrone e portavano lunghi vestiti neri ed erano scalze camminavano una dietro all'altra in fila si sparpagliavano muovendo il corpo con grazia roteavano il busto si scontravano facevano capriole si abbracciavano si stendevano si rialzavano barcollavano alzavano le braccia si rincorrevano muovevano braccia e gambe con ritmo sincopato poi con flessuosità ondeggiavano si bloccavano si scrutavano si annusavano roteavano la testa si spingevano si tiravano per le braccia si disponevano a circolo ballavano frenetiche e scomposte poi danzavano leggiadre e sinuose si inginocchiavano si sedevano allargavano le gambe le richiudevano si accucciavano si rialzavano e presero a spogliarsi tra di loro rabbiosamente poi con delicatezza e rimasero in bikini e tutto al ritmo delle note scoppiettanti sincopate contratte e allungate della musica di Varèse e passeggiavano ciondolando poi bloccandosi di scatto e con mosse strappate si rianimavano gettando la maschera facevano smorfie tiravano fuori la lingua si schiaffeggiavano si abbracciavano si sfioravano le braccia e le gambe il viso i piedi si stiravano si rotolavano piangevano ridevano si buttavano una addosso all'altra si tiravano i capelli si accarezzavano si spintonavano a vicenda ridendo e sbuffando singhiozzando strillando poi si stendevano una su l'altra rimanevano immobili e si fissavano si addormentavano si immobilizzavano e così giacquero sino alla conclusione...

Al finale tutti i corpi in scena si alzarono, ognuna accanto all'altra, in fila, frontalmente al pubblico e così si arrestò di colpo la musica. L'applauso esplose automatico fra la soddisfazione e il consenso generale. Cinzia era rientrata da un pezzo, e si era persa pochi minuti dell'inizio della accattivante performance, questa volta restando buona e quieta... anzi, quasi in uno stato di fissità e di intontimento. Alfonso e Nicola erano entusiasti, non solo per l'interesse artistico che aveva suscitato loro l'esibizione, ma soprattutto per la bellezza di quei corpi femminili, sensuali, che avevano catturato gli occhi di tutti. Terminato lo spettacolo il sipario si chiuse e si riaprì, come di consueto, dopo pochi istanti, mentre le luci si riaccendevano in sala. Applausi intensi naturalmente li ricevette anche il bravo regista e coreografo Albert Bernabei. Molti esclamarono: «Bravi, bravi tutti!!! Il nuovo regista è davvero uno in gamba!» Le ragazze del teatro delle Rose dell'Est ora stavano scendendo a piccoli gruppi dal palco con la loro veste nera e lunga; camminavano fiere e soddisfatte fra gli astanti e molti, come Nicola, Alfonso e Cesco andarono da loro a congratularsi e a scattare delle foto. Due di esse persino accettarono di aprirsi la veste per mostrare di nuovo il costumino che indossavano sotto, e farsi perciò scattare delle pose esibendo per un istante, sorridenti, il loro splendidi corpi.

«Che bonazze che sono Cesco!... una me la porterei in camera per stanotte!» esclamò Alfonso visibilmente eccitato.

«Anche due!... tanto quelle non si cedono a noi!» rispose Cesco sorridendo divertito. Ciuzza gli allungò uno scappellotto.

Il conte Nani ora si trovava sotto il palcoscenico, circondato dalle ragazze russe e da altra gente che aveva assistito allo spettacolo; c'erano artisti che gli stavano parlando e signori che invece lo salutavano perché si accingevano ad andarsene. Altri invece, pochi a dire la verità, sarebbero restati perché avevano prenotato qualche stanza per la notte. Le stanze invece eseguite dagli artisti presenti erano destinate a loro soltanto. Il conte, nonostante le belle russe protagoniste dello spettacolo appena concluso, rimaneva comunque la persona più cercata, più avvicinata e più intrattenuta. Il suo charme, la sua distinta figura, il suo fascino aristocratico dovuto sicuramente alle origini nobili ma anche al suo istrionico carattere, la sua lucida follia, la sua tenera e quasi fanciullesca impudenza, la sua capacità di indagine critica, il suo modo di fare... sempre imprevedibile; la sua profondità di pensiero che spesso sconcertava per le uscite ironiche ed acute, quella sua persona affabile, aperta, ma anche ferma ed irremovibile nelle scelte e nei propositi, e ancora, il suo talento ed intuito artistico, la sua parlantina vivace condita con note poetiche che colpivano, il suo aspetto elegante e signorile, quella mente elastica, propensa ad improvvisare e a creare, perché una mente tutta intessuta di concetti e di invenzioni immediate, capaci di scaturire all'istante, come fulmini di illuminazioni folgoranti, tutto questo ed altro facevano del conte Alessandro-Ferruccio Marcucci Pinoli di Valfesina, detto Nani, un personaggio unico e irripetibile dal quale l'uomo di cultura e l'intellettuale non poteva sottrarsi e non venirne soggiogato.

Ad un certo punto si sentì la sua voce richiamare l'attenzione generale; gli avevano dato un microfono perché la sua voce adesso si sentiva alta e forte. Infatti il conte salì subito sul palco del teatro chiedendo di ascoltarlo e di fare silenzio.

Questo chiaramente suscitò la curiosità di quella assemblea riunita. «Si prepara una serata esaltante. Mi sa che le sorprese non sono finite.» disse Nicola rivolto al fratello guardando fisso la figura del conte, che ora era anche illuminata da un faro. Nella sala si fece silenzio. La critica Rosalba fu vista in piedi proprio sotto il palcoscenico, col viso leggermente illuminato da un sorriso compiaciuto. Era tronfia, come se tutto quanto avvenuto dipendesse anche da lei; rivolta verso gli astanti, con gli occhi fissi sul pubblico attento.
Nani iniziò il suo lungo monologo.
«Carissimi amici, artisti e non, ho da rivelarvi qualcosa che voi giudicherete fantascienza, e forse anche una pazzia. Ma sapete, io non sono mai del tutto savio. Beh, comunque, vi chiedo fin da adesso: qualsiasi effetto possa provocarvi ciò che vi sto per dire, prima di reagire e di ribattere, aspettate almeno che io abbia finito, anche se so che non vi sarà facile trattenervi. Immagino che scoppierà un caos... cercate di contenervi con un po' di *self-control*...»
All'ascolto di quelle parole già la sala era diventata tutto un brusio e nell'aria aleggiava ora una strana elettricità, dovuta a tutta quella gente che stava cercando di capire... chiaramente senza arguire nulla e quindi immaginando di tutto, conoscendo il conte. La curiosità si era fatta tagliente, e saliva nelle menti attonite l'adrenalina. Nani continuò dopo un lieve colpetto di tosse.
«Conoscete tutti il fattaccio che mesi addietro colpì la nostra comunità dell'Alexander Hotel, permettetemi di chiamarla così, quando ancora l'hotel doveva essere tutto costruito. Comprendo che fu un evento terribile e raccapricciante che sconvolse tutti...»
«Ci sta per dire chi era l'assassinooo... uuuh, merenda salata!!!» se ne scappò Ciuzza gracchiando una mezza risata, e Cesco la azzittì subito con un'ennesima gomitata.
«Ebbene, cari miei ospiti, ebbene... io vi dico che Antonio Pinto, il nostro pittore della stanza 610, non fu mai ucciso... Antonio Pinto è VIVO e vegeto ed è qui fra noi! Antonio vieni pure avanti caro!» Lo sconcerto fu tale che le bocche di tutti si fecero per un istante mute e pareva persino che tutti avessero smesso di respirare. Chiunque stentava a capire e a credere a ciò che stava dicendo il conte; tanto era assurdo questo, che a molti parve di non aver sentito bene e di essere loro stessi ad aver travisato le parole di Nani. Era un discor-

so che non poteva avere senso, non poteva stare in piedi. Non poteva essere vero! La bella signora bionda sulla cinquantina, vistosamente vestita, venne notata dai due gemelli in quanto, una fila dietro di loro, la sentirono esclamare a bassa voce: «Folle di un pazzo... sei un pazzo, Nani!»

Quando una delle quinte che stava in fondo al palco, quasi in penombra, cominciò ad aprirsi lentamente, il silenzio si fece come di tomba e sembrava che il tempo si fosse fermato e che il meccanismo delle leggi che sovraintendono tutte le cose si fosse improvvisamente inceppato. Da dietro quell'oscurità apparve il fantasma di Antonio Pinto! Un fantasma diabolicamente in carne ed ossa! Era tanto lo sconcerto che un silenzio generale regnò pesante ancora per qualche secondo, sino poi ad esplodere improvvisamente ed inevitabilmente in un fracasso collettivo, fatto di urli, di esclamazioni, di gemiti e di terrore. Ora la figura di Antonio Pinto avanzando, era completamente colpita dalla luce del faro; era in piedi accanto al conte, il quale gli mise un braccio attorno alle spalle con paterno affetto. L'espressione del conte era seria e di trionfo, mentre quella del viso di Antonio era quasi ridicola, leggermente inebetita. Il bailamme continuò e ognuno si mosse, chi avanzando e chi indietreggiando, chi addirittura scappando o nascondendosi in qualche angolo appartato della sala, come fece Ciuzza – inseguita da Cesco – che si mise in fondo in un angolino tutta tremante. Poi cominciò a ridere. Un riso isterico evidentemente. Il conte cercò di riportare tutti alla calma (non era comunque troppo preoccupato, perché si aspettava una reazione del genere).

«Silenzio miei cari amici, vi prego... comprendo bene il vostro sconcerto. Non abbiate paura, non è un fantasma. Guardate... lo tocco! È realeee! Su, silenzio, non ho finito, ora vi spiegherò tutto; signori vi prego, abbiate il coraggio di ascoltarmi e capirete. Sono il vostro conte, come potrei mentirvi? Avanti, vi prego... avanti ricomponeteviii!» Antonio aveva stampato ancora in viso un sorriso ebete e forse anche lui pareva non credere alla sua resurrezione.

«E che cazzo... è vivooo!» esclamò Cesco impallidendo.

«*Toniooo...!*» urlò Nicola sbattendo le mani colto da un improvviso entusiasmo di felicità per rivedere il collega vivo, ma non seguì l'applauso come il pittore aveva sperato. Il suo gli si smorzò tra i palmi, risuonando un clà clà sordo e inopportuno, tanto che si guardò attorno piuttosto imbarazzato.

«Merda, che storia è mai questa?» bisbigliò Michele, che ora si trovava affianco ad uno dei gemelli, Alfonso.

«Questo ragazzo ha accettato di recitare una parte. Tutto quello che è successo non è altro che una messa in scena ideata da me e portata avanti dai miei collaboratori. Antonio non è mai stato assassinato, come ormai è ben chiaro. Mi sono avvalso di esperti tecnici di trucchi cinematografici per creare i consueti effetti speciali per rendere la cosa il più reale possibile. La ferita sulla nuca di Antonio non era altro che un banale e sapiente trucco. Questa è una performance da me architettata ove tutto, sin dall'inizio, è stato filmato per diventare uno speciale mediometraggio d'arte in cui la realtà si mischia alla finzione. Sì signori miei, avete capito bene, io ho ideato un giallo-reality-performance che diverrà un mediometraggio provocatorio, mai realizzato prima. C'erano delle telecamere occultate che hanno permesso di realizzare le scene! Dillo Antonio che tu eri d'accordo, dillo, fa sentire la tua voce a questa gente...» e così dicendo spostò il microfono sotto il naso di Pinto, il quale disse, con voce un po' bassa, dall'accento napoletano: «Sì, io sono stato complice di questa messa in scena; mi è stata proposta un anno fa dal conte ed ho subito inteso lo spessore e la portata di questa azione provocatoria. Perciò miei cari amici, pur rendendomi conto di avere abusato della vostra buona fede e dei vostri sentimenti, ho osato farne parte come... posso dirlo, come protagonista, assecondando la strabiliante fantasia del conte Nani!...» A questo punto l'uomo allontanò il microfono dal viso del pittore, ritenendosi soddisfatto abbastanza del suo intervento, e riprese: «Ecco, avete udito dalla bocca del nostro coraggioso Antonio Pinto la sua spontanea dichiarazione...»

«Altro che azione provocatoria, performance... mediometraggio,... e la cacchiarola che vi pare. Questa è una bella presa in giro sulla sensibilità di noi tutti!» se ne uscì repentino a voce tonante Michele Baracca.

«Nooo, questa è arte, un atto di terrorismo dell'arte... forse, ma arte mio caro; io dico che è una trovata, una gran bella trovata invece!» replicò a voce alta un artista dall'altro lato della sala.

«Sì... giocando sulla morte di un collega?» ribatté forte Michele.

«Non era morto, era una finzione!» lo contrastò di nuovo quell'altro. «Signori vi prego, lasciatemi finire, ho dell'altro da dirvi. Lasciamo le polemiche a più tardi, che le ascolterò volentieri. Ora vi prego... anche tu Baracca, diavolina... porta pazienza eeeh!, su, lasciatemi terminare il mio discorso, vi supplico signori... è necessario che vi spieghi alcuni dettagli. Dunque: siete in molti a sapere dell'esistenza di una scritta misteriosa apparsa in un muro quando l'hotel era ancora un cantiere e gli ultimi artisti, i nostri gemelli Vaccari e Borel, stavano lavorando alle loro stanze. Ebbene quella scritta, l'avrete oramai intuito, è di mia invenzione, ed è stata Cosetta a scriverla di nascosto, mia complice. Come mio complice è Lino, il quale mio fedelissimo, anche lui ha recitato la sua parte.» qui Nani fece un gran sorriso girando la testa da un lato all'altro per scrutare bene il viso della gente.

«Tutti hanno recitato bene la loro parte, sappiatelo. Persino il commissario Cerriti è falso, è un attore!... e devo dire che la sua parte l'ha recitata molto bene, quando c'erano i tanti colloqui fra me e lui, e pure per me non è stato facile recitare quelle battute, quei dialoghi, e farli sembrare veri. Le telecamere nascoste, di cui magari dopo vi spiego meglio, intanto ci riprendevano e noi lo sapevamo, altri no naturalmente! Le ragazze facenti parte del "Teatro delle Rose dell'Est" erano mie complici, ovviamente. Anche loro hanno contribuito a rendere la cosa il più credibile possibile, fingendosi preoccupate e allarmate. Un ringraziamento va anche a loro! Così pure agli agenti di polizia, sempre attori, e tutto il resto: l'inscenata delle indagini, la raccolta delle impronte da parte di una scientifica finta, in quanto anch'essi attori, e per fare sapere che mi ero ritirato in preda allo sconforto e allo sgomento per quanto era accaduto, misi subito tali voci in giro e – lo ricorderete – dopo, diedi ordine che le lezioni di teatro si fermassero. Direi che anche la nostra critica Rosalba Corda, pur non essendo una attrice, se l'è cavata a meraviglia fingendosi preoccupata e riuscendo a tenere tutto nascosto. Bravissima! Carissimi, era tutta una commedia. Tutti attori, che mesi prima, avevo ingaggiato scrupolosamente e che accettarono di buon grado dopo che gli fu presentato meticolosamente il progetto. Quelli non professionisti, come me e altri, chiaramente hanno avuto delle lezioni di recitazione da dei maestri. Dopotutto è stato esaltante ed istruttivo! E credo che anche io sia stato un bravo attore, mi sono davvero impegnato molto. Il film poi si chiuderà senza che si sappia chi è l'assassino... rimarrà un mistero insoluto, anche se un giallo vuole di prassi l'identità di un assassino. Affascinante!»

La gente si stava scaldando e animando sempre più, si cominciava a vedere del movimento senza più ordine. Romano, che si trovava in fondo alla sala, ora più che mai allibito, stava pensando: "Ma guarda che inganno! Quando i poliziotti mi interrogavano, io me la facevo sotto..., ed invece erano soltanto degli attori!"

«Ma è una follia conte... come ha potuto prendere tutti in giro in questa maniera così subdola?» fece una voce dal fondo, e subito si scoprì che era un altro degli artisti che aveva lavorato per l'Alexander. Cesco e Ciuzza, i gemelli e Michele erano senza parole adesso e attendevano di vedere che piega avrebbero preso gli eventi, come gli altri avrebbero reagito.

«Non ho voluto prendere in giro nessuno, anche se mi rendo conto che può sembrare così. Se mi lasciate parlare vi spiego altro, vi giustificherò questa mia ardita idea che sono riuscito a realizzare. Sì perché all'inizio dubitavo di riuscirci ed invece, a quanto pare, ce l'ho fatta. Le ragazze del gruppo del teatro, come vi ho già accennato, erano mie complici. Romano e Marlena, i camerieri, invece erano ignari di tutto; poi chi altro? Ah sì, quei farabutti di Oreste Boccioni, regista, e della scenografa Rosanna Pini, neppure loro sapevano. Come alcuni sapranno dalle cronache, sono stati cacciati e arrestati perché coinvolti in un losco giro... che poi abbiamo scoperto grazie ad una delle ragazze russe (Elikonida) e i festini si svolgevano a notte fonda in un luogo lontano dal mio albergo... grazie a Dio! Ma di ciò non mi va più di parlarne.» fece un gesto repentino con la mano destra come per togliersi di dosso un polverone fastidioso.

«Accidenti!... e pensare che noi c'eravamo talmente impauriti sino a starci male. Ma che figlio di buona donna il conte! Addirittura immaginarsi un film!» esclamò a bassa voce Cesco rivolgendosi a Nicola.

«Ora ci spieghi il motivo di tutto questo.» intervenne un signore che stava poco distante da dove erano i gemelli.

Poi un'altra domanda da una signora, senza attendere la risposta alla prima: «Ma alcuni di questi attori sono attori professionisti, no?

Dove accidenti li ha trovati?» terminò con una risatina nervosa.

«Calma. Alcuni sono attori semi professionisti che ho fatto venire dalla scuola di recitazione di Roma, grazie ad un mio agente che ha saputo trovarmeli. Altri, come Lino, me o Cosetta, per esempio, certamente improvvisati... beh, poi avevamo ruoli non sempre difficili da interpretare, in fondo. Dobbiamo dire che il bravo Antonio ha recitato benissimo la parte del morto! Comunque, per rispondere all'altra domanda, ossia al motivo di tutto questo...»

Venne interrotto da Michele Baracca il quale abbastanza candidamente chiese:

«Va bene conte... e noi ci siamo cascati tutti. Ma non ha pensato alle conseguenze morali e fisiche che ciò avrebbe potuto comportare su di noi, ignare vittime di questa farsa?»

Ci fu una risata generale ma anche commenti di approvazione piuttosto agguerriti.

«Michele, certo che l'ho pensato e difatti – questo anche non lo sapevate – c'erano pronti dei medici e degli psicologi ingaggiati sempre da me, che all'occorrenza, si sarebbero occupati di qualche soggetto che avesse accusato degli shock, e quindi pronti ad intervenire se qualcuno avesse disgraziatamente avuto malori o quant'altro. Voi non lo sapevate ma eravate osservati a vista: durante e dopo, da persone insospettabili. Chiaramente, di questa performance erano stati avvisati, molto tempo prima, tutti coloro che ne sarebbero stati coinvolti personalmente e perciò sapevano le loro famiglie... come chiaramente, la famiglia del nostro Antonio sapeva! Sapevano i giornalisti, il Comune di Pesaro, il comando di polizia, i vigili... tutti!, anche se non vi parrà vero erano miei complici e non dovevano perciò dire nulla. E già, altrimenti questa messa in scena sarebbe fallita. Ho pagato naturalmente, per ricevere i permessi necessari e ho pagato pure gli attori. Mi sono andati via ancora molti soldi. Questo sia chiaro!»

Improvvisamente saltò su Francesco Borel, che a voce alta disse: «Aoh, Nani, la mia Cinzia, però, ha avuto un forte attacco isterico per colpa di questa inscenata. E chi è che me l'ha monitorata a me?! NESSUNO! E dove stavano questi psicologi... Cinzia non ne ha visto uno!!!»

Nani rimase per qualche secondo muto e poi rispose: «Ah perché

Cinzia Cavallini ha avuto attacchi isterici? Poverina, non sapevo niente. Evidentemente non se ne sono accorti. Adesso comunque vedo che sta bene..., è lì che ride!»

E Cesco rivoltandosi verso Cinzia: «Ah Cì... che cazzo ti ridi!»

«Conte Nani lei è un pazzo! E inoltre, quale potere ha lei come uomo, per organizzare e realizzare cose del genere?» urlò una ragazza.

«Volere è potere! Io voglio fortemente, perciò posso! Sarò forse anche pazzo... ma per fare dell'arte occorre sempre quel tantino di pazzia, signorina.»

«Conte... allora, vogliamo sapere il motivo di questa sua coraggiosa e stramba scelta... l'ha fatto per l'arte? Per stupirci? Per pubblicizzare il suo albergo forse?» chiese un signore anziano seduto nella prima fila di poltroncine.

«Calmatevi per *dirindindina*... ora il conte vi spiegherà, lasciatelo parlare!» intervenne la critica con voce severa cercando di sedare la confusione crescente.

Ma poi riprese fulminea la parola e disse: «L'arte è nel mondo l'estetica delle più bislacche invenzioni, e dà la possibilità all'artista di esserne padrone nell'ambito dell'universo!» Nani la guardò un po' storto rendendosi conto dell'insulsità della frase. Nicola, rivolgendosi al fratello bisbigliò: «Ma che cavolate sta a dire quella?!»

«L'assassino chi è?» sparò Cinzia. Subito seguì una risata generale.

«Ma che diiici Cì, e *statti* zittaaa! Ma quale assassino... era tutta una finta... ma hai capito o no?» tuonò Cesco.

«Sì che ho capito scemo, ma chi è che personificava l'assassino!?» Ciuzza disse ciò guardando scura in volto il suo ragazzo.

«Non c'è nessun assassino suuu... e diamine... Era una delle ragazze russe, quasi una comparsa possiamo dire, che salì in alto nel cabinotto del vecchio teatro, fece qualche movimento veloce e finse di sparare ad Antonio. Mo' andiamooo... capiamolo una buona volta!» disse visibilmente seccata la critica.

Antonio non si muoveva, era là che ascoltava tutto, silenzioso e docile, in piedi accanto al conte e guardava serio e compassato tutta quella platea sconcertata. Qualche volta annuiva. Le lenti spesse dei suoi occhiali da vista rifulgevano sotto le luci del palcoscenico.

«Dai Nani ti ascoltiamo, illustraci i motivi di questa tua incredibile follia.» intervenne Alfonso sorridente.

«Prima di tutto: ricorderete che la frase misteriosa che ho inventato, iniziava con le parole La Rosa dell'Est colpirà... io ho voluto immaginare che l'assassino fosse una donna, cioè una delle nostre ragazze russe. Insomma mi sono divertito ad unire la bellezza al male! I Vaccari e Borel ricorderanno anche che li sgridai per quella scritta sul muro: feci credere che io sospettassi di loro. Beh, fingevo, recitavo, e ora chiedo a loro scusa... ma dovevo essere credibile. Così come per aver menzionato nella mia circolare la faccenda del finto funerale. Tornando alla presunta assassina, questo poco importa, in quanto poi nel film, questa figura appare poco o nulla, la si lascia intuire. Bene allora, a parte questo dettaglio... ora vi spiego. Ciò che mi ha portato a fare questa cosa, ad idearla, ad organizzarla e a realizzarla, pur rendendomi conto che sarebbe sicuramente stata presa per follia e difficilmente capita, è stato il mio amore per l'arte! Tutto ciò che riguarda l'arte signori miei non è sempre comprensibile e normale; attraverso un'operazione artistica certo si vuole trasmettere un messaggio, che spesso è anche banale, ma il mezzo con cui si sceglie di esprimerlo solitamente è fuori dalle regole e passa su binari non ortodossi, perché il linguaggio dell'arte si avvale dell'irregolarità. Un'operazione artistica può provocare scompiglio e quindi una sorta di terremoto e quindi apre dei quesiti e delle problematiche di significato non semplici da tradurre o da assimilare, ma è anche vero che è proprio in questa maniera che il messaggio si fa più forte e più efficace. Come forse sapete, su questi concetti si è espresso più volte il nostro Achille Bonito Oliva: affermando che l'arte crea catastrofi linguistiche e non risolve i problemi, semmai li scatena. In un suo libro ebbe persino a decretare che l'assassinio è il sogno dell'arte. Naturalmente ha usato una metafora, per dirci che – come il delitto perfetto non esiste – anche l'arte si fa portatrice di un sogno di perfezione pur quando sceglie di usare argomenti, mezzi o tecniche del tutto inusuali e certamente non assolvibili dal comune sentire. La morale spesso non accetta e non assolve ciò che un artista fa per esprimere un suo messaggio creativo e spetta casomai al critico di giustificare tale azione, per riportarla nella normalità e negli schemi collettivi della regolarità. Dunque, con questa mia performance ho pensato di creare un evento artistico – anomalo quanto volete – ma comunque di sicuro effetto; tale evento riguarda, pensateci bene e state attenti a quello che vi sto per dire, riguarda il tentativo di fare diventare la realtà stessa una opera d'arte! Sì miei cari: l'arte nella realtà: e se volete, la realtà che diventa paradosso dell'esistenza attraverso un'operazione artistica. Quello a cui avete assistito non è altro che una sorta di reality ove alcuni protagonisti (gli attori) sono coscienti di stare dentro una finzione, in una realtà virtuale, mentre altri (voi), senza saperlo, subivate la storia inconsapevoli di farne parte, ma nello stesso tempo eravate parte essenziale della finzione, di questa irrealtà, in quanto tutto avrebbe perso di significato senza la vostra intensa ma anche ignara partecipazione. Paradossalmente i migliori attori siete stati voi che non sapevate, perché credendo tutto reale reagivate senza dover recitare, quindi spontaneamente.

Insomma, più che gli attori, ripeto, siete stati voi a fare di questa messa in scena un'opera d'arte. Voi: inseriti nel reality senza saperlo, vi siete comportati come se tutto accadesse veramente. La vostra realtà non era reale ma voi la credevate tale e la nostra irrealtà voleva essere il più reale possibile affinché voi la viveste come realtà certa. Signori miei, ciò che sembra reale spesso non esiste, e ciò che sembra assurdo, è la pura realtà! Mi piace spesso ricordarlo anche a me stesso. Picasso ebbe a dire: "l'Arte è una bugiarda verità..."; cosa dunque è lecito all'arte e cosa non lo è? Questa mia Opera... concedetemi l'arbitrio di chiamarla così, è stata realizzata anche per essere un mediometraggio da divulgare e promuovere nelle gallerie, nei centri culturali e nei vari settori delle arti visive e del cinema. Quindi verranno prodotti millecinquecento DVD confezionati a dovere, con tanto di copertina nella custodia. Un esperto di montaggio monterà tutto il filmato in maniera che risulterà un vero e proprio mediometraggio, intitolato Real-Art (dentro i sogni del conte). La regia sarà del nostro nuovo regista Albert Bernabei. Ma attenzione... ancora tutto questo non è stato fatto: ho bisogno naturalmente del vostro consenso, di coloro ovviamente che erano ignari della faccenda. In fondo alla sala Lino, su quel tavolo che vedete, raccoglierà le firme di chi accetterà di sottoscrivere il proprio benestare. Ora mi rimetto alla vostra sensibilità di persone di cultura e di artisti perché possiate darmi la possibilità che questa opera, chiamata Real-Art, venga divulgata e fatta conoscere. A tutti coloro che firmeranno io regalo una settimana di vitto e alloggio nel mio albergo – gli artisti alloggeranno nella loro rispettiva stanza dipinta – completamente gratuita da usufruire quando volete...» sorrise a piena dentatura e strinse gli occhi vispi alla ricerca di un'imminente approvazione.

Poi, dopo l'ennesimo applauso, un signore che aveva educatamente alzato una mano, chiese: «Conte, con quale criterio lei decise chi doveva sapere del reality e chi no,... a parte gli attori professionisti scelti?»

«Nessun criterio sinceramente! Decisi lì per lì, a caso. D'altronde, per la riuscita del mediometraggio, qualcuno doveva esserne al corrente, qualcun altro doveva per forza rimanerne all'oscuro.» fu la risposta di Nani.

«Ahooo, io vado a *firmà*...» disse Cesco ben deciso a farlo.

«Dici sul serio Cesco?» chiese Alfonso scrutando attentamente il collega.

«Vuoi *scherzà*?... Una settimana a sbafo io me la voglio *piglià*, e che cazzo! Dopo tanto lavoro che abbiamo fatto gratuitamente... E poi con 'sta storia, vuoi vedere che mo' divento famoso? Ecco cosa intendeva il conte quando ci disse che ci avrebbe ripagati a tempo debito.» Si lesse sul viso di Borel una nutrita soddisfazione.

«Allora vado pure io!» disse prontamente Ciuzza aggiungendo una brevissima risatina rauca. E i due si mossero di gran passo verso il tavolino indicato dal conte, ove già diversa gente vi si era accalcata. Si udì un grosso applauso diretto a Nani. Altri invece disputavano su tutta la questione, chi dissentiva scuotendo la testa, chi ragionando bisbigliava frasi di grande perplessità. Chi invece cercava di dissuadere qualcuno ad andare a firmare, e chi invece, al contrario, cercava di convincere altri a farlo. Insomma ci fu un gran caos lì sul momento. Da un coreano, uno degli artisti del conte, davanti al quale già diversa gente si era accalcata, fu udito dire a voce alta: «Per me resta una beffa inammissibile, io non posso accettare questo come arte, vacca ladra!»

«Cooosaaa... non è una beffa, allora non mi son spiegatooo, parlo al ventooo ?!» reagì Nani che per un suo gesto nervoso, non si sa come, andò a spettinarsi.

«È una cacata!» replicò col pugno alzato il coreano che portava sottili baffetti curatissimi.

«Fuoriii alloraaa...! Chi ha ancora da contestare sulla mia opera, può andarsene subito, se si passa alle offese... e tu, falla finita eh?» Il coreano cacciò un urlo: «Bada Nani oh!!!» ma poi fu subito sospinto fuori da due suoi amici che per non far capitolare la serata in qualcosa di spiacevole, lo esortarono a lasciare la sala.

«Noi che facciamo Nicola?» chiese molto imbarazzato Alfonso al gemello.

«Cesco ha già firmato. Anch'io voglio sostenere Nani, per me l'arte non deve avere alcun limite. Io capisco il significato della sua opera e...»

«O.K., O.K., sono con te, andiamo subito a firmare.» fu la pronta risposta dell'altro.

Mentre quindi qualcuno firmava, il conte richiamò di nuovo l'attenzione di tutti e Antonio fu invitato a scendere dal palco in quanto non serviva più la sua presenza lassù e andò sorridente a prendersi l'abbraccio degli amici. Alcuni lo toccavano per sincerarsi che fosse proprio vivo e non un fantasma.

«Scusate amici, giustamente il nostro Michele Baracca, mi ha fatto poc'anzi una domanda legittima e quindi rispondendo a lui lo faccio a tutti voi, perché mi stavo dimenticando appunto di questo importante dettaglio che mi ha appena ricordato.» Riprese all'istante Nani.

Ci fu nuovamente più ordine e pian piano tornò un trattenuto silenzio.

«Come abbiamo fatto a filmare questo benedetto mediometraggio? Ebbene, non vi sarà facile capire che tutto è stato possibile con l'ausilio di telecamere nascoste molto bene, che erano installate fra – diciamo pure così – fra le rovine del vecchio Hotel Alexander, come mi sembra di aver già accennato. Altre scene sono state girate all'Hotel Savoy, con altre telecamere nascoste. Erano dappertutto, in ogni angolo, anfratto, dietro ogni buco o sporgenza, mimetizzate alla perfezione da tecnici esperti. Vi hanno ripreso, ci hanno ripreso in ogni situazione, in ogni momento, registrando tutto ciò che accadeva. In una sala che non avete mai visto e che chiaramente non vi mostrai mai, stavano all'ultimo piano, in alto, dei tecnici alla regia che guidavano le telecamere controllando dei monitor. Insomma un sistema complicatissimo che non saprei illustrarvi. Il circuito comunque è identico a quello usato per le riprese quotidiane del reality TV del "Grande Fratello". Ci siamo capiti...» e concluse finalmente, asciugandosi la fronte con un fazzolettino, soddisfatto di sé. Un ronzio di mormorii riempì ancora la sala del nuovo teatro dell'Hotel Alexander. Nani scese ora anche lui dal palco e consegnando il microfono ad un operatore, si rilassò mettendosi in disparte assieme alla inseparabile critica, e subito delle persone tornarono ad avvicinarlo.

«Cesco sono troppo curioso di vedermi in quel film, che figata... ma che storia incredibile... faremo parte di un mediometraggio!» disse euforico Nicola.

«Già, ma io chissà come cavolo sarò venuto, con la mia solita faccia da Verdone...!» disse Cesco ridendo con simpatica autoironia.

«Ma dai che sarai bellissimo... Francé, il mio attoreee... ah ah ah!» lo vezzeggiò Cinzia sorridendo con gioia.

C'è da dire che, per fortuna, quei pochi che erano stati coinvolti nelle riprese, firmarono tutti. Ciò fece esultare non poco il conte, quando Lino gli disse: «Signor conte, ci siamo con le firme, nessuno dei coinvolti si è astenuto...» Quindi anche le ragazze Samantha, Angela e Lucienne e parte del personale, ovviamente. Ciò indispettì molto l'artista coreano, che si chiamava Lee Jong, tanto che si avvicinò poco più tardi ai due gemelli, che se la stavano ridendo con Cesco, giubilanti per la strabiliante novità di Nani, dicendo loro a brucia pelo: «Voi mi state parecchio sul cazzo...», allorché prontamente Alfonso rispose: «Problemi tuoi *fijo* mio!» e lo disse con lessico romanesco.

«Che vuole quello oh!!!» fece Cesco che aveva udito. «Se cerca rogne se la deve vedere con me, eh che cazzo! Nessuno deve dire in mia presenza ai miei amici...»

«Lascia correre Cesco, che è meglio. È solo uno sbruffone, non farci caso, siamo superiori!» cercò di calmarlo Alfonso.

Così la cosa finì lì.

«Abbiamo ottenuto le firme di tutti, vi ringrazio miei cari amici!» richiamò ad un tratto l'attenzione generale il conte. «Ora potrò procedere con il montaggio del film e poi seguirà la promozione di questo. Ho intenzione, a ottobre, di proiettare il mediometraggio in questa stessa sala alla presenza di critici e giornalisti, e di tutti voi. Sarà un grosso evento, senza precedenti, come il mio Hotel Museo, naturalmente!» Seguì un applauso.

«Sta per concludersi questo magnifico incontro inaugurale dell'Alexander Museum Palace Hotel; di eventi in tutta questa giornata ce ne sono stati molti, e speciali direi... bene, sono molto soddisfatto di come siano andate le cose e tutto ciò mi ripaga di mesi e anni di impegni e sacrifici, nonché di lotte! Sino alla fine di agosto, come promesso, vi ricordo che potrete usufruire, voi che avete firmato, della mia ospitalità all'Alexander, con vitto alloggio per una settimana gra-tui-ta-men-te!» e scandì bene le parole. «Ritengo che, se volete fare gruppo, per rimanere insieme, potreste mettervi d'accordo in quale periodo, compatibilmente con i vostri impegni. Sarete miei graditissimi ospiti! Potete già andare da Cosetta per prenotare la vostra settimana gratuita, lasciando nome e cognome sin da adesso, altrimenti ci potete bene pensare a casa, e poi mi manderete una e-mail o mi chiamerete al telefono. Stanotte chi viene da fuori potrà pernottare qui, alcuni anche al Savoy; gli artisti che passano la notte naturalmente potranno dormire nelle loro stanze dipinte, come da accordi. Con questo vi ringrazio tutti, vi saluto calorosamente. Miei cari devo andare... ora devo proprio andare, ho cose urgenti che mi aspettano domani e bisogna che mi ritiri presso l'Hotel Savoy.» sorrise, alzò un braccio in segno di saluto e tutti applaudirono, alcuni urlarono "grandeee Nani", poi in molti gli si mossero contro per salutarlo e abbracciarlo.

I quattro nostri amici andarono all'auto a prendere le loro valigie, per dirigersi alle rispettive stanze. Ma prima stettero una buona mezz'ora a parlare e a congratularsi con l'amico pittore Antonio Pinto, assieme a Angela e Lucienne.

«Antonio, toglimi una curiosità... ma perché il conte ha scelto proprio te per fare il morto?» gli domandò Cesco prendendolo sotto braccio.

«Che ne so... ragà, non mi ha detto nulla in proposito.»

«Dopo che sei morto, dove ti sei nascosto?» chiese poi Ciuzza.

«Come accordato, per forza di cose, sono dovuto subito partire per tornarmene a casa... pensate, sono andato in stazione accompagnato da un'autista! Mi fecero uscire dall'autoambulanza e la macchina dell'autista mi aspettava a pochi metri.»

Al gruppo pareva di sognare!
«E quanto ti ha pagato per questa tua fenomenale interpretazione?» chiese a sua volta Alfonso.
«Che spilorcio!: solo 100.00 Euro!» fu la risposta laconica di Antonio.
«*Ammazze*!!!» esclamò Alfonso.
«È finita… anche per questa volta!» commentò sorridente Cesco.
«Sì, ed è anche finita alla grande!» aggiunse infervorato Nicola.

CAPITOLO XIII

CAPITOLO XIII

La settimana di vacanza all'Alexander Museum Palace Hotel regalata dal conte Nani arrivò presto. Lucienne si presentò sempre con Angela e siccome all'epoca in cui si svolsero i fatti dell'omicidio di Antonio (finto omicidio) lei era presente assieme a Angela e fu ripresa dalle telecamere, avendo firmato la liberatoria di Nani poteva benissimo beneficiare di quei sette giorni. Il pittore Michele Baracca invece in quel periodo aveva già finito di dipingere la sua stanza ed era già tornato a casa, nel momento in cui vennero a lavorare Cesco (aiutato da Cinzia) e i gemelli Nicola ed Alfonso. Tuttavia chiese un permesso speciale di due giorni al conte, anche se non sarebbe apparso nel mediometraggio, e Nani glielo accordò, chiedendogli in cambio un piccolo dipinto su tela da unire alla sua collezione. Michele naturalmente accolse lo scambio di buon grado. Antonio invece, scelto da Nani come attore per fare la vittima nel mediometraggio, aveva naturalmente tutto il diritto di usufruire della vacanza. Infatti venne e non si fece scappare tale occasione. Così pure arrivò la pittrice Samantha, anche lei presente al momento dei fatti, come sappiamo.

Nel frattempo la malattia di Cinzia Cavallini era purtroppo peggiorata. Il suo sistema nervoso si era fatto più labile e assai irritabile. Le sue ansie giornaliere e i suoi scatti di irrefrenabile cattivo umore che si sprigionavano all'improvviso, molto spesso senza ragione, erano i segni chiari di un esaurimento nervoso cronico. Aveva spesso cambiamenti di umore; accusava svariati mal di testa nell'arco di una giornata e soffriva, poverina, pure di insonnia. Fumava come una turca, beveva molti caffè e le mani adesso le tremavano più vistosamente. Le cure dei medici, degli psicologi non le portarono quindi grande sollievo; i suoi momenti di calma e di serenità erano assai rari e sovente, Cinzia scoppiava in pianti immotivati e dava improvvisamente in escandescenza. Cinzia aveva un antico dolore forse, un conflitto con se stessa mai risolto che le impediva di essere felice; i suoi incubi erano per lo più ad occhi aperti e nulla poteva calmare, almeno per ora, quella burrasca, quel turbine di maremoto interiore incontrollabile, che la stava devastando. Povera creatura, vittima di un lontanissimo terrore provato forse da bambina, mai guarito e mai rimosso. Lei – come già detto – diceva spesso di ricordare che sua madre fu violentata, e lei molto piccola, si trovò ad assistere alla tragedia rimanendone scioccata e ferita. Ma l'orrore maggiore era la sua patologica convinzione di essere riuscita ad uccidere il violentatore della madre. Cosa naturalmente non vera. Come già abbiamo avuto modo di dire non poteva essere che fosse un'assassina in quanto certamente Cesco l'avrebbe saputo e, anzi, le conseguenze di un evento così grave sarebbero state tali che la vita di Ciuzza avrebbe preso ben altre strade, da non fargliela neppure incontrare.

Il malessere di Ciuzza rendeva Cesco molto triste e anche un poco insofferente; tuttavia si comportò con lei in modo davvero encomiabile: cercò sempre di comprenderla, di assisterla e di rincuorarla, proteggendola con amore e con grande responsabilità umana. Francesco sperò ardentemente che l'occasione di questa vacanza estiva a Pesaro, giovasse alla salute di Cinzia.

Lei gli disse che durante quei soggiorni all'Hotel Alexander in cui avvennero i fatti raccontati, che sfociarono nel finto omicidio di Antonio, si era sentita più volte soffocare da una grande angoscia e paura – e Francesco di questo se ne era accorto eccome! – e inoltre Ciuzza gli riferì che spesso si era sentita osservata da qualcuno. Poi capirono che si trattava forse del medico o dello psicologo ingaggiati da Nani (oltre che per le telecamere) che, probabilmente, essendosi accorti dello stato abbastanza inquieto della ragazza, la stavano osservando e tenendo d'occhio per soccorrerla, se ce ne fosse stato bisogno. Come sappiamo, ritennero probabilmente che non c'era bisogno di intervenire. Di questo i due giovani ora ne risero insieme.

La prima notte di quella settimana di vacanza accadde un imprevisto. Erano quasi le tre del mattino, quando Cesco, svegliandosi di soprassalto – come se nel sonno percepisse qualcosa che non andava – si accorse con grande stupore che Cinzia non era più nel letto al suo fianco. Immediatamente l'assalì l'angoscia e una forte preoccupazione e per rendersi bene conto che non stesse sognando, accese subito la luce dell'*abat-jour*. Appurato che veramente la sua fidanzata non era più nel letto, urlò il suo nome... d'istinto. Vide che non era nemmeno in bagno e che la porta del bagno era aperta, con la luce spenta; così si precipitò ad aprire del tutto la porta finestra del terrazzo (l'avevano lasciata accostata per far entrare un filo d'aria). La serranda era semi abbassata. Fece capolino scrutando l'oscurità esterna. La chiamò, a voce bassa e tremante, ma Ciuzza non rispose. Non c'era.

«Accidenti boiaaa... ma dove è andata quella stupida!...» disse fra sé e sé in preda allo sgomento e stritolato dalla preoccupazione. Stentava a crederci.

"E mo' che faccio?" pensò cercando la vestaglia mentre l'ansia gli cresceva.

Provò a fare ordine nei pensieri ma era troppo agitato: dentro alla sua mente stavano ora crescendo grovigli di idee strane e paurose, come i rami di una pianta rampicante che aggredisce il muro su cui si erge aggrappandosi.

«Cazzo, cazzo... ma dove caspita è andataaa!»

Allora aprì lentamente la porta della camera; ora quelle ruote e quei meccanismi attaccati all'interno della porta da lui dipinta e progettata, gli parevano mostri che stessero lì lì per aggredirlo e stritolarlo. Adesso la sua stessa arte gli parve trasformarsi in una minacciosa espressione di forme e colori infidi, terrificanti. Anche lui in passato aveva sofferto di incubi e di paure immotivate, di momenti di panico. E quello che gli stava succedendo, la sua angoscia, la sua preoccupazione, stavano scatenando il mostro dei vecchi tempi. Povero Cesco, si sentì disperato.

«Cinziaaa... dove sei amore, 'ndo cazzo sei *miiinchiaaa!*»

Aprì l'uscio ed uscì in punta di piedi sul corridoio.

Stanza 318... *Evolution & Progress*: F. Borel. La stanza alle sue spalle. La porta non doveva chiudersi assolutamente! Aveva lasciato la scheda per aprire, all'interno, sul tavolino. Se la porta si fosse chiusa disgraziatamente, sarebbe rimasto fuori, di notte, senza più poter entrare. Questo pensiero gli venne in soccorso e subito si precipitò dentro a prendere la scheda magnetica. Poi pensò: "Allora se Cinzia è uscita, e ha lasciato dentro la chiave, sicuramente si è richiusa la porta alle spalle. Ma dove diavolo è andata... di notte poi… ma è pazza?" Presa la scheda magnetica se la mise nella tasca della vestaglia, poi cercando di non fare rumore chiuse la porta. Era solo, nel buio, di notte… nel corridoio di quel piano dell'Hotel Alexander; volse lo sguardo a sinistra e a destra e intravide nell'oscurità solo le inquietanti porte delle altre stanze dipinte, in successione… nella calma quasi minacciosa della notte che gli ronzava dentro. Della notte sentiva il rumore e in quel momento tragico gli parve un ronzio lugubre. Rabbrividì.

«Devo andare a cercarla… devo… e mo' dove la pesco? Mi tocca scendere dannazione!»

Scese gli scalini bianchi e gommati delle varie rampe sino a che non raggiunse la grande sala. Era buia, non c'era nessuno. Alla reception il bancone era privo di sorveglianza, o forse l'addetto al turno di notte – se mai ce ne fosse stato uno a quell'ora – in quell'istante si era assentato un momento. Tutto attorno un silenzio irreale. Mise a fuoco lo sguardo, stringendo le palpebre degli occhi. Pensò di andare alla porta scorrevole dell'uscita, che stava affianco il banco della reception, colto dal sospetto che Cinzia fosse uscita per strada. E se così fosse stato, per quale motivo sarebbe dovuta uscire in piena notte? Non aveva per nulla senso, ma lo fece lo stesso. La porta scorrevole lo costrinse a trasalire, aprendosi automaticamente. L'aria fresca notturna lo investì in pieno viso. Si sporse ma non la vide. D'altronde come mettersi in strada a cercarla a quell'ora? Pensò che era una sciocchezza, Ciuzza doveva per forza essere in albergo. «Cazzo, me l'hanno rapita… vuoi vedere mo'?» Ma poi quasi rise di se stesso, ritenendo questa idea di un'assurdità abissale. «Calma, ora la trovi, non può essere andata lontana!» disse a voce bassa, lo disse a se stesso. Quasi in punta di piedi percorse tutta la grande sala… si guardò attorno, ma era chiaro che lì non c'era. Poi la porta della grande vetrata alla sua destra, attirò la sua attenzione. Sembrava leggermente aperta, qualcosa non quadrava con la congiunzione del bianco telaio nel punto preciso della chiusura. Era aperta! Sì… qualcuno forse era uscito nella terrazza della piscina. I riflessi non gli fecero vedere bene oltre i vetri, ma non cercò nemmeno di scrutavi attraverso, giacché in un balzo volle uscire, tirando la maniglia e spostando la porta scorrevole perché il suo corpo massiccio potesse passare. Gli batteva forte il cuore: guardò a destra, dove stavano nell'ombra sedie e ombrelloni, poi davanti a sé, ove c'erano gli sdrai e poi a sinistra, verso la piscina: la vide! Cinzia era in piedi, scalza, sul bordo esterno verso l'estremità opposta della vasca, che camminava in equilibrio tenendo stese le braccia davanti a sé! Sembrava uno spettro in pena, vagante. Cesco volle urlare, ma si trattene, ebbe lo spirito di farlo. «Per la miseria, questa è sonnambula, minchiaaa... emmò che faccio?»

Pensò di non chiamarla, perché se si fosse svegliata sarebbe caduta in acqua e poteva affogare, o sbattere la testa sul bordo della piscina.

Si avvicinò alla vasca il più possibile; rifletté un attimo senza perderla d'occhio. Cinzia avanzava a piccoli passettini e gli voltava le spalle. Non vedeva il suo viso, ma era chiaro: lei dormiva! Doveva agire il più prontamente possibile. Si tolse le ciabatte e salì sul bordo, che era a pelo dell'acqua e quindi da essa sommerso. Non badò alla temperatura dell'acqua che era fredda a quell'ora di notte. Sopra di lui il cielo nero esplodeva di stelle. Pensava che sarebbe scivolato, cadendo nella vasca e creando il danno di farla svegliare. Ne aveva il terrore. Bisognava raggiungerla quindi con molta cautela, il più presto possibile. Il gorgoglio dell'acqua, di un blu scuro irreale che pareva emanare una fluorescenza notturna, enigmatica, gli perforava le orecchie, lo tormentava. Si eresse in equilibrio e pian piano Cesco si mosse verso l'altro lato della piscina, ove vagava Ciuzza. Il respiro gli sembrò pesante, si sentì sopraffatto dall'affanno. Ma proseguì deciso e circospetto. Avanzava lentamente verso l'angolo. Poi mise il primo piede sull'altra sponda, poi il secondo appoggiandosi all'alta vetrata che dava la vista sulla spiaggia, che costeggiava la vasca da quel lato, separando l'albergo dall'esterno sabbioso, sotto di qualche metro da lui. Ce l'aveva quasi fatta... la ragazza ora si trovava a circa quattro metri. Doveva afferrarla prima che raggiungesse la sponda opposta, in fondo. Ma come non cadere in acqua in due? Pensò che alla peggio, sarebbero caduti entrambi – e di ciò ne era quasi certo – ma l'avrebbe salvata, tenendola sollevata, evitandole di annegare. Almeno le sarebbe stato vicino per calmarla facendole sentire la sua rassicurante presenza, quando lei si sarebbe svegliata in preda al panico, trovandosi non nel suo letto, ma a fare un inconsueto bagno in piscina, in piena notte, col suo fidanzato!

Finalmente con un po' di incertezza nella deambulazione la raggiunse; Ciuzza era in camicia da notte e senza occhiali. Cesco le cinse un braccio delicatamente attorno alla vita e se la strinse a sé come per abbracciarla, ma fu proprio quel movimento rotatorio per portarla verso il suo corpo che fece quasi svegliare la dormiente, la quale cominciò subito ad agitarsi annaspando nell'aria con le braccia. Cesco strinse le labbra e cercò l'equilibrio che non trovò; la superficie del bordo della piscina era troppo scivolosa. Capì che non poteva farcela e che il tuffo sarebbe stato imminente. Gridò istintivamente ed ora Cinzia pure emise un verso, quasi gutturale. Cesco si sentì precipitare e poi tutto fu acqua e sentì un brivido freddo investirlo. Caddero insieme nella piscina. La ragazza cominciò ad urlare e questa volta si agitava forsennatamente come una che stesse per annegare; Francesco sentì il suo corpo andare a fondo mentre lei stava risalendo, per la *spinta che va dal basso verso l'alto* espressa nella teoria di Archimede. Poi anche lui si ritrovò, dopo qualche secondo, in superficie. Ciuzza urlava come in preda ad un panico isterico e pareva tarantolata.

«Cinziaaa, non urlare buonaaa… buona, è tutto finito, ci sono io che ti tengo… sta buonaaa. Se fai così affoghiamo insieme *mannaggiaaa!*» Francesco aveva il respiro quasi bloccato. Ora faticava a vedere, perché attorno a sé c'erano spruzzi d'acqua che gli si riversavano in faccia. Tossiva e sputava acqua. Cinzia, forse perché aveva bevuto, cominciò anch'essa a tossire facendo versi strani e dicendo cose incomprensibili. Si era svegliata ed era sotto shock.

«Calma calma… oooh Cì… buona che è tutto finito!» La teneva su mentre si era ormai avvicinato alla sponda. Si aggrapparono ad essa entrambi, infreddoliti e ansimanti. «Che ci faccio in piscina, Francé… che ore sono, cosa è successo, che cazzo vuol dire tutto questo?» sbraitava la ragazza con voce strozzata.

«Sei sonnambula Cì, ti ho trovato qui che vagavi sul bordo… cazzo, in stanza eri sparita, e meno male che me ne sono accorto! Minchia, mi hai fatto prendere uno spavento!» Ormai l'aveva portata in salvo. Cinzia a fatica si tirò su appoggiando le braccia ai bordi della vasca, e sgocciolante uscì dall'acqua. Tremava di freddo. Quando subito dopo anche il pittore fu fuori, l'abbracciò strofinandola sulla schiena per darle un po' di calore. Lei pianse tra le sue braccia a

lunghi singhiozzi. «Vieni, andiamo di sopra, o prenderai un raffreddore. Fa freschino stanotte, anche se siamo in estate.»
Ma mentre la spingeva delicatamente verso la porta scorrevole, qualcosa abbagliò i suoi occhi. Una luce forte lo investì in pieno viso; non capiva ora cosa fosse quella luce, ma una voce glielo fece intendere. «E alloraaa? Cosa ci fate in piena notte in piscina? Chi siete, cosa fate quiii?»
«Sono io, Borel, uno dei pittori del conte. La mia fidanzata soffre di sonnambulismo e l'ho sorpresa camminare sul bordo della piscina. L'ho appena portata in salvo. È lei Lino?»
«Sììì... sono io. Ah, Borel... Cosa? Sonnambulismo?... Vi siete fatti male?» chiese confuso l'uomo abbassando la torcia.
«No, tutto a posto! Dobbiamo andare su; siamo tutti fradici e fa freschino qua fuori...» disse Cesco stringendo sempre a sé Cinzia che tremava.
Lino aprì subito la porta a vetri scorrevole e li accompagnò di sopra nella loro stanza. Si preoccupò molto e si raccomandò di far fare immediatamente alla ragazza una doccia calda. Poi se ne andò, nella sua alta e scarna figura, salutando molto educatamente.

Il giorno dopo, il fatto fu il principale argomento fra i quattro amici; passato lo spavento Cesco ora ne rideva ironizzandoci sopra, sentendosi libero di prendere bonariamente in giro la fidanzata. Anche i gemelli ne risero, facendo battute sarcastiche e creando una sorta di barzelletta attorno al fatto. Cinzia non se la prese e stette al gioco, considerando ora quel ricordo come un banale incidente, pensando all'accaduto con autoironia. La mattina seguente la passarono facendo un giro rilassante per il centro di Pesaro. Comprarono le sigarette e qualche effetto personale per la toilette. Cesco diceva che il caldo estivo era troppo soffocante, che gli sarebbe piaciuto fare una capatina in spiaggia e andarsi a rinfrescare in mare. Lui il costume ce l'aveva, e domandò ai gemelli se l'avessero portato anche loro. Alfonso rispose di sì. L'aveva anche Cinzia e così, presi dalla foga di andare a fare un bagno, si organizzarono con una borsa da mare ciascuno e scesero in spiaggia. Senza ombrellone né lettino, solo una passeggiata lungo la riva per un bagno rinfrescante. Quando si buttarono l'acqua era leggermente mossa ma abbastanza calda. Fu davvero un bagno ristoratore per tutti e quattro. Nuotarono in acqua per una buona mezzora. Si erano portati anche il telo da bagno. La luce del sole era forte e accendeva i colori ravvivandoli. Si sentirono dei signori: ospiti del conte, con una piscina a loro disposizione ed il mare a due passi dall'albergo. Mangiavano un vitto prelibato e abbondante, dormivano beatamente nelle rispettive stanze da loro dipinte e create. Potevano sentirsi davvero dei privilegiati. Un albergo come l'Alexander Museum Palace Hotel costava tantissimo, una cifra che non si sarebbero potuti permettere neppure per una notte. Erano grati al conte Nani. Alfonso e Nicola soprattutto sperarono di poter vedere, nei prossimi giorni, Angela e Lucienne e magari anche Samantha in costume. O al mare o in piscina. I loro corpi certamente meritavano di essere osservati; specialmente la bella Lucienne che, lo si vedeva anche quando indossava i jeans aderenti, aveva davvero un fondoschiena da oscar!

Sperarono ardentemente, i due gemelli pittori che questo prima o poi accadesse.

Antonio Pinto ora si stava godendo il suo meritato relax dopo la difficile interpretazione. Nel pomeriggio, sedendo assieme a loro in uno dei divanetti bianchi dell'Hotel Alexander, Antonio raccontò che ebbe una tremenda paura di non farcela. Si dovette concentrare per un intero giorno convincendosi di poter riuscire a fare il morto. «La cosa più divertente però è stato quando mi hanno truccato... mamma mia!» disse ridendo.

«Eh va beh, però cazzo, che idee strane ha il conte. Possibile che doveva proprio fare 'sto cavolo di mediometraggio, mettendoci il morto?... ma daiii...» fece Cesco tra il riso e il perplesso.

«Eh lo so, certo che questa cosa è curiosa davvero! Ma penso che lo abbia fatto per creare maggior risonanza alla promozione del suo albergo, doveva stupire inscenando una specie di giallo-reality, no?» rispose Antonio.

«Sì, ma per me è davvero fuori di testa. Però è anche un fenomeno... eh? Riuscire a mettere su tutta quella baraonda di cose: organizzare tutto, nei minimi dettagli, riuscire a tenere in pugno ogni situazione... boh, mi chiedo ancora come abbia fatto!» disse Nicola accendendosi una sigaretta.

«Ma di' un po' Antonio, come ha fatto a spuntare nel tuo cranio tutto quel sangue all'improvviso?» chiese Alfonso.

«Sotto ai capelli avevo una piccola vescica contenente il liquido che copriva il trucco del foro. Una piccola pressione con la mano senza farmi scoprire, e il gioco era fatto!»

«Che stregoneria!... Figooo! Ha talento, potrebbe fare il regista, il conte...» esclamò Cinzia.

«Eh... Cì... mo' anche il regista, fra un po' ce lo troviamo pure al Festival di Cannes 'sto conte!» fece Cesco agitando le braccia.

«Sapete che comunque questo film andrà a partecipare al premio Giffoni nella sezione mediometraggi? Così mi ha detto!» intervenne Antonio.

«Oh ragà, va a finire che con Nani diventiamo tutti famosi e ricchi!» disse euforico Alfonso.

«Eeeh boom!!! Io ci credo poco... per me fa tutto per sé, per pubblicizzare se stesso e il suo albergo» lo contestò Ciuzza.

«Anche per me» disse subito dopo Cesco.

«Cambiando discorso, scusate. E le ragazze russe... quelle stra-fighe... mamma che femmine! Ma dove stanno? Non le ho viste.» disse Antonio pulendosi le lenti spesse degli occhiali.

«Eh davvero, avete notato che non ci stanno?» intervenne Cesco.

«Il conte le ha mandate in riposo tutte quante, per questa stagione. Sono rimaste in poche in Italia. Alcune sono tornate dalle famiglie al loro paese, per poi ritornare dopo l'estate. Me lo ha detto stamattina la critica; l'ho incontrata prima di andare in spiaggia, mentre stavo scendendo le scale. Mio fratello intanto vi aveva già raggiunti.» rispose Alfonso.

«Ah, va beh.» disse laconico Francesco.

Erano passati due giorni da quando si erano ritrovati all'Alexander Museum Palace Hotel di Pesaro e tutto si stava svolgendo nella più assoluta serenità, con gli amici che si rilassavano godendo ogni confort. Il conte Nani aveva molto da fare e lo si poteva incontrare quasi esclusivamente a pranzo e a cena, quando amava formare la solita conviviale tavolata coi suoi artisti. Durante il giorno era spesso assente e così il gruppo degli invitati se la godeva grandemente, cogliendo attimo per attimo i benefici di quella vacanza offerta dal conte. Come la mattina del terzo giorno in cui stettero in piscina dalle 10.30 alla mezza. I gemelli erano piuttosto intraprendenti, come al solito; per tutto il tempo corteggiarono Angela e Lucienne le quali, in due pezzi, come delle nobildonne anche loro… erano ben liete di sottostare alle lusinghe e alle attenzioni dei due solerti dongiovanni, mentre comodamente prendevano il sole negli sdrai. Cesco, assieme a Michele e ad Antonio invidiavano non poco i fortunati amici che avevano il coraggio di manifestare, verso le due splendide ragazze, le benemerite attitudini adulatorie per il gentil sesso ed anche per come le due bellezze lasciavano fare, visibilmente compiaciute. Cinzia pareva non farci caso, ma ogni tanto se la rideva. Tutto si scaldò ampiamente quando dai baciamano, i gemelli passarono a baciare con immensa passione i piedi delle ragazze, sino a trasformare i baci in sapienti leccate, elargite con profonda arte. Tra un risolino e qualche commento audace, si arrivò all'ora di pranzo. Tutti si andarono a cambiare nelle loro stanze. I gemelli tentarono di raggiungere Angela e Lucienne in camera, ma furono quasi subito sbattuti fuori, con risate e spinte. Ma prima Alfonso venne steso sul letto e sculacciato da Lucienne mentre Angela lo tenne fermo. Il godimento salì in picchiata, ma sfortunatamente il gioco erotico si concluse presto, con la cacciata immediata dei due libertini dalla stanza. Ai Vaccari non restò che raggiungere la 208 per prepararsi per il pranzo. Una volta pronti, incrociarono Cesco e Ciuzza mentre scendevano. «Ma siete due marpioni oh!!! *Ammazze*, non vi calmate mai… eh che cazzo!» protestò Cesco accigliato. I due scoppiarono a ridere.

«Come me le strofinerei anch'io quelle due, *mannaggia*!»

«Ahooo! Te la dò io una bella strofinata!» lo redarguì Ciuzza ingelosita, scappellottando Francesco.

«Eh buona Cì, che me son dato il gel proprio adesso!»

Scesero la prima rampa di scale, ma Cesco, che era in testa a loro, si bloccò. «Eh nooo mo'… adesso esageriamo eeeh!!!»

«Che hai Francé…?» domandò Cinzia.

Poi videro tutti e quattro sul muro, affianco ai gradini una scritta color sangue, in stampatello, che diceva:

"FITTIZIA LA ROSA SENZA SPINE,
DA LEI NON VENNE DANNO.
MA GIUNGERÀ UN NUOVO AFFANNO,

PIÙ VERO DEL PRIMO
E PER COLUI CHE GIACERÀ SARÀ LA FINE."

La scritta era stata dipinta a pennello fine ed Alfonso si accorse che era tempera acrilica. «È secca, ma la tempera asciuga presto, può essere stata fatta anche poco fa! Ragazzi, il conte non perde il vizio, vuole farci rabbrividire anche in questa vacanza… è totalmente fuori di senno quell'uomo!»

«Senti un po' Alfonso, io credo che stia esagerando… non siamo mica dei pivelli che ci caschiamo ancora… cavoli!» obiettò Nicola strozzando una risata.

«*Emmò* ha rotto i coglioni eh? Il gioco è bello quando dura poco. Mo' vado disotto e gli dico che è ora di finirla con ste rose!»

«Non gli è bastata la prima sceneggiata, ne vuole inscenare un'altra. Ma che siamo dei Pinocchi che ci caschiamo ancora?»

Cesco rivolgendosi a Cinzia: «E che c'entra Collodi mo'!?»

«C'entra, sì! Pinocchio si faceva abbindolare dal gatto e la volpe quando, nel campo dei miracoli…» non la fece finire, le diede uno spintone e disse:

«*Mavvà, ma che stai a di'!?*»

«Ragazzi, adesso andiamo da Nani, fingiamo di essere tremanti dalla paura… e poi lo sbeffeggiamo come si deve!» disse Nicola sogghignando.

«No aspettate, parliamone prima ad Antonio e a Michele, sentiamo che dicono loro!» suggerì Alfonso.

«D'accordo… comunque il significato di questa scritta mi pare più chiaro del primo: in poche parole reciterebbe, *Il primo omicidio era una finzione, ma ne verrà uno reale… non pensate?*» ragionò Nicola.

«Sì, vabbè, ma questa volta è facile! È una nuova trovata del conte… È chiaro che doveva inventarsi una frase del genere, per farci impaurire e magari fare il seguito del suo mediometraggio!»

«Già, Cesco. Attenzione ragazzi, siamo tornati in onda! Qualcuno ci riprende di nuovo… attenti a quel che diciamo, ci spiano, ci ascoltanooo! Occhio alle telecamere!» disse Alfonso con voce solenne ed arcana.

«Glielo do' io il nuovo mediometraggio…» intervenne Cinzia gorgogliante in una ennesima risata.

«*Muvimoci và, che c'ho fame guagliò!*» replicò con accento calabrese Borel.

Scesero le gradinate, lasciandosi alle spalle la nuova inquietante scritta.

Raggiunsero la sala del pranzo, dove sedevano a tavola il conte Nani, Rosalba, Michele e Antonio. Le ragazze non c'erano e ciò dispiacque molto ai due gemelli. Passò loro davanti Marlena con un vassoio di antipasti salutandoli cortesemente, che poi appoggiò sul tavolo del conte.

«Ben arrivati, eccoli i Vaccari e compagnia…venite, accomodatevi forzaaa…» disse Nani con disinvolta accoglienza. I quattro amici si sedettero al tavolo salutando tutti.

«E le fanciulle Nani? Dove sono finite?» chiese Nicola.

«Ah…, Samantha, Angela e Lucienne sono andate tutte e tre a mangiare la pizza. Me lo hanno anticipato stamattina. Lasciamole dove stanno…» rise di gusto masticando un'oliva. Iniziarono a mangiare con conviviale piacere di stare assieme. Il conte era sereno, sorridente e pieno di brio; pure la critica sorrideva e parlava con voce moderata, molto composta e ben disposta al dialogo. Le pietanze erano squisite e facilitavano quel piacere comune di mangiare in compagnia. Il conte, fra un pasto e l'altro, ogni tanto era solito tirare fuori un piccolo taccuino su cui scriveva di tutto. Aveva infatti le pagine piene, scritte con calligrafia fine ed ordinata. Disse che quello era una specie di diario in cui annotava ogni cosa, con sorprendente precisione, dai promemoria personali a quello che quotidianamente gli accadeva. Era un po' come un diario di viaggio della propria esistenza: perché il conte intendeva davvero la vita quotidiana, come un viaggio da affrontare ogni giorno, quindi un cammino, una continua avventura e scoperta. E di fatti annotava tutto questo, dalle cose importanti ed urgenti, alle cose più banali e apparentemente insignificanti. Ogni piccolo dettaglio, ogni pensiero, ogni idea, ogni accadimento, erano registrati minuziosamente. Così pure la sua attività artistica, le sue vicissitudini, e perciò vi era stata annotata pure l'intera storia dell'Alexander Museum Palace Hotel fin da quando ancora doveva essere costruito. Vi erano elenchi di nomi di persone, indirizzi, appuntamenti, ma anche pensieri scritti al volo: brevi aneddoti, anche dei suoi aforismi scritti di getto con grande acume intellettuale... e pure poesie. Dopo aver annotato qualcosa su quel taccuino, sorrise fra sé e lo richiuse mettendoselo dentro la tasca interna della giacca. Nicola e Alfonso si guardavano ogni tanto di sottecchi e da bravi gemelli, bastava un battito di ciglia che si capivano ed era come se si stessero leggendo nel pensiero. Pensavano all'unisono: "Bisogna che il conte sappia di quella scritta. Dobbiamo dirglielo adesso!" Francesco e Cinzia continuavano a mangiare senza tanto discorrere; la loquacità non era il loro forte e così pure Michele, il quale però dopo poco, iniziò a fare un discorso un po' pretenzioso, sulla legittimità di poter fare una mostra personale (ogni artista dell'Alexander), gratuitamente nello spazio espositivo dell'albergo. Antonio intanto si limitò ad annuire. Il conte ascoltò tranquillo le sue richieste che si facevano man mano sempre più pretenziose. Michele quando parlava, sotto quei baffetti da dandy, faceva trasparire un carattere combattivo e molto perspicace, come di chi vuole sempre fare valere i suoi diritti e prendersi a tutti i costi ciò che gli spetta. Continuò col fare osservare al conte, senza troppi complimenti, che secondo lui era giusto che tutti gli artisti che avevano lavorato gratis alle stanze dell'albergo, dovevano avere quasi di diritto, almeno come compenso alla fatica del loro lavoro creativo, gratuitamente, una mostra personale dignitosa e ben organizzata. Con tanto di catalogo finanziato dal conte. Michele diceva e ribadiva anche che quasi tutti i pittori erano d'accordo con lui, compresi i gemelli e Antonio Pinto, e Borel e altri. Al che i gemelli e Borel, sentendosi chiamare in causa, sorrisero e annuirono appoggiando Michele Baracca, ma senza dire parola. Rosalba Corda li guardò con occhi scrutatori e leggermente severi, forse in apprensione per timore che la discussione potesse, anche in minima parte, irritare il conte; Nani ascoltava alzando ogni tanto le sopracciglia mantenendosi serio e composto. Quando Michele ebbe finito il conte disse semplicemente, con voce forse impostata nel tono, volutamente, un tantino più nasale del solito: «E andiamo suuu, io non devo nulla a nessuno, perché quello che ho fatto l'ho fatto anche per voi che ne trarrete col tempo i vostri benefici. Se avete dipinto le stanze è perché avete accettato personalmente di farlo, senza compenso... è vero, ma questo lo avevo detto prima e chi non voleva starci, poteva ritirarsi. Va beh... tuttavia di mostre col tempo ne faremo, ma prima occorre inaugurare quelle dei grandi maestri e poi... anche le vostre. Senza catalogo però... perché è già uscito quello bellissimo dell'Electa Mondadori!»

«Ma come conte, gli artisti già consacrati e affermati, non hanno bisogno di pubblicità... noi sì invece, caspita! Di loro si è già parlato abbastanza...» sopraggiunse fortemente Alfonso.

«È così!» lo appoggiò il fratello.

«No no no... suuu... suuu, il conte non può badare a voi quando c'è un programma di eventi d'arte già da tempo prestabilito. Dovete sapere...» la critica fu interrotta dal conte, il quale le fece subito cenno di voler parlare lui.

«Avanti non mi sembra il caso di fare sottigliezze... su su su... soltanto con i grandi nomi che esporranno qui all'Alexander Museum Palace Hotel, i vostri acquisteranno valore e avranno eco! Se prima non nobilitiamo questi spazi con queste grandi firme, voi non potrete mai avere risonanza.»

«E perché diamine, scusi conte?» disse serio e visibilmente irritato Michele.

«Perché, perché è così! Se foste solo voi a fare delle esposizioni qui, siccome non vi conosce nessuno, non avremmo quel gran pubblico che mi necessita. Se invece un nome come De Chirico, per esempio, esponesse qui, hai voglia la gente che si muove! In futuro questo tornerebbe comodo anche a voi tutti! Aggiungo, tuttavia, che per il futuro, appunto, sono previste collettive di artisti giovani, più o meno conosciuti, e non solo di artisti che hanno lavorato per l'albergo. Non dimenticate che io sono anche un *Talent Scout*!»

"Ma guarda che opportunista, pensa solo al suo interesse..." pensò serrando i denti Cesco.

«Va bene Nani! Allora ti prendiamo sulla parola...» intervenne Alfonso prontamente.

«Vedrete cosa sarò capace di dimostrarvi... prima però devo pensare al mio mediometraggio e alla promozione di questo. Come già ebbi modo di dirvi, a metà ottobre ci sarà la prima del mio reality...»

«A proposito...» si inserì di soppiatto Nicola interrompendolo. Cesco e Alfonso lo guardarono lievemente preoccupati, sapendo a cosa stava mirando. Michele e Antonio ancora non erano stati messi al corrente della scritta. Ed ora Alfonso si domandava se l'avessero vista pure loro due; non ne avevano fatto parola, ma ciò non escludeva che l'avessero vista. A meno che... a meno che non fossero scesi con l'ascensore.

Ascoltò attentamente il gemello.

«Hai per caso intenzione di fare una seconda parte del mediometraggio, Nani?»

«Nooo...» fu la sua risposta decisa, «che sciocchezza. Uno mi basta, perché dovrei farne un altro, a quale scopo?»

«Suvvia Nani, lo sappiamo che sei un vero burlone. Guarda che una seconda volta non ci caschiamo!»

«Cosa intendi dire Nicola. Non ci cascate? Cosa?... che vuol dire?...» disse il conte sbucciando elegantemente una mela, serio e con una espressione molto perplessa.

Nicola continuò con un sorrisetto beffardo sulle labbra: «Dai Nani, eddaiii... ammettilo che ci stai riprovando, eh eh eh ...»

«Che *pinzillaccheria* è questa, eh?» intervenne Rosalba più incuriosita che perplessa.

«Non capisco, gemello... che significa che ci sto riprovando... a far cosaaa?» Il conte pareva ancora più confuso, ed anche un tantino in imbarazzo. Michele ed Antonio tenevano lo sguardo fisso su Nicola, perché anche loro parevano non capirci niente. Gli altri tre pendevano dalle labbra di Nicola.

«Che ne dici della scritta sulle scale? Sei un burlone, un vero mattacchione Nani, ma come puoi pensare che funzioni un'altra volta?»

«Per la *girondella*!!! Non capisco proprio a cosa tu ti riferisci, Nicola. Quale scritta? Non mi *sfruculiate* proprio ora eh?!» si alterò leggermente il conte.

«È meglio che tu sia chiaro, senza tanti girotondi di parole, Nicola!» disse la critica d'arte che si era fatta più seria e forse anche un po' nervosa.

«Insomma Nani, la scritta sulle scale, scendendo dalle stanze... non mi dire che non ne sai nulla!»

«No, non ne so nulla. Che scherzo è mai questo?»

«Nessuno scherzo conte, da parte nostra no... ma da parte tua... mi sa di sì!»

A questo punto Nani sbottò: «Cosaaa?, io non faccio il buffoneee, va beneee! Parla chiarooo Vaccaaariii!» Allungò le parole come se la frase fosse un elastico.

«Non me lo fate arrabbiare, ora, eh? Devo ricordarvi che Nani è qui per tutti voi e che...»

«Senta Rosalba...» intervenne a questo punto Alfonso: «Mio fratello non intende fare arrabbiare nessuno e tanto meno beffeggiarsi di voi. Su per le scale c'è davvero una scritta. Se volete potete andare voi stessi a controllare!» Michele e Antonio erano muti e seri, ora. Era evidente che loro non sapevano nulla della faccenda.

Nani si alzò dalla tavola e si precipitò ad andare a controllare di persona. Venne seguito da tutto il gruppo, critica compresa. Nicola si mise a capo del gruppo, raggiungendo per primo la scala col muro imbrattato. Quasi con sfida lo indicò al conte:

«Cooosa? e questa da dove spunta fuori, stiamo scherzandooo, oh nooo, pazziii, chi è statooo?» urlò l'uomo coi connotati alterati, pallido, agitando le braccia con gesti a scatti... e via ad allungare le parole una dopo l'altra!

«Oh Madonnina!» esclamò Rosalba Corda tappandosi con la mano la bocca.

«È quello che ci domandiamo tutti noi.» asserì Alfonso.

«*Caspitella*, ci risiamo allora?!» sopraggiunse Michele serio e quasi imbarazzato.

«Tu non sei stato Nani, nevvero?» chiese di rimando Antonio Pinto.

«Ma vuoi che io mi metta ad imbrattare il mio albergo su questi muri nuovi di zeccaaa? Vi assicuro che non è opera mia, ignoro totalmente chi sia stato... farabuttooo!» si agitò il conte fissando la scritta con stupore infinito.

«Ci vuoi fare un altro filmino, conte?» disse Ciuzza ridendo alacremente.

«Ma *statti* zitta Cìììi!» la rimbrottò all'istante Cesco.

«Cooosaaa?, ancora con questa storiaaa? *è ora di finiamolaaa...*» scattò ancora più tonante Nani, che per la foga irosa sbagliò la frase! A Cinzia le prese una risatina sussultante e ritmata, che dovette allontanarsi. Cesco alzò gli occhi al cielo. Nani chiamò subito Marlena, le disse di chiamare Cosetta, perché il muro fosse immediatamente pulito. Ma prima trascrisse nel suo taccuino la frase scarlatta. La ragazza si allontanò turbata e ancheggiante. Sopraggiunse Lino che rimase attonito e costernato. «Chi può essere stato signor conte?»

«Non ne ho idea, ma un idiota sicuramente che si vuole prendere gioco di me! Questa scritta deve sparire e SUBITO!!!»

«Arriva Cosetta col secchio e la spugna...» disse tutto serio, un po' rosso in volto Lino. Cosetta ebbe una espressione di meraviglia per il fatto inatteso. Si mise subito a strofinare la tempera acrilica con una grossa spugna. La stessa scena del mediometraggio!

Il conte si allontanò da lì, mentre gli altri rimasero a guardare.

«Non è che sta fingendo, secondo te Cesco?» sussurrò all'amico, Alfonso.

«Che ne so. Se finge è un grande attore... ma forse sta volta il conte non c'entra, e se così fosse, io mi preoccuperei davvero...» rispose Borel con grande serietà. Lino intanto andava a procurarsi il bidone della tinta da dare sulla parte di muro lavata. Ci fu un momento in cui nessuno di loro si azzardava a parlare o a fare commenti ad alta voce. Nani era fuori di sé e la critica sembrava essersi fossilizzata in una espressione attonita piena di nervoso trattenuto. Alfonso si avvicinò al fratello e cercò di dire qualcosa a bassa voce. Cesco era serio e accigliato e Ciuzza aveva gli occhi chiusi, come se stesse in preda ad una trance spontanea. Michele e Antonio stavano silenziosi con gli occhi sulla scritta che ora, grazie a Cosetta, si stava sbiadendo.

«Nicola, o questo è un tentativo di creare un nuovo reality... oppure qui qualcuno sta veramente divertendosi alle spalle del conte.» disse Alfonso.

«Ragioniamo: non credo che il conte abbia deciso di mettere su una seconda colossale burla, una nuova messa in scena. Io gli ho creduto quando ha detto che questa volta lui non c'entra. Hai pur visto come ha reagito... si è incazzato veramente!»

«E sì, ma chi ti assicura che non recitasse? Davvero adesso non si capisce più dove sta la realtà e dove la finzione. Il conte ha innescato, forse senza saperlo, una bomba pericolosa...»

«Quale bomba Alfonso? Scusa, non capisco.»

«Ammettiamo che ci sia un assassino questa volta reale; in fondo il messaggio scritto mi pare inconfutabilmente che parli di un nuovo omicidio annunciato (e voglia Dio che non sia così). Questo presunto criminale sta usando il giochetto del conte per confondere le idee.

Capisci? Si fa forte del fatto che ora nessuno più potrebbe essere certo di nulla: quindi gioca sul dubbio che il conte finga ancora o no e sulla possibilità che a qualcuno, al contrario, possa davvero sembrare reale.»

Nicola rimase pensieroso e fissò negli occhi il gemello facendogli capire che poteva avere ragione.

Il conte visibilmente contrariato e sconcertato si era dileguato con passo svelto assieme a quella donna che lo seguiva sempre come un'ombra, da una manciata di minuti. Ora si vedeva Lino pitturare il muro di brillante vernice bianca lavabile, per cancellare ogni traccia. Francesco, senza farsi notare da Lino e da Cosetta, sorrideva mostrando a Cinzia sul suo cellulare la foto, che aveva scattato di soppiatto alla scritta, in un breve attimo di disattenzione del conte.

> *"FITTIZIA LA ROSA SENZA SPINE,*
> *DA LEI NON VENNE DANNO.*
> *MA GIUNGERÀ UN NUOVO AFFANNO,*
> *PIÙ VERO DEL PRIMO*
> *E PER COLUI CHE GIACERÀ SARÀ LA FINE."*

«Cazzo a me fa paura!» disse Francesco alla fidanzata sempre sorridendo, ma di un sorriso nervoso che celava veramente preoccupazione e paura. A questo punto chiunque poteva essere in pericolo. Antonio disse d'un tratto: «Ragazzi, sta volta io il morto non lo voglio più fare.»

«E sarebbe bene caro mio...» gli rispose Michele «...perché altrimenti mi sa che non resusciteresti ancora... in quanto saresti davvero accoppato! Qui credo che nessuno sarebbe più dentro ad un reality, ma dentro ad una sconcertante realtà!»

Antonio Pinto rabbrividì.

CAPITOLO XIV

CAPITOLO XIV

Sulle cinque del pomeriggio il pittore Michele Baracca fece i bagagli apprestandosi a partire. Non poteva approfittare oltre della concessa ospitalità del conte. Prima di salutare gli amici, si raccomandò con loro di tenerlo informato degli eventi o tramite sms o tramite mail. Certo, sarebbe rimasto volentieri, perché era troppa la sua curiosità di sapere e di capire. Parlando della faccenda fra di loro, a due passi dall'entrata dell'Hotel Alexander, quasi sulla strada, fecero ogni possibile ipotesi sui fatti. Giunsero alla conclusione che forse tutto era frutto dello scherzo di un burlone, magari qualcuno che ce l'aveva col conte imitando, con cattivo gusto, la sua performance, nell'intenzione di spaventarlo. Qualcuno che, con ogni probabilità, aveva deciso di creare scompiglio e terrore solo per il gusto di recargli danno, o per invidia, o per antipatia... o chissà, per del livore nei riguardi di Nani. Questo era possibile e perciò non bisognava pensare immediatamente e frettolosamente al losco ordire di un vero assassino. Sicuramente, anche il conte stesso aveva riflettuto su tale possibilità e magari proprio in quel momento se la rideva e stava considerando il tutto con ironia senza più tragici e bui pensieri. Michele fece notare agli altri che, burlone o reale assassino che fosse, questo idiota era sicuramente qualcuno che aveva vissuto le vicende passate e presenti dell'Alexander Palace Museum Hotel, forse qualcuno che non aveva gradito il reality di Nani; altrimenti, se fosse venuto da fuori, come poteva essere a conoscenza di tutto quanto riguardava le recita, il mediometraggio, inscenati dal conte? Era quindi una persona che sicuramente faceva parte dei frequentatori dell'hotel da tempo.

Dunque Michele tornò a casa.

Qualunque fosse la verità e comunque fossero andate le cose, bisognava stare guardinghi. Prima di sera Alfonso e Nicola, si trattennero piacevolmente in compagnia di Lucienne e di Angela. Antonio si unì a loro più tardi e dopo di lui venne anche Samantha. Samantha, come Angela, era molto abile a rollare il tabacco nelle cartine con gesti sicuri e veloci delle mani; le sigarette venivano perfettamente lunghe, affusolate e ben fatte. Sotto cortese richiesta ne dovette fare una per ciascuno anche ai gemelli. Si trovavano a passeggio per Pesaro, restando sempre in centro. Camminando arrivarono sino all'Hotel Savoy, sul viale della Repubblica; c'era molta gente in giro, un gran via vai di giovani che si muovevano lungo le bancarelle. Molte bancarelle di ogni tipo di merce. C'erano persino dei venditori di animali: criceti, gatti, cani, conigli dentro a recinti o gabbie e pure creature del mondo ittico esposte in larghi acquari o in bacinelle. Poi bancarelle di vestiti, dolciumi, scarpe, tessuti, giocattoli e tanto altro ancora. La fila di bancarelle arrivava sino in fondo a tutta via Trieste, riempiendo di colori, odori dolciastri e profumi ogni zona limitrofa. Il cielo era di un azzurro violetto spennellato di rosa e l'aria ora fresca e carezzevole. Tutta Pesaro era sotto un'aria estiva di festosa armonia. Soprattutto piazzale Carducci era affollatissimo, pieno di bancarelle, essendo martedì. Il mercato sarebbe durato sino a notte. Il gruppo, ben affiatato, scherzava e rideva, i gemelli sfottevano di tanto in tanto Cesco... il quale bonariamente diceva: "e fatela finita *creteeeini...*", alla calabrese e loro, ancora con più impeto, sfinendosi di risate, di rimando: "e *statti* zittooo creteeeinooo!" Anche le ragazze ridevano alacremente. Ma Cesco da qualche minuto si era accorto di Cinzia che non rideva più, si era fatta stranamente seria e procedeva a passo più lento degli altri.

«Che c'hai Cì? Ti sei fatta seria... non scherzi più, stai male?»

«No, no... tutto bene, lasciami in pace!»

«Va beh...» rispose Cesco annuendo con uno scatto del capo. Ma poi la re-interrogò di nuovo, un minuto dopo. «Cì, ma che c'hai? C'è qualcosa che non va? Dimmelo mo', nooo?»

«E lasciami perdere... mi rompi sempre le palle con 'ste domande...»

«Essì, mi preoccupi sai?»

«Lasciami perdereee... t'ho detto!» fu la risposta quasi isterica di Cinzia, che avanzava ad occhi semichiusi, come di nuovo persa in un mondo tutto suo, pareva fosse rientrata dentro ad uno dei suoi tunnel mentali che la portava chissà dove, inaccessibile e irraggiungibile.

«L'hai prese le gocce di Litium?»

«Sì sì, l'ho prese... non mi *scoccia'* Francé!»

Cesco lasciò correre, ma la sua espressione rimase preoccupata.

Si scherzò ancora per un'altra oretta. Poi rientrarono finalmente all'Alexander. Cinzia era ancora seria e quando fu il momento di salutare gli altri, in quanto Borel voleva salire in stanza un minuto con lei, abbozzò un sorriso di plastica. I gemelli adularono un po' le tre ragazze; Samantha si divertiva anche lei a stuzzicarli, mentre Angela e Lucienne improvvisarono sul momento un approccio lesbico, baciandosi sulla bocca, volto ad eccitare i due gemelli, per poi ritirarsi anche loro in stanza, prima della cena. Nicola e Alfonso restarono nella sala del pranzo ancora stressati dal bacio delle due ragazze, mentre Cesco e Ciuzza salivano in stanza scuri in volto. Cinzia entrò in camera a testa china, silenziosa; le mani cominciarono nuovamente ad avere quel curioso fremito. Francesco ora non sapeva che pensare e la situazione della sua ragazza cominciò ad innervosirlo. Restò cupo in volto. Si sdraiò sul letto senza neanche togliersi le scarpe, sospirando e poi stringendo i denti. Cinzia era muta e si mise seduta davanti al tavolino della stanza, che era dipinto in color argento e con vistose strisce rosse e bianche ai lati. Cinzia fissò stranita le quattro ruote di bicicletta che erano appese al muro tinteggiato di giallo oro, sopra al tavolino. Cesco borbottò qualcosa e poi disse: «Avanti Cinzia, come ti senti? È passato il momento di straniamento? Lo so io quando ti piglia, me ne accorgo subito cazzo!»

«Sto beeeneee!» detto questo, Ciuzza tirò fuori un quadernetto dalla borsa e con movimenti lenti, cominciò a scrivere senza parlare e respirando rumorosamente col naso. Su quel quaderno spesso sfogava i momenti di tensione scrivendo poesie. O almeno quelle che secondo lei erano poesie, ma il più delle volte – anche se Cinzia davvero sapeva scrivere prose deliziose – erano appunti di pensieri poco comprensibili, con non molto senso.

«Cì che fai, scrivi?» chiese Cesco alzandosi e andandole vicino.

«Eh sì scrivo, lasciami concentrare.» fu la risposta della ragazza. Mentre lei scriveva, Cesco notò che le tremavano ancora le mani. Ciuzza si accese una sigaretta. Tremore delle mani, sigaretta che vibrava, un tiro forte mentre la accendeva, come una specie di risucchio, occhi chiusi che guardavano il suo oscuro mondo che le turbinava dentro, simile ad un uragano che sta per irrompere violento. Cesco si sentiva triste e preoccupato, ma anche stanco di vedere la sua amata Cinzia ridotta in quel modo, nonostante le solite medicine, prescritte da medici psicologi della ASL, dei quali ora lui non sapeva se fidarsi ancora.

Il silenzio durò poco e poi esplose la bomba ormai innescata irrimediabilmente. Cinzia scattò improvvisamente in piedi facendo barcollare la sedia, sbatté forte il pugno sul tavolino e allora tuonò l'immondo demone dal fondo della sua anima tormentata. Cinzia ora gridava, con gli occhi spalancati e fissi nel vuoto: «BASTAAA, BASTAAA, NON CE LA FACCIO A CONTINUAREEE, SONO STANCAAA, STANCAAA!»

A cena arrivarono per ultimi. Cesco sorrise a tutti i commensali ed anche Cinzia, un sorriso ampio e spontaneo. Il conte propose un brindisi e il bel gruppo alzò i calici ricolmi di un vinello bianco, fresco e leggero. Le tre ragazze erano state messe al corrente della nuova scritta. Si erano eccitate parecchio quando i gemelli avevano raccontato loro, con dovizia di particolari, l'evento del giorno prima riguardante la frase scarlatta dipinta sul muro delle scale. Ne avevano riso, ma ne avevano anche paventato il significato. Anche loro erano piuttosto indecise se credere o no che il conte c'entrasse qualcosa anche se propendevano più per la seconda ipotesi. Così almeno era la convinzione di ognuno. Samantha, arrotolando una fetta di prosciutto attorno ad un grissino, disse: «Nani, posso chiederti qual è la tua opinione a riguardo della nuova scritta apparsa? I gemelli ce lo hanno raccontato e...»

«Sììì, certo, la nuova scritta. Bambine, non avrete mica fantasticato su questo episodio? Una furfanteria, una burla, una stupidata, una bravata, una trovata faziosa di qualche invidioso, di qualche stupidotto facinoroso e mitomane, una provocazione..., una birichinata tanto per gettare scompiglio e creare tensione, sul mio lavoro, sulla mia opera d'arte, sulla mia ingegnosa trovata creativa. Insomma una scemata corbezzoli! Non vi state a preoccupare, suvviiiaaaa, smaschererò presto l'autore della scritta, che sicuramente è un cliente o frequentatore abituale del mio albergo. Lino ha già trovato, nella cassetta dei colori che tengo nella stanza disotto – quella che fiancheggia la sala conferenze – il barattolo Framaton di rosso carminio di tempera acrilica usata per quella scritta. Presto un qualche indizio mi riporterà al colpevole.» disse Nani con fiera sicurezza, mostrando nei gesti e nel tono della voce, che tutto era sotto controllo.

«Sì, me lo auguro… certa gente non sa proprio come impiegare il suo tempo!» rispose Samantha scuotendo la testa.

«Com'è che diceva la frase?» chiese poi Lucienne.

«Eccola, mo' ve la leggo…» intervenne Cesco facendo apparire sul display del suo cellulare la foto della scritta.

«L'hai fotografata? Oooh, bravo Borel, molto molto bene, questa sì che è stata una ottima idea. Bravo, bravo… ah, ma poi me la fai scaricare nel mio computer, vero? Sì, sì… ottima idea, ne voglio avere una copia per archiviare il fatto e… non si sa mai, meglio avere le prove. Bravo Francesco!» disse il conte ampiamente soddisfatto, sorridente, mentre masticava la sua prelibata pietanza.

Sul volto di Francesco si lesse tutta la soddisfazione per aver preso dal conte un encomio.

«E che cavoli cazzarola!!!» lo si sentì esclamare.

«Ehiii, qui le parolacce restano fuori dalla porta, su… siate educati!» soggiunse perentoria la critica d'arte Rosalba Corda.

«Mi scusi signora… ehmm, mi-mi è scappato!» disse Cesco visibilmente imbarazzato e facendosi rosso in viso.

«Leggi o no?» lo richiamò all'ordine Lucienne.

«Mo', mo'… ecco qua:

> *"FITTIZIA LA ROSA SENZA SPINE,*
> *DA LEI NON VENNE DANNO.*
> *MA GIUNGERÀ UN NUOVO AFFANNO,*
> *PIÙ VERO DEL PRIMO*
> *E PER COLUI CHE GIACERÀ SARÀ LA FINE."*»

«Mmm… una bella frasettina, tutta piena di rosei pronostici…» disse Samantha facendo una smorfietta.

«Preannunci che tranquillizzano e mettono soprattutto serenità!» le fece eco Angela.

«Essùùù, siate realisti, voi tutti. Chi dovrebbe mai venire al nostro albergo ad assassinare uno qualunque… eh? E il motivo?… dove starebbe, dico, è assurdo, impensabile, suvvia… non siate ridicoli.

Un bel buffone, un tocco, dico io... chi ha scritto la frase, ma fatemi il piacereee!» disse Rosalba tutta seria e facendo vagare lo sguardo concentrato sulle facce di tutti.

«Eh, appunto... se vi fate vedere preoccupati, date soddisfazione. Chissà come se la riderebbe l'autore se ci stesse ascoltando... eh eh eh...» e rise di gusto, il conte, bevendo un altro calice di bianco.

«Potrebbe anche essere tra noi, fanculo a lui!!!» se ne uscì all'improvviso Cinzia.

La critica stava per sbottare ancora, per la nuova parolaccia, ma si trattenne.

Tutti si azzittirono all'istante e posero lo sguardo rigido sulla ragazza, che ora aveva gli occhi chiusi e pareva essersi addormentata. Ciuzza respirava profondamente dal naso, pallida e lontana come la luna che lumeggiava freddamente nel cielo di Pesaro. La signora Rosalba questa volta tuonò: «E alloraaa, ho detto che non dovete dire parolacce. Abbiate rispetto del signor conte! ci vuole serietà, compostezza, educazione.» Tutti si azzittirono di nuovo e Ciuzza si fece piccola come un moscerino ronzante.

Il conte parlò come se nulla fosse successo: «Beh comunque era molto meglio la mia frase inventata che quella di questo stupido personaggio misterioso, che sta cercando di impaurirci.» lo disse con espressione seria ma che tradiva il desiderio di far scaturire l'ilarità generale, forse anche per sdrammatizzare il momento di arrabbiatura della critica, la quale era solita avere queste uscite un po' eccessive, che la facevano apparire puritana in maniera esagerata. Infatti qualcuno fece una risatina sonora.

«Sì conte, tu hai maggior senso della poesia. Quello cerca solo d'imitarti!» esclamò Antonio con vivacità.

«Pure Cinzia è brava a scrivere poesie...» saltò fuori Nicola. Cesco lo fulminò con gli occhi. Un secondo di silenzio assoluto poi Cinzia disse: «Io? Nooo, beh sì, qualche volta mi riescono delle quartine carine!»

Cesco si rivolse alla sua ragazza, serio e accigliato e a voce bassa le disse: «Oh Cì, mo' lascia perdere eh... che questi mo' va a vedere che sospettano che sei stata tu!» e continuò a fissarla come per imprimerle meglio il concetto.

Cinzia soffocò una risata rauca portandosi il tovagliolo alla bocca.

Angela e Lucienne non erano molto propense alla loquacità se non interrogate direttamente, oppure solitamente le chiacchiere le facevano fra loro intimamente.

«Voi bambine che dite?» chiese improvvisamente Antonio rivolgendosi alle ragazze. Angela e Lucienne si guardarono fra loro sorridendo: un sorriso complice naturalmente e poi fu Angela a parlare: «Che devo dire? Beh, tutto quello che è successo mi ha stravolto, naturalmente. Sì, non nascondo di essere un po' in ansia.» Poi intervenne Lucienne: «Io di notte mi stringo forte a lei perché ho una paura del diavolo e faccio fatica a dormire.»

Nicola e il fratello subito fecero pensieri maliziosi.

«Povera francesina!» esclamò Alfonso.

«Stavo pensando alla faccenda del mediometraggio, Nani. Non è che questo tipo che ci sta facendo questi scherzi lo faccia proprio per... come dire... per contrastare la tua opera? Insomma, per attentare alla tua arte conte, come per sfidarti?»

«Però! Perspicace la nostra Angela! Potrebbe anche essere...» rispose il conte Nani mentre riapriva il suo taccuino e, con gli occhiali da vista alzati sulla fronte, si accingeva a scrivere qualche appunto con una mini biro.

«E a che scopo, scusa?» intervenne Antonio.

«Boh!» rispose laconicamente Angela.

«È chiaro. Angela, l'hai appena detto: per sfidare l'operazione concettuale del conte, è una sua provocazione! Ma senza le telecamere, mi sembra cosa ardua!» disse Nicola.

«Già!... Non sottovalutiamo però l'ipotesi che potrebbe comunque essere un pazzo, che so, un mitomane che vuole anche fare del male.» disse d'un tratto Samantha.

La critica d'arte, che per un po' era stata zitta tornando tranquilla, con sempre quella sua posa di atteggiamento aristocratico e serioso, dopo poco disse:

«Insomma, a quel tipo gli mancano i mezzi... che crede di poter fare senza la dovuta attrezzatura?! Per me è solo un farabutto ignorante, che si diverte a creare del caos in questo albergo. Ah, ma se lo si scopre lo denunciamo per benino, saaa? Vero conte Nani?»

«Farabutto e ignorante? ... ma forse anche assassino: uno spregiudicato assassino mascalzone.» continuò Samantha.

«Va beh, a questo punto mettete delle guardie!» incalzò Francesco. «No no, niente guardie per ora. Ma ci mancherebbe! Ho dato ordine a due miei fidati inservienti di stare ad occhi aperti e di fare spesso dei giri di perlustrazione per tutto l'albergo. Soprattutto di notte. Chi vuole il caffè?» disse Nani con tono serio ma rassicurante, e parve che volesse con questo mettere fine all'argomento.

Un giovane cameriere vestito tutto di bianco si avvicinò al tavolo e si segnò le ordinazioni per i caffè. Nani prese un thè al gelsomino. Alla fine della cena restarono tutti quanti a conversare sui bianchi divani di similpelle lucida che fiancheggiavano la grande vetrata della piscina, tranne il conte e la critica che, dopo mangiato, sparivano sempre assieme. All'una andarono ognuno nelle proprie stanze a dormire.

Il corridoio dove stava la stanza di Cesco era silenzioso e vuoto, naturalmente, data l'ora: le due e mezza! Così come tutti i piani dell'albergo erano scevri d'ogni minimo rumore. Silenzio assoluto, quiete, pace. Chi non aveva pace era Cesco che, svegliatosi in piena notte per via del suo stato d'ansia, si accorse ancora che Cinzia non era nel letto. Guardò in bagno e vide che non c'era. Era sparita di nuovo! "Cazzo, un altro attacco di sonnambulismo!" pensò subito in preda all'agitazione. Uscì dalla stanza silenziosamente, col terrore che fosse ancora in piscina. "Come posso vivere con 'sto pensiero?, quella una volta o l'altra s'affoga! Ma perché tutte a me?" pensava col cuore in gola. Fece qualche passo per procedere, piuttosto assonnato ed intorpidito nelle membra, avanti verso la scala in fondo. Ma si bloccò all'istante. Vide spuntare dall'angolo del muro una testa, all'altezza del pavimento, coi capelli lunghi che oscillavano in giù e che coprivano totalmente il viso. Una donna, carponi, si reggeva sulle braccia e teneva la testa china, mentre la chioma le occultava i connotati. Cesco strinse gli occhi per mettere a fuoco quell'immagine sgradevole e stranissima, e si sentì bloccare il respiro in gola. La figura parve voltare il viso verso di lui, o meglio i capelli, perché del viso non si vedeva nessun particolare. Lo stava fissando? Poi la cosa avanzò carponi in avanti, trasversalmente la direzione di Cesco, a cui apparve l'intero profilo di un corpo di donna in sottoveste che camminava sulle gambe e sulle ginocchia, come la giapponese del film horror "The Grudge"! Lo colse un terrore violento, che quasi lo fece urlare. Ma non gli uscì un solo fiato di sillaba. Quest'ultima immagine gli comunicò un orrore più grande di tutta la scena appena vista: la vestaglia era quella di Cinzia! La COSA-CIUZZA si voltò verso gli scalini e li discese a quattro zampe, come un ragno antropomorfizzato, agile e infido. Cesco le corse incontro ed impallidì quando quella cosa grudgesca, aracnomorfa e cinziesca, prese a scendere gli scalini ad una velocità inammissibile ed improba per un essere umano in quella posizione!

"Roba dell'altro mondo! Mio Dio!..." pensò sconvolto Francesco, mentre scendeva gli scalini all'impazzata per raggiungerla. Si sentiva il cuore in gola e la salivazione azzerata. Finalmente con un balzo la raggiunse prima che arrivasse infondo al pian terreno. Gli fu sopra, mentre lei ancora stava a "quattro zampe", grottescamente, col corpo raso terra. Erano ora su uno dei pianerottoli delle scale; mancava l'ultima rampa per arrivare dabbasso. Francesco la tirò su, verso di sé, prendendola di spalle, mentre le cingeva le braccia attorno alla schiena. Ciuzza cominciò ad emettere un verso strano; era un peso morto fra le sue braccia. Poi si abbandonò docilmente e ora, stretta da lui, pareva in catalessi, caduta in un sonno profondo. Dormiva? Cesco avrebbe voluto schiaffeggiarla, come si fa con chi sviene, ma poi decise di non farlo, perché sapeva che i sonnambuli vanno lasciati stare e non svegliati. Così, con uno sforzo non indifferente, se la prese in braccio: le gambe e le braccia di Cinzia penzoloni, con la testa leggermente chinata all'indietro. Se qualcuno li avesse visti poteva persino pensare che la ragazza fosse morta. Cesco salì le scale lentamente col corpo di lei così abbandonato, fra le sue braccia amorevoli e tremanti. Ma che razza di sonnambulismo era mai quello? Non aveva mai visto un comportamento del genere e i suoi pensieri, peraltro molto scossi, ora andarono ad immaginare le cose più assurde e terribili, come per esempio una possibile possessione diabolica di Cinzia. Gli parve un'eternità, ma finalmente raggiunse la loro stanza. L'aprì cercando di armeggiare con la scheda magnetica meglio che poteva, impedito da quel peso morto che teneva fra le braccia. Finalmente entrò e prima di chiudersi la porta alle spalle, scaraventò quasi di peso il corpo di Cinzia sul letto.

Era troppo quello che era successo. Il povero Francesco si giurò di portare Cinzia in una clinica specializzata appena fosse arrivato a

casa, a Borgone. Tuttavia, sapeva che l'indomabilità di lei non gli:lo
avrebbe permesso. Ci aveva provato altre volte. Si sedette accanto a
lei, sul letto, e dopo averla guardata un attimo con grande tristezza
e capendo che ora la ragazza dormiva tranquilla, mise la testa tra le
mani chinando il capo, e chiuse gli occhi, stanco e depresso.
L'indomani mattina, quarto giorno, Cinzia non si ricordava più nulla e dopo che il suo ragazzo le ebbe raccontato tutto, lei quasi ne rise;
sì, inizialmente rise davvero in quanto le sembrò tutto una barzelletta, ma dopo poco scoppiò in un pianto nervoso. Cesco la strinse
forte a sé cercando di calmarla e di coccolarla con tutto l'amore di
cui era capace, rassicurandola, baciandola, tranquillizzandola. Inizialmente le disse che era meglio andarsene, prima che finissero i
sette giorni di vacanza ed era convinto di questo; poi Cinzia protestò
vivacemente e lo pregò ardentemente di aspettare almeno la fine di
quella settimana. Disse che ora si sentiva bene, che avrebbe preso
le gocce per dormire (cosa che aveva smesso di fare). Lo scongiurò di
crederle e con le lacrime agli occhi gli disse che lei aveva bisogno di
quella vacanza a Pesaro; che se fosse tornata adesso in quel paesino
sperduto fra le montagne, sarebbe caduta sicuramente in depressione. Francesco Borel cedette e acconsentì.
Quando i due gemelli seppero del fatto pensarono lì per lì che Francesco stesse raccontando una frottola, o almeno che stesse caricando
un po' troppo il racconto, inserendoci forzature di fantasia. Ma poi
la loro amicizia fece sì che la fiducia prendesse il sopravvento e cre-
dettero nella buona fede dell'amico. Rimasero sconcertati e poi tutto
finì, come sempre, in battute e spicconate ironiche che fecero ridere
di gusto soprattutto la stessa Cinzia Cavallini.
«Mo' basta Cì eh!? Se no chiamo l'esorcista... e che cazzo!» esclamò
Francesco fra il serio e il faceto e tutti risero nuovamente. Si trovavano a fare colazione, seduti beatamente in uno dei tavoli bianchi
della grande sala da pranzo dell'Hotel Alexander. Tutto quell'ambiente così ben arredato e circondato da sculture e da arredamenti
moderni, era ora investito da una luce mattutina splendente, diamantina. Li stavano servendo di prelibatezze per una colazione
davvero coi fiocchi: cappuccino, marmellata, burro, cornetti caldi e
fette biscottate. Poi, se volevano, su un ampio tavolo c'era dell'altro
in quantità per il *self-service*. Ogni tipo di brioches, pane, fiocchi

di cereali, cioccolata, crema, altre marmellate, torte già tagliate a fette, biscotti, frutta sciroppata, succhi di frutta, miele, yogurt, latte freddo, caffè. C'era l'imbarazzo della scelta per una colazione sostanziosa, gustosa e variegata. Ogni tanto davano un'occhiata alle vetrate verde-azzurro oltre alle quali scorgevano un panorama stupendo: un mare luccicante, di un colore intenso: verde azzurro verso la riva e di un blu di Prussia cangiante verso l'orizzonte. Le lunghe strisce di massi, che facevano da frangiflutti a pochi metri dalla spiaggia, brillavano come pietre d'onice lucidate dall'acqua e rese scintillanti dal sole.

La spiaggia era colorata da file di ombrelloni gialli a strisce blu. Dopo colazione uscirono sulla terrazza a prendere dell'aria salubre, e, oltre la piscina, si riempirono gli occhi di quella seducente distesa di mare, di vita balneare pesarese, fatta di colori accesi, di caldo sole estivo; sereni guardarono gli ombrelloni tutti ordinati in fila, ridenti e familiari, del Bagno Arcobaleno, che stava proprio attaccato all'Hotel Alexander.

Passò un altro giorno. Finché non accadde qualcos'altro, proprio quando ormai della scritta scarlatta non si parlava quasi più.

Accadde di pomeriggio, dopo l'una e trenta. Si era appena finito di pranzare, quando Nicola scese le scale per andare disotto, nella stanza degli specchi dove, appena dopo l'entrata senza porta, sulla sinistra, c'erano i bagni, ampi e confortevoli. L'impellenza di andare di corpo lo fece scendere e raggiungere la toilette molto velocemente. Quando uscì sollevato, e quindi a passo lento, si accorse di qualcosa di nero che era apparso sul pavimento di linoleum chiaro della sala conferenze, che in quel momento era perfettamente vuota, con le sei file di poltroncine bianchissime per lato, che al centro lasciavano libero un passaggio. Era proprio all'inizio di questo corridoio, davanti all'entrata, che una scritta nera spiccava sul pavimento. Nicola si sedette sui talloni per osservare meglio. Non era una scritta, ma piuttosto una sorta di ideogrammi formati da strisce di nastro adesivo isolante, che a piccoli segmenti uniti trasversalmente o longitudinalmente, sagomavano quei segni incomprensibili. Soltanto il primo ideogramma era una lettera, o almeno era identico ad una "V"! «Che razza di roba è mai questa? E cosa significa?» si disse alquanto sorpreso. Sotto alla scritta c'era una croce, realizzata con due pezzetti di nastro applicati l'uno sull'altro. "Chi ha fatto questo si è preoccupato di tagliare bene i segmenti di scotch, per renderli regolari. Che Nani abbia voluto mettere dei simboli arcani in questa stanza? E se non fosse stato lui?" Con questi pensieri decise di raggiungere il fratello ed i suoi amici di sopra, per mostrar loro quanto aveva scoperto. Ma prima riguardò un attimo meglio, per cercare lì per lì una sorta di traduzione: una "**V**" seguita da due aste parallele unite in basso da una barra, poi seguiva una specie di otto quadrangolare, poi una barra inclinata a destra, ed infine un tridente, o un tipo stilizzato di forchetta. No, non ci capiva niente!!! Corse di sopra, ad avvisare gli altri.

$$\text{V} \amalg \text{B} / \amalg$$
$$+$$

Nicola salì gli stretti scalini abbastanza velocemente, ancora eccitato dalla scoperta di quella scritta fatta con del nastro adesivo nero, applicato sul pavimento di linoleum color pastello, una scritta che non c'era mai stata. Il conte non era presente, meglio così. Seduti al tavolo c'erano soltanto Cesco, Ciuzza e Alfonso che stavano aspettando il caffè. Quando Nicola li raggiunse disse semplicemente, con un lieve sorriso sulle labbra, quasi come orgoglioso di quella scoperta: «Venite a vedere, ma non diamo nell'occhio. Presto!»
«Che cosa? Hai trovato un fantasma?» disse Ciuzza scoppiando a ridere.
«Ma che fantasma...» fu la pronta risposta di Nicola.
«Cosa cavolo hai visto?» fece Alfonso alzandosi dalla sedia prontamente.
«E dai, c'è il caffè ragazzi!» disse Cesco serio.
«Il caffè!» replicò Ciuzza.
«Dai venite a vedere, ci vorranno pochi minuti. Là sotto, nella sala

delle conferenze, o "sala degli specchi"... c'è una scritta che prima non si era mai vista! Sono dei "segni" strani, dai ragazzi!» Nicola era in fibrillazione. Si mossero alzandosi tutti dal tavolo; Cesco sembrò farlo senza molta voglia. Si guardarono un po' attorno prima di prendere le scale; bene, poca gente nella sala. Scesero con a capo Nicola. Qualche risatina di Alfonso e di Cinzia. Quando furono di sotto, in quell'ampia sala dal soffitto tutto rivestito da lunghe file di specchi quadrati, gli altri tre si bloccarono sgomenti. Videro quella strana scritta nera e Nicola, un po' baldanzoso esclamò: «Che vi avevo detto? Guardate, non sembrano dei simboli strani? Pare un crittogramma!»

«E già! Cazzarola hai ragione!» esclamò Alfonso tutto intento a guardarli. Cesco si piegò sulle ginocchia per osservare meglio e toccò la scritta. Disse con fare pensoso: «È stata fatta con del nastro isolante adesivo, quello per elettricisti. Cazzo è?...»

«Bellaaa, è una cosa magica?» fece Cinzia, anche lei toccandola.

«Buona Cìì...»

«E che ho detto?»

«Parla piano. E non *urla*!»

«Certo che sono davvero strani.» disse Nicola.

«Quella croce è proprio inquietante...» aggiunse Alfonso.

Francesco scattò una foto alla scritta col suo cellulare e così fecero pure i gemelli. Rimasero un attimo in silenzio e poi Cinzia disse: «Io credo che il conte non gliel'abbia messa lui, che senso avrebbe?»

«Che ne so, e se l'autore fosse sempre quello della scritta dipinta sul muro? Ragazzi, mo' la faccenda si fa seria; se non è stato il conte a farla, o qualcuno sotto suo ordine, allora questo è un ennesimo segnale di quel misterioso folle...» ragionò a voce alta Francesco facendosi serio e accigliato.

«Ah certo, se non il conte, chi può averla fatta? Mamma mia, ma che cavolo vuole dirci 'sto cretino...» rispose Alfonso.

«Per fortuna sta volta non ha imbrattato i muri con della pittura... si è solo preoccupato di appiccicare dello scotch!» rifletté Cinzia.

«È stato più gentile, almeno il conte non ha da dannare... basta staccare lo scotch nero, e via!» disse Nicola scherzosamente.

«Un bel rebus!» esclamò Cesco grattandosi il capo.

«Dai su, andiamo a prendere 'sto caffè. E lasciamo tutto come sta naturalmente...» continuò Cesco tornando in piedi.

«ATT... OTTO... IM...» disse improvvisamente Cinzia, guardando in alto.

«Si può sapere che caspita farnetichi, Cì?» le chiese Cesco rivolgendosi verso di lei. Poi s'accorse che la fidanzata stava semplicemente leggendo la scritta riflessa sugli specchi del soffitto.

«Sìì... c'ha ragione, guardando la scritta riflessa sul soffitto viene un'altra frase!...»

«Che non vuol dire un bel niente, Cesco. Se questi sono ideogrammi, o che ne so... simboli esoterici, avranno un loro preciso significato così come li vediamo. Il loro riflesso non ci restituisce nulla di interessante. Solo altri segni incomprensibili. La traduzione, secondo me, va cercata nella loro sembianza, così come sono!» replicò con particolare convinzione Alfonso.

«Eeeh vabbè allora...! Andiamo va che ci avranno già servito il caffè!»

«Caffè... caffeinaaa!» se ne uscì Ciuzza.

Il conte Nani era andato a Urbino per affari e sarebbe tornato a Pesaro solo verso sera. I quattro amici, terminato di bere il caffè, si alzarono da tavola per andare a cercare Lino, che da qualche parte doveva essere. Avevano deciso di raccontare a lui il fatto e, quando lo trovarono, (intento a sistemare delle scatole di bottiglie di acqua minerale, nei pressi del bar), lo condussero subito di sotto nella sala delle conferenze. Lino era vestito con la sua solita tuta da lavoro: una salopette bianca su una T-shirt di color azzurro. L'uomo seguì i quattro tranquillamente, senza fare commenti, ma con una espressione leggermente incredula in viso. Finalmente vide la misteriosa scritta sul pavimento, composta dai segmenti di scotch nero e la fissò con sguardo poco indagatore, quasi frettolosamente, poi disse:

«È uno scherzo! Avete messo voi questi strani segni?»

Prontamente Nicola rispose: «Oh Lino, ti pare che ci mettiamo a fare questi scherzi? Soprattutto dopo il fatto di quella scritta rossa sul muro delle scale?»

«Mmm» fece pensoso Lino.

«Volevamo che tu la vedessi, così ne sei testimone e potrai riferirlo al conte.» disse Alfonso.

«Che facciamo?» chiese Cesco sospirando.

«Ah, ehm, per ora lasciamola lì finché non torna il signor conte; poi deciderà lui che farne. Ora avverto Cosetta...» disse serio Lino sparendo su per le scale.

I quattro si guardarono l'un l'altro, riflettendo silenziosi, dopodiché Cinzia disse: «Che dite, trovate che anche Lino creda sia opera dello stesso autore della scritta rossa?»

«Boh, probabilmente ci starà pensando» le rispose Cesco.

Solitamente la sala degli specchi rimaneva vuota e rare volte percorsa da qualcuno, se non da quelle persone che scendevano per andare ai bagni confinanti. Ancor meno quel breve tratto ad "elle" che conduceva al nuovo teatro, anch'esso confinante con la sala. Lino tornò assieme a Cosetta, anche lei vestita con la salopette bianca. Cosetta vide, osservò, toccò quei simboli; guardò istintivamente in alto e vide il riflesso dei crittogrammi negli specchi del soffitto, ma senza accennare nulla.

Dopo qualche istante disse: «O è uno scherzo, o è ancora opera di quel folle!» Guardò nuovamente, da più vicino, aggrottò la fronte e riprese: «Lasciamola lì, deve prima vederla il conte. Vedremo poi il da farsi. Forza gente, fuori ora, che è meglio non attirare l'attenzione stando tutti qui. Lino, fai una cosa: prendi i quattro paletti striati di rosso e bianco; sì ce li abbiamo nel magazzino, quelli che segnalano una buca, e circoscrivi questa cavolo di scritta di simboli, così se qualcuno la vede capirà che non deve toccarla. Aspettiamo che torni Nani.»

Uscirono in silenzio risalendo i gradini, mentre Cosetta andò prima ad assicurarsi che lungo il corridoio che conduceva alle porte del teatro, non ci fossero altre sorprese. Finita la perlustrazione salì le scale anche lei, scuotendo il capo.

CAPITOLO XV

CAPITOLO XV

Ora erano seduti su uno dei soliti divanetti sotto la grande vetrata verde-azzurra della sala principale.

Ragionavano, col cellulare alla mano, sul possibile significato della scritta misteriosa. La sala era molto luminosa: il parquet di un beige chiaro e morbido; il bianco delle pareti e del soffitto, con luci a neon quadrate disposte a file intervallate e faretti alogeni dovunque, sparava un candore dalle tenui ombre azzurro violette, così come le colonne cilindriche, bianchissime, minimali, che assieme ad altri pilastri rettangolari, si estendevano perimetralmente e al centro della sala. Il bianco dominava all'Hotel Alexander! Dalle vetrate il cielo estivo appariva azzurro confetto, per incontrare la striscia blu densa del mare.

«Questo "più"...» disse Cesco «è una croce, come se volesse dire morte!»

«Non esageriamo, forse può significare qualcosa di meno lugubre...» obiettò Cinzia. Cesco alzò un sopracciglio: «E cosa altro vorrebbe significare allora?»

«Difficile trovargli un significato diverso!» proseguì Alfonso lisciandosi il mento.

«Forse potrebbe dire anche "addizione". Vedete, la croce che indica morte, dovrebbe avere la traversa più corta, mentre invece il segno addizionale è una croce dai segmenti identici...» rifletté Nicola.

«Può essere!» riprese Cesco. «Quindi chi ha scritto questi simboli, col "più" ci vuole indicare di addizionare qualcosa?»

«Un solo significato quindi: quello del "più"!»

«O entrambi i significati, Cinzia!» fece Alfonso guardando la ragazza negli occhi.

«Un momento, non incasiniamoci. Partiamo col pensare che la croce non è una "croce" ma un "più"... come sostiene Nicola.» continuò Cesco «...che dovremmo assommare?»

«Uhm... forseee... i passi!» ipotizzò Cinzia.

«I passi? Che dobbiamo cercare un tesoro, Cì?» Francesco scosse la testa.

«Se fosse una specie di codice... forse assommare delle cifre, come ad esempio queste lettere aliene! Cioè... questi simboli.» provò a buttarla lì Alfonso.

«Mica son numeri che possiamo fare 2+3 = 5!» obiettò Cesco.

«No! Non sono numeri... ma simboli. Assommiamo i simboli, allora!» propose con sguardo deciso Alfonso.

«E come si fa ad assommare 'sta specie di forcone alla **V** o a questa specie di **8**, e agli altri restanti segni. E poi... che senso ha?» disse Ciuzza ridacchiando.

«Per me "più" potrebbe equivalere ad attaccare!» intervenne di nuovo Alfonso.

«Eeeh... al tram t'attacchi!» replicò a voce alta Cesco con un gesto rotondo del braccio destro.

«Attaccare i simboli, intendo creteiiinooo!»

«Cioè unire 'sta fattispecie di crittogramma l'uno all'altro?» domandò il fratello con espressione seria e riflessiva.

«Esatto Nicola! In modo da far risultare un unico elemento ogni simbolo suddiviso.»

«In che senso?» eruppe Cesco alzando gli occhi al soffitto, come suo solito.

«Nel senso di congiungere, avvicinare i simboli l'uno all'altro!» rispose Alfonso con tono di trionfo.

«Aaah, ho capiiitooo! E facciamolo no?...» propose immediatamente Francesco.

«Certo, ci proviamo subito Cesco!» rispose con tono eccitato Alfonso.

«E come?» chiese Cinzia.

«Aspettate, prendiamo un foglio e un pennarello. Faccio io, so di avere una buona manualità ragazzi!» si propose Nicola.

«E va beh, mo vediamo che salta fuori...» fece Cesco sfregandosi i palmi.

Andarono alla reception e chiesero al signore dietro al banco, che si chiamava Arturo, un foglio di carta bianco e un pennarello. Lui gli diede una penna biro, ma Nicola insistette: «No, per cortesia, se avete un pennarello nero, sarebbe meglio.»

L'uomo scosse la testa e fece un sorriso che generalmente si fa ai giovani importuni.

Finalmente, dopo aver cercato in un cassetto scorrevole, Arturo trovò un pennarello nero a punta piatta. Andava benissimo, eccellente! Si precipitarono su uno dei divanetti con un tavolino davanti, per poter scrivere. Erano molto in fibrillazione, carichi, e ora i quattro amici si stavano divertendo davvero; erano letteralmente animati dalla situazione.

Nicola cominciò a disegnare il più fedelmente possibile i simboli, ricopiandoli dal cellulare di Francesco. Piano, concentrandosi nel lavoro; con manualità sicura e mano ferma tracciava quelle barrette nere che componevano l'insieme dei simboli misteriosi. Serviva precisione, e ora il difficile stava nell'unire – come si era detto – quei simboli l'uno all'altro, rispettandone la sequenza. In breve tempo Nicola finì, con le congratulazioni dei due amici e del gemello. Approvarono a pieno la sua esecuzione crittografica. Ora osservarono attentamente ciò che ne era saltato fuori: nient'altro che segni incomprensibili attaccati insieme. I loro volti, da sorridenti, esprimevano ora un po' di delusione.

«E mo'?» fece Cesco manifestando un certo dubbio.
«Ma è uguale a prima! Non cambia una sega!» sopraggiunse Cinzia dopo un colpo di tosse catarrosa.
«Lo so ragazzi, ma credetemi, qualcosa mi dice che è un primo passo. D'altronde il "più", che qui non ho messo, deve per certo indicare un'addizione...» spiegò Nicola mordendo il cappuccio del pennarello.
«Conserva il foglio Nicola, nel frattempo ci verrà in mente qualcos'altro.» disse premurosamente Alfonso.
Arrivò la sera, con la cena. Le ragazze tornarono e prima che si andasse a tavola, i quattro spiegarono a loro l'avvenimento ultimo della scoperta dei simboli, nella "sala degli specchi", e tutte le congetture fatte sino a quel momento. Samantha, Angela e Lucienne vollero andare a vedere la scritta misteriosa nella sala di sotto e i due gemelli non si fecero pregare nemmeno per un istante. Restare in compagnia delle ragazze nella sala conferenze, dava a loro un certo non so che di erotico.

Trovarono i simboli a nastro adesivo applicati al pavimento, circondati dai paletti. Le ragazze si accovacciarono tutte e tre per veder meglio da vicino. Alfonso e Nicola fissarono con concupiscenza quelle cosce ove la tela dei jeans e dei pantaloni aderenti si tendeva per la posizione assunta. Erano belle e sensuali, soprattutto in quella postura sedute sui talloni, con le gambe lievemente divaricate. Una serie di dettagli anatomici davvero invoglianti. Anche Cinzia si chinò, poggiandosi con le braccia a terra, per avvicinare meglio gli occhi piccoli dietro le lenti degli occhiali alla scritta.

«Cì, tirati su, no? Non te metterai a far la ragna ancora, eh?» disse Cesco vagamente scherzoso.

Ciuzza si tirò su, prendendo a ridere a più non posso, con una sghignazzata violenta, aspra e cavernosa.

Sentirono venire giù dei passi dalle scale. Apparve Antonio che, visto il gruppo, disse: «Ah, ecco dove eravate. Dai che si cena! Cosa fate lì in terra?»

«Vieni Antonio, ci sono novità elettrizzanti, guarda un po' qui?» si rivolse a lui Angela restando seduta sui talloni. Anche ad Antonio fu spiegato tutto nei minimi dettagli. Il pittore napoletano rimase di stucco, evidentemente non si aspettava un nuovo simile episodio.

Poco prima della cena finalmente apparve il conte Nani. Era molto elegante, anche se vestito in modo semplice: indossava una camicia bianca di lino a maniche corte, pantaloni di lino taglio classico, e una giacca anch'essa in lino bianco, di Calvin Klein. Aveva i capelli tirati indietro col gel, che gli scoprivano la fronte spaziosa; ben rasato, un bel viso colorito, visibilmente in ottima salute. Le lucide lenti dei suoi occhiali senza montatura, aventi solo due stanghette in metallo, sottili, davano al volto una espressione vivace e nel contempo nobile e affidabile. Cesco, Ciuzza e i gemelli erano da poco risaliti dalla stanza delle conferenze, assieme alle ragazze e ad Antonio Pinto; il conte quando varcò la sala da pranzo, ancora morbidamente illuminata da un susseguirsi di luci basse e riposanti, disse a voce alta, guardando uno dei gemelli: «Bene bene, mi hanno appena avvertito di questa misteriosa scritta che sta di sotto. Venite con me fratelli Vaccari, dai guardiamola assieme.» Senza essere stati invitati, Cesco e Ciuzza gli andarono dietro, non potendo fare a meno di seguirli, e poco dopo, con fare indifferente scese anche Antonio Pinto. Le ragazze rimasero invece sedute nei divanetti bianchi del salone. Intanto i camerieri si stavano affaccendando per preparare uno dei tavoli centrali, apparecchiando tutto con cura, come aveva predisposto il conte.

«Nani, dovessi vedere che scritta strana, sembra un crittogramma!» gli disse Nicola mentre scendeva le scale accanto a lui, e si sentiva contento e leggermente esaltato. Il conte Nani rispose: «Lo so, lo so, me lo hanno appena detto.»

Nani appena vide la scritta formata dai pezzetti di scotch neri, serenamente e senza dare a vedere di essere sorpreso, rise come un bambino e poi esclamò: «Figlio di una buona donna!»

«Sarà stato lui, sempre quel pazzo, Nani? Quello che ha fatto la scrit...» intervenne Alfonso ma fu subito interrotto dal conte.

«Se non c'è qualcun altro che si diverte a fare scherzi, io credo che sia senza dubbio lo stesso buontempone! Ma guarda guarda che scritta strana. Solo ad inventarla!»

«Secondo te Nani, che significa?»

«Non ne ho la minima idea, ma si può tentare di decifrarla... o forse è solo una gran fesseria!» e detto questo tutti risero e il conte pure, mentre si piegava sulle ginocchia per vederla meglio.

«Conte non è stato lei vero? Ce lo dica se siamo ancora dentro ad un altro reality!» osò dire Antonio, e gli altri si rivolsero verso di lui e lo squadrarono sbalorditi, perché Antonio aveva avuto l'ardire di dire in faccia al conte quello che loro ancora pensavano o sospettavano, ma che non avevano il coraggio di esternare.

«Antonio Pinto, pittore senza fede... come osi pensare questo del tuo conte Nani? Vi ho detto io stesso che non ci sarebbero stati più da parte mia degli interventi di arte concettuale finalizzati a ulteriori mediometraggi. Come avrei potuto insozzare il muro del mio albergo con una scritta scarlatta, ed ora appiccicare 'sto crittogramma nero... è nero o blu scuro?... no, sono è nero!... appiccicare, dicevo, 'sto coso nel pavimento di questa sala? Oh diamine, mi sentirei ridicolo!» e concluse serio e alterato, pur essendo partito con fare scherzoso.

«Conte scherzavo!» si preoccupò subito Antonio, cercando di rimediare, ma non ebbe risposta. Cinzia e Cesco stavano zitti e composti, come un po' intimiditi dalla presenza di Nani; guardavano ed ascoltavano solamente.

«Nani, guarda, in questo foglio ho copiato con un pennarello questa strana scritta, con la differenza però che ho unito tutti questi simboli distanziati. Non so, può servire?» Nicola gli passò il foglio leggermente spiegazzato; il conte lo afferrò rigirandoselo fra le dita, guardando ripetutamente la scritta sul pavimento e poi quella disegnata. Scrutava con molta attenzione, immerso nei suoi pensieri indagatori. Ora le luci accese delle lampadine alogene, grazie al gioco di riflessi creati dalla fila di specchi nel soffitto, davano all'ambiente un colore fulgente tendente all'oro.

«Secondo me quel segno "✚" conte, potrebbe significare l'azione dell'assommare e allora ho pensato di unire i simboli, non so, che ne pensi Nani?» sussurrò Nicola accostandosi al conte.

«Ho visto, non è stata una stupida idea ma, a quanto noto, la scritta rimane sempre incomprensibile. Vedete, sicuramente 'sto tizio vuole comunicarci qualcosa e siccome è matto, tuttavia non stupido, gli piace farci dannare e attirare la nostra attenzione... e non solo! Magari anche spaventarci! Non vedo tuttavia che cambi qualcosa unendo i simboli ...» poi, detto ciò, il conte fece una pausa, si arrestò e parve come bloccarsi su tutta la persona. Rimase in silenzio e l'aria, in quell'ambiente, si fece come densa di palpabile attesa, come di un evento illuminante, qualcosa di finalmente ragionevole che stava per scaturire, come un raggio luminoso nella notte buia e nebbiosa... pronto a rischiarare i sentieri.

Nani fece un lungo respiro col naso e poi riprese: «A meno che...» e tutti gli occhi ora erano su di lui. Si accovacciò e pose delicatamente il foglio disegnato fedelmente da Nicola in terra, vicino alla scritta reale, nello stesso verso.

«A meno che, cambiando veduta... e guardandola riflessa in questi specchi... qualcosa non ci si riveli!» e tutti, come proprio in quel momento stava facendo il conte, alzarono il capo in alto, lentamente, e videro la scritta con tutti i simboli uniti, fatta da Nicola, acquistare senso e significato, come per magia! Rimirandola ora riflessa negli specchi del soffitto, apparve una scritta di senso compiuto. Ci fu un'esclamazione generale che sembrò un coro di esplicita sorpresa. La croce non c'era, perché Nicola non l'aveva disegnata, ma biso-

gnava immaginarla questa volta... sopra la scritta. E la cosa sconcertante, era che adesso non sembrava più invitare a fare una sorta
di somma, ma riconduceva ad un nero simbolo di morte.

«"ATTENTI"... misericordia!!! Ecco il messaggio svelato!!!» esclamò
il conte con un timbro di voce pastoso e grave. Tutti restarono in
silenzio per un tempo abbastanza lungo. Aspettavano che il conte
riprendesse a parlare. Poi finalmente aggiunse: «La farò rimuovere
il prima possibile. Le foto ce le abbiamo, nei cellulari. Questo facinoroso ama gli enigmi! Lo smaschererò, gli farò passare la voglia
di giocare, a questo idiota... non fatene parola in giro, che non si
diffondano voci che creino leggende o bislaccherie. Chiaro?»
«Sì conte!» rispose prontamente Antonio. Tutti a seguito dissero che
non ne avrebbero parlato con nessuno. L'uomo girò sui tacchi e aggiunse: «Andiamo a cenare forza, non sono certo queste minacce
ridicole a farmi passare l'appetito!» Nani così dicendo salì velocemente al piano di sopra, seguito dal resto della comitiva.
A tavola naturalmente si parlò molto della faccenda. La critica Rosalba arrivò poco più tardi, elegantissima in tajer e con un foulard
coloratissimo di seta, al collo.
«Buona sera a tutti, ho visto appena adesso quella scritta malefica...
mooo come si fa a fare dei lavori così?! Ma chi sarà quel buffone...»
«La stanno rimuovendo? Ho fatto chiamare poco fa...» chiese Nani
alzando lo sguardo verso la sua fan, che lo interruppe:
«Sì, sì, Cosetta era di sotto a staccare quella robaccia satanista...»
«Rosalba, hai visto che abbiamo scoperto il significato? Nicola, dà
alla signora il foglio, falle vedere... spiegale!» disse il conte indicando con un gesto il foglio sul tavolo. Alla critica fu spiegato nei dettagli tutto, allorché ella impresse sul suo viso l'espressione più affranta e stupefatta, nonché sconcertata che si potesse immaginare.
«Scusa Nani, ma non ci sono telecamere in questo albergo?» chiese
Antonio Pinto.

«Tutta l'attrezzatura che è servita a girare il reality ovviamente fu rimossa all'epoca, in quanto si trattava di telecamere specifiche per girare un mediometraggio, ma una volta ultimato l'albergo, qui è stato installato un impianto di telecamere a circuito chiuso, in tutte le stanze dell'Alexander, tranne nelle camere, chiaramente. Vedo nelle vostre facce la sorpresa e gli interrogativi che vi state ponendo. Ebbene, non ho più motivo di nascondervelo: sin da quando fu trovata la scritta rossa nelle scale, io ho potuto dare immediatamente un'occhiata ai monitor...»

«Cosa?» intervenne di slancio Alfonso, senza lasciar finire il discorso a Nani. «Tu hai visionato quindi le videocassette con la registrazione delle telecamere e hai potuto vedere chi ha compiuto l'atto di scrivere sul muro?!...»

«E quindi allora, lo stesso che ha fatto la scritta enigmatica là sotto?...» proseguì Nicola, interrompendo a sua volta il fratello.

«Sì, io ho visto l'individuo che forse ha fatto entrambe le cose, ma...» e si fermò, guardando tutti ad uno ad uno in viso. Come sempre si pendeva dalle labbra di Nani. Angela, Lucienne e Samantha ora lo stavano fissando rapite e adoranti, la loro espressione si fece languida, come se quell'attesa desse loro un brivido. Antonio non proferì parola, si stuzzicava nervosamente i baffetti, Ciuzza sorrideva ad occhi chiusi, come se si stesse addormentando sospesa su quell'attesa, che ne cullava la psiche; Nicola e Alfonso erano come due cloni con una stessa anima in sospensione, Cesco era catatonico con le labbra piegate in giù, piuttosto pallido. Non un rumore di posate, ma solo gli occhi del conte che perforavano l'aria, e Rosalba a testa china. Finalmente riprese a parlare: «...ma, colui, o colei che veniva ripreso, era vestito di un mantello nero con cappuccio e portava una maschera in volto argentata, metallica forse. Una figura oscura della quale non è possibile distinguere nessun connotato!»

«Per la miseriaaa, ma questo è sconcertante!» esclamò Antonio pulendosi nervosamente i pesanti occhiali dalla montatura scura.

«Ed ora che hai intenzione di fare conte?» chiese Samantha con un'espressione bella in volto, perché involontariamente – come succede a molte ragazze – guardò il conte Nani così intensamente che risultò sexy.

«Per ora nulla miei cari. Attenderò lo sviluppo degli eventi e poi deciderò. Non ho comunque intenzione di denunciare il fatto, se è questo che volete sapere... oh no, non voglio chiasso nel mio albergo. Almeno per ora!»

«Ma questo fantomatico incappucciato, chi diavolo potrebbe essere? Ti sei fatto un'idea almeno?» gli chiese Alfonso giocherellando con una mollica di pane.

«Il conte sospetta di tutti e di nessuno...» fu la risposta lapidaria della critica.

Nani riprese a parlare dopo essersi versato un bicchiere di vino bianco: «In verità potrei sospettare di qualcuno; tuttavia la verità solitamente sta sempre dove meno ce l'aspettiamo, e beffardamente ci inganna ad onta del suo nome.

"La verità al fine non si cela; non val simulazione. Simulazion è frustrata avanti a tanto giudice" scrisse Leonardo da Vinci!...»

«Io lo sapevo che c'erano delle telecamere... ovvio che c'erano, siamo in un albergo di lusso!» se ne uscì Cesco dandosi un colpetto in fronte, come per dire: "come mai non l'ho detto prima?"

«Adesso lo dici, creteeeinooo!» si interpose Alfonso sogghignando.

«Cosa aspetti allora, a farci vedere questa registrazione, Nani? Siamo tutti curiosi!» domandò con occhi da cerbiatta Angela.

Finita la cena il gruppo di curiosi seguì Nani alla reception, e dietro al banco fece scorrere la videocassetta per visionarne il contenuto nelle parti in oggetto. Il solito uomo addetto alla reception, Arturo, in quell'istante era assente.

«Rivelatori di movimento virtuali consentono di iniziare la registrazione solo quando una telecamera rileva il movimento di una persona, della sua inquadratura in tutto o in parte...» disse Cesco con spirito da intenditore.

«Non so, non mi chiedete le caratteristiche tecniche, perché non ne capisco niente. Quello che so è che registra e ciò mi basta.» rispose il conte manovrando il videoregistratore.

«E registrano per quante ore questi apparecchi?» domandò Nicola.

«Le immagini delle telecamere possono essere registrate su dei particolari videoregistratori VHS che hanno la particolarità di far durare una normale videocassetta VHS da 180 minuti fino a 960 ore.» riprese Cesco con un certo cipiglio. Le immagini continuavano a scorrere all'indietro velocemente, sul monitor, mostrando il lato del muro delle scale. Poi Nani trasalì:

«Ecco ci siamo... guardate bene, eh!»

Una figura di statura normale entra nel campo. È tutta vestita di nero, un mantello lungo che pare seta, lo avvolge e porta un cappuccio alzato sulla testa, che è parte unita al mantello. Si accovaccia e con un barattolo di tempera acrilica ed un pennello, usando la mano destra, traccia la scritta sul muro. Porta guanti sottili neri. Si vede ad un certo punto che gira di lato il viso, ma non si vedono i connotati, in quanto coperto da una maschera metallica, simile a certe maschere veneziane. Poteva essere non metallo ma semplice plastica. Armeggia velocemente, poi fugge via facendo svolazzare il mantello che manda riflessi cangianti sul monitor.

«Vedete? Una bella mascherata! Ora cerchiamo la sequenza della scritta nera con lo scotch, deve pur esserci...» bofonchiò Nani, un tantino irritato. Andò avanti con il nastro e trovò finalmente il punto in cui la stessa persona mascherata applicava i pezzi di scotch nel pavimento della sala degli specchi. Apparve questa volta frontalmente, sempre vestita alla stessa maniera, con cappuccio e mantello, che lo copriva interamente davanti e con la medesima maschera argentata. Portava con sé una torcia. L'angolazione di ripresa era quindi frontale. Appoggiava in terra la torcia elettrica, puntandola nella direzione giusta. Prendeva i pezzettini di nastro adesivo da una busta, già accuratamente tagliati, ne staccava velocemente la cartina dal rovescio e li applicava sul pavimento con movimenti rapidi e calcolati. Evidentemente era ben sicuro di quali strisciolline usare per comporre nel più breve tempo possibile la successione dei simboli. Poi lo si vide, dopo aver composto per ultima la croce, raccogliere la cartina da gettare, facendola sparire all'interno del mantello, come dentro ad una tasca. Si alza in piedi guardandosi un poco attorno circospetto e fila via dal vano che porta alle scale.

«Pazzesco!» esclamò Cesco.

«Ma come è possibile che non sia stato visto né entrare, né uscire?» chiese Alfonso.

«Vedete? Era notte quando è venuto qua sotto: le tre del mattino, mi indica il monitor. La telecamera è ad infrarosso e vede anche al buio. Il misterioso personaggio era munito di torcia, come avete potuto vedere. Non riesco a capire come gli sia possibile aggirarsi nell'hotel senza essere visto, per di più conciato in quella maniera. Sono più che convinto che costui è uno che ospito attualmente. O qualcuno del mio personale!»

«Tutti possiamo essere sospettati, conte?!» intervenne con voce preoccupata Antonio.

«Beh, devo rispondere che purtroppo è così!»

Silenzio generale.

«Sospetta qualcuno di noi?» chiese Ciuzza nasale e a bassa voce.

«Non posso dirlo, naturalmente.» sentenziò velocemente Nani.

«Cosa pensi di fare, adesso, Nani?» gli chiese Lucienne.

«Nulla, aspetto. Forse è tutta una farsa. O forse la minaccia è reale. Anche se al plurale la parola **ATTENTI** riguarda soprattutto me. Qualcuno vuole impaurirmi, magari per vendicarsi della mia *beffa* trasformata in Opera, essendosi risentito per la faccenda. D'altronde il giorno che annunciai il mio bluff, la mia ingegnosa simulazione, furono in parecchi ad avercela con me! Oppure vuole davvero farmi del male, e non soltanto impaurirmi.»

«Nani...» intervenne prontamente Nicola. «Quella sera il coreano Lee Jong si scocciò non poco per la tua trovata del mediometraggio, e se ricordo bene, si infuriò parecchio, dandoti contro pesantemente!»

«Sì, ricordo eccome! Ma lui non è qui, tra gli invitati. Escludo quindi che sia opera sua...»

«Sarà un Ninja...» lo interruppe Cinzia.

«Ma che cazzo dici, Cì? Che Ninja e Ninja... a parte che i Ninja sono giapponesi, e non coreani... ma *statti* zittaaa, ahooo!» la rimproverò Francesco. Ciuzza rise e non si fermava più. Anche gli altri risero a più non posso.

«Ah ah ah... eh, sììì, sempre bislacca la nostra Cavallini! Comunque, stavo dicendo che escludo Lee Jong! Come potrebbe entrare ed uscire senza essere visto? Le telecamere lo avrebbero ripreso all'entrata... nooo!?, temo che si tratti di un mattoide che pernotta qui, uno degli ospiti, uno di voi... uno del personale!» e disse ciò scrutandoli ognuno attentamente. Inutile dire l'imbarazzo dei presenti.

«In quanti sono gli ospiti, voglio dire, i clienti attualmente qui?» chiese Antonio guardando il conte da sotto in su dietro le spesse lenti.

«Beh... ne ho otto, vale a dire una coppia anziana, poi una coppia giovane, una signora ucraina, sulla cinquantina, ...bella donna! E poi... sì, un'altra coppia tedesca con un bambino. Li avrete visti a colazione, a pranzo o a cena. E poi ci siete voi... ripeto: chi si aggira in questo modo a seminare enigmi deve essere senz'altro qualcuno al corrente di tutta la faccenda.»

«Certo...» si introdusse Samantha «...ma Nani, non può essere qualcuno mandato da chi è al corrente della faccenda, che apparentemente quindi appare estraneo? Cioè una delle persone che ci hai poc'anzi elencato?»

«Bella mia, vuoi dire uno pagato apposta? Tutto è possibile... ma qualcosa mi dice che non è così...»

«Allora sospetti di noi, diccelo Nani, che mo questo a me non piace, sa? Mi suona offensivo! E che c'ho io la corporatura di quel fesso di *Belfagor*? Eh che diamine!!»

«Borel, calmati... andiamooo... c'è anche il personale su cui possono posarsi i miei sospetti. Adesso non facciamo drammi inopportuni...»

«Io non sono quello lì, ne sono certa!» disse Ciuzza.

«Ma che vuol dire mo sto discorso, Cì? Grazieee... che se tu fossi quello ce lo verresti a dire, te pare?»

«Io se devo vedere mio fratello nei panni di quel tipo, proprio ti assicuro Nani che...» continuò Alfonso.

«E io anche, non ci vedo mio fratello! Lo riconoscerei lontano un miglio!» replicò l'altro prontamente.

«Io son più bellina...» azzardò con una vocina sottile Angela.

«Baaastaaa... finitela! Che senso ha che adesso tutti devono giustificare la loro non appartenenza a quella figura! Vi rendete contooo la stupidataaa?!» esplose Nani scosso da tic nervosi. Al che tutti quanti si azzittirono. Ai gemelli, particolarmente, scappava da ridere e cercarono di trattenersi.

«Però può anche essere, Nani, che un individuo entri vestito normalmente di notte, e poi, una volta in camera sua si cambi e indossi la maschera e il costume: faccia quello che deve fare e poi, una volta rientrato in camera sua, si svesta e la mattina dopo esca vestito sempre coi suoi abiti abituali, senza dare nell'occhio.» intervenne Antonio Pinto.

«Certamente, questo è ovvio, può essere. Ma comunque, ribadisco, è quasi con certezza un cliente, quindi uno che alloggia qui, o qualcuno del personale o chi altro... perché se venisse da fuori – mascherato o no – sarebbe stato individuato dalla sorveglianza, in quanto nessuno può entrare senza rilasciare la sua carta d'identità per prenotare una camera. Quindi è sicuramente uno che ha libero accesso.»

«A questo punto interrogherai tutti i clienti, il personale...» osò chiedere Nicola.

Avrebbe voluto dire pure "noi", ma non si azzardò. Il conte sospirò, visibilmente un po' stanco di continuare a lungo con quell'argomento. Si grattò la nuca e poi rispose: «Ho detto che non farò nulla: né denunce, né interrogatori. Odio queste cose, sono antiestetiche, rovinano l'armonia e il benessere comuni. A parte l'esigenza di un mediometraggio! No, se non per causa di forza maggiore. Allora opterei diversamente!» Detto questo, Nani si scostò da dietro il banco della reception, invitando anche gli altri ad uscire. Disse infine: «Ora basta, devo andare.»

Quella sera il conte, ripensando alla parola **ATTENTI**, notò un dettaglio che forse poteva essere importante anche se sperò, in cuor suo, essere solo frutto del caso e quindi nulla di cui preoccuparsi o di cui tener conto. La sua mente elastica gli fece notare che nella parola **ATTENTI**, era contenuta la voce **TEN**. La cosa lo sorprese sul momento, e riflettendo, intuì che **TEN** (che in inglese significa dieci), poteva probabilmente indicare il mese di ottobre (decimo mese dell'anno). Quindi, nella peggiore delle ipotesi, tale messaggio inserito in un altro, poteva voler comunicare, tenendo conto della croce (simbolo anche di morte), che egli sarebbe stato ucciso in ottobre: mese in cui avrebbe inaugurato la proiezione del mediometraggio. Per il momento questa sua idea se la tenne per sé senza divulgarla agli altri della sua corte. Comunque, a pensarci bene, quella valutazione gli pareva un po' estrema.

Ma chi poteva essere così ardito, da mascherarsi (senz'altro di notte), uscendo dalla sua stanza (quale delle sessantatré stanze?), compiere quelle scritte e poi ritornarsene indisturbato (pur cosciente che le telecamere a circuito chiuso lo avrebbero immortalato), dentro la sua camera... e poi uscire vestito normalmente il giorno dopo, senza recar sospetti? Era un fanatico, un folle burlone, o davvero un assassino che prima o poi avrebbe colpito realmente?

E perché? quale era il movente? Nani pensò anche alla possibilità che ciò provenisse da Oreste Boccioni (il regista) o Rosanna Pini (la scenografa) i quali, senza scrupoli, avrebbero potuto vendicarsi di essere stati denunciati, servendosi di un mandante. Era possibile che esistessero degli esecutori mandati da loro? Ricapitolando: due erano finiti in prigione per sfruttamento della prostituzione, in attesa del processo, e Cattanigi agli arresti per concussione e anche lui per sfruttamento della prostituzione, in attesa di giudizio. Nani non seppe dare risposta a queste scottanti domande; tuttavia sapeva che doveva stare all'erta... per difendersi da un nemico ignoto. Diede anche più volte uno sguardo a quella scritta che avevano trovato sul muro, fatta con della vernice rosso sangue; stranamente anche questa era rossa, proprio come quella che aveva ideato egli stesso per il suo mediometraggio. Si disse che questo fatto indicava una sorta di simulazione, o di emulazione. Ne era convinto. Quel fantomatico personaggio incappucciato senza meno voleva irridere la sua performance artistica, e quindi il suo mediometraggio e, ripetendo l'idea di una scritta rossa su un muro dell'albergo, era anche un chiaro messaggio che ce l'aveva con lui, con la sua arte, con la sua istrionica creatività. O con lui soltanto, come individuo?

"FITTIZIA LA ROSA SENZA SPINE,
DA LEI NON VENNE DANNO.
MA GIUNGERÀ UN NUOVO AFFANNO,
PIÙ VERO DEL PRIMO
E PER COLUI CHE GIACERÀ SARÀ LA FINE."

Nani la lesse, perché se l'era segnata nelle pagine del suo taccuino; quel *Fittizia la rosa senza spine*, pensò, si riferiva all'idea della sua *Rosa dell'Est* (un'ipotetica ragazza fra le russe) che, essendo una invenzione, non poteva fare davvero del male, e quindi era come una rosa senza spine. E infatti si legge: *...da lei non venne danno.* E poi il resto era sin troppo chiaro: cioè che questa volta ciò che prima era una finzione, sarebbe divenuto vero e quindi sarebbe accaduto nella realtà, e ci sarebbe stata un sicura vittima. Tutto faceva pensare ad un annuncio macabro, che c'era un pericolo imminente, e anzi, quasi certamente nel tempo breve: ossia ad ottobre, quando lui avrebbe inaugurato la presentazione del suo mediometraggio. Al centro della parola **ATTENTI** aveva individuato il vocabolo **TEN**!

Nel decimo mese... nel decimo mese... a ottobre... a ottobre... conte... morirai! Queste parole gli si infilzarono nel cervello come trapani ossessivi e perforanti. Mentre pensava, cominciò a sudare freddo. Perché questo? Perché... per quale dannato motivo qualcuno stava cogitando di ucciderlo? Ah, ironia della sorte e dell'umano fato! Nel suo reality desiderò artisticamente che la finzione suonasse come la realtà... ed ora la realtà vera... si prendeva gioco di lui e della sua opera: la realtà diventava l'equivalente macabro di una finzione! E suonava a trombe spiegate come un'Apocalisse che si beffa dell'arte e trama l'inganno terribile! *L'assassinio... il sogno dell'arte!* Ma ora... il conte si trovava davanti ad un delitto annunciato ad arte: qualcosa di infido che nella parodia del gioco, degli inganni e delle finzioni, proclamava oscuri presagi di spietato realismo!

A. Vaccari 2016
ADESIVO - NASTRO ADE
NASTRO ADESIVO - NAST

CAPITOLO XVI

CAPITOLO XVI

Cesco usciva dalla sua stanza, proprio mentre una bella signora bionda sulla cinquantina si apprestava ad infilare la scheda-chiave nell'apposita serratura, per entrare nella sua, la N° 320. Francesco non poté fare a meno di guardarla, emanava un fascino austero. "Bella donna! *Ammazze*... dev'essere quella a cui accennò il conte", pensò. Ebbe anche l'ardire di sorriderle. Ed ella ricambiò.

«Bella giornata, ma fa caldo eh?» disse arrossendo un poco.

«Sì, qui a Pesaro fa ancora molto caldo...» rispose la donna con un accento pulito e morbido. Parlava molto bene l'italiano.

«Lei è straniera?»

«Sì, ucraìna!»

«Ah, russa!... io sono Francesco Borel, pittore; ho dipinto 'sta stanza, per il conte...» e indicò la sua porta.

«Non precisamente; ad Est l'Ucraìna confina con la Russia!» lo corresse la donna.

«Aaah, ho capitooo» fece Cesco un po' imbarazzato.

«Ah, uno dei suoi artisti, quindi... oh, complimenti. Un'idea davvero unica quella di fare un albergo... con tante opere d'arte. Piacere, io mi chiamo Natalya.» e porse la mano al pittore, dalla parte del dorso, aspettandosi la galanteria di un baciamano, ma Cesco gliela strinse vigorosamente, nel modo più consueto.

Quella donna aveva un viso che pareva un po' tirato: Cesco pensò ad un lifting, come in genere tutte le belle donne fanno per coprire il più possibile i segni di un'età che fa sfiorire una bellezza passata. Borel si ricordò poi di averla vista ancora, il giorno dell'inaugurazione dell'Alexander, quando Nani parlò del suo mediometraggio davanti a tutti gli invitati. Era probabilmente una cliente abituale.

«Beh, io vado, lieto d'averla conosciuta!»

«Pure io lieta di aver fatto la sua conoscenza.» rispose la donna e, spingendo la porta, entrò in camera.

Quella mattina Cesco si era svegliato piuttosto presto e alle nove era già a fare colazione. Ciuzza dormiva ancora ed anche i gemelli, beati, nella loro stanza, la 208.

Nella sala pranzo, dove si faceva anche la colazione, non c'era molta gente. Non c'era nessuno dei suoi amici: o ancora dormivano, o erano usciti prima di lui. Di Nani neanche l'ombra. Marlena gli si avvicinò suadente e chiese:

«Caffè-latte?»

«Eh sì, grazie!»

Fece un'abbondante colazione, si sentì corroborato e rilassato. Aveva voglia ora di fumare ed uscì nel terrazzo della piscina per respirare anche l'aria del mattino, già piuttosto calda.

"Mo' ci rimane domani, poi si va tutti a casa...", pensava, e mentre pensava, arrivò Cinzia, sorridente e già con la sigaretta in mano.

«Ben svegliata, amore! Cì, che fai, fumi prima ancora della colazione?»

«Eeeh, vabbè...» disse la ragazza alzando le spalle.

«E va ad ordinare, no? Che mo' finisco la sigaretta e ti raggiungo.»

La baciò e Cinzia rientrò dentro. Il cielo era di un azzurro lustrato e la striscia di mare uno smalto cobalto che sfumava di azzurro tenue verso la risacca.

Quando Francesco ritornò nell'ampia sala da pranzo, trovò Cinzia Cavallini che stava finendo di bere il suo cappuccino e le si sedette accanto, con fare dinoccolato. Proprio in quel mentre stava uscendo dall'ascensore la stessa donna che aveva visto nei pressi della sua stanza. Era rimasta in camera probabilmente solo per poco. La donna, vestita con un semplicissimo abito lungo a fantasia floreale, con fascia in vita, si sedette in uno dei divanetti bianchi presso le ampie vetrate verdi. Francesco la riconobbe e istintivamente gli venne da fissarla, solo per curiosità, non per altro. Vide che prendeva una rivista fra le tante appoggiate su di un tavolino, e sospirando, si mise a sfogliarla. Aveva un'aria strana, come agitata: cosa che prima, nel corridoio delle camere, non gli era sembrato. Infatti dopo poco, si accorse che aveva posato la rivista e si era sistemata sul divano come chi si lascia andare col corpo, scivolando lentamente in avanti a gambe stese, tanto da sembrare scomposta. Cosa poco elegante per una signora della sua età, rifletté. Ora aveva chiuso gli occhi e restò così, inerte, per un bel po'. Sembrava che tentasse di vincere un attacco d'ansia. Francesco, continuando a fissarla, sospettò che forse non stesse tanto bene.

«Oh Cì, guarda quella signora, ti pare un po' agitata? Prima leggeva e mo' sembra sofferente!»

«Ehm... beh, che te frega... sarà un po' scossa. Sai il caldo! Ma smettila di guardarla, fatti i cazzi tuoi Francé...» disse Ciuzza mentre cercava le sigarette nella borsetta. Poi continuò: «Senti io vado a fumare fuori, nel terrazzo... O.K.?» e senza attendere risposta, Cinzia si alzò da sedere incamminandosi verso la porta scorrevole a vetri.

Cesco, rimasto solo, con imbarazzo tornò a guardare quella donna, la quale improvvisamente, con sua grande sorpresa, aprì gli occhi e come ridestata, si drizzò per riprendere una posizione naturale da seduta, guardandosi un poco attorno con una certa pesantezza addosso. Cesco notò che cercava qualcosa nella borsetta e infatti un istante dopo tirò fuori una scatolina di metallo dorato. Prese una pillola e la ingoiò senz'acqua.

Poi la donna rimise tranquillamente la scatoletta nella borsa e si fece assorta, con gli occhi semichiusi. Il suo petto si alzava e si abbassava leggermente, per la respirazione lenta ma profonda. Probabilmente aveva preso un ansiolitico. Successivamente notò che aveva una caviglia tatuata. Era una rosa rossa; spiccava con evidenza. Cesco pensò che prima, quando l'aveva incontrata presso la sua stanza, non ci aveva fatto caso. Effettivamente non poteva notarla. Rimase abbastanza colpito. In quel mentre stava tornando Cinzia.

«Cinzia, ho notato poc'anzi che ha una rosa, una vivace rosa rossa tatuata sulla caviglia destra.» e terminò la frase detta a voce bassa, all'orecchio della fidanzata, con una risatina mezza strozzata.

«Che dici Francé... ti sarà sembrato!»

«Ma è veeeroooo! Ti dico che l'ho vista... una rosa! Lo sai che l'avevo incontrata poco fa mentre uscivo e lei rientrava in camera? Ha la stanza 320, accanto alla nostra. Ha detto di chiamarsi Natalya.»

«E allora?»

«E allora ci siamo salutati; due parole e basta. Mi ha anche detto che è ucraina... boooh!»

Poco dopo la donna si alzò con passo deciso, visibilmente incupita e raggiunse l'ascensore guardando verso il basso; prima che le porte scorrevoli si aprissero, diede uno sguardo perso nel vuoto all'intera sala e poi verso la reception salutando con un cenno Arturo. Francesco e Cinzia riuscirono a vedere la scena molto bene, perché il loro tavolo era proprio di fronte all'ascensore. I due si guardarono con sguardo interrogativo vicendevolmente.

«Ma comunque l'ho vista altre volte da quando siamo qui, forse soggiorna all'Alexander da una decina di giorni.» disse Cinzia.

«Certo. Ma io invece l'ho notata anche il giorno in cui Nani spiegò i motivi del suo reality... quando ha rivelato che aveva fatto un mediometraggio. Sicuramente una cliente abituale. Ma i gemelli quando capperi arrivano?»

«Dormono ancora?»

«Eh... spero di no... e che cavoli!» Alfonso e Nicola arrivarono dopo qualche minuto salutando i due amici con allegria e il solito entusiasmo. Subito ordinarono la colazione: cappuccino e cornetti caldi. Anche gli altri si aggiunsero presto al gruppo sino ad essere al completo. Le tre ragazze erano desiderose di andare in piscina, raggiunte poco dopo dai gemelli e da Antonio. Cesco e Ciuzza preferirono restare a guardare. Passò così la mattinata, scherzando, ridendo tra loro e i gemelli non persero anche questa volta tempo corteggiando e omaggiando di baci le estremità femminili, e anche Samantha li lasciò fare.

Quando risalirono in camera i quattro amici si radunarono nella stanza di Cesco per ragionare sull'ultima scoperta di Borel, e cioè della rosa tatuata sulla caviglia della signora Natalya, quella della stanza accanto.

«Glielo voglio chiedere a Nani se quella donna fa parte del gruppo delle Rose dell'Est!» disse Cesco con la sigaretta che gli pendeva dal labbro.

«Forse è un'insegnante, una coreografa, o qualcosa del genere!» suggerì Ciuzza.

«Può essere...» annuì Nicola. «Solo che, se vi ricordate, quando Nani parlò dei pochi clienti che occupano le stanze dell'Alexander, non menzionò un nuovo componente...»

«Del corpo insegnanti o collaboratori del conte, che dir si voglia?»

«Sì, esatto Alfonso!»

«È soltanto una coincidenza, d'altronde una rosa come tatuaggio è piuttosto comune.» replicò Cinzia.

«Sì, è probabile. Teniamola d'occhio, ragazzi... forse scopriremo qualcosa!» propose Cesco.

«Domani ce ne dobbiamo andare, e addio avventura, divertimento!»
aggiunse Alfonso un po' malinconico.
«Già.» rispose Cesco.
«Sentite, possiamo fare la sua conoscenza, e poi chiederle come mai
quel tatuaggio. Una domanda legittima e per nulla inopportuna,
che ne pensate?...» propose Nicola.
«Dato che io l'ho già conosciuta, la posso riavvicinare... eh sì!»
«Tu Francé non fare tanto il galante...»
«Eh..., Cì, che stai a dì!?»
«Va bene, tu Cesco alla prima occasione l'avvicini e ci presenti. Poi
ci pensiamo noi, con la nostra parlantina, ad arrivare al tatuaggio...» prospettò a sua volta Nicola.
«Eeeh, basta che non fate i fenomeni... come al vostro solito!» soggiunse Cesco.
«Fidati, creteeeinooo...»
«Se se...» bofonchiò Borel spegnendo la sigaretta sul posacenere,
fissando il soffitto.
La giornata passò lieta. Come si erano ripromessi, domandarono al
conte Nani chi fosse quella donna. Egli rispose che era una cliente
ucraina che veniva per la seconda volta: la prima fu per l'inaugurazione. Ma non sapeva nulla di lei e tantomeno faceva parte dei suoi
collaboratori. Gli dissero del tatuaggio, cosa che lo incuriosì e che
sembrò non sottovalutare, anche se alla fine disse:
«Va be', tutti oggigiorno portano tatuaggi e le rose sono molto get-
tonate...»
Durante il giorno uscirono per le strade di Pesaro, fecero diverse
foto davanti alla Palla di Pomodoro, poi andarono a comperare insieme le sigarette. A cena si ritrovarono tutti: Antonio, Angela, Lucienne e Samantha e la signora Rosalba. Fu lì che tennero d'occhio
quella donna, Natalya, che mangiava sola, con fare riservato, un
paio di tavoli dietro di loro. Dopo cena Cesco decise di imbroccarla,
e così anche i gemelli e Ciuzza si presentarono.
«Noi abbiamo dipinto la stanza N° 208... siamo artisti che lavorano
a quattro mani!» spiegò Alfonso.
«Siamo gemelli, monozigoti...» completò le presentazioni Nicola.
La donna parlò con suadente voce, i suoi modi erano affabili e gentili
e manifestò profondo interesse per la "questione dei gemelli pittori".

Era attraente, nonostante l'età, aveva una voce molto giovanile e sembrava anche emanare una sensualità insolita. Presero assieme il caffè al bar, poi d'improvviso, abilmente Alfonso spostò la sua attenzione sulla sua caviglia e, vedendo il tatuaggio – siccome la donna sedeva su di uno degli alti sgabelli del bar – ne lodò la fattura.

«Bel tatuaggio, carino, significa qualcosa?»

«Oh, grazie...» fece la donna ruotando un tantino la caviglia destra: «Per me significa bellezza, amore e sangue!»

La frase fece restare stupito il gruppo.

«...Sangue? Perché sangue?» chiese Alfonso accennando un sorriso.

«Perché Amore e Odio entrambi si nutrono del sangue, linfa che alimenta la vita e le nostre passioni. La rosa rossa è del color del sangue: simboleggia stille di vita e di morte, in quanto con la sua bellezza può anche ferire, se la si prende dalle spine. È una bellezza pericolosa...»

«Ah, sì, è verooo... ho capitooo!» fece Cesco un po' attonito.

«Ma può anche simboleggiare le Rose dell'Est?... lei è dei paesi dell'Est, quindi...» intervenne Ciuzza repentina, ma la donna rispose senza lasciarla finire. I tre pittori la guardarono con un certo timore.

«Alludi al gruppo delle attrici di teatro del conte Nani?» la domanda venne pronunciata in tono velato e freddo.

«Sì...» asserì Ciuzza.

«Credere all'apparenza, non è come conoscere la realtà. Questa è una rosa tatuata nella mia anima, prima ancora che sulla pelle. Credete che quelle ragazze possano essere compatibili con la mia anima?»

«Oh... non saprei.» disse Ciuzza imbarazzata.

La donna rise e poi si alzò dallo sgabello: «Grazie della compagnia, devo andare. Siete simpatici!» così dicendo si allontanò a passo lento, ancheggiando flessuosamente.

La stanza dove alloggiava la signora Natalya, come già il lettore sa, era la 320; portava il titolo: *Anima e corpo*. Sappiamo che era accanto alla 318 (quella di Cesco e Ciuzza). Era stata dipinta da un certo Miky Delfi. Pareva fatta apposta per quella strana donna di cinquant'anni ancora avvenente e sensuale; anche se – a guardarla bene – aveva un che di veramente indecifrabile: come se la sua persona fosse sempre in cerca di una pace che invece non aveva. In quella sua fittizia posa da aristocratica, pareva celasse un tormento esistenziale e un carattere dai modi duri, gelidi, poco genuini. C'era in lei qualcosa di affettato e di finto. Ma torniamo alla sua stanza, la 320. Il pittore Miky aveva dipinto sulla porta d'entrata, due piedi di donna calzati da sandali col tacco, in stile pop. Predominavano i colori rosa e blu: sopra a quei piedi c'era un cuore stilizzato, con riccioli. Dentro, ancora immagini di piedi e gambe di donna e scarpe sensuali col tacco alto. Le pareti: tinteggiate di blu, rosa e violetto. Poi sul tavolino ancora il cuore stilizzato, e uno uguale era nella parte interna della porta e spiccava in rilievo color rosa salmone. Una gran bella stanza! Nell'armadio figuravano due gambe femminili dipinte in nero, con una scritta in lilla che seguiva la loro silhouette: *mon amour*.

Sì, il colloquio con quella donna non era stato dei più usuali; anche quella sua gentilezza tradiva qualcosa di costruito e di non sincero. I gemelli discussero ampiamente di questo con Francesco e Cinzia mentre passeggiavano per il lungomare Nazario Sauro. Arrivarono al piazzale della Libertà, fermandosi a godere l'aria fresca e carezzevole della sera, appoggiandosi alla recinzione che dava sulla spiaggia. Sotto di loro i massi informi della barriera dei frangiflutti. Guardavano verso il mare, ascoltando ora assorti nei loro pensieri, il rumore spumeggiante del ritorno dell'onda.

«Quella donna per me nasconde un mistero!» disse Cinzia d'un tratto, mentre si accendeva una sigaretta con le mani che le tremavano un po'.

«Eh, mo' non giochiamo troppo di fantasia. Certo che è strana forte oh!» rispose Francesco guardando verso l'orizzonte marino color ceruleo.

«Secondo me è una tipa con dei problemi poveretta... lo si vede. Sembra affranta dall'ansia. Non so se anche voi avete avuto questa impressione.» disse Alfonso.

«Sì sì.» rispose il fratello.

«Senza dubbio è una persona poco tranquilla... insomma, anche lei avrà le sue fragilità.» riprese Francesco.

«Mah... se è schizoide come me, allora forse io e lei andremmo d'accordo!» sparò Cinzia sorridendo con autoironia.

«Cì... guarda che tu sei normale! Hai solo bisogno di cure per il sistema nervoso labile. Devi solo prendere i tuoi tranquillanti e basta... e non devi pensarci.» Borel rimase seriamente toccato dall'uscita della ragazza. Lui sapeva che la malattia di Cinzia non era cosa di poco conto, ma cercava di sdrammatizzare il più possibile e di aiutarla a restare tranquilla. Doveva anche convincere se stesso che ce l'avrebbe fatta a guarire, che tutto si sarebbe risolto con le dovute cure e attenzioni; che lei poteva ancora risalire dai suoi tunnel. Stress psico-sociale. Presto l'avrebbe portata in un centro di psicologia e assistenza per le malattie nervose, ma per ora voleva fortemente credere che lei ritrovasse un suo equilibrio da sola. Fortunatamente Cinzia sapeva anche ironizzare su quei suoi problemi. Verso mezzanotte e mezza incontrarono Angela e Lucienne con Antonio che passeggiavano tutti e tre a braccetto. Li accolsero con entusiasmo. Stettero a conversare su di una panchina al centro della piazza, col sottofondo dolce e ritmato, cristallino, dell'acqua, proveniente dalla grande fontana rotonda della gigantesca Palla di bronzo. Rientrarono all'Alexander mezz'ora dopo, abbastanza stanchi per la lunga camminata. Tutti andarono poi a dormire.

Cesco barcollava un poco nel lungo corridoio del suo piano, dove c'era la sua stanza dipinta. Ciondolava un po' con le braccia e dinoccolato raggiunse assieme a Ciuzza la porta della camera. La ragazza pareva già dormisse. Aveva gli occhi chiusi e respirava lentamente. Cesco le diede una leggera gomitata: «Oh Cì... che fai dormi? Non mi andrai mica a sonnambulare ora, eh?» Cinzia aprì fiaccamente gli occhi e rispose: «Eh, ci sono... ho sonno!»

Aperta la porta, Cesco entrò per primo e poi Cinzia. Un dito la toccò nella schiena:

«Eeeh... che vuoi?»

Di spalle Cesco rispose, senza girarsi: «Come che voglio, nulla... che diciii? Che... stai a dormì?»

Cinzia si voltò appena, con la sensazione di una presenza. Vide quella figura, dietro di lei, in quel silenzio del corridoio vuoto, che attutiva i passi. Nera, alta, avvolta, col viso d'argento, duro e bloccato in un'espressione rigida e severa. Ombre nei sottosquadri taglienti, connotati lucidi e fosse orbitali fonde e lugubri.

«aaah, Francééé... oddiiiooo... aiuuutooo!»

L'urlo di Cinzia fece scattare all'indietro il ragazzone, e a sua volta egli urlò:

«Che c'è Cìì, che hai?!» L'abbracciò d'istinto e la vide pallida, con gli occhi sbarrati che biascicava sillabe incomprensibili!

«C'era l'uomo... dito che tocca... m-mantello nero... d-dietro... Cee-escooo!»

«Macchìì, Cì!? Io non vedo nessuno! Che hai, stai sognando!! Svegliaaa!!!» e le diede un bel buffetto.

«L-là... l-làà... d-dietro me... nero... con faccia tutta argento! Brutta! Come quello del film... N-Nani... chiama N-Naniii!»

«Ma che chiamooo, Cìì?! Eh che cazzo, mo' vedi i fantasmi! Mo' ti sogni l'uomo mascherato, quel dannato personaggio! Non stare qui sulla porta, entra in camera e chiuditi dentro, io vado a dare un'occhiata... eh che cazzo! *Mo' me 'ncazzo però, eh?*»

«No, non voglio che ti ammazzaaa!» Urlò ancora la ragazza sempre più atterrita.

«Eddai, stai calma, Cì! Resta chiusa qua, ti ho detto, dammi solo un attimo!» Uscì fuori per il corridoio, più scocciato, preoccupato che impaurito. Il corridoio era vuoto, silenzioso e fiocamente illuminato. Sbuffava e affrettò il passo dal nervoso. Poi corse, raggiungendo il pianerottolo, e si precipitò velocemente giù per le scale. Un'ombra gli tagliò la strada, al piano di sotto. Cesco trasalì ora spaventato, emettendo un verso di terrore!

«Cesco, che hai? Sembri stravolto! Sono io, calmati!» disse Alfonso, che si affrettò a posare una mano sulla spalla all'amico. Borel soffiò tutta l'ansia dalle labbra: «*Me volete fa' mori', stanotte, oooh!*»

«Ho sentito un urlo, provenire da sopra. Che è successo!» chiese Alfonso allarmato in viso.

«Eeeh, prova ad immaginare! È stata Cinzia: stavamo entrando in stanza, quando caccia un urlo e dice che un dito l'ha toccata e voltandosi ha visto dietro di lei quella figura col mantello! Quella sognava, era già mezza sonnambula, mentre stavo inserendo la scheda per entrare in stanza!»

«E tu?»

«Io cosa?»

«Tu, dico... hai visto niente?»

«Nooo, neee! Non ci stava nessuno. Se l'è sognato ti dico!»

«Cesco, aspetta, vado a chiamare Nicola...»

«E perché?»

«Perché se non se l'è sognato, qualcuno è in pericolo! Può essere qui, lo capisci? Dobbiamo andare cautamente di sotto, e vedere se Cinzia aveva ragione! Può aggirarsi in zona... resta qua, vado da Nicola!»

«Oddio... e mo' che te sei messo in testa, anche tu?...»

Cesco vide l'amico dirigersi verso la sua stanza.

Pochi minuti, che a Cesco parvero eternità, e tornò Alfonso assieme a Nicola. Ora sorridevano tutti e due visibilmente divertiti dalla situazione e per il volto stralunato dell'amico. Poi si fecero seri e rimasero tutti e tre in ascolto, nel silenzio; in quel silenzio sospeso di attesa e di mistero. Un annullamento dei suoni e delle percezioni, dove il sogno, la fantasia, e la paura che la realtà riveli premonizioni spettrali, si mescolano nella mente ottenebrando le idee. «E ora che si fa?» chiese Alfonso a bassa voce.

«E che ne so.» rispose Francesco serio e senza muoversi. «Che facciamo mo'? Oh, sentite, io vado da Cinzia. La devo proteggere.»

«È rimasta in stanza? Che fa dorme?»

«No, è lì mezza assonnata... sì, sarà sul letto.»

«Aspetta Cesco!... No, va bene dai, torna da Cinzia... mentre noi due facciamo una perlustrazione di sotto. Voglio vedere se veramente c'è qualcuno che se la gira per l'hotel incappucciato. E se è vero, questa volta lo freghiamo!» disse Alfonso con concitazione. Mentre Francesco Borel saliva verso la sua stanza, i due gemelli scendevano. Piano piano, a passi lenti, arrivarono dabbasso e videro la grande sala da pranzo quasi in penombra, a luci abbassate. Silenzio. Nessuno, a prima vista. Con un po' di tensione e nervi tesi, fecero un giro per tutta la sala, guardando anche dietro ad ogni pilastro... ma, nessuno! Tornarono verso il vano dell'ascensore. Tutto era quiete e alla reception non c'era anima viva; il portiere di notte, cioè Arturo, doveva essere al suo posto: eppure era assente! Alfonso, superando una colonna portante della sala, facendo attenzione a non urtare i tavolini e le sedie, si spinse verso l'atrio; la statua di una dea in bronzo pareva sorvegliare il loro lento incedere. Nicola seguiva silenzioso il gemello, con circospezione. Gli veniva quasi da ridere: loro erano così... molto eccitabili e vivevano ogni cosa come un gioco. Questo era dovuto forse, al loro temperamento artistico e un po' fanciullesco. Cercarono di dominarsi e di restare silenziosi. Ora guardavano dritto verso la reception, a ridosso dell'ampio atrio. Oltre i vetri verdi, al di là, c'era la strada con la sua notte pesarese. Fuori c'era un'altra esistenza, un'altra vita, scollata da quella che comprendeva le vicissitudini interne all'Hotel Alexander. *L'Alexander Museum Palace Hotel come un vascello ancorato, e fuori un mare nero che lambisce solo il lido dei sogni.* Oltre la reception, l'atrio era ancor meno illuminato: solo le luci della strada gli davano un lieve chiarore azzurrino e metallico. Non c'era nessuno in quel momento, nessuno: neppure dietro al banco della reception! Si fecero coraggio e andarono ad impadronirsi dello spazio dell'entrata, in compagnia delle splendide sculture bronzee, accasciate in terra, di Sandro Chia. Ai lati le vetrate invece, erano capeggiate da alte sculture installate, color bronzo, che raffiguravano sagome metalliche di palmette e vegetazioni stilizzate. Un museo dormiente.

«Sediamoci qui e attendiamo!» disse Nicola avvicinandosi ad una delle due altalene che penzolavano dal soffitto, appese a lunghe corde inanellate. Il fratello fece lo stesso dondolandosi leggermente sull'altalena opposta. Ora si trovavano uno di fronte all'altro nel silenzio di quella strana notte; silenzio tranne il rumore attutito di qualche macchina o motorino che proveniva da fuori.

«Cesco che cazzo fa?»

«Sarà rimasto in camera sua con Ciuzza. Quello se la fa sotto mi sa!»

«Io non vedo niente, non ci sono mascherati che si aggirano, altrimenti li avremmo già visti. Ciuzza sognava... magari stava avendo ancora un attacco di sonnambulismo... ih ih ih » ridacchiò Nicola.

«Eppure, Cesco ha detto che lei era convintissima di aver visto una figura mascherata.» soggiunse Alfonso. In quell'istante sentirono un rumore improvviso, una botta secca, come di un mobile urtato violentemente. I gemelli schizzarono in piedi alzandosi dalle altalene e corsero nel centro della sala pranzo. Con uno sguardo veloce ma attento perlustrarono l'ampio ambiente, sul momento pareva fosse tutto in ordine: tavoli, sedie e divanetti bianchi, parevano al loro posto; le colonne della sala, sia rotonde che quadrangolari, erano molte e dietro ad una di queste, o dietro ad un pilastro, poteva ora esserci nascosto il personaggio mascherato. Quel rumore sicuramente non fu una loro impressione, perché lo avevano sentito chia-

ramente. Forse la persona mascherata, se veramente c'era, aveva urtato qualcosa, uno dei tanti mobili. La paura li sopraffece!
Girarono circospetti per l'intera sala: ampia, piena di riflessi dorati e verdastri; era bellissima! Pareva davvero di stare dentro ad un prezioso vascello, corredato da sculture in stile classico e moderno. Poi finalmente scoprirono qualcosa: era vero… un oggetto era stato urtato. Allora c'era qualcuno! Si trattava di uno dei piccoli tavolini quadrati, bianchi, che stava fra due divanetti a tre posti, in pelle nivea. Quel tavolino, sul quale c'erano appoggiate riviste patinate, adesso si trovava rovesciato in terra.
«Questo tavolino è stato urtato o fatto rovesciare a posta!» enfatizzò Alfonso con un po' d'ansia. Nicola annuì mentre raddrizzavano il mobile e raccoglievano le quattro riviste dal pavimento in parquet. Poi si guardarono attorno, rimirando l'intera sala pranzo, in ogni lato; ma anche se i loro sguardi andavano ovunque, il fuggiasco poteva non essere più lì, o se invece lo era ancora, poteva essere nascosto dietro qualsiasi angolo, o muro o scultura o colonna. L'ambiente era troppo vario strutturalmente, e pieno di arredo. I gemelli erano molto atterriti ora.
Vollero dirigersi nuovamente verso l'atrio, nell'area presso l'ingresso. Quando vi giunsero a passo veloce, videro le sculture bronzee delle due figure femminili allungate in terra, simili a sagome spettrali nella penombra, come guardiani notturni. Alfonso fece un'esclamazione di stupore, inaspettatamente, perché s'accorse che una delle altalene era in movimento: dondolava… ora troppo velocemente, senza nessuno sopra! Avanti e indietro, avanti e indietro… inspiegabilmente! Qualcuno l'aveva spinta, oppure un istante prima vi stava seduto, dondolandosi con forza, per poi scendere e lasciare che il dondolio continuasse per inerzia.
Nicola indicò una scritta sotto l'altalena. Era una foglietto di carta stampato probabilmente al computer, applicato con del nastro biadesivo.
«Guarda, ecco cosa era venuto a fare l'uomo in maschera! Un nuovo messaggio!» «Ma che cos'è, una specie di poesia?» disse Alfonso inchinandosi e staccando il foglietto con la scritta dal pavimento.
E lesse:

Attendi fino al tuo momento, gli ha detto quell'ombra,
l'inevitabile trama di un destino è scritta,
e l'altalena adesso, da sola, dondola dondola
come l'ultimo atto che poi si ferma, e più non torna.

«Ma che significa?»
«Non lo so Nicola, ma non mi piace, dannazione! È ora che torniamo in stanza. Non voglio star qui oltre, mentre quella specie di *Belfagor* si aggira nei dintorni...» Le mani gli tremavano.
«Va bene, muoviamoci! Domani chiederemo a Nani di farci dare un'occhiata al monitor delle telecamere. Forse riusciamo a scoprire cosa è accaduto.»
Si mossero di lì, svelti e con una sensazione sgradevole a fior di pelle. Lasciarono l'altalena oscillare ancora, nel totale silenzio, rabbrividendo.
Andarono a bussare da Cesco. Il quale aprì cautamente e bisbigliò loro che Ciuzza dormiva. Concitati lo pregarono di uscire fuori nel corridoio e gli fecero vedere il foglietto con la poesia scritta sopra. Gli dissero dove l'avevano trovato e che bastava questo a confermare le parole di Ciuzza. L'uomo in maschera aveva colpito ancora e Cinzia l'aveva visto davvero! Perché allora farsi notare da lei, ponendosi alle sue spalle, richiamando la sua attenzione toccandola con un dito sulla schiena per poi svignarsela come un fulmine? Per farle semplicemente paura? Voleva terrorizzarla? E il significato di quella scritta? A cosa e a chi alludeva? Cesco rimase scosso e pensieroso, ed impallidì un poco. Erano ora tutti e tre spaventati e in apprensione; qualcosa di nuovo stava per accadere?
Per i tre artisti la notte passò in un sonno agitato. Cinzia si era svegliata più volte in preda alla paura che tornasse l'oscura figura. Si incontrarono al completo tutti quanti la mattina dell'ultimo giorno a colazione. Anche il fatto della notte trascorsa venne perciò raccontato alle ragazze e ad Antonio. Il foglietto fece il giro nelle mani di ognuno. E tutti rimasero increduli e meravigliati. Ne disputarono a lungo il significato, senza trovare una vera risposta. Qualcuno doveva attendere il suo momento, perché oramai il suo destino era stato scritto? Questo diceva il biglietto, che alludeva anche all'altalena che oscillava nell'istante in cui fu trovato. L'ultimo atto forse

di una vita che in breve tempo, come un'altalena che oscilla e che presto si ferma, sarebbe stata spezzata? Si riferiva al conte Nani? Quelle semplici parole ben scritte, quello stralcio di poesia erano forse più enigmatiche ed inquietanti della scritta trovata nella sala conferenze, composta da simboli.

Nani arrivò un'ora dopo, col solito abito elegante. Venne informato di tutto e gli fu mostrato il foglietto. Andarono subito a fare una verifica nella video cassetta registrata dalle telecamere di sorveglianza. Nani chiese ad Arturo – l'uomo addetto alla reception e alla tecnologia delle telecamere a circuito chiuso – di usare l'apparecchiatura di registrazione; l'uomo sorrise e gli fece spazio lasciandogli il campo libero. Il conte azionò il play, e cercò nella cassetta VHS, l'inquadratura del corridoio comprendente la camera di Cinzia e Francesco. Questo era possibile perché, grazie ai selettori ciclici di videosorveglianza, l'ordine delle inquadrature poteva essere programmata e scelta. Si vedono quindi, i due di spalle: Ciuzza che avanza dietro al suo ragazzo, con passo flemmatico e trascinato. Poi Cesco aprire la porta. Ecco la figura! Alle spalle di Ciuzza; la figura nera e rigida le sta dietro, la tocca con l'indice della mano sinistra, la ragazza si volta e caccia un urlo. Il misterioso personaggio fugge con uno svolazzare del mantello. Esce dal campo visivo, in un lampo. Francesco che concitato interroga Ciuzza e poi la infila in camera, si chiude la porta e lui che avanza verso le scale. Si vede ora la scala dell'albergo. Cesco che scende, l'incontro col gemello e poi Borel di spalle che torna in stanza, e pochi attimi dopo i gemelli scendere. I gemelli si spostano ancora e lasciano le scale, per dirigersi al piano di sotto. Precisiamo che, siccome il monitor era dotato di compressori d'immagini, si potevano vedere contemporaneamente – sullo stesso – quattro immagini di quattro differenti telecamere, quindi nel video c'erano quattro quadranti che riproducevano quattro immagini provenienti da luoghi differenti. Precisiamo inoltre, che l'intervallo di cattura delle immagini era di 12,8 secondi, perciò si arrivava a ben 960 ore di registrazione consecutiva. Ora stavano vedendo il quadrante delle immagini della sala pranzo. Tornando alle rappresentazioni sul monitor: ora si vedono i gemelli che perlustrano in giro, poi la sosta nella stanza accanto alla hall, quella con le vetrate e le altalene, su cui siedono. Poi la repentina corsa verso la sala pranzo.

«Ecco, in quel momento abbiamo udito il rumore del tavolino cadere!» disse concitato Alfonso. La stanza quindi rimane vuota ed appare, dopo qualche secondo, la figura vestita di nero ed incappucciata, con la solita maschera argentata in volto. Rapidamente attacca in terra il foglietto, sotto una delle altalene e scappa, dopo averla fatta oscillare con una spinta alle corde. Panoramica della sala: i gemelli che la perlustrano nuovamente, il giro attorno alle colonne e ai pilastri e la scoperta del tavolino rovesciato in terra. Loro che lo risistemano e che raccolgono le riviste cadute. L'andirivieni dei due fratelli e la loro uscita di campo. «Ecco, qui stiamo per ritornare nella stanza dell'atrio, quella delle sculture, dove scopriremo il foglietto che hai appena visto e l'altalena oscillare, Nani!»

«Ho visto cribbio! Questo personaggio è incredibilmente scaltro... una volpe bastarda! Riesce sempre ad intrufolarsi e a fare il cappero che gli pare. Ma andiamooo, possibile che le telecamere non lo colgano quando esce da una delle stanze? Perché dovrà pure uscire da qualche stanza questo maledettooo!» tuonò il conte Nani irritato e scompigliandosi il ciuffo sulla fronte, con scatto nervoso.

«Sempre che sia qualcuno che ha prenotato una stanza conte!» si intromise Antonio.

«Appunto! Bisogna che guardo tutti i nomi di coloro che hanno prenotato una stanza in questa settimana o da più giorni. Eh sì, se poi è uno del personale... ah farabutto, se questo venissi veramente ad accertarlo, lo butto fuooorii, lo licenzio su due pedi e lo denunciooo!» ora il conte Nani era furioso. Nella concitazione si muoveva a sussulti.

«Non devono approfittare della mia pazienzaaa... nooo, io sono l'ammiraglio conte Nani, Alessandro-Ferruccio Marcucci Pinoli di Valfesinaaa, io se voglio rivolto tutta Pesaro come un calzinooo per trovare questo malignooo, questo delinquente e farabuttooo o possibile assassiiinooo...»

Ciuzza rise e fu sgomitata da Cesco all'istante.

«Certo che si sta divertendo parecchio il tipo...» intervenne Samantha a bassa voce.

«Sì, furbetto, sì... uhmmm!» disse poi Angela con una vocina acuta, tipicamente femminile.

«E poi dalle telecamere non risulta mai nessuno uscire dalle proprie stanze bardato con quel costume!» si introdusse Lucienne.

«Com'è possibileee!» tuonò ancora il conte. Nani poi rimproverò duramente Arturo, perché i gemelli avevano asserito che egli era assente, durante il fatto; Arturo, piuttosto confuso, disse che era desolato, ma che anche lui aveva esigenze corporali e che quella notte, più volte, ebbe necessità di andare ai bagni.

«Signor conte, terrò d'occhio il più che potrò i monitor!» disse compunto Arturo, sospirando.

«Sì bravo, mi faccia questo piacere.» rispose Nani calmandosi.

Poco dopo arrivò anche la critica d'arte Rosalba Corda la quale, pur restando calma e quasi fredda, espresse tutta la sua esasperazione per l'incalzare periodico dei fatti; effettivamente lei, come il conte, si sentiva impotente di fronte a questo fantomatico personaggio che impunemente se ne andava in giro, di notte, per tutto l'albergo scrivendo indovinelli macabri, travestito da incappucciato, mascherato, mettendo paura ed apprensione ai clienti. Tutto questo, che durava già da tempo, cominciava ad essere troppo; soprattutto le minacce espressamente rivolte al conte Nani. Perché ormai era chiaro, i messaggi alludevano a lui e quindi il conte presto sarebbe stato in grave pericolo. Bisognava a tutti i costi trovare quella persona e bloccarla, mettendo fine ai suoi giochetti folli e smascherarla, farla arrestare. Tuttavia, nonostante le pressioni Nani ancora non si decideva a chiamare la polizia. Forse occorreva un vero commissario che cominciasse ad indagare dentro l'albergo, come nella finzione, aveva fatto l'attore che interpretava il commissario Cerriti, per il mediometraggio ideato da Nani. Ma per ironia della sorte adesso la finzione aveva preso, ineluttabilmente e surrealisticamente, i connotati della realtà.

Nani aveva letto tempo addietro il romanzo spirituale di Andrea Pangos *Il cavaliere delle energie;* e ora il suo pensiero andava a rievocare quello del personaggio del Saggio, una personificazione del mondo spirituale, il quale mette a fuoco senza sosta e in modo pienamente consapevole la linea di confine tra la Luce e le Tenebre, tra la Realtà e l'Illusione.

L'illusione separa dalla Realtà. La Verità libera dall'illusione.

E poi, pensò anche a questa frase, per rincuorarsi e per esorcizzare la paura:

Per la mente le cose sembrano accadere, ma per la Realtà niente è mai successo e niente mai accadrà. ≈

Nani valutò alla fine di non interpellare la polizia; per quanto la cosa potesse essere sgradevole e sinistra, non avrebbe fatto bene alla reputazione dell'albergo l'attenzione della forza d'ordine ed eventuali pettegolezzi della stampa, proprio a un mese dalla presentazione del mediometraggio, alla quale stava lavorando alacremente. Decise che per il giorno dell'inaugurazione del filmato, avrebbero raddoppiato la sorveglianza e Nani si sarebbe munito di scorta per una protezione a "primo cerchio", (secondo il gergo), ed una più strettamente fisica. Nani fu console e ambasciatore, e sapeva bene come gestire da solo certe cose. Il gruppo si dissolse presto, quel pomeriggio.

Sulle 16.30 Angela e Lucienne partirono, per tornare alle loro città. Abbracciarono tutti e si raccomandarono coi gemelli di mantenerle informate su eventuali novità. Si sarebbero rivisti a metà ottobre, per la presentazione del filmato del reality di Nani. Anche Antonio un'ora dopo partì, e rimasero solo i nostri quattro amici, che ben conosciamo.

Loro sarebbero partiti alle 18.30. Quindi furono piuttosto impegnati a finire di preparare la loro roba, i bagagli e a riordinarsi per il viaggio. Circa all'ora stabilita salirono sulla Peugeot azzurro metallizzata di uno dei gemelli e lasciarono Pesaro, dopo un forte abbraccio al conte e alla critica.

«Vi terrò informati comunque tutti quanti su ogni cosa con le mie circolari. Ci diamo appuntamento alla metà di ottobre per la grande serata della presentazione del mediometraggio... vi verrà spedita per mail la data esatta.» disse Nani fuori dall'Alexander, mentre i quattro, Nicola, Alfonso, Cesco e Ciuzza, infilavano in macchina i bagagli. L'auto partì percorrendo viale Trieste, dalla parte opposta, alle 18.40... trascinandosi dietro un nugolo di pensieri.

 ATTO ULTIMO 

ATTO ULTIMO
(CAPITOLO XVII)

«Cesco, apri Skype, così possiamo sentirci.» scrisse con la tastiera Alfonso, connesso in chat con Francesco Borel, su Window Live Messenger.

«O.K., ora mi collego, apro Skype.» Poco dopo i due amici si parlavano liberamente al microfono.

«Mi senti?»

«Sì certo, ti sento benissimo... e tu?»

«Ora che ho alzato il volume sì, ciao !»

«Ciao!»

«Voi come state *Twinsotti*?»

«Bene Cesco, grazie. Abbiamo dipinto nuove opere olio su tela. Bei pezzi: dei notturni urbani.»

«Ah bravi! Tuo fratello non c'è?»

«In questo momento è fuori, è andato a fare due passi ma tornerà presto. Oh Francé, piuttosto, sono settimane che non ti fai più sentire... come mai?»

«Eeeh..., sapessi! Ho avuto dei problemi seri. È successo un casino!»

«Cosa dici? Di che genere...?» Alfonso trasalì preoccupato.

«È successo l'imprevedibile, anzi, meglio dire che quasi quasi me lo aspettavo. Cinzia se ne è andata.»

«Cooosa? Stai scherzando?!»

Un attimo di pausa, poi sospirando, Francesco riprese a parlare: «Purtroppo è la verità! Cinzia ha avuto una crisi forte venti giorni fa. Capisci? Avevamo discusso in casa per una cazzata, un'inezia. Poi lei ha cominciato ad urlare come una pazza, lanciando tutto per aria. Sai cosa ha fatto? Sempre più isterica mi ha minacciato con un coltello da cucina. Ti giuro, non credevo ai miei occhi! Ho avuto molta paura cazzo! Allora non ci ho visto più, e l'ho cacciata fuori di casa. Dopodiché non è più tornata; pensavo che avrebbe bussato dopo mezz'ora, come ha fatto altre volte, ed io l'avrei riaccolta e avremmo forse fatto pace. Invece, questa volta non s'è fatta più vedere.»

«Madonna santa Cescooo! Ma guarda te cosa mi stai raccontando…
è una vera tragedia! Non posso crederci come sia potuto accadere.
Povero amico mio, cosa ti tocca sopportare, che croce!»
«Eh già! Invece è successo veramente. La sua reazione spropositata
mi ha sconvolto. Mi ha minacciato, ti rendi conto? Con un coltello
da cucina, cazzo! Ti giuro, non credevo arrivasse a tanto; che dovevo fare? Non ci ho visto più e spaventatissimo l'ho sbattuta fuori
di casa. Quella era capace di ammazzarmi diamine! Dovevi vedere
l'espressione degli occhi, e la voce che sembrava quasi trasformata;
un'ossessa! Tutte a me accidenti. Mo' so stanco eh… e mo' basta!»
«Cesco sono allibito, non ho parole.»
«Alfò, quella, prima o poi si farà del male, te lo dico io. Come ha fatto
in passato, è capace anche di tentare di togliersi la vita. Io temo per
lei adesso. Quella può tentare il suicidio!»
Alfonso era profondamente sconcertato. «È terribile! Povera Ciuzza,
non è colpa sua, è malata di disturbi della personalità… o che altro,
che ne so! Ma ora dov'è?»
«Aspé, mo' ti spiego. Lo so che non si rende conto di ciò che fa. È peggiorata negli ultimi tempi; nonostante tutte quelle medicine, quei
farmaci… l'avevano trasformata ed anche rintontita, a mio parere.
La mia Cinzia, quella che conoscevo tempo fa, non sembrava più lei,
non la riconoscevo più. Il suo sistema nervoso, il suo autocontrollo,
hanno smesso di funzionare da tempo. È malata cazzo, ma-la-ta!
Quegli incompetenti di medici non sono stati capaci di curarla come
si deve. L'hanno solo imbottita di psicofarmaci.»
«Scusa Cesco, lo so lo so… ma adesso lei dov'è?»
«Ah, è vero, mo' ti dico: dopo che se ne è andata, e che vedevo che
non tornava e che non rispondeva al cellulare, sono uscito e sono
andato a cercarla. Ero letteralmente fuori di me! Nulla: a Borgone
pareva non esserci. E poi cosa potevo fare, dove l'andavo a cercare?
Guarda, stavo uscendo pazzo. Insomma, per fartela breve, ho chiamato la polizia e dopo due ore, un vigile avverte la polizia, la quale
a sua volta avverte me, dicendomi che l'avevano trovata in stazione
che aspettava il treno. Probabilmente in stato confusionale.»
«Accidenti! E dove voleva andare da sola?»
«Alfonso, quella voleva andarsene chissà dove… che storia di merda!»

«Cesco dimmi, te l'hanno riportata a casa gli agenti poi?»

«Aspé, no!!! Siccome non siamo sposati e quindi io non ho nessun diritto su di lei, ed essendo maggiorenne, non potevano fare nulla contro la sua volontà... dopo che si sono accertati del suo stato di salute. Lei ha detto loro che stava bene. Punto! Quindi non potevano trattenerla; le hanno chiesto solo i documenti. Insomma, Cinzia ha preso il treno per Torino ed è andata da sua madre.»

«Ah, e come lo hai saputo? Povero Cesco, chissà che pena che hai al cuore!»

«Eeeh..., tutte a me mannaggia! Non ti dico il mio nervoso e la mia sofferenza. Quella senza le dovute cure è finita... senza il mio appoggio quella muoreee!»

«Che storie, porca miseria!»

«Beh, comunque, io, dopo quasi quattro ore, ho telefonato a sua madre e infatti mi ha detto che Cinzia era da lei. Ha detto che lei di me non ne vuole più sapere. Che è stanca, di me e di tutti e che non mi ama più e che non vuole rivedermi. Dopo tutto quello che ho fatto per lei... eh no eh... questa è pura ingratitudine! Va bene che è malata, ma cavoli, un cuore e una coscienza ce l'avrà pure.»

«Cose dall'altro mondo! Quanto mi dispiace amico mio! Ma chissà, prima o poi tornerà, ne sono certo. Si pentirà e riconoscerà il suo grave errore...»

«No Alfò, questa volta non torna. Ti dico che non era più la stessa. Non mi parlava, era fredda, come lontanissima... c'erano già i presupposti dell'imminente tragedia. Cinzia, se non la ricoverano in clinica, finisce male! Io temo per lei dannazione! E comunque, io anche se torna, non so... avrei paura, quella se ci riprova a minacciarmi?...»

«Immagino, capisco. Hai provato a richiamarla?»

«Noneee! Si nega, e poi la madre l'altro ieri m'ha detto che per poco non le mandava a fuoco la casa... ancora! Ha dato di matto anche con lei; poveretta, fra l'altro pure la madre soffre di sistema nervoso e beve anche.»

«Che situazione orribile!»

«Ma ti dirò di più: dopo una sfuriata, è scappata via anche dalla madre mo'... hai capito! Se ne è andata. La madre ha provato a cercarla, ma che vuoi, sembra che più di tanto non abbia la forza di agire.»

«Mamma mia!»

«Eh... e mo' chissà dov'è! Io non ne posso più, ragà! Basta! Quello che ho potuto l'ho fatto. Non posso mica rovinarmi la vita per lei. Se Cinzia ritorna... O.K.; se mi chiede scusa ed è sinceramente pentita, la riaccolgo con me e penserò io a cercare una clinica specializzata per curarla bene. Anche se avrei un po' di paura, non lo nego. Altrimenti... mi rifarò una vita.»

Alfonso non seppe ancora cosa aggiungere, tanto era scosso e allibito. Poi trovò il coraggio e parlò: «Cesco capisco il tuo dolore e ti sono vicino. Pregherò per te e per Cinzia. Comprendo pure la tua voglia di chiudere per disperazione e per paura, per stanchezza. Peccato, proprio adesso, che fra una settimana c'è da andare a Pesaro da Nani per l'inaugurazione della proiezione del mediometraggio. La circolare di Nani indica la data del 20 ottobre. Chiaramente non te la senti di esserci vero? Ti capirei eccome!»

«Alfò, non lo so. Ti farò sapere. Devo anche dire che ora, che sono qui in questa casetta da solo a Borgone, forse sto pensando seriamente di tornarmene in Calabria dai miei, per ricominciare a vivere e dimenticare – se pur con grande dolore – tutto questo fatto che mi ha scosso profondamente.»

«Capisco. Come puoi continuare a fare una vita così! So che l'ami, ma se le cose non si aggiustano, meglio che le vostre vite si dividano.»

«Sì, l'amo ancora, ma me ne ha fatte troppe, e poi l'ultima supera ogni limite. A vivere con lei ci avrei paura adesso, cazzo. Tuttavia ha diritto di essere curata ed assistita, poveretta. Io mi auguro che la trovino presto, che sua madre faccia qualcosa, e che qualcuno si prenda cura di lei, della sua salute mentale. La mia Cinzia maledizione! Alfonso, che ti devo dire ancora: ho paura che sia finita!»

In quel momento rientrava Nicola dalla passeggiata. Aveva comprato due nuove tele da dipingere. Alfonso serio e triste salutò l'amico e poi raccontò tutto al fratello.

A qualche isolato dal centro di Pesaro, casa dello scapolo Arturo:

«Brutto verme schifoso, vedi di impegnarti bene questa volta, leccami gli stivali!» disse la bellissima ragazza dai capelli color rame, in

piedi, davanti a lui che era nudo in terra a quattro zampe, ansiman-
te, per aver portato sulla schiena la sua regina, per un lungo quarto
d'ora! Gli stivali in pelle lucida, neri, a tacco altissimo, vennero per-
corsi in lungo e in largo dalla lingua di quel cane che era: Arturo,
reso succube e schiavo di quella meravigliosa trentenne russa, che
ora teneva le mani ai fianchi, semi nuda, coi bei seni prosperosi gonfi
e le punte rosee verso l'alto; il corpo stretto da un odoroso corpetto in
cuoio e le splendide gambe fasciate da calze nere e reggicalze a pizzo
nero, gambe nervose e scattanti, leggermente divaricate. Non porta-
va mutandine, le erano già state tolte con la bocca dal cane-Artu-
ro, dopo un ordine perentorio della ragazza, che gli vietò di baciare
quelle natiche tonde, sode e carnose, che traballavano un tantino al
suo austero intercedere da mistress.
«Muoviti lecca, scimunitooo!» e lo colpì col frustino da cavallerizza
sulla schiena, lasciandogli una nuova striscia cremisi, sulla pelle
bianchiccia. L'uomo, più cane che uomo, grugnì continuando a lec-
care avidamente gli stivali. Poi la bella ragazza lo prese per i capelli,
e digrignando quasi i denti, in una smorfia di sadismo, si accovacciò
e gli sussurrò all'orecchio. Lui sentiva il suo alito caldo nel padiglio-
ne auricolare: «Merdaccia,… vero che quando arriverà il momento
fatidico, tu eseguirai ogni mio ordine?»
Il pene dell'uomo era turgido, ma non poteva dar sollievo a quell'e-
rezione toccandosi un poco: se l'avesse fatto avrebbe subìto un cal-
pestamento feroce sotto i tacchi acuminati della sua padrona. «Sì
signoraaa!» disse con lo sguardo abbassato a terra, scandendo bene
le parole.
«Non ho capito! Ripeti pezzente!»
«Sì signoraaa!» urlò l'uomo. In quello stesso istante il suo capezzolo
veniva torto e tirato dalle dita calde della ragazza. Poi uno sputo gli
arrivò in piena faccia, colandogli dal naso alle labbra semichiuse.
L'uomo golosamente lo leccò come fosse miele. «Apri la bocca!» Giù
un altro sputo che lo centrò in piena gola.
«Quando arriverà il momento, anche questa volta, tu farai quello
che sai, e guai a te se commetti un errore, razza di maiale idiota ed
inetto! Altrimenti ti appendo per le palle a testa in giù e ti do' tante
di quelle frustate che ti stacco la pelle, schifoso lecca culo e lecca pie-
di delle donne, inteso nullità?!»

«Sì signora padrona, come Voi volete mia regina!» La ragazza lasciò la presa dei capelli e dei capezzoli di Arturo. Si sedette su di una poltroncina, allargò le gambe e col dito indice gli ordinò di venire avanti, poi con sguardo perfido e lascivo, indicò la sua vagina. Il cane-Arturo, sempre a quattro zampe, trotterellò sino a lambire... la rosa profumata!

La data della partenza per Pesaro arrivò, con una giornata nuvolosa e quindici gradi di temperatura. L'estate era un ricordo acquerellato.

Dovettero insistere più volte i gemelli per convincere Cesco a venire col treno a Forlì. Erano sicuri che lo stare insieme avrebbe giovato all'umore e allo stato d'animo dell'amico. Rimanere solo a Borgone lo avrebbe fatto cadere in depressione. Cesco però, su due piedi, decise questo: come la volta precedente, sarebbe arrivato il giorno prima a Forlì pernottando dalla zia dei gemelli, la buona zia Marisa, poi la mattina dopo sarebbero partiti sul tardi per Pesaro. Ma non avrebbe più fatto ritorno a Borgone. Cesco aveva chiuso quella casa, che apparteneva al padre e in un secondo tempo, con calma, sarebbe poi ritornato lì per prendere alcuni effetti personali necessari. Adesso oltre alla biancheria, prese con sé il suo PC portatile. Era tempo di cambiare vita. Sarebbe tornato in Calabria a Cittadella del Capo, dai suoi.

Arrivarono a Pesaro a mezzogiorno del 20 ottobre. Si sentivano eccitati, piuttosto desiderosi di sapere dal conte se c'erano state altre novità riguardo gli eventi passati, se si era verificato qualche nuovo enigma!

Le circolari ricevute da Nani nelle settimane precedenti rassicuravano che nulla di spiacevole era più accaduto. In esse Nani ipotizzava che la figura mascherata avesse finito di fare le sue stramberie il giorno stesso in cui tutti quelli del gruppo se ne erano andati via, terminando così la sua stolta e pazzoide "missione" con l'ultimo messaggio scritto, quella specie di poesia. Ora paventava qualcosa di peggio per il grande giorno della presentazione del mediometraggio, della sua opera-reality, come faceva intendere il secondo messaggio, quello composto dai pezzetti di nastro adesivo. Per questo, nell'ultima circolare aveva avvisato che si sarebbe circondato di uomini addetti alla sicurezza, guardie del corpo da lui assoldate per garantirgli l'incolumità. Perciò avvertiva che ogni partecipante all'evento sarebbe stato perquisito, e di non preoccuparsi, ma di collaborare diligentemente per garantire la sua sicurezza e quella di tutti.

Quando arrivarono con la Punto grigia di Nicola davanti all'Alexander, videro subito all'entrata due uomini piantonare il passaggio. Erano vestiti in scuro, con auricolare e occhiali da sole. Insomma, sembravano usciti dal film *Matrix.*

«Appena ti vedranno ti arresteranno... ne sono certo!» disse scherzosamente Alfonso a Cesco. Anche Nicola scoppiò in una risata fragorosa.

«Eehhh, mo' non iniziate, eh?»

Il cielo era ancora nuvoloso e tirava vento a Pesaro. Il mare era mosso e la gigantesca scultura di Cucchi si stagliava inquietante contro le nubi uggiose e pesanti.

Anche questa volta il vernissage dell'evento si sarebbe tenuto alle 18. Quando arrivarono all'entrata uno degli uomini chiese loro i nomi, dopo aver detto qualcosa al microfono dell'auricolare furono fatti passare. Nella stanza delle altalene e delle sculture in bronzo, accanto all'atrio, c'erano altri della sicurezza. Li pregarono di poggiare le borse su di un tavolino bianco e, mentre due alti fusti presero a perlustrare i bagagli di ciascuno, dopo aver chiesto con tono formale "le scuse", altri due perquisirono i pittori. A Nicola e Alfonso veniva da ridere a vedere l'espressione alla Verdone di Borel mentre veniva perquisito. Ma cercarono di trattenersi.

Dopo poco gli fecero cenno di accomodarsi ed entrare, restituendo loro i bagagli.

«Prego, è tutto a posto!» disse uno degli addetti.

«...Non potevano metterci delle donne a perquisire?» disse Cesco sbuffando.

«Eh, non far il creteinooo!» replicò Alfonso.

«*Statti* attentooo!» continuò a scherzare Cesco.

Arrivò loro incontro Lino in maglia bianca e salopette bianca, e gli fecero festa.

«Ben arrivati. Ci penso io a prendere i bagagli, so che dormirete qui stanotte per poi ripartire domani mattina.»

«Sì è così Lino. Grazie. Il conte?»

«Il conte arriverà tra poco! Se volete prendere un caffè al bar...»

«Oh volentieri!» ringraziò Nicola. Mentre Lino si apprestava ad infilare in ascensore i bagagli sull'apposito carrello, i tre si guardarono attorno. Videro l'uomo alla reception, Arturo, sorridergli. Loro lo salutarono cortesemente. Poi raggiunsero di ottimo umore il bar.

«Qui sembra tutto normale, a parte la sicurezza...» disse Alfonso girando il cucchiaino dentro la tazzina, che gli era stata servita dalla ragazza del bar.

«Pure a me! Bisognerà tenere gli occhi aperti quando si avvicinerà l'ora della presentazione!» rispose Cesco sorseggiando il caffè bollente.

«Che facciamo, all'una ci andiamo a mangiare una pizza al solito posto? Nani non ci sarà a pranzo, ha detto che ha troppo da fare! Meglio stare per conto nostro allora.» intervenne Nicola.

«Sì, perbacco... una bella pizza capricciosa e un bel boccale di birra, come la volta scorsa.» accettò di buon grado Borel.

«Allora che si fa? Facciamo un giro prima che si faccia l'una? Poi si va tutti in pizzeria.» ribadì Nicola accendendosi una sigaretta.

«Va bene, passeggiamo. Siccome il conte tarda, lo saluteremo dopo pranzo!» concluse Alfonso.

C'era parecchio da camminare. Raggiunto il centro, si diressero verso la parte nord di viale Trieste, senza però mancare di dare un'occhiata e di fare un'esclamazione di approvazione al bellissimo Villino Ruggeri, in stile Liberty. Percorsero buona parte di viale Trieste di buon passo, costeggiando gli alberi, e ancora una volta rimasero sorpresi di quanti hotel esistevano a Pesaro. Da quel lato del viale: Hotel Garden, Hotel Atlantic, Hotel Mare e molti altri. Per un po' parlarono di Cinzia; era inevitabile che i loro discorsi cadessero su quell'argomento triste. Francesco ciò nondimeno pareva abbastanza tranquillo: quasi risollevato. Successivamente argomentarono sui fatti misteriosi che erano accaduti all'Hotel Alexander e rivangarono molti episodi, anche quelli accaduti molto tempo prima; tutto quel susseguirsi di eventi intraducibili, surreali, arcani quanto mai imprevedibili, venne ripercorso nei loro discorsi, rinnovando nelle loro menti i dubbi e i misteri tuttora irrisolti. Presto arrivò l'ora di andare a mangiare e quindi aumentarono il passo, dirigendosi spediti verso il ristorante pizzeria che faceva angolo con viale Trieste, poco distante da piazzale della Libertà.

«Pensate ragazzi, nel mediometraggio ci vedremo anche noi... ah ah! Chissà che faccia avremo; ricordo che per quegli eventi riguardo il finto omicidio di Antonio, eravamo tutti in apprensione, preoccupati, e andavamo in cerca di ogni indizio.» Disse Cesco.

«Capperi...» sopraggiunse Alfonso «...non è che ci hanno ripreso anche quando andavamo a fare i lumaconi dalle due ragazze Angela e Lucienne?»

«Ma nooo Alf; nelle stanze, per la privacy, non ci sono telecamere per fortuna!» Rispose Nicola.

«Ma, effettivamente non riesco proprio a immaginare, ora che cerco di fare mente locale, in che momento ci riprendevano: quando, come, se per poco, per molto... che ne so!» riprese Alfonso gustandosi la sua parte di pizza quattro stagioni.

«Chissà, lo scopriremo appena vedremo la proiezione del mediometraggio. Mi auguro che alla fine Nani abbia messo anche i nostri nomi nei titoli di coda.» disse Nicola.

«Ma certo che li ha messi. E quello di Antonio sarà il primo della lista: poveretto, dopotutto ha avuto un ruolo determinante. Gli è toccato fare il morto!» rispose il fratello.

«Cavoli, mi toccherà vedermi la faccia di Cinzia. Non so se piangere o incazzarmi!» soggiunse Francesco serio e a testa abbassata.

«Coraggio amico mio, sii forte... dai. D'altronde è solo andata via, non è mica morta.»

«Eeeh... ci mancherebbe pure questa ed io diventerei pazzo, per la miseria!»

«Su avanti, non pensiamo a cose angosciose ragazzi... avanti! Oggi è il nostro giorno da attori!» Alfonso alzò il suo bicchierone di birra invitando gli altri ad un brindisi.

La passeggiata di ritorno all'Alexander li fece digerire. Quando entrarono, la sicurezza li riconobbe ma diede loro un'altra controllatina. Era per il fatto che venivano da fuori; avevano avuto disposizioni ben precise, alle quali dovevano scrupolosamente attenersi.

«*Real-Art (dentro i sogni del conte)*, guarda...» lesse Alfonso in un manifestino che figurava ora affianco la reception, indicandolo al fratello.

«Wow… bello!» esclamò Nicola.

«Che figataaa!» si infervorò Cesco.

Il manifestino rappresentava la grafica dell'Alexander Palace Museum Hotel contro un cielo blu intenso. In rosa il titolo sulla parte superiore. A destra una rosa rossa stilizzata, a simboleggiare la "Rosa dell'Est"! In basso le scritte in bianco relative alla data e all'orario di inaugurazione.

Notarono che su un altro tavolino bianco Cosetta sistemava, prendendoli da uno scatolone, dei DVD, con tanto di custodie che riportavano la stessa immagine e le stesse scritte del manifestino. Lei avrebbe dovuto presiederne la vendita. I tre, molto presi da quella novità, si avvicinarono a Cosetta, la quale gliene mostrò una copia. Disse: «La vendita sarà solo al termine… dategli un'occhiata se volete.»

«Guarda Cesco, ci sono nel retro copertina anche delle immagini del reality!» proruppe Alfonso con un' impeto quasi infantile.

«ahooo, questo so io, cazzo!!! Assieme a Cinziaaa! Non è possibile-ee!» esclamò Borel notando una foto di lui con la fidanzata in una scena del mediometraggio, come fossero due veri attori!

«Eccoci, ci siamo anche noi…» esplose Nicola, indicando all'amico la foto che li riguardava.

«È verooo… qui correvate, e c'è anche Antonio steso per terra… e Nani e il finto commissario! Mo' guarda… una di quelle gran gnocche delle ragazze russe! E la scritta… scarlatta, quella fatta dipingere dal conte! Ragà, vi rendete contooo!»

«Fantastico!…» riprese Alfonso. «Una figata!»

«Poi io una me la prendo, che te credi!» dichiarò Francesco.

«Io credo che il conte una copia ce la dovrebbe dare gratis! Appena lo vediamo, gli chiediamo se per noi è in omaggio!» soggiunse Nicola con espressione seria.

«Eh sì, cavoli… ci spetta!» ribadì l'altro.

«Giusto… eh che cazzo!» disse poi Cesco riponendo la copia sul tavolino, ove Cosetta continuava ad ammucchiare le altre.

I preparativi per la proiezione del mediometraggio erano affidati a dei tecnici esperti; il montaggio del film era stato realizzato con grande perizia artistica da specialisti del mestiere. Le musiche erano state affidate ad un musicista che veniva da Ancona. Il locale del

nuovo teatro era già stato sistemato per l'evento e alcuni tecnici stavano ancora facendo delle prove audio. Fra non molto sarebbe arrivata la stampa e un critico cinematografico. Il regista Albert Bernabei era molto esaltato e la sua passione sia per il teatro che per il cinema lo riempiva di grande entusiasmo per questo particolare avvenimento. Anche delle guardie in abiti civili erano appostate sia dentro il teatro che alla porta d'entrata; il conte quella sera aveva la migliore guardia del corpo. Meglio premunirsi naturalmente, visto tutto quello che poco tempo prima era successo di così misterioso quanto minaccioso. Le riprese fatte da telecamere nascoste e azionate a piacimento dal gruppo di regia che di giorno lavorava in incognita in una stanza piena di monitor di controllo, all'ultimo piano dell'Hotel Alexander, erano state montate e costituivano un vero e proprio film giallo, di circa quaranta minuti. Ogni ripresa, ogni scena, ogni dialogo, ogni personaggio (attore o non attore), nel meticoloso montaggio, ora diventava parte di una trama, in cui il conte Nani viveva un brutto incubo. Era come un giallo noir in cui accadeva un delitto preceduto da eventi misteriosi e le scene esprimevano tutto il tragico di un film di quel genere. Si era voluto mettere in risalto un mondo di misteri e di irrealtà, di surreali circostanze, le stesse che popolano i nostri sogni, le nostre paure ancestrali e che si trasformano anche in incubi. Il mediometraggio sarebbe terminato col destarsi del conte, dopo un pauroso incubo, riportandolo alla sua luminosa realtà: quella di aver creato la sua grande opera di edificazione del più grande e prestigioso Hotel Museo d'Italia.
Più tardi arrivarono anche Antonio, Angela, Samantha e Lucienne ed anche Michele. Tutti furono felici che il gruppo si fosse riunito. Scherzarono sull'insolita perquisizione a cui tutti erano stati sottoposti. Ciascuno faceva commenti sull'evento, sulle custodie stampate che contenevano i DVD del mediometraggio, sulle foto del retro copertina. Il conte Nani arrivò elegantissimo e salutò la comitiva allegramente, ma visibilmente sopraffatto dall'apprensione per ogni preparativo e per l'incombenza della serata. «Avete visto, scortato sino all'osso!» disse Michele sorridente indicando con la mano tre uomini della sicurezza che gli stavano sempre alle costole, muniti di auricolare e vestiti in abito blu scuro. I gemelli gli fecero i complimenti per le confezioni dei DVD e Nani ne fu superbamente felice.

La critica Rosalba Corda, naturalmente presente, ogni tanto gli si affiancava, per poi allontanarsi di nuovo per chissà quale mansione. Anche lei era eccitata e stringeva, come il conte, la mano ai sempre nuovi arrivati che accalcavano la sala principiale. C'era la crema di Pesaro, naturalmente: gente dall'aspetto borghese, ben vestita, con gioielli le donne, e in giacca e cravatta la maggior parte degli uomini. I nostri amici notarono bellissime ragazze entrare con lo sguardo un tantino vago che si guardavano attorno con fare noncurante. Alle 17.30 molta gente già gremiva l'Alexander Museum Palace Hotel. Arrivò finalmente l'atteso momento. Verso quell'ora, apparve anche la signora misteriosa, Natalya, che salutò il gruppo con cortesia. Cesco e i gemelli ebbero modo di scambiare con lei qualche parola, facendole i complimenti per il look elegante e vistoso. Disse loro che era lì dal giorno prima. Portava un vestito scollato rosso, le calze scure e un cappellino sulle ventitré, con una rosa da una parte. I capelli erano raccolti dietro la nuca, biondi e lucenti. Un grosso foulard damascato verde, azzurro e oro le avvolgeva il collo, che emanava un buon profumo. Il tatuaggio della rosa spiccava sulla caviglia da sotto le calze velate, come un trofeo da esibire in piena attinenza con la circostanza. Decisamente quella signora dava nell'occhio, anche perché, a scapito dell'età, era piuttosto attraente. Poco prima delle sei, giunto quindi il momento tanto atteso, tutta la gente si riversò di sotto, nella stanza degli specchi; in attesa che il conte Nani aprisse il teatro. A tutti furono distribuiti degli opuscoli che informavano, con un breve scritto del conte e di Bernabei, il significato e il contenuto del film. Poi finalmente il conte disse di seguirli in teatro e ciascuno si accomodò nelle poltroncine di tessuto azzurro e si espanse, ovattato, un brusio generale. Sopra al palcoscenico ora era sceso uno schermo bianco da sedici noni, ove si sarebbe proiettato il mediometraggio. C'era una certa elettricità nell'aria. Nel proscenio c'era un lungo tavolo, ove presero posto Nani, al centro, alla sua destra la critica, poi alla sinistra del conte il regista Bernabei. Iniziarono i lampi dei flash dei fotografi. Il gruppo di Cesco, dei gemelli e del resto della comitiva, era seduto in seconda fila, lievemente spostato a sinistra, dal centro della sala. Dopo poco la sala del teatro si riempì completamente; in fondo c'erano anche molte persone in piedi, una quantità davvero incredibile,

che neanche Nani si sarebbe atteso. L'entrata fu chiusa e pianto-
nata all'esterno da due guardie sempre in borghese. Le ragazze del
Teatro dell'Est, le Rose dell'Est, erano sedute fra le prime file, rin-
vigorite dalla settimana di vacanza che gli aveva concesso il conte
(molte di esse erano andate a trovare le loro famiglie). Erano belle,
ben vestite e molto sensuali perché portavano minigonne e calze velate, oppure c'erano alcune che avevano gonne lunghe con lo spacco
o pantaloni aderenti. Davvero splendide! Fra quelli in fondo alla
sala, stavano il capo-cameriere Romano e Marlena; c'erano anche
l'architetto dell'Alexander Aldo Marabini, che era giunto da Milano
e, naturalmente, l'attore che interpretava il commissario Amedeo
Cerriti, del quale non importa sapere il nome reale. Ma anche gli
altri attori: qualcuno che ebbe il ruolo fra i poliziotti, altri che figuravano come i ragazzi del 118, quelli che interpretarono il corpo
della scientifica e qualcuno dei veri medici e psicologi che sarebbero
prontamente intervenuti all'occorrenza. Il sindaco di Pesaro era seduto in prima fila.
Iniziò una breve presentazione del mediometraggio e il primo a parlare fu il conte Nani.
«Carissimi amici, vi ringrazio tutti per essere qui presenti a questo
singolare evento. Ritengo doveroso spiegarvi – anche se molti di voi
già lo sanno – il perché di queste guardie appostate e dei controlli a
cui siete stati sottoposti. Mi scuso fin da ora per questo inconvenien-
te e disturbo, pur tuttavia necessario. Quasi un mese fa il nostro
albergo, ironia della sorte, è stato scosso da eventi poco edificanti,
anzi parecchio preoccupanti. Pare che qualcuno abbia voluto giocare con me, burlandosi di me tentando di impressionarmi e di farmi
desistere dalla divulgazione della mia opera, unica nel suo genere:
il mio mediometraggio. Abbiamo avuto la certezza che una persona
(probabilmente un folle, un mitomane), se ne andava in giro di notte
mascherato, incappucciato per non farsi riconoscere, con guanti...
come nei film gialli,... a combinare cose strane. Scritte misteriose
sui muri che contenevano chiare minacce nei miei confronti; altre
scritte geroglifiche proprio qua vicino, nella sala degli specchi,...
una mente senz'altro disturbata, capace di ideare dei veri rebus che
poi abbiamo dovuto risolvere. Non vi sto chiaramente ad elencare i
dettagli. Non facciamogli troppa pubblicità! Insomma, tutto questo

ha fatto sì che decidessimo di premunirci di una sorveglianza di uomini ben addestrati e, come avete visto, ho dovuto persino dotarmi della guardia del corpo. Questo potrebbe fare anche sorridere e creare un legittimo sconcerto; ciò nondimeno ho creduto opportuno di tutelarmi ma anche di tutelare voi tutti. Ma veniamo a ciò che vedrete stasera.

Il mediometraggio racconta un sogno che io, il conte Nani, faccio sotto forma di terribile incubo. Per la prima volta in assoluto ho realizzato un breve film dove la realtà prende il posto della finzione o, per meglio dire, dove la realtà si mescola con la finzione! Come in un *reality* tutto ciò che avviene, avviene concettualmente per davvero, pur essendo una simulazione, ma nel contempo appartiene sempre ad una realtà vissuta: sono eventi realmente accaduti, dove i partecipanti credono invero di vivere la propria realtà, la propria concretezza. Dunque un mediometraggio che rappresenta una realtà che non conosce finzione, pur essendo allo stesso tempo, entrambe le cose! Da qui il titolo: *Real-Art (dentro i sogni del conte)*...»

E il conte Nani espose ogni suo concetto appartenente ai significati e contenuti della sua opera, di cui andava veramente molto fiero. Quando tutti gli altri ebbero fatto il loro formale discorso, arrivò il momento di spegnere le luci per la visione del mediometraggio. Il film suscitò non poche emozioni a tutti gli spettatori, ma in particolar modo a coloro che ne furono i protagonisti nelle riprese, ignari o no di essere stati filmati. I tecnici del montaggio avevano fatto un immenso lavoro: davvero esemplare! Francesco, Nicola e Alfonso rimasero veramente colpiti dalla qualità delle immagini; la musica poi – a seconda dei momenti e delle scene – esprimeva realmente i ritmi dello svolgimento della trama. Si videro loro stessi, si riconobbero: le loro facce, le loro espressioni, i movimenti e i gesti, che avevano fatto durante quei momenti in cui, ignari di tutto, fra le mura del vecchio albergo, erano stati coinvolti in quelle vicende tortuose, e riconobbero anche nei loro atteggiamenti le loro ansie. Il mediometraggio, in certe riprese, era un susseguirsi di immagini flash, in velocità e a volte pure al rallenting. L'interno dell'Hotel Alexander nel suo disfacimento: gli antichi muri impolverati, i soffitti decadenti, gli anfratti lugubri dei corridoi e dei sotterranei. Corridoi nell'oscurità, percorsi da tubi malmessi che gocciolavano acqua. Le masserizie delle sale abbandonate a loro stesse; ma anche alcune stanze ancora non del tutto dipinte, vuote e ingombre di oggetti da lavoro: le immagini quasi spettrali e violente dei dipinti sui muri e delle sculture. La musica a volte, inseguendo le immagini incalzava ossessiva. Scale dimesse, impolverate, suppellettili erose dal tempo. Effetti di lampi e luci. Volti sorridenti, inquieti, anche distorti dalle telecamere; belle e brutte presenze, comprendenti tutti gli attori e le comparse e pure loro, Cesco, Ciuzza e i gemelli,... dentro ad un film che era il palinsesto di una realtà rubata. Il viso del conte Nani in svariati momenti, colto in innumerevoli espressioni. Intanto la trama volgeva avanti, raccontando similmente una sorta di giallo noir, dentro ad un vecchio e obsoleto albergo in fase di costruzione; la trama di un omicidio annunciato, con l'intervento della polizia, di un intraprendente commissario: i loro dialoghi, le loro apprensioni, i loro eloquenti ragionamenti, le loro naturali paure. La stanza del vecchio teatro coi pittori al lavoro, chini sui tavoli con i loro colori e i pannelli da decorare... poi colpiti da un imprevisto raggio di luce forte ed improvviso su di loro, e poi... Antonio Pinto: il suo volto esanime, colpito a morte col sangue che stilla dalla nuca tragicamente; le grida della gente, gente che scappa e che impallidisce di terrore. L'isteria generale: di nuovo le urla dentro alla musica che stride... tuona; il volto stravolto dalla paura, incontrollato, di Cinzia Cavallini che sviene e poi altre scene di panico: Oreste Boccioni che trotterella come un'anima in pena e Rosanna Pini, ben riconoscibile, nel suo viso ora stralunato e indurito. E dopo, le scene, i dialoghi fra il conte e Amedeo Cerriti, anche quelle girate all'Hotel Savoy, le indagini, le parole concitate e i quesiti fra di loro. Il conte e la critica distorti nei connotati dal terribile accaduto.

Un mediometraggio intenso e ben curato nelle inquadrature e ben strutturato nello svolgimento delle azioni. C'è una scena in cui si vede molto bene, in pochi secondi, l'immagine di una figura femminile, (interpretata da Efimiya, una delle ragazze russe), che scappa, da dietro il cabinotto delle proiezioni del vecchio teatro. È la Rosa dell'Est assassina! In brevi riprese anche Lino e Cosetta indaffarati a pulire la misteriosa scritta fatta a color del sangue, in uno dei pianerottoli delle scale. La scritta appare nel film, ancor più rossa... di un rosso acceso, quasi irreale.

Alfonso e Nicola Vaccari

LA ROSA DELL'EST COLPIRÀ
E NEL SANGUE NOVELLO TINGERÀ I PETALI SPENTI,
AL RAVVIVAR DEL SUO CARNATO
UN DIPINTORE SBIANCHERÀ!

Alla fine del mediometraggio, la musica annuncia l'imminente epilogo: il conte che si sveglia, col viso strabuzzato, dal suo terrificante incubo. Dissolvenza: schermo bianco, luminoso, cangiante e poi l'immagine serena del prospetto del nuovo Alexander Museum Palace Hotel ripreso dal basso, in tutto il suo possente splendore... e partono i titoli di coda. Seguì un grande applauso.

«Una figataaa! Nani è uno stregone!» proruppe Cesco applaudendo con grande partecipazione, rosso in viso dall'entusiasmo.

L'ovazione si estese per tutta la sala con ampio fragore!

«Magnifico!» disse a voce alta Nicola.

«È un'opera... un'opera d'arte, grande Nani!» urlò Alfonso annuendo e applaudendo. Quando le luci si riaccesero, il conte si alzò in piedi e l'applauso scrosciò più forte.

«Grazie miei cari... grazie, questo...» e si fermò un attimo perché l'applauso copriva persino la sua voce al microfono. Sorrideva, felice, godendo di quel successo; gli si lesse quasi una commozione negli occhi che parvero diventati lucidi, poi fece un inchino e riprese: «Grazie, grazie a tutti! ...dicevo, questo applauso è anche per gli attori, consapevoli e non, per i tecnici e per il nostro regista Albert Bernabei...» e si voltò verso di lui applaudendo anch'egli. Bernabei annuiva e si inchinò verso il pubblico: «Grazie, vi ringrazio anch'io tutti per il vostro entusiastico assenso! Io ci ho messo la mia professionalità, ma la sceneggiatura è del conte Nani!»

Di nuovo grande acclamazione.

«Devo dire che senza l'appoggio dei miei collaboratori solerti e della capacità di tutti coloro che...»

Una voce in fondo alla sala lo interruppe. Una voce femminile, impastata e un tantino atona, un tantino metallica, inespressiva. Nani si bloccò. Molta della gente si voltò, piuttosto incredula e perplessa. Un insolito pallore sul volto del conte. C'è chi si alzò persino in piedi. Brusio generale, esclamazioni di stupore.

«Bravo, complimenti davvero! Che meraviglioso inventore di sogni, che artefice di sottili inganni... sei stato, conte Nani!» disse a voce alta quella figura slanciata, di cinquantenne, bella e suadente, vestita di rosso.

«È la signora Natalya!» esclamò Cesco guardando in faccia con stupore i due gemelli.

«Ma che sta dicendo?» si domandò Alfonso gesticolando in segno di non capire. In mano aveva qualcosa, se ne accorsero pian piano tutti: metallo nero, oggetto mostruosamente puntato in direzione del conte.

Una pistola!

Gli uomini della sicurezza scattarono dai loro posti, gettandosi verso quella donna,... in una frazione di secondo avevano capito la situazione, l'attentato al conte! Il colpo partì senza far rumore, per il silenziatore avvitato alla canna; Nani era stato agganciato, strattonato per un braccio dalla mano svelta di un suo protettore; poderosa presa, tempismo solerte, ma già egli vacillava a terra, in una smorfia di dolore. I tempi di reazione, per quanto efficaci e tempestivi, non possono aver la meglio sulla velocità supersonica di un proiettile! Urla e caos in tutta la sala. Ci fu un fuggi fuggi generale, ammucchiamenti di carne ben vestita che agitava le braccia e urlava, correva verso l'uscita. Quelli della sicurezza coi loro microfoni al viso davano ordini di bloccare le porte. «Hanno attentato al conte, un colpo di arma da fuoco!» dicevano guardandosi a destra e a sinistra. La critica urlava, fuori di sé, urlava come se la stessero scuoiando: «Diooo, Diooo... Naniii, l'hanno uccisooo, Naniii...» poi svenne. Un uomo la sostenne e venne adagiata a terra, sul palcoscenico. Una gran ressa di gente premeva ora attorno al tavolo, chi attorno al conte steso in terra, chi attorno alla critica svenuta, tinca poco distante dal conte. Un'altra massa di persone in fuga si riversò all'istante all'uscita, spingendo con violenza la maniglia della porta che si apriva anche dall'interno. I due uomini di piantone improvvisamente ricevettero un urto per il traboccante flusso di gente che scappava. Lì per lì non capirono, poi all'auricolare un collega diede loro la spiegazione di ciò che era appena successo. Fu un attimo, un batter di ciglio: qualcuno aveva visto quella donna fulminea scappare via, confondendosi tra la folla in fuga.

«Cescooo... all'uscita presto!!!» indicò all'amico, Nicola.

«È una assassina quella donna, era lei che andava vestita incappucciata, ma come ha fatto ad eludere la sorveglianza e la perquisizione!» sbraitò Nicola verso il fratello.

«Che cazzo ne so! Nani, mio Diooo, cosa gli hanno fatto!» si agitò Alfonso voltato verso il palcoscenico. Non si riusciva a vedere nulla.

«Dov'è, dov'è finita quella disgraziata, è sparitaaa... presto, non fatela uscirete di quiii!» urlava uno della sicurezza con una pistola in pugno.

Cesco riuscì a guadagnare l'uscita del teatro sospinto da corpi in preda al panico. I gemelli lo videro sparire oltre la tenda, lo chiamarono ma lui era già aldilà, probabilmente nella sala conferenze. Una donna cadde e venne calpestata!

«Cristo, fate attenzioneee... non vedete che c'è una donna a terra?» urlava un signore canuto. Non si vedeva più neanche Bernabei, che fu uno dei primi a soccorrere il conte assieme a una delle guardie del corpo. A fatica ma con agilità, Alfonso e Nicola raggiunsero anche loro l'uscita. Riuscirono a salire le scale per portarsi al piano di sopra. Ma vi rimasero bloccati per un po' per la folla di gente che vi si era ora riversata, colta dallo smarrimento più totale. Videro Angela e Samantha strette tra due corpi profumati e ben vestiti, di due donne grasse e ansimanti. «Cazzo, non si riesce a muoversiii!» si lamentava Angela.

«Fanculooo... scorrete o qui ci incastriamo tuttiii!» strillava Samantha.

Intanto in sala altri stavano uscendo dalle due porte laterali del teatro, quelle d'emergenza. Vennero aperte persino da chi non era della sicurezza.

I gemelli cercarono di aprirsi un varco, per raggiungere le ragazze in difficoltà, mentre un signore sudato e rosso in volto sbraitava: «Fatemi uscire di quiii!»

Varietà di teste: quelle calve o con capelli ben pettinati luccicanti di gel, quelle invece capellute e odorose di lacca, si univano quasi a cozzare le une con le altre, poi, come in un'onda, si distanziavano e premevano dal lato opposto. La difficoltà era grave, ma ce la fecero. Spinsero le ragazze oltre una schiena ossuta, poi oltre un braccio grasso e guadagnarono gli ultimi tre scalini. Si riversarono al piano di sopra, proprio di fronte la reception, che era abbandonata. Arturo assente! Anche lì un via vai concitato di addetti alla sicurezza coi loro auricolari. Nicola vide Cesco affianco la porta d'uscita con le braccia a ciondoloni, cereo, che borbottava:

«Ma che cazzo succede? Aoh, ma è impazzita quella?...»

L'albergo adesso era un buttasù da non credere; la gente non sapeva più dove andare, quale via d'uscita prendere e molti perdevano di vista i loro amici, parenti e conoscenti. Molti si riversarono in massa nella sala pranzo e molte sculture e mobili furono pericolosamente urtati. Il panico incalzava. Altri si portarono numerosi verso la hall, adiacente all'uscita, presso il vano delle altalene e sculture di Chia, con le vetrate verdi. Pensavano di passare l'uscio e di uscire in strada e invece le porte scorrevoli, pure quelle della sala pranzo, che davano nel grande terrazzo con la piscina, erano state bloccate. Da fuori si sentirono, dopo poco, arrivare le volanti della polizia a sirene spiegate e due ambulanze. Un agente con un megafono in mano incitava alla calma e spiegava perché non si poteva uscire. L'assassina poteva essere ancora dentro e occorreva scovarla a tutti i costi. Grande caos e bailamme generale: ancora urla d'isterismo e altri rumori concitati. La quiete dell'Hotel Alexander era stata violata.

La critica Rosalba disperata era accanto al corpo del conte che, miracolosamente si stava riprendendo. Quando arrivarono i soccorsi, due uomini del 118 con la barella, Nani col viso ancora stravolto e una voce roca, quasi soffocata dallo shock disse: «Tranquilli tutti, non è nulla, mi ha colpito in pieno petto, ma il giubbotto anti proiettile ha tenuto bene, grazie a Dio!»

Lo condussero di sopra, in un luogo sicuro, presso le stanze delle cucine, in fondo alla sala pranzo, presso il bar. Nani era ancora sconvolto e un po' pallido in viso, ma con un bicchiere di acqua fresca pian piano si riprese; il medico gli diede un'occhiata ma non riscontrò nulla di significativo, tranne un leggero stato di shock. Gli furono date delle gocce calmanti. Intanto la gente e il personale dell'albergo si stava acquietando, se pur con difficoltà, grazie all'intervento degli uomini della sicurezza che cercarono in ogni modo di sedare il panico generale e di tranquillizzare gli animi. Altri del 118 pensarono a quelle poche donne che avevano accusato un malore o un palese svenimento. Francesco e i gemelli ora non si muovevano da dove stavano, ossia nella hall, poco distanti dalla porta d'uscita. Erano seduti tutti e tre in terra a commentare l'accaduto e a calmarsi a vicenda. Bisognava farsi coraggio. Lino e Cosetta cominciarono a distribuire dell'acqua a chi ne chiedesse.

«Mi sembrava una tipa parecchio strana quella Natalya... quella donna non mi convinceva.» disse Cesco scuotendo la testa. «È vero cavoli! Ma perché ha sparato quella pazza? Il movente dico... cazzo ragazzi, ecco chi era l'incappucciato mascherato. Era lei, quella farabutta! Povero Nani!» intervenne Alfonso con voce scossa dall'ansia.

La voce al megafono disse d'un tratto: «Tranquilli signori. Tutto è sotto controllo, presto vi faremo uscire. Il conte Nani sta benissimo, aveva un giubbotto antiproiettile che l'ha salvato!»

Fuori dall'Hotel Alexander c'era una schiera di gente, di curiosi che affollava la strada. Furono messe delle transenne con dei nastri di divieto. Dell'assassina non si sapeva ancora nulla.

Le tre ragazze si accostarono ai gemelli e a Cesco. Poco dopo riuscì ad unirsi a loro pure Antonio seguito da Michele. Così poterono confortarsi, farsi coraggio a vicenda. La notizia dello stato di salute del conte risollevò gli animi di tutti. Poi vennero fatte uscire due donne contuse e portate via con l'autoambulanza. Improvvisamente aumentò la concitazione. Due carabinieri si posizionarono davanti l'ascensore. Erano passati circa quindici minuti dall'attentato. Altri tre poliziotti sopraggiunsero di corsa, armati di pistola, e scesero le scale. Tutto avvenne come in un lampo. Qualche urla provenne dalla sala degli specchi; vi fu una concitazione generale che attraversò come una ondata gelida le espressioni dei presenti. Alcuni fotografi riuscirono ad oltrepassare il blocco e al di là dei vetri cercavano di farsi varco, oltre il cordone della forza dell'ordine. Venne condotta su, stretta ai lati da due poliziotti, mentre un terzo alle spalle la spingeva. La donna aveva le mani ammanettate dietro la schiena. Il suo vestito era lo stesso, ma non il volto. Non era più la signora Natalya! Al posto del viso della cinquantenne bella ed affascinante, si poteva vedere il viso... altresì bello, ma di una ragazza di appena trent'anni di età. Cesco e i gemelli rimasero paralizzati! Non capivano, chi stavano arrestando? Chi era quella bella ragazza russa, non più bionda, vestita come la signora Natalya? A differenza di quest'ultima, aveva ora i capelli sciolti, color rosso rame e non portava il cappellino con la rosa. Aveva sul viso stampata un'espressione triste, addirittura disperata! Due rivoli di lacrime le solcavano il viso pallido. «Via... viaaa... fate spaziooo ho detto, via!!!» strepitò uno dei poliziotti che la stava trascinando verso l'uscita.

«Naniii...» urlò improvvisamente la ragazza. La sua disperazione esplose in quelle parole, come un male che le premeva dentro, come un'ossessione che le dilaniava l'anima; quella voce stridula tuonò feroce con un grido di odio, come un appello disperato!

«Naniii... mi hai scartata vero?, mi hai umiliata, eliminata... mentre loro sono le tue "Rose"... te la dovevo far pagare, conte Naaaniii; dovevi pagareee accidenti a te!, mi hai ferita a morte e perciò meritavi di morire, conteee!» Vennero fatte scorrere le porte dell'uscita dell'Alexander e la trascinarono fuori, mentre lei malediva ancora il conte. Poi si videro i flash dei fotografi illuminare la strada.

«L'hanno presa... ma non era lei? Mi pare proprio che non è la stessa persona!» diceva qualcuno.

Un poliziotto disse al megafono: «La donna è stata arrestata nelle toilette di sotto, mentre si struccava. La sua faccia portava un trucco, che simulava i connotati di una donna di mezza età. Potete stare tranquilli, ora, l'assassina è stata *smascherata*.» Pronunciò l'ultima parola con una certa soddisfazione. Vi fu un applauso generale.

«Ma allora chi è quella ragazza!? E noi che la credevamo una donna di cinquant'anni! Razza di ingannatrice!» disse con enfasi rabbiosa Nicola.

«Pensava di farla franca struccandosi, e sperava di gabbare tutti quanti. Così non l'avrebbero incolpata, credendola un'altra persona, e sarebbe potuta fuggire indisturbata! Cazzo... lei si truccava in maniera anche perfetta!» esclamò Cesco esterrefatto.

«Sicuramente applicava sul viso del lattice e poi usava un trucco sapiente per invecchiarsi. La usano al cinema questa tecnica, ragazzi... se il trucco è fatto bene, è quasi impossibile scoprire l'inganno. Così è riuscita ad apparire più vecchia.» Spiegò Alfonso ricordando anche ciò che aveva letto sulle tecniche del trucco teatrale da un libro.

Rosam cape, spinam cave (cogli la rosa, attento alla spina.) Il conte Nani in quel momento stava pensando a questa frase di D'Annunzio.

«L'avete vista? Senza trucco è proprio una bella ragazza giovane!» esclamò Antonio serio.

«Già, a quanto pare è una delle ragazze russe, di quelle che aveva selezionato il conte.» disse Nicola.

«Ma non l'ho mai vista qui all'Alexander, o mi sbaglio?» soggiunse Alfonso.

«No, infatti non si era mai vista…» intervenne Michele Baracca.

«E grazie… se era truccata come potevamo riconoscerla?» fece Cesco.

«Beh, l'importante è che quest'assassina delinquente l'abbiano presa!» Alfonso aveva uno sguardo sconvolto.

«Vorrei sapere il suo vero nome.» disse Antonio Pinto.

Ora l'albergo era leggermente più tranquillo. Molta gente, visto che quella ragazza che aveva attentato alla vita del conte era stata arrestata, quando furono aperte le porte si precipitò fuori. Adesso c'era maggior chiasso e movimento all'esterno che dentro l'hotel. Alcuni agenti stavano già uscendo con le armi abbassate. Una volante aveva condotto a tutta velocità la ragazza russa in questura. Ad un certo punto, accolto da un gran vociare e da grida di acclamazione, apparve il conte Nani. Seguì un fragoroso applauso di incoraggiamento e di solidarietà. Accanto a lui c'era la critica d'arte che ora riusciva a sorridere.

Disse Nani con voce leggermente rauca, prendendo un megafono: «Amici, tutto bene e ringraziamo il cielo! Come forse già sapete l'attentatrice è stata arrestata, proprio nel momento in cui stava struccandosi chiusa in bagno; un agente però è entrato munito di passepartout, e l'ha sorpresa mentre praticava quell'inusuale operazione. Allorché si è insospettito, ha capito tutto e l'ha bloccata chiamando rinforzi. Se non era per il giubbotto antiproiettile, a quest'ora non ero qui a parlarvi. Rilassatevi adesso; so che avete avuto molta paura, ed io molta più di voi! Ma adesso possiamo tirare un sospiro di sollievo. La ragazza che è stata arrestata e che si era truccata molto bene da persona più anziana, sotto la falsa identità di Natalya, in verità ha un altro nome, signori! Io so chi è. L'ho riconosciuta subito

quando l'ho vista senza trucco: si chiama Vilena! Vilena Sokolòva.
È una ragazza russa che si presentò da me, come tutte le altre, per
il provino. Fu qualche anno fa, quando misi l'annuncio sulla rivista
Arte che stavo cercando delle ragazze provenienti dall'Est, per formare il mio gruppo teatrale delle "Rose dell'Est". Purtroppo questa
pur bella signorina, Vilena appunto, dovetti scartarla perché mi ac-
corsi subito che in lei c'era qualcosa che non andava. Era strana,
volgare, poco rispettosa. Poi venni a sapere che aveva frequentato
dei locali notturni equivoci, e inoltre che si drogava: assumeva co-
caina da tempo. Così, con mio rammarico, ma con risolutezza, la
scartai... mantenendo con me invece le altre che avete conosciuto,
qui presenti»
Ora le ragazze, le Rose dell'Est, si strinsero attorno al loro *Vate*;
alcune piangevano, altre mostravano profonda commozione.
«...Tutto qua; chiaramente la sua personalità disturbata e forse i
suoi problemi anche psicologici, l'hanno pazzamente caricata d'odio
nei miei confronti, sino ad arrivare ad attentare alla mia vita. Sicuramente il giudice chiederà per lei anche una perizia psichiatrica,
e cercheranno di disintossicarla. La sua mente distorta l'ha portata
ad ideare tutto quel travestimento con la maschera al viso; è così incappucciata che se ne andava in giro a fare quelle scritte misteriose.
Mi domando però come le telecamere non l'abbiano ripresa quando
usciva dalla sua stanza: aveva la 320, incredibile!!!»
Ci fu un brusio generale di chiaro sbalordimento.
Poi la critica fece cenno a Nani che era ora che si andasse a riposare.
Avevano avuto, per quella serata, sin troppe emozioni, ed entrambi sentivano la vitale necessità di rilassarsi. Un commissario della
polizia fece ancora qualche domanda al conte. Poi venne lasciato
libero di andare.
«Prego signori, lasciamo il conte a riposare, ne ha molto bisogno.»
disse Lino compiendo gesti che esortavano taluni a uscire; mentre i
clienti dell'albergo invece rimasero dentro l'Alexander sparpaglian-
dosi. E pian piano ognuno tornò alle sue vicende e si formarono
piccoli gruppi che dibattevano sull'accaduto, chi più o chi meno animatamente. Tutti vollero dimostrare al conte grande manifestazio-
ne di affetto ed ora gli si avvicinavano per stringergli la mano e
augurargli la buona notte.

«Vi ringrazio tutti. Domani, passate alla reception ed ognuno di voi avrà una copia, che potrà acquistare con uno sconto, del DVD del mediometraggio. Buona notte amici miei! ...» e scomparve in ascensore sorridente come una star!

Un mese dopo.

Quattordicesima circolare del conte Nani:

Carissimi,
mi accingo ora, dopo un mese dai fattacci che hanno coinvolto tutti noi all'Hotel Alexander, a spiegarvi alcune cose che faranno chiarezza e che sveleranno alcuni dubbi e misteri. Il commissario della polizia (quello vero...) mi ha fatto sapere quanto segue:
è stato arrestato un uomo di mezza età. Era un mio dipendente. Si chiama Arturo Feliciani, lo ricorderete, lavorava alla reception. Vi annuncio che era coinvolto nell'attentato. Anche io stento ancora a crederlo! Se Vilena fosse riuscita a togliersi il trucco in tempo e a scappare, passando inosservata, Arturo sarebbe rimasto presumibilmente al suo posto, pacifico, senza che nessuno sospettasse di lui. Quel giorno del brutto evento lui, all'insaputa di tutti, approfittando del caos generale, è scappato con la sua auto. L'ha fatto perché vedendo Vilena arrestata e portata via dagli agenti, con la paura che lei confessasse tutto, ha capito che con ogni probabilità anche per lui ormai non c'era più scampo. Così Arturo è fuggito non appena hanno riaperto le porte dell'albergo. Lo hanno pescato all'imbocco dell'autostrada. Correva e quindi è stato fermato per eccesso di velocità. Era in stato confusionale e inoltre ha fatto resistenza al pubblico ufficiale, mi hanno riferito, e allora l'hanno trattenuto e perquisito e in un borsone gli hanno trovato un vestito nero, col cappuccio, una maschera argentata e dei guanti neri. Insomma, con quello che era successo all'Hotel Alexander, l'hanno subito portato in questura. Ora è agli arresti anche lui perché la ragazza, quella Vilena, interrogata la notte stessa, ha confessato che quell'Arturo era il suo complice. Non ci crederete, ma era lui che se ne andava in giro per l'albergo di notte mascherato, e non Natalya/Vilena!
Egli aveva da tempo una relazione con la ragazza russa arrestata e

*quella pazza lo sottoponeva a dei giochetti erotici che a lui chiara-
mente, da bravo depravato, piacevano assai! Lui era il suo schiavo
in tutto e per tutto; era pazzo di lei e pur di tenere vivi i rapporti
sessuali, di genere... sadomaso, acconsentiva ad ogni suo capriccio.
Lo comandava e lui eseguiva. Così Vilena lo ha usato per i suoi scopi
omicidi, facendolo vestire da incappucciato con la maschera e man-
dandolo in giro a scrivere frasi misteriose e bislacche.*
*Eppure mi pareva così ligio e per bene! Amici miei, a volte le persone
ingannano davvero. Continuo a spiegarvi come sono andate le cose:
Arturo, lavorando alla reception e alle telecamere dell'albergo poteva fare quello che voleva di notte!*
Esattamente. Vilena ha confessato tutto.
*Lei gli dava gli ordini e lui come un cagnolino eseguiva, perché sape-
va che a suo tempo avrebbe avuto la sua ricompensa sessuale. Quando era il momento di agire, lui sapeva come mettere fuori uso la telecamera direzionata sulla reception. Ecco perché nelle registrazioni
non lo si vedeva uscire tutto mascherato dal camerino, situato dietro
al banco. Una volta concluse le sue bieche azioni, si cambiava rientrando nel camerino, e poi ne usciva in abiti normali. Soltanto dopo
rimetteva in funzione quella telecamera. Lui aveva il compito di de-
pistare le indagini qualora ci fossero state, e facendo così non recava
sospetti né su di lui né sulla ragazza (truccata da signora Natalya)
che invece era Vilena. Per tutto il tempo lei stava truccata... si struccava solo a notte tarda nella sua stanza, la 320, per poi ricamuffarsi
abilmente di giorno, prima di scendere per la colazione. Si è saputo
che comunicavano fra loro con il cellulare.*
*Purtroppo, questo Arturo, come vedete, si è rivelato pure lui un de-
linquente. Un vizioso pervertito criminale! Inoltre vi chiederete come
mai Natalya è riuscita ad entrare con una pistola quella sera in
sala. Difatti quando entrò non aveva armi addosso, in modo da poter tranquillamente superare la perquisizione. L'arma ce l'aveva Arturo nascosta da qualche parte già da tempo, in un cassetto, o dentro
ad una scatola, alla reception. Arturo poi al momento opportuno,
secondo i piani, l'ha passata a quell'assassina. Ignoro come quel mascalzone si sia potuto procurare una pistola. Così Natalya/Vilena, è
potuta entrare in teatro armata, nascondendo l'arma nella borsa. Mi
sono anche chiesto come si fossero conosciuti quei due scellerati! An-*

cora questo dovrà essere appurato, non mi è ancora stato reso noto, ma poco importa, ormai. Vilena ha partorito nell'odio e nel risentimento la sua vendetta, facendola muovere lungo la falsariga della mia invenzione artistica, intessendo una strategia che seguiva il filo logico della mia sceneggiatura. Povera infelice! Mi vien da pensare che forse l'arte può anche uccidere, se spinta là verso certi estremi. Ma chi può mai dire quali sono i limiti del consentito per un artista contemporaneo e quali dunque i suoi estremi legittimabili? Non a me, ma a Voi la risposta. Io so solo che dentro la realtà può esserci del falso, come nel falso, nella finzione, può esistere una parte di realtà e di verità. La mia opera, e tutti gli eventi accaduti, certamente lasciano aperti quesiti e istanze che si perpetueranno anche, chissà, alle generazioni future.
Vi abbraccio tutti, con affetto e riconoscenza
Vostro ammiraglio conte Nani
Ad Maiora!

«Ecco perché, quando quella notte eravate scesi per perlustrare, quell'Arturo non lo vedeste mai dietro al banco, cavoli! Ora capisco! Quella notte che sentiste i rumori e scorgeste il tavolino rovesciato nella sala pranzo, sicuramente lui era in azione mascherato da incappucciato, e per forza non c'era nessuno al banco della reception!» disse Cesco tutto concitato al microfono, mentre chattava in Skype coi gemelli, in una notte di fine novembre.

FINE

RINGRAZIAMENTI

Ringraziamo il conte Nani di Pesaro, che ci ha autorizzati a mantenere il nome vero dei suoi Hotels (Alexander e Savoy), e che ha accettato con spirito che noi ci ispirassimo alla sua persona per questo romanzo, permettendoci di mantenere il suo nome.

***

Ci preme ringraziare l'amica Laura Fiori per i suoi preziosi consigli e il nostro editore *Wolf* che ha creduto in noi.

INDICE

INDICE

Alfonso e Nicola Vaccari

ISBN 978-1-911424-13-0
SKU/ID 9781911424130

Cover design by Wolf
Book design by Wolf
Editor: Wolf
Illustrations by Alfonso and Nicola Vaccari

Publishing Company:
Black Wolf Edition & Publishing Ltd.
2 Glebe Place Burntisland KY3 0ES, Scotland
www.blackwolfedition.com

≈ 341 ≈

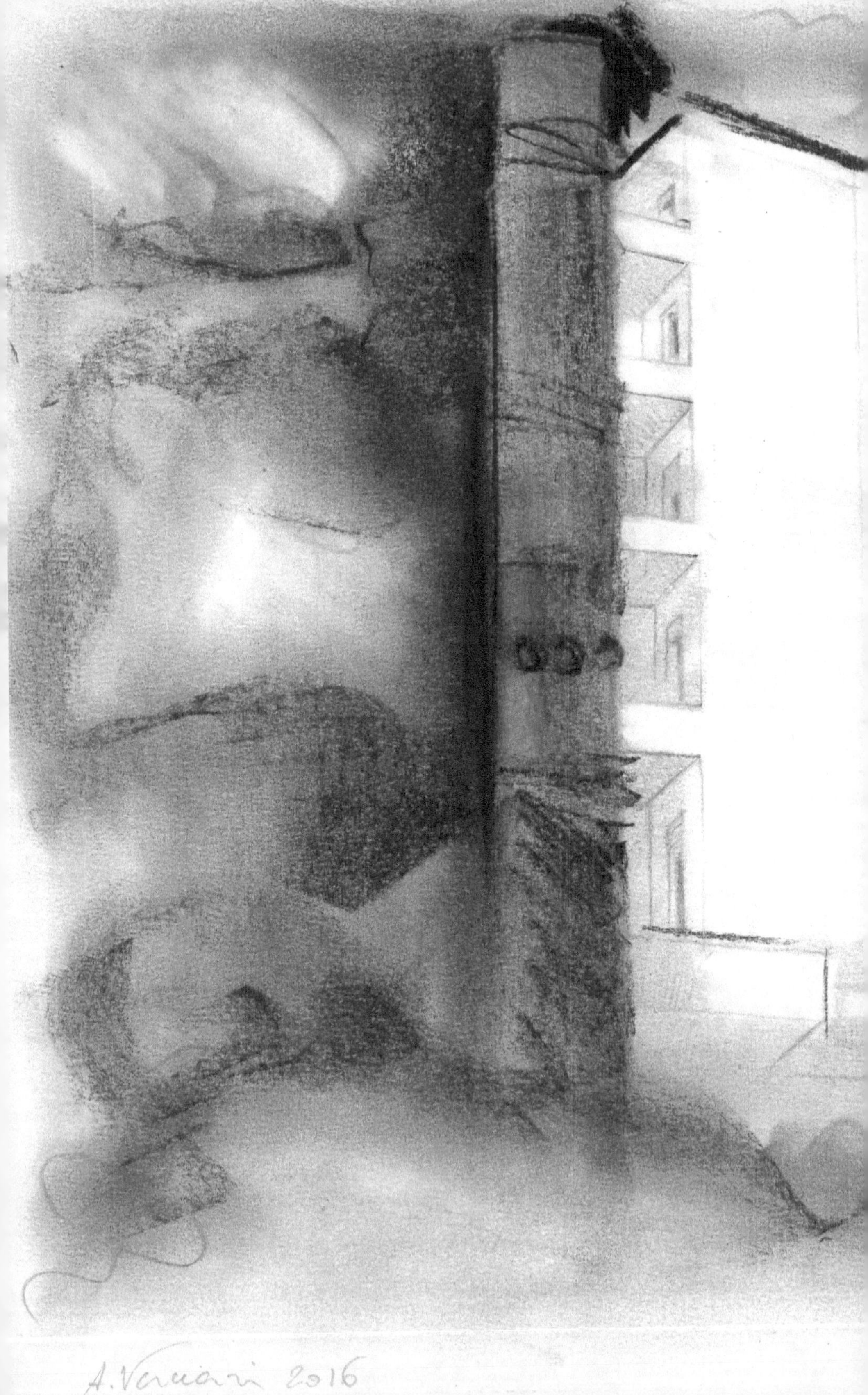
A. Vaccari 2016

BLACK WOLF
Edition & Publishing LTD. ©®